《杭州日报》"倾听·人生"版
十年精品结集

编 委

李 黎 徐晓杭 邹滢颖
莫小米 戎国彭

说亲身经历 看世道人心

小人物史记 Ⅱ

赵 晴 主编

浙江大学出版社
ZHEJIANG UNIVERSITY PRESS

序 言

以小人物的命运反映时代变化

赵 晴

　　这是一群小人物的口述历史。现在,他们就坐在你的面前,对你讲述各自不同的命运和故事。在一行行看似沉默的文字背后,你其实可以听见他们的话语和呼吸,看见他们的衣着和面容,感觉到他们的泪水与欢笑,触摸到他们的情感和体温。

　　本书的出版源自一项起始于十年前的工作。2000年,《杭州日报》西湖副刊创办"倾听·人生"版,它的宗旨是"以小人物的命运来反映时代的变化",以第一人称讲述自己的经历。十年时间,每周一期,每期六七千字,500多个小人物敞开了心扉,他们的故事打动了更多的小人物。

　　小人物是大时代的一滴水,每一颗水滴都有自己的精彩,颗颗水滴聚成淙淙细流,最后汇成波浪翻滚的大海。

　　大历史中或许不会记载小人物,但小人物是构成大历史的小细节。他们中有下岗女工当钟点工式的小人物,也有汶川大地震后打开生命通道的尖刀军长许勇的亲身经历。小人物有时候甚至推动了历史的进程,获得第19届中国新闻奖一等奖的《一九八零,四位新华社记者的西行漫记》,讲述的更是大时代中一段鲜为人知的真实故事:30年前,四位新华社中青年记者受命调查西北农村现状,探讨治贫致富的良策,为此他们跨越4省(自治区)39县,走村串户,历时半年,行程万里,对党中央全面推行包产到户的重大政策,起到了关键性作用。

　　"倾听·人生"是《杭州日报》打造的重要品牌,十年时间,"倾听·人生"在一个喜新厌旧的快餐阅读时代,奇迹般地办成了长盛不衰的耐读版面,不仅成为首届浙江新闻名专栏,其作品更多次问鼎中国新闻奖。"以小人物的命运反映时代的变化",不仅是《杭州日报》"权威亲民新型城市党报"办报理念的一种探索,更是《杭州日报》践行"贴近实际、贴近生活、贴近群众"的"三贴近"原则的具体体现。因为唯有贴近实际，才能倾听到来自底层的真实声音；唯有贴近生活，才能触碰到社会最敏感的神经；唯有贴近群众，才能感受并传递老百姓的喜怒哀乐，深刻表现普通人的光辉心灵和坚韧力量。

通过小人物的故事，可以触摸大时代的脉搏跳动；通过小人物的故事，可以感受大时代的跌宕起伏。《杭州日报》将继续打造"倾听·人生"品牌，为小人物记史，为小人物立传，以小人物的命运反映大时代的变化。因为"倾听·人生"记录的这些小人物的故事，其实就是你的故事、我的故事、他的故事、我们所有人的故事。

2010 年 1 月 5 日

目录　　小人物史记 [II]　CONTENTS

大江东去

云卷云舒

人生大舞台

生旦净末丑

你方唱罢他登台

只是今天

每个人的选项

都变得无限大

小人物史记Ⅱ

潮起潮落

钟点工

口述 蔡红梅 整理 任为新 徐致景

我是一个钟点工，做了四年多了。这四年多里，我用破了六个塑料桶，二十多把刷子，换了三辆自行车、两家公司和一个老公。

怎么离的婚？男人家自己没本事，养不活老婆，还瞧不起钟点工，说宁可饿死也不去给人刷马桶。什么年代了，真是脑子进水，所以我毫不犹豫，换抹布一样把他换了。

死猪不怕开水烫，一脚踏进了家政公司——搞别人家的厕所，就是觉得腻心——女主人手里捏个闹钟，跟来跟去地跟牢我

四年前，我从仪表厂下岗，我老公的企业效益也不好，三天两头休息。家里有个儿子要读书，经济一下子就困难了。困难归困难，找工作还死要面子，高不配低不就，碰一回鼻头生一回闷气。后来想，生气，不如争气，死猪不怕开水烫，我就一脚踏进了家政公司的大门。

开始的时候，我谁也没告诉。对老公，我也是说，我找到了一个帮人卖水果的工作。

做家政，第一天的经历当然不会忘记：我所在的这个家政公司是很正规的，外出时要统一着装，手里拎着桶呀、拖把呀、刷子呀，别人一看就知道是干什么的。早上的客户是在南星桥，我骑车去，生怕撞见熟人呀，走在中山路上，真当是贼头贼脑的：拉低帽子，戴上口罩，缩着头赶路，谁也不敢看。

到了客户家里，开始搞卫生了，起先是在客厅、厨房，擦擦抹抹没什么，后来听客户说厕所也要搞，我就心抽紧了。本来，在自己家里，什么地方的卫生不搞？但人就是有这样的心理，要搞别人家的厕所，就是觉得腻心。

呵，那一次的感觉，我现在都不愿去想它——当时我隔夜饭都差一点吐出来！

下午的客户是在半道红，中午我在路边啃了点面包，从城南赶到城北。但到了那里，人家请客人，中饭还没吃完，就让我在外面等。没地方去呀，我就在楼下的自行车棚里候着。取自行车的人进进出出，他们都要看看我、看看我身边的拖把和塑料桶，看怪物一样，让我浑身不自在。

宴请完了，客人走了，我就上去搞卫生，先把一桌子的"狼藉"都清理了，再洗锅碗瓢盆，厨房弄干净了，再到客厅和卧室里拖地板、打蜡。那个女主人很有意思的，她知道我按钟点收费，就手里捏一个闹钟，跟来跟去地跟牢我，不停地指这指那，一刻也不让我闲着。我打蜡的时候，她还一边比划着指导我，说蜡要如何打，打完了还要上看下看左看右看，这样才能看出蜡打得匀不匀。做的时候，我心里在偷偷地笑：你也够费心费力的——有这样的精力，这点家务活你自己也能做了。

话说回来，对头一回碰到的女主人，我还是心生感激的：首先，她让我知道了，做我们这种工作的，手脚一定要麻利，我花的时间，就是客户花的钱。这以后我再也没碰到这种手里捏一个闹钟，跟来跟去盯牢的主人，但有形的闹钟没了，无形的闹钟时时在。另外，打蜡的技巧，我还真是从她这里学来的。后来总有客户夸我打蜡打得好，有同事向我讨教打蜡的技巧，这种时候，我就会想起她来。

这一天，我早上赚了15块，下午是20块，这35块钱啊，揣在怀里都是沉甸甸的。后来我把它们全花了——买了水果、糕点，还有我老公喜欢的"四特酒"，兴冲冲地回家去。

回到家里，我老公说，怎么，你们水果铺搞福利了？我说是的，我们水果铺搞福利了。

3000块一只，哪里有这么贵的烟灰缸？你说这是不是存心欺负人——女主人说，阿姨穿塑料鞋冷啊，就去拿了双新的棉拖鞋出来

说老实话，在我开始做家政的相当一段时间里，心情都不是很好。早先家政工作还很稀罕，大家也不太了解，很少有人能用平常心来看待我们——有的以为他出钱了，就可以把我们当佣人看，脸色啦、说话的腔调啦，都没有尊重的意思。有个老倌，我在他家里做的时候，不小心碰落了一只烟灰缸，掉了一只角，他就要我赔。我说赔就赔，他说你知道这只烟灰缸什么价钱？3000块一只——哪里有这么贵的烟灰缸？你说这是不是成心欺负人？

做了家政，我总算知道了，有个别杭州人素质很差的：请客人了，把我们叫了去，也没有多少事情，就是使唤使唤我们，意思是他家里条件好，请得起佣人。还有的就是在价钱上斤斤计较，两三角钱都要和你算——想不通，这样滴露刮

浆,你又请什么家政?

让我对家政工作有信心的是个古荡的客户,这个客户真好——是一对新婚夫妻。我去的那天,落雪的,天很冷。我们的规矩,进别人家里,都是自己带拖鞋去的,但图方便,带的都是塑料鞋。女主人看我穿这个鞋,就说阿姨穿塑料鞋冷啊,我给你换双鞋吧。说完就去拿双新的棉拖鞋出来。我说会把鞋弄脏的,不肯穿,她一定要我穿。拗不过,穿上了,她又给我泡菊花茶,说干活不急,下雪天赶来,先喝杯茶暖暖身。我干了一半活,男主人把工钱搁桌上,说他们要出去一下。我说你把音响关了吧,他说不用关,一个人干活蛮冷清的,听听音乐会好点——干完了把门给他们带上就行……

这对小夫妻,我真是感激他们,他们对我好,还那么信任我。说实在的,将心比心,就是我自己,有时候家里修个煤气、换根水管的什么的,有陌生人在,自己要离开,哪里会放心?

打开门一看,叫我做工的是我延安中学的同学——撞见了老公的同事,老公觉得面子上落不来,黑着脸说:我们离婚吧

碰到的好人多了,对自己的这份工作有信心了,心态自然会好起来。三四个月之后,我就完全放松了,上工的路上,很坦然地穿着工装、提着水桶骑车赶路,见到熟人,也敢打招呼了。有一次,我跑到一个客户家里,打开门一看,相互愣了愣,认出来了:原来叫我做工的是我延安中学的同学。我很坦然啊,一边和她叙旧,一边手里也不闲着,帮她抹桌子擦地。她本来是抱了只小狗的,见我趴在地板上干活,就不好意思了,放了狗,要一起和我来干。我挡住她,说千万别,你这样的话,我们工钱怎么算啊?干完了,我看她手袋摸进摸出,一脸的犹豫,大概不好意思付我二三十块的工钱。我就笑着说:不要怜悯我,多给了不要,少给也不肯——二十五块!

出门来,我先是叹气,秤钩是铁,秤砣也是铁,我不比她难看,当初读书的时候,考试成绩还比她好,可现在,她家里的家具都是包金边的,自己不用上班,整天瓜子儿嗑嗑、小狗儿抱抱,我倒刮风下雨四处奔波,帮她这样的人抹地板、擦厕所,命运怎么介不公道!但走出一个站头,我又想,老公常年在厦门做生意,她365天守活寡一样,要我都闲得发慌了,这样的日子有什么好羡慕?我早晚奔波好比看风景,帮人做家务就是活动筋骨,钞票自赚自用,做人四六不靠,有什么气好叹?

这么一想,我背也挺了,头也昂了,走路的脚步也轻快了。

可惜的是,我老公心态没有我好。杭州地方小,纸里包不住火,我做了一年多的家政,终于瞒不过他。我老公知道了之后,骂我说你不怕难听我还怕难听呢!我说怕南(难)听你就朝北听,你守着那半死不活的工作,就赚那么点钱,怎么养活我和儿子?

后来有一天,经常叫我去做的一个老年客户,他儿子和我老公是同一个车间的,在他家遇到我了,他大概回车间里去说了,我老公就觉得面子上落不来,回家

潮起潮落

之后黑着脸说：我们离婚吧。

这是三年前的事情了，那时候大家的观念还不开化的，如果是现在，事情可能不会这样——后来我碰到过他，他们厂也倒闭了，他也到了一个社区服务公司，帮人上门修电器。他问我怎么样，我说还在给人刷马子啊。他嘿嘿一笑，有点难为情地说，其实做家政也没什么。

我想他说的是真心话。

我告诉他我是搞家政的，我说，你现在还请我喝茶吗——左手一只桶，右手一把刷，夫妻双双把钱赚

后来找的这个老公，是在杭州工作的外地人，别人介绍的。第一次约会的时候，他说请我喝茶，到了青藤茶室门口，我告诉他我是搞家政的，他有点听不明白，我就具体讲解，最后他听明白了。我说，你现在还请我喝茶吗？他有点似笑非笑，道是请了再说。

隔了很长一段时间，他都没有和我联系，我的心也就冷了，想没有男人也好，更清静。不料有一天，我们主管替我分派工作的时候说，有个客户指名道姓要我。到地点了，打开门来才知道就是他——他倚在门框上，一个劲地冲我坏笑。

家里的卫生都搞过了，水果呀鱼肉呀买了许多，还插了盆鲜花，说我今天的工作就是帮他烧饭菜，然后陪了他吃。我说不行的，我们公司有纪律的。他说这次破例，如果公司罚我了，他就先工资罚款一起垫了。

不好意思，就这样，我心一软，我们就好上了，后来就结了婚。

我现在对自己的这份工作很满意——面子上现在更没什么了，国家都在号召发展第三产业，和我们差不多的一个家政公司，"三替家政"，里面有个叫夏美琴的，因为工作出色，去年还被评为"全国商业服务明星"，上报纸、上电视呢。自己家里，我老公在一个外地公司的驻杭办事处工作，工资虽然不高，但很稳定。他也支持我的工作，单位要搞卫生、同事要做家务，他都帮我兜了来。他这个人蛮会说笑的，说他本来就有两把刷子（他们那里的土话，意思是有点本事），现在加上我的刷子，我们一家有四五把刷子了，啥事情难得倒我们？有时候他休息，碰上我揽了公家的活，他还真背着工具，和我一起出门，一路走还一路唱歌。原来有首老歌的，叫《夫妻双双把家还》，他改词，扭着身段唱："左手一只桶，右手一把刷，夫妻双双把钱赚哪……"

这个活宝，笑得我下巴差点脱白！

我就拎了拖鞋，没头没脑地打儿子，一边打一边稀里哗啦地哭——我躲开他说，我是做家政的，别的事情不做

现在绝大多数人，对我们也都很尊重、很客气的。今天早上，就在你采访我前，我做的一家人家，是一对老夫妻，我搞卫生的时候，他们一个劲地说：不用那么仔细,搞卫生没有底的,看得到的地方弄弄,看不到的就算了。我嘴上应着,手里可不闲着,照样把沙发、茶几都移开来,角角落落,又剐又铲又抹,把多年积着的污迹都搞干净。杭州的老人都有个老观念的,叫人帮忙一定要准备茶水请吃饭的,结果他们又要请我吃饭,我是活逃死逃才逃出来的。

不满意的事情当然也有,第一就是我儿子。人家说,穷人的儿子早当家,娘的苦处儿子最体谅。但我这个儿子不行,十六七岁的人了,不要读书,瞎七搭八的事情,他是叫花子赶庙会,场场不落空。去年10月份,有一天,我回到家,他们老师来告状,说我儿子旷课,几个人躲在厕所里抽烟。老师一走,我就拎了拖鞋,没头没脑地打他,一边打,我自己一边稀里哗啦地哭,我儿子抱着头,吃惊地从手指缝里看我——骂是常骂的,但我很少打他,那天这种样子从来没有过,所以我儿子很吃惊。

那天我打儿子是事出有因——这事情,我和我老公、我儿子都没有说。那天我去做的客户,好像是个光棍,我一进他家,他就贼眉贼眼地看我。后来我爬在上面擦窗户,他借口帮我递东西,老是往我衣服里面看,弄得我顾得了这边,顾不了那边。我下来了,他又到我身边挤挤挨挨的,我躲开他说,我是做家政的,别的事情不做。他说反正就两个人,没人晓得的,钱另外算,一边就扑上来了。我又气又急,奋力推开他,跌跌撞撞地夺门逃出来。逃到小区外面了,我坐在花坛上抹眼泪,不知道怎么办才好——我做工的所有家当都还在他家里呢!

这样受气的事情不多的,但一年到头多少都能碰到一些——你说做妈妈的,都这把年纪了,在外面这样受气挣钱,为的是什么?还不是为这个儿子?但他就是这样不体谅,你说我是不是要发狠地打人了?

老公这里不说,我也是有道理的,我怕说了他不放心,以后就不让我出门——反正我也没给人捡了便宜去。反倒是在同伴那里,我倒是说了,说得大家嘻嘻哈哈地笑,她们也说了一些,耍流氓、老花痴、露阴癖,应有尽有。笑完了,大家一起想对策,有的说,自己裤带系牢最重要。有个小姐妹,还劝大家以后都随身带剪刀,说再有从后边乱顶的,转身就把他剪了!

她辞了我们这里的工作,回老家开起家政公司来了——那些地方老师多,她一边做家政,一边请教问题——回到家,我一点都不想做家务了,最好也请个钟点工

以后有什么打算?没有什么打算。我这年纪的女人,没什么文化,还能怎么样?做好这份工作,多赚点钱留给儿子——我儿子没出息,我不留点钱给他,他将来老婆也讨不起。做人有没有文化、自己要不要真是很有关系的,在这一点上,我倒很佩服一些外地人。

本来我有个同伴,年纪比我小点,四川来的,胸脯扁塌塌,相貌一般般,干起活来,手脚也不如我。但她高中毕业,脑子比我活。她做家政,也不像我们,一门心思只钻在这堆里,她还想别的。有空的时候,也不扎堆儿谈闲天,而是到我们的一些管理人员那儿去问三问四。那个时候，我们还私下说她，做家政的，自己的三分三管牢就好，心思活唠唠想做啥？后来你知道怎么着？一年之后，她辞了我们这里的工作，自己回宜宾老家，开起家政公司来了，操作的一整套方式，都是从我们这里搬了去的。

啥叫人的素质？这就叫人的素质！

后来她到杭州来看过我们，搽口红、画眉毛，衣服光鲜，挎着鳄鱼皮包，很像经理的样子。说她开的公司，也有近百号人——可我们这些老姐妹呢？还是一身蓝布褂子，两只袖套儿，桶儿拎进拎出，一副老样子。

还有一个叫娜娜的，是个小姑娘，福建人，据说考上大学了，但家里没钱供她，她就出来打工。她一来，就让我觉出她不一样：每次出工，身边总带本书，有空了就翻翻——我经常拿她做例子教训我儿子，说你看看人家是怎么学习的！我们接活儿吧，只要给钱的地方都去，但娜娜就不一样，特别是后来熟了，她和管理人员说，文一路、文二路、浙大教工宿舍这样的地方希望能够多派给她，路远一点也没有关系。原来那些地方老师多，她去了，就可以一边做家政，一边请教一些问题。后来听她说，那些老师虽然不像有的富人家能给小费，但人都很客气，见她这样做家政的还爱看书、爱请教问题，都很愿意解答，有的还送书送资料给她，弄得她直叫杭州人真是有文化、心地真是好！

我和娜娜关系蛮好的，我还请她到我家里去玩——想她如果和我儿子说得来，就让她影响影响我儿子，可我儿子一看到她，就嫌她土不啦叽的，逃都来不及。娜娜土是土了点，但人家爱学习，有文化——她的作文写得很好，每天都写。我看过她的作文本，字密密麻麻，文章长长短短的都有。里面记的两件事情，活灵活现的，我也顺便说给你听听：

一件是写她到了一个客户家里，发现房子是很大的一套，但床只有一张。人呢，一个是老头，还有一个是二十岁出头的女伢儿，两个人亲热起来还黏糊糊的。娜娜在作文里说，五里不同风，十里不同俗，杭州的女孩子，那么大了还撒娇，还和爷爷睡一张床？她回公司来和大家说了，大家"哄"地笑开了，说她笨——说这哪里是爷孙俩，这肯定是"包二奶"的呀。这一说可把她吓着了：原来，她还要到他们家里去做家政，她本来是打算要凑机会劝劝女伢儿自己另外搭张铺呢！

还有一篇作文也蛮有意思，说她到了一户人家，因为主人上下班有汽车接送，打电话手都叉腰的，所以她猜是个大干部。主人叫她去，除了搞卫生，还要让整理储藏室。那储藏室像是长久不用了，她打开来一看，吓了一跳：里面从高档烟酒到人参白木耳火腿，堆了满满的一间！要命的是，里面不少东西天长日久，都已经出乌花霉变了！

小姑娘一边往垃圾袋里扔东西，一边心里感叹——这些东西，随便挑一件，都值她做一个月的家政，如果都换成钱，不知道可以供多少个人读书啊。

看了她的作文，我还和她谈过几句天，我说这是个别现象，我们杭州的干部大多数是清廉的，你不要在外面乱说。再说，我们是做家政的，本分第一，保护客户的隐私是我们的职业道德。小姑娘听我话的。

这个福建姑娘真是不错,我当时就看出来,她有文化,素质也比我们这样的人要好。她来做家政,好比一个天鹅蛋,暂时落到了鸡窝里,时间一到,孵出来的照样是一只天鹅。果然不出我所料,一年之后她就回福建去了。后来她来过一封信,给我们大家的,还附了一张照片,里面的穿着也很洋气。信里说,她不做家政了,她现在是福建一个新闻单位里的记者,但是她很想念我们,想念她在杭州做家政的那些日子……

真的,做家政和单位里上班没区别——一定要说有,那就是手脚勤快了,脸皮变厚了,花花世界、人情世故看得更透了。还有,自从干了这一行,回到家,一点都不想做家务了——最好也请个钟点工,自己脚搁搁、瓜子嗑嗑,看着人家给我擦窗拖地板,然后爽快地付工钱……

小人物史记Ⅱ

保　镖

口述　冯耀阳（Rocky）　整理　金一铮

我不知道你是怎么找到我的，但可以肯定的是，你并不是第一个想来挖掘故事的人。我并不想接受采访，我的职业注定我永远只能低调。保镖是一种缺乏法律规范的地下行业，大多数人把我们看成"打手"，这种印象大多来源于影视作品。我可以肯定地告诉你事实并非如此，但我无法靠一己之力去改变人们的这种印象。

哎，你一个小姑娘，深更半夜来探听一个"打手"的故事，你不怕吗？

呵呵，不过你出现得很是时候，二十多年的故事，该有个人来听听了。

九岁——
我被越卷越远，甚至连"救命"都喊不出来

我不是一个喜欢回忆的人，真要说又不知道从何说起了，就从小时候开始说吧。

我家在江苏，父母都是生意人，有一个双胞胎的哥哥和一个妹妹。听说妹妹是抱养来的，可我并没有去求证过。虽然我从小被送去北京读书，但和妹妹的感情还是很好的。

在我七岁那年，父母把我送到了北京的姑姑那里，他们希望我受更好的教育。姑姑虽然不是我的亲姑姑，但非常疼我，因为她没有孩子。但那毕竟不是自己的家，我变得寡言少语，不太愿意和姑姑、姑父他们交流，才七岁就整天心事重重的样子。只有在每年假期回老家的时候，我才会恢复一点孩子的淘气和天真。

不过这点天真也在我九岁那年被扼杀了。那年暑假，我如期回到了乡下爷

爷家,正赶上雷电把家门口的老树劈断了。我已记不清那是棵什么树了,只记得它张牙舞爪地横在门口的小河上,枝间的鸟窝还颤巍巍地抖动着,几个鸟蛋整齐地躺在里面。

说到这里,你大概已经猜到我要干什么了吧?是的,我沿着已经烧黑的树干爬了过去,想掏那几个鸟蛋。结果,树干突然断了,我掉进了河里,那条平时看起来安静的小河,这时候竟是如此湍急,我被越卷越远,甚至连"救命"都喊不出来。那个时候,我甚至还来不及想到死亡,只是感觉无助和绝望。当然,我并没有死,不然你也没有机会听这个故事。我爷爷正好出来找我,一看我在水里挣扎着,就叫来邻居把我给捞了上来。

上岸以后,我才突然感觉到死亡的可怕,它曾离我那么近,那是我第一次感受生死。从那以后,我仿佛一下子成熟了。呵呵,一个九岁的孩子说成熟或许很可笑,但我的确是那么认为的。

十岁——
喜欢上张扬跋扈的生活,感觉很威风,跟电影里一样

接下来的故事可能就并不光彩了。我想跳过不谈,更想索性把它抹去,但事实上并不可能。

大概 10 岁以后,我开始发胖,并且一发而不可收拾,加上我不是北京人,父母也不在身边,胡同里的同龄人开始经常欺负我。这一度让我更加沉默,但很快我就发现了可以不再受欺负的方法。

那时候,因为父母的生意做得很火,我每月有很多的零用钱。我就用这些钱去请我们家这一带的小混混吃喝玩乐。他们和我称兄道弟,自然也帮我出头。渐渐地,没有人再敢欺负我,而我却开始喜欢这种张扬跋扈的生活,感觉很威风,跟电影里一样。

大概 12 岁的时候,我正式入了"黑道",跟着一帮大我许多的小混混到处打架滋事。

虽然我只是个小跟班,别人也从不要求我能打,但我自己却渐渐不满足于每次只是个看客,而且我也开始越发不能忍受我的肥胖,我决定减肥。内向的人往往都有一股倔劲,一旦决定了就要做到底。于是姑父给我介绍了个武术老师,14岁的时候,我开始习武。

两年以后,我凭借着一点武术底子,开始学习散打,教练说我进步神速,便推荐我去参加比赛,没想到还得了奖,有点意外。但就是因为这个奖,我后来考进了北京体育学院散打专业,那是 1998 年。期间,我接受了专业的保镖训练。

大一——
给夜总会老板做保镖,感觉很兴奋,很激动,还有点刺激

大一下学期,我在师兄的介绍下,给一个夜总会的老板做保镖。和那些看场子的不同，我只跟在老板身边，保护他不被一些来闹事的人伤到。这个工作让我赚得做保镖的第一笔收入，8000元。我记得当时的感觉是很兴奋，还有点刺激。于是，任务一完成我就疯狂购物，尽情享乐，还很义气地借钱给有困难的朋友。虽然我平时花钱也很厉害，但这和拿家里的钱感觉完全不一样，这是我辛苦工作的回报。

做保镖是非常辛苦的，基本上24小时与雇主形影不离，神经绷得紧紧的，几乎时刻处于备战状态。一般受雇于某个老板的时候都会有一份协议，比如老板出事，保镖该负何种责任；保镖任务完成，雇主给多少佣金；等等。按保镖的资历和业内口碑，佣金各有不同。

有些商界富翁招募保镖还要经过苛刻的考试，除了考验保镖的身手外，还要考验保镖的应变能力，处理突发事件的灵活性。因而，一个合格的保镖不仅要具备防暴、反恐、处理突发事件的应变能力，还要掌握电脑、英语、社交礼仪等，做到全面发展，而不是只会几下拳脚功夫。我那时候还是个学生，并不完全掌握那些技能，当然钱拿得也是最少的，但对一般的工薪阶层来说，一个月一万元左右的收入几乎是个天文数字。

辍学——
刑警生涯还给我留下了另外一样东西：防弹衣

或许是看多了外面的花花世界，我再也无心学业，2001年底，我等不及半年以后的毕业，就和一个朋友南下闯荡了。可保镖这个圈子不是谁都可以找到入口的，由于没有关系，任凭我们身手再好，也没有人请我们。可也不甘心就这样回去，于是我做起了散打教练和健美教练、保安教官，并且还考到了专业执照。可是，那时候我一心想做一名出色的保镖，我并不想就此"安逸"下去。

正当我内心极度动荡的时候，家里突然给我来了电话，说给我在老家谋了份刑警的工作。我当时心想，保镖只是保护个人，刑警是维护社会秩序和治安、侦破刑事案件，是为人民、国家、政府服务的，于是我选择了回江苏从警。

做刑警的那一年里，我学到了很多法律知识，这对我以后重返保镖行业非常有好处。在这个法制社会里，光靠武力是不能解决问题的，保镖更要掌握法律知识，在学会用特殊技能保护自己的同时，学会用法律来维护自己与雇主的合法权益。除此以外，刑警生涯还给我留下了另外一样东西，可能比法律更实惠，那就是防弹衣，辞职的时候，我偷偷将它留了下来，它就这样跟了我两年，除了大热天，我几乎每次执行任务都穿着它。

2003 年——
加入国际保镖组织，成为中国行动组指挥官

我一直是个极有野心的人，我不想将事业仅仅局限于国内，我一直在努力向国际保镖行业迈进。2003年，我加入了英国、美国、南非的几家国际保镖公司。

哦,应该说属于中国行动组指挥官,就是如果这些公司有在华行动需要配合就会找我为它们工作。但在成为正式会员之前,这些公司对我进行了严格的国际保镖资格心理考核和测试。等考核通过以后,我接受了非常严酷的反恐、防暴训练。

逐渐进入这个国际保镖圈子以后,我便开始从事保安教官、保镖教官等工作,暂时告别了危险。

我常常跟学生说,保镖是用生命去博钱,你们要随时做好与恐怖分子对抗的准备,这是一份在刀口讨生活的工作。但是,酬劳也是可观的,这往往与危险程度成正比。

2003 年 10 月,我们接到艺人梁某某、张某某、王某某经纪人的委托,这是美国国际保镖公司委派下来的中国特别行动组任务。在内地因场合、环境任务难度的需要,我们组建了临时作战队,共六人,其中一名是退役女军医。

我们在执行重要任务时,一般以作战队方式执行,主要分 A、C、D、E 四种队形。一般作战队执行任务是非常艰难的,不仅在配合上要达到默契,还要对客人即将出现的场所提前做勘察,制定护卫计划,一个作战组有不同的分工,开路、断后、左右侧警戒、场地外围警戒等,一般分为三级。那次任务,我非常"不幸",被影迷、歌迷在屁股上踢了五脚呢。哈哈哈!

有的歌迷不理解,觉得我们耍酷,其实我们是防备有恐怖分子混杂在人群中,或在所送礼品中藏有危险物品。因此,在现场我们不只与歌迷有摩擦,还与记者发生冲突,但事后一般都能妥善解决。

在保护明星时,被"狗仔队"与歌迷跟踪是较为正常的事。针对这一点,我们必须掌握反跟踪、反侦察监控技能。因此,像这类保镖任务,最需谨慎的便是行车。我们一般分三辆车,保镖专用车、工作人员专用车、客人专用车。从战术上讲,在客人车上必须有两名保镖随同,其他人员随专车,工作人员车在前,客人车在中间,保镖专用车行驶在后。

另外,我们还必须对客人的住所进行检查,要勘察每一个细节,进行地毯式搜查。对客人每次的进餐物品进行例行检查,对每一位接触客人的人员要提高警惕,如有潜在危险,立即采取应急措施。每次执行任务前,我们都会设计预案,必须严格按计划执行,一旦有疏忽,后果不堪设想。

遇险一——
被匕首狠狠地划了一道长口子,同事脸上留下了狰狞的伤疤

有一年冬天的时候,有人高价聘请我出任一项比较危险的任务,我考虑再三还是答应了,因为在那个时候,酬金的多少便是我人生价值的唯一体现。

可尽管我们小心加小心,状况还是出现了。记得那是国庆节的前一天晚上,我的客人比较高兴,请了很多朋友出去吃饭,完了还去泡酒吧,他那天特别亢奋,有点喝高了,这在平时是很少有的,因为他总是和我们一样警惕,可偏偏就是在那天,出事了!

就在我们走出酒吧后我去开车的时候，一群小混混嬉闹着冲了过来，他们看似无意地撞了我的客人一下，我的客人自然就狠狠地瞪了他们。他们马上就停了下来，一副要闹事的架势，我同事一看不妙就上去劝阻，想息事宁人，可那帮人是存心来找麻烦的，一眨眼刀都抽了出来。这时候，我把车开了过来，一看形势不对就赶紧冲了过去，他们一见我过去就以为是帮手来了，二话没说就动起手来，而且招招都很要命。如果在平时，我和同事应付这几个人是没问题的，可这时候我的客人喝得烂醉，无法自己退出战圈，同事为了护住客人，从左眼角到右嘴唇被对方的匕首狠狠地划了一道长口子，血一下子喷到了对方脸上。他们吓坏了，以为闹出了人命，立刻就跑了。顾不得去追他们，我将客人转移到安全地段后，马上把同事送去了医院，幸好没有生命危险。

一个月以后，同事康复了，只是脸上留下了狰狞的伤疤，客人为感激他的忠心护卫，把他留在了身边，做长期的贴身保镖，这样他以后很多时候都可以不用动手，光靠那张脸都可以吓退很多人，只是找女朋友就麻烦了。

遇险二——
对方四人把我的手紧按在了桌上，二话没说就一板斧剁了下来

大概是不愿意每天看到同事那张已变得扭曲的脸，我接受了一位广州客人的聘请。在接受聘请之前，我靠外围情报搜集对客人的基本情况做了一番了解，发现客人可能会有商业对手对他进行报复。

这次是我独立执行任务，没有搭档配合。意外发生在一天晚上，我随客人到广州某夜总会应酬，突然有两个人闯进了我们的包厢，张口就点了我客人的名字，我当时坐在房间左侧，立刻意识到情况不妙，马上迎上去应付，可没想到紧接着冲进来十个人，将我们团团围住，其中有一人手持板斧，我立即疏散了其他聚会成员，但对方将我与客人留下来进行谈判。

在谈判过程中发生了冲突，对方扬言要剁去我客人一只胳膊，我当然必须上前阻止，可对方四人把我的手紧按在了桌上，二话没说就一板斧剁了下来。我咬牙挺住，并没有反抗。当时我唯一的念头是保证我客人的安全。只要今天他们可以罢休，我完全可以承受这一斧，好汉不吃眼前亏。后由于某种在法律上的缺陷，我们没有报警。最后因我负伤而结束合同，但我手上留下了一道伤疤，至今手中仍然有两个螺丝钉、一根钢筋。

在中国，所谓危险的情况基本上是与刀对抗，如涉及高危险任务，那就是殊死搏斗，对方很可能持枪，或周边隐藏着狙击手、爆炸物等。在这样的情况下，保镖更需要冷静的头脑去应付。当然，出现这种情况的概率是千分之一，但如果遇到就绝不是武功可以解决得了的，唯有提前侦察出潜在的危险，寻求警方协助，因为按目前的国情，保镖没有任何权利佩带武器，在这个时候只有依靠警察。

你知道在我们国家，私人持有枪支是非法的，遇到危险，如你开枪了，把对方打伤或打死，虽然你保护了自己与你的客人，但是你违法了。这是非常严重的刑事责任。话说回来，以上这两种情况，你带枪有什么用？拿出来威慑对方？枪会走火

的,而且法律不允许。要捍卫自己,保护客人? 可你一旦向敌人开枪,后果就……

爱情——
每次我都是背着她到高高的看台上,看星星,看月亮

刚才不是说到我的手被人砍了一斧头吗? 因此父亲要求我到上海养伤,那时候他在上海经营餐饮店,全家人都一起搬到了上海。在养伤的那些日子里,我无所事事,便开始上网,很快,我就在网上遇到了她,聊了没几分钟,我们就见面了。她的漂亮一下子把我征服了,从不相信的一见钟情竟然在我身上发生了。一直到现在,我依然认为我们能走到一起是个奇迹。

她是上海人,是大学生,漂亮、矜持、成绩优秀。而她却偏偏喜欢我的叛逆,还有我的身材,哈哈,有些自恋了。这是我生来第一次恋爱,一直到现在,依然是我唯一的一次爱情。是她,给了我爱,也教会了我爱。

后来,我们在她学校附近租了套房子,开始一起生活。有时候,她上大课,我会偷偷地随她溜进教室,反正那么多人,老师也记不清谁是谁,而我那时候也长得比较嫩相,换上件运动衫,和普通学生没啥两样。

我们这样密切交往很快被她父母知道了,但并没有遭到她父母的反对,甚至他们似有把女儿托付给我的意思,因为她身体不好,有先天性心脏病,他们希望她身边能有个人关心她,照顾她。

那些日子,是我这辈子最快乐的日子,我们最常去的地方就是上海市宝山区体育场,她身体不好,却偏偏喜欢登高,每次我都是背着她到高高的看台上,看星星,看月亮,我们偎依着,相守着。每次,我们都谈到家庭,谈到孩子,憧憬着美好的未来。这也许是我最平静、最有安全感的时候了。

与她在一起的这段时间,我一直没有做长期合同,我把工作的时间全部给了她。为了照顾她,我养成了每晚穿着衣服睡觉的习惯,因为我每晚都要醒来好几次,看她是否安好。因为她的病,床头永远放着所有的应急药物。但是,幸福实在短暂,终于有一天,一直害怕的事情还是发生了。我在某一天的深夜醒来却感觉不到她的呼吸。我一边给她做抢救,一边等救护车,但还是晚了……

……嗨,对不起。你想不到吧,我也会这个样子……

她的父母没有怪我,只是默默拿走了她留在我那儿的东西,而我每个礼拜都会去看他们一次,我希望他们可以把我当作他们的儿子。她走后我一直是单身,没有接触过其他女孩,只是养了一条狗陪我解闷。我的生活变得没有规律,日夜颠倒,24小时只吃一顿饭,但似乎已习惯了。健身、上网、听音乐、看书、看报、去公园,这些构成了我的全部生活。呵呵,有些老龄化。

尽管现在我和父母生活在一个城市了,但我很少与他们沟通,也许是我刻意疏远了我与家庭的感情,是工作需要吗? 是的。我不想有太多人牵挂我,更不想去牵挂任何人。

平时与搭档在一起的时候,我们只研究战术、工作,从不过问各自的情感。因为我们都不能有太多的感情羁绊。今年,我的一个搭档在纳米比亚执行任务时身亡。我很痛心，但我唯一能做的只是祭一杯酒、点一支烟，因为连尸体都没有找到。

我是谁——
走在人群里，保镖也是个普通人，不招摇，不惹事，智商重于功夫

自从女友走了以后，我一直在考虑将来的路要怎么走，身上近百处伤疤提醒我该退居幕后了。

在这个法制社会，不是光靠武力就可以解决问题，以智取胜非常重要。由于保镖一直不为大众所接受，工作的压力和社会舆论的压力就是保镖的最大阻力。但我相信，只要国家有相关的法律，规范保镖行业，保镖的各种权益得到保障，保镖行业就可以光明正大地存在。而我，就打算为这个目标而努力。

我认为，走在人群里，保镖也是个普通人，影视作品上保镖的形象只是个别的，现在的保镖很多都是不显眼的，善于隐藏，有的甚至还有别的身份。我不工作的时候除了比较严肃以外，和普通人是没两样的，不招摇，不惹事。保镖要拥有灵活的头脑和冷静的判断，智商重于功夫，所以我现在在空闲的时候多是在思考和学习。我发现我有很多东西要学，包括经济、政治、国际形势，等等。

现在，我在全国有很多保镖朋友，他们都很相信我，管我叫冯哥，不知不觉中，我扮演起了经纪人的角色。

猎　头

□述　洪文祥　整理　真　柏

猎豹闻到了血腥味,它会不会随便放弃呢? 正面进攻行不通,我就赶紧换个话题

不知道猎头在你的心目中是个怎么样的形象? 反正我听到过的评价各色各样的都有。有的说我们是伯乐,专为人才发挥更大的潜力提供舞台;也有的说我们是挖墙脚的,专门鼓励人才这山望着那山高。仔细想想都有道理的,无非是站的角度不同而已。

作为一个猎头,我不想去争这些是非曲直,我只知道,为客户物色人才,是我的职业,更是我的事业。所以,人才有跳槽的愿望,我求之不得;即使没有跳槽的愿望,如果有更好的企业想用他,我也会千方百计地动员他、说服他,用杭州话讲就是嚛他,让他产生跳槽的愿望。如果大家都是安安耽耽地孵在原单位,一点想法也没有的,那我也就没饭吃了。

所以嘛,说白了,现在的我,就像是一只准备着伺机出击的猎豹,你要是认为自己也算个人才的话,那可要小心了,随时都有可能被我盯上的哦,哈哈。

做猎头,的确是跟打猎一样的。但凡人才,都是有点个性、不肯轻易就范的。所以啊,每做一单业务,都是个斗智斗勇的过程呢。

年前,浙江一家著名的医疗用品企业需要开发真空采血管方面的技术人才,我翻遍了人才库中的所有资料,也没找到对路的。抱着试试看的心情,我找来一本全国电话号码簿。真是无巧不成书,这电话簿上刚巧有一家军转民医疗设备企业的广告,是在北方的,联系人就是这家企业的总工程师,姓张。

我赶紧打电话过去,找到张先生。初步了解后,我欣喜地发现,他们的研究内容和我的委托方所需的十分接近。我就试探性地问他:"张工,请问这项技术的开发是由您亲自负责的吗?"在得到了肯定的回答后,我向他亮出了身份。我说:"我是浙江一家猎头公司的。"他说:"什么是猎头公司?我没听说过。"我跟他解释一番后问他:"您有没有想过到杭州来发展?"他很干脆地说:"我在这里做得很好,不想跳槽。"

你看看,才几句话谈下来,就把我给回死了,一点余地没留。但是你想,猎豹闻到了血腥味,它会不会随便放弃呢?正面进攻行不通,我就赶紧换个话题。我说:"还有件事,张工,我们这里有一家企业很需要你们生产的那种产品,要不我给你们牵牵线?"听说有业务可做,他的口气才又缓和了下来。看看机会又来了,我决定攻他个不备,当然,攻蛇要攻在七寸上,我用闲聊的口气问他:"张工,听说你们那边的工资水平很低的是吗?"电话那头沉吟了一会儿,说:"还不错的啦,每个月都有千儿八百。"那口气似乎十分轻松,但我却听出了其中的勉强。我心里马上有底了。我很有把握地说:"如果有一份月薪就能抵得上你现在的年薪水平的工作,您会不会考虑?"这一下,他的心理防线被我攻破了,虽然他嘴上还在说:"不可能的吧,哪会有那么高的工资?"

结果,当然是成了。这边的企业给张工开了 12 万元的年薪,还给了他一套房子。如今,他把老婆和孩子都接到浙江来了。

《专利公报》有发明人的电话、地址等联系方式,这对我来讲,远比武侠小说更有吸引力

我们做猎头的,信息必须非常灵通。你可能想不到吧,像我这样一个要靠信息吃饭的人,却是从信息十分闭塞的淳安山区里走出来的。不过我这个人从小就对信息敏感。

读中学时,因为我成绩好,老师让我课余时间管图书馆。那时候很流行看武侠小说,管图书馆就意味着可以尽情看武侠书了,同学们都羡慕得要命。有一次,一位同学来借书,看我津津有味地捧着本书边看边抄,赶紧凑过来,什么好书啊?

一看是本《专利公报》,他还有点不相信呢,反反复复地问我:洪文祥啊,你抄这种东西干嘛?他不知道,我从小喜欢物理,对搞发明很感兴趣。而这本《专利公报》不仅介绍了我国专利法颁布后的第一批发明项目,上面还有发明人的电话、地址。这对我来讲,远比武侠小说更有吸引力。我把那些发明人的联系方式抄下来,给他们写信。其实也没什么特殊的目的,就是想跟他们交流交流,请教一些问题。因为在我的心目中,这些发明家都是很了不起的。

那些信发出去之后,有几位发明家果真给我回了信,通过交往我发现,搞发明并不是高不可攀的事,于是也动手钻研起来。高中的时候,还真被我研究成了一种防盗密码锁。后来,我又获得了环保生态厕所、椅梯、U 形防盗锁等三项发

明专利,其中环保生态厕所还得了个奖,拿了两百元奖金呢,这在当时可算是笔不小的钱了。正是这件事,让我意识到了信息的重要性。

1988年,我大学毕业,被分配到新安江开发总公司下属的网箱养渔场。在这里一干就是七年。当时我们渔场的机制是很死的,大家没什么积极性。于是,我向领导提交了停薪留职报告,可是公司领导不同意,而且在此后不久提拔我为副场长,希望能稳定我的心思。后来我又打了两次辞职报告,结果还是没被批准。

我在一家职介所认识了一个女孩,她见我想法蛮多的,就说,你索性来承包我们这家职介所得了

1992年,我偶然在报上看到一篇小文章,题目是《沈阳出现了国内首家猎头公司》,我一看就有兴趣。从那以后,我就开始注意"猎头"这一名词了,觉得这一行业潜力无限。

1995年5月31日,我怀里揣着从朋友那里借来的2600元钱,正式辞了职。

做事业,总要先积累点资金吧。我跑到诸暨,用2000元钱批来了一大袋珍珠项链,拿到淳安的威坪镇去卖。在威坪丝织厂的门口,铺了一块红布,整整摆了一个下午,结果只卖掉了5元钱的东西。想想这样也不是个办法,就厚起脸皮一家一家地去敲门推销,几乎跑断了腿,磨破了嘴,好歹卖掉了100多元。然后转到了安徽的歙县。

在歙县跑了三天,结果也只卖掉了100元。为了省钱,我每天只吃面条,不敢点菜。有一天实在馋得不行了,就点了一元钱的炒螺蛳。看来在歙县也混不下去了,我这才决定到杭州来。这之前也不是没想过来杭州,但我实在是没勇气来啊。我有不少大学同学在杭州,我怕让他们看到我这副落魄相,其实我这个人是很要面子的。

当时武林广场有个自由市场,我背着一袋珍珠项链向那些摊主推销。没想到这次更惨,推销了四天还没卖足100元。

一天,我在汽车东站的一家职介所认识了一个女孩,她见我想法蛮多的,就说,你索性来承包我们这家职介所得了。当时艮山门一带有不少职介所,生意都是蛮好的。所以那女孩这么一说,我就真的动了心。

女孩带我见了老板,那位沈老板一副精明的样子,他提出每月的承包费要1500元,要我先付半年。可我哪来那么多钱啊,只好跟他商量,能不能先交500,让我试做一两个星期。结果做了一个星期,果然就赚到了一千元。于是我退掉了在石桥租的住处,在职介所里摆了张钢丝床,打算好好地做这一行了。

这一段,大概就是后来当"猎头"的最初的试水吧。

身上有了点钱,我的心思又活络起来了,感觉做职介接触的人层次太低,虽然能赚点钱,但没什么前途。后来几年我又尝试做过别的,平心而论我很努力,但也许是运气不好吧,始终没干出什么名堂来。

潮起潮落

我急中生智,在和人才中心领导商量后,大笔一挥,把年薪8万的改成了20万,把1.2万的改成了3万

1997年7月,经人介绍我认识了《乡镇企业报》的副主编,他说,我们广告部现在正需要人,不过没有底薪的,你要是愿意,就过来试试吧。

那个时候我很落魄,穿了件白衬衫,领口都是发黄的。刚到报社,连张办公桌都没有。为了联系广告,只好整天在公用电话亭里打电话,掏的都是自己的钱。打了几天电话,身上仅有的一点钱又没了。就在我快绝望时,终于接到一笔2400元的广告,虽然是个小单子,但我已经很兴奋了。

局面慢慢地打开了,报社领导见我很勤奋,人也灵光,就给我找了个可以坐坐的地方。

前面说过,我这个人,对社会上的各种信息一直都是比较敏感的。当时乡镇企业发展快,"星期天工程师"应运而生。针对这个现象,我建议报社搞一个乡镇企业和高校之间的协作网络。总编听了很感兴趣,当即表态让我搞这个项目。结果运作得还算成功,企业和高校反响都不错,活动结束后报社还盈余了2000多元。报社领导很满意,后来成立科教部,领导就点名让我负责。这一安排,为我日后的工作打下了基础。一直到现在,我都从心底里感谢。

有一天,义乌一位号称"打火机大王"的黄老板打电话到我们科教部,想请我们帮助找一位精通胺纶包覆丝技术的工程师,我马上想到了上次活动中结识的某高校一位姓周的教授。一联系,还真巧,他们在上虞就有这个项目的试点,而且技术已经比较成熟了。黄老板和周教授的合作很成功。作为酬劳,黄老板给了我2万元。这是我第一次尝到经营人才的甜头。

1998年上半年,报社成立浙江省乡镇企业服务中心,主要搞人才信息服务,还是由我负责。我找到了省人才中心,希望能和他们联合举办乡镇企业人才交流会。为什么不自己单独搞? 老实说,一来是想借他们的名气,二来是想利用他们的人才资源。

为了使这次人才交流会更有实效,我在会议期间策划了一个"高级人才交流会"。省人才中心很支持,专门从他们的人才库中精选了25名"高级人才"。我一看名单,差点泄了气:这些所谓的高级人才,年薪最高的开价才8万元,最低的只有1.2万元,这算什么"高级人才"嘛! 我急中生智,在和人才中心领导商量后,大笔一挥,把年薪8万的改成了20万,把1.2万的改成了3万。

这次交流会很成功,有6名高级人才被企业正式聘用,最高年薪超过了20万。整个活动不仅没有亏本,还盈余了近2万元。我觉得特别有成就感。

靠这些原始的办法,我在不到一年时间里建起了一个拥有2万多名人才的人才库

1999年6月,浙江省乡镇企业局并入省经委,我们《乡镇企业报》也面临着调整。于是,我借机注册了"浙江千里马人才服务中心",成立了真正的民营猎头公司。在本省,算是比较早的。

有意思的是,我还没有去"猎"别人呢,自己就差点被别人"猎"了去。

那次人才交流会成功举办后,人才中心就开始注意我了,他们多次跟我联系,希望我过去工作。可是我想来想去,最后还是没去,因为我想干点自己的事。

为了收集人才资料,建立自己的人才库,不瞒你说,我真是什么招数都想过。平时,经常到人才市场门口去溜达,一旦有机会,就主动和那些"人才"搭讪。如果得知哪里在举办大型会议,就要想方设法混进去——会议材料中一般都有名单嘛。如果真的混不进去,就找到宾馆的商务中心,或者会场附近的打字店,把他们废纸篓里的废纸全部买回来翻找,因为会务人员很有可能临时到这些地方复印材料。还有一个很绝的办法,你们肯定是想不到的,就是花钱向名片店购买制作名片用的铝板,把名片翻印出来,再把有用的一张张地挑选出来登记造册。

就是靠这些原始的办法,我在不到一年时间里建起了一个拥有 2 万多名人才的人才库。在有的人眼里,我们这些手段似乎是不上台面的,老实说,谁会心甘情愿厚着脸皮去干那些事啊,可是创业阶段嘛,要生存就要有手段,没办法啊。

2000 年夏天,我在省展览馆办了场夏季人才交流会。随后,又针对高级人才应聘的时候都希望隐蔽一些的特点,在中北大酒店搞了一次浙江省中高级人才封闭式交流会。在筹备这两次交流会的过程中,我又遇到了一些麻烦。就说一件事吧。本来我已经跟一家报社谈好了这两次人才交流会的广告,协议也签了,广告款也付了,可是第一期广告见报后,第二期却迟迟没有按时登出来。原来是有人说,这个千里马人才服务中心是家民营企业,没有资格举办人才交流会的。其实我心里清楚,他们是好意,还是想让我去他们那边工作。

可我辛辛苦苦准备了那么久,把全部的资金都投了进去,豆沙都已经吃到嘴边了,怎么可能不办呢?民营企业没有资格举办人才交流会,谁规定的呀?

两次人才交流会最后还是如期举办了。有关领导知道我的不易,最后还是放了一马。所以直到现在,我还是打心眼里感激人才中心的几位领导,更不敢忘记省人才协会徐天祺老师及众多前辈和朋友的扶持。

那个高级人才封闭式交流会办得特别成功,不少媒体还热热闹闹地炒了一把。但是随后,省里有关部门就出台了一个政策,民营人才中介再办人才交流会必须经有关部门批准。

做猎头最怕的就是客户不能及时按合同约定付款,有人曾建议我打官司,我考虑来考虑去,最终还是放弃了

不能办人才交流会了,我赶紧转变工作重心,腾出更多的精力中介高级人才,做起了真正意义上的猎头。

刚开始,人们对猎头公司还不了解。我去印名片,打字店里的小姐笑开了,说,猪头公司?你们怎么取这种名字?是专门做猪头生意的?我们跑到乡镇企业去,问他们需不需要找人才,他们说当然需要了。可一听说我们的服务是要收费的,就都摇头了。有的说,我们是在为社会解决就业啊,怎么还要向我们收费?

有的说,给你们点劳务费也是可以的,但是哪有收这么高的费用的?

我们一般是按照该人才年薪的 20%～30% 收取费用的。这是行规,不是我自己随便定出来的。做猎头这行,你们想想可能花不了什么成本,其实并不是这么回事。先不说做成一笔业务要花费多少时间和精力,单从看得见的成本上说吧,公司运作要成本、收集人才库要花钱、把人才约到酒吧或茶馆接触得买单……推荐人才后,还要定期回访沟通,帮助人才尽快适应新的工作。这些都是要花费的。

所以做猎头最怕的就是客户不能及时按合同约定付款。大前年,有家企业委托我们物色班子。总经理的人选费了不少周折,最后相中了杭州一家专业市场的老总。接到我的电话后,这位老总第一句话就是,你怎么知道我的电话的?是谁向你介绍的?那口气是很不高兴的。我用非常礼貌的口气,说了大致情况后,他才说,现在不方便,你回头再跟我联系吧。经过反复几个月的工作,最后总算成功了。这单业务,按照协议我可以拿到 16 万中介服务费,可是那家企业却只肯支付 5 万元,跟他们谈判了一个多月,最后才拿到了 7 万元。

还有一家企业,想从台商的企业里挖高级营销人才。他们找了一年一无所获,我花了一个多月的时间,在上海一家台企找到了一位姓李的营销总监。可经过两个多月的接触,小李还是没有动心。后来,小李遇到了车祸,我得知情况后,赶紧把信息发给宁波那家企业的老总,让他赶去医院。这一招果然奏效,感动之余,小李接受了对方 36 万元税后年薪的邀聘。按协议,企业要支付我 9 万元的费用,这时他来跟我还价了,说给你 5 万吧,已经不少了。我当然不同意,就一直拖着。半年后,因为小李的管理方式伤到了一些老员工的利益,结果小李回到了原公司,我们 6 个月的辛苦也打了水漂。

当然气啰,很多人曾建议我打官司,可是我考虑来考虑去,最终还是放弃了。原因嘛,一方面是猎头公司刚刚起步,打官司无论对我们公司的形象,还是对猎头这一行业的声誉都会有影响。另一方面嘛,刚刚起步的时候不够规范,很多业务都是口头协议的,就是打了官司也不一定会赢。况且我们哪有时间和精力去打官司啊。

现在有很多企业老板,经常会在半夜里打电话过来,约我去喝茶喝咖啡,跟我聊他们遇到的问题,常常一聊就是一个通宵。这些服务都是不收费的,却特别费神。可他们是信任我才找我的啊,还不好拒绝的。而且,这也是潜在的客户吧。

其实我们已经不是在做单一的人才中介,而是在做与人才相关的沟通、协调等方方面面的工作,早已超过了简单的中介含义。但是现在行业的收费还不太规范,这样一来,公司的口碑虽然不错,效益却不太明显。所以今年我打算做一些调整,推出一些新的服务产品,一些企业咨询方面的业务也要考虑收费了。毕竟,我是在做一个企业,口碑和效益还是并重的。

私家侦探

口述 王 诚 整理 曹晓波

车子上高架，出绕城，又上快速，我们不近不远跟牢。这女人肝火蛮旺，咚咚咚就上了楼

我这个杭州人，以前捧的是公务员的金边碗，浑身上下，却没有一点杭州人的安耽相道。2003年春天，几个吃刑侦饭的朋友一起喝茶，有人说，我们出来搞私家侦探好不好？我一听正对胃口。也有人反对，说这行当还没有开放，不来事的。我说啥叫改革？明文允许干了，还轮不到你了。要吃就吃头口水，吃好了，就是楷模，一放开，这个行业的标准就是我们。

说干就干，我就辞职了。

我学的是法律，法律上没有明文禁止的事情，我晓得也应该悠着一点。所以，工商登记的名称是浙江猎鹰商务咨询公司，咨询什么？企业商业调查、个人资信调查，还有私人侦探、私人保镖、私人行踪定位。当然，前面两项是写在业务范围的；后面嘛，就是擦边球了。

"个人资信调查"是啥？现在买车买房，最方便的，信用贷款。信用怎么衡量？空白，没有具体条文，没有归口部门。我们利用掌握的资源，就钻这个空白。要调查，就要跑出咨询范围了，这也是在法律的边缘上行走。

公司一成立，第一笔业务记得蛮清楚。一个女的，四十岁出头，戴阔边眼镜，一说话眼睛好往镜边上打量人。她说怀疑老公有外遇，又没有具体证据，只有老公手机上一个使用频率很高的电话号码。我一看号码，建德新安江的。我问她

潮起潮落

要我们做什么？她说查实号码的地址，查实持有人与她男人的确切关系。我说你还想不想夫妻和好？她说那肯定想的啰。想的，当然要"想"办法了。要不然，以后的日子两个人心里都搁牢的。我说，床上的证据是不收集的。这是"裙边"，滑出去就违法了。

我们拿了她老公的照片，星期五临下班，"泊"在她老公的单位门口。按这个女人的说法，每一个周末，她老公都"活动"。那座大楼里的人走得差不多的时候，她男人出来了，上了一辆桑塔纳，一个人，也没有向家里的方向开。我说有戏了。赶紧掉转车头，跟在屁股后头。

车子上高架，出绕城，又上快速，我们不近不远跟牢。毛两个钟头，车子到了白沙镇。我们不敢跟得很近，不料过十字路口的时候，"吃"了一只红灯。等到红灯过去，前面是一个转弯。再怎么看，没有一辆车子像的。

我说不急的。我们在镇上找了一家花店，我问，能不能代送鲜花？店里说可以的。我说地址不知道，只有一个电话号码，请你先联系一下，主人在不在家。花店马上拨通了电话，接电话的是个女的，她说鲜花是哪位送的呀？花工说送的人不肯说，想给你一个惊喜。那个女人蛮高兴，笑得电话外都能听见，痛痛快快报了某某花园某幢某单元四楼。

我和送花的说，麻烦你看清楚房间里有几个人，再请女的签一个名。送花的去了，我们跟在后面。送花的出来说，房间里还有一个男的，四十多岁。长相打扮一说，我们说就是他了。送花的将签了名的回单给我们，这一来，地址、姓名都有了，缺少的就是证据。

私闯民宅是不可能的，只有守在楼下等机会了。这是2003年的夏天，守到八点多，男的和女的出来了。女的二十岁出头，条杆儿好，漂亮，小鸟依人，难怪男人要入"魔窟"了。他俩逛到新安江边，江岸上人来人往像个闹市，但江雾弥漫，凉风习习，绝对是纳凉的好地方。两个人挨了一起坐在江堤上，我赶紧用夜视镜相机拍了几张。

不过，这也说不上是男女苟且的证据。我说我们还得守，守到两人回了女孩子的家里，守到我眼皮都快张不开了，电灯才关掉。我赶紧给委托人打电话，我说你的要求我们都办到了，下一步，你自己看着办。这女的算厉害的，放下电话，深更半夜从杭州打的赶到了白沙镇。

她下了车子蛮激动，说话都在打颤。我说大姐，我们到此为止，不能再参与了。在这以前，道理在你一边；这以后，你要是处理不当，很容易"豁边"（超出应有的范围）的。她说要报警。我说你要是还想挽救夫妻关系，最好不要公安出手。

这女人肝火蛮旺，咚咚咚就上了楼。一会儿工夫，四楼的门板敲得一栋楼全听见了，一边敲，一边炸聋皇天地叫她男人的名字。夏天哎，新安江镇的人都是开了窗门困觉的，不晓得出了啥事情，都起来了，挤得那个楼道全是人。她老公没有办法，只好开了门。这女人进去，问男的，是叫你们领导？还是到派出所？男的吓坏了，恳求他老婆，说我们还是到派出所。为啥？他是公务员哎，领导一晓得，前途都没了。我看最倒霉的还是那个女孩，邻居脚边，还有啥脸孔走得出去？

全皮革城中"金利来"最多,我说我们是杭州四季青市场来的,想进一些"金利来"包儿

做了一年,我看出了商机,从"猎鹰"出来,单独干了。我在西湖新村租了一间四十多平方米的办公室,注册了一个黑森商务咨询公司,业务么,还是"猎鹰"那一点老套头。

也靠朋友介绍,小业务。按揭买车的信用了解啊,单位债务调查啊,靠的就是关系网,要没有社会关系,没办法吃这碗饭的。哪怕最平常的"个人行踪",你去宾馆饭店查查看,某人啥时光同人家女的开过房间,没有关系,光凭一点小聪明,办不到的。

杭州还有一个优势,社会治安好。这不是吹捧,确确实实,不存在黑社会。本地人绝对是不要有事情,外来的,形不成气候。哪怕有几个穷凶极恶的,也是小混混,称黑势力,勉勉强强;称黑社会,远远不够。初到杭州创业的生意人,怕的就是这些。

有一段时间,我在网上、报纸上做了广告。你要是有兴趣,现在点一点"中搜",还看得到前几年的"黑森"信息。信息一出去,电话就不断了。有一个金利来杭州办事处,要我们协助打假。提供的信息是海宁皮革城发现假冒金利来,要求找到窝点,拍照取证。我说可以的,但这涉及人家的经济利益,又是制假者的家门口,有一定危险性,费用要高一点。对方也蛮爽气,10万块,马上签了协议。

第二天我就和助手去了海宁,皮革城走了一圈,什么名牌都有,还便宜。别的我不敢说,"金利来"的人告诉我,这皮革城里,绝对没有"金利来"经销点的。我们找了一家店,是全皮革城中"金利来产品"最多的,店主是一个四十来岁的胖女人。我说我们是杭州四季青市场来的,想进一些"金利来"包儿。胖女人一口带上海腔的海宁话,她说皮革城里她的店"金利来"款式最多,让我们挑吧。

我装模作样地看货,我说东西还是可以的,要的数量蛮大的哩,一万只,你这点货远远不够。她说你放心,要多少有多少,比你大的生意我都做过。我说要不签个协议,我先付订金,你按我要的品种配齐。

胖女人的道儿相当老,她说协议没有必要的,你点出品种,说好数字,定落日子一手交钱,一手交货。我说你放心我还不放心嘞,有协议总比没协议好。她说你到"四季青"××号去打听,我们都有往来的,就是没有看见过你,生面孔一张,第一次来? 我说是的,我们老板刚刚盘了一个铺位,想卖一点名牌货,进的价格又想低一点。

胖女人说话干脆利落,她说朋友,你数量大,价格你也不要还了,给你最低的。我说多少? 她说10块。我吓了一跳,我说"金利来"蛮贵的哩,国际名牌,10块? 质量会不会有问题哦。

她说阿弟,一看你就是外行,我要是想调排(捉弄)你这种人,调排得你爹娘老子都不认识,你还要谢谢我嘞。你到别的摊位去看看,哪里有真货? 质量,你放心好嘞,绝对保证的。

潮起潮落

我说大姐,你说了半天,带我们去仓库看看货好不好。她一口回绝,说这不行的。我说我也是给老板打工,万一你包装打好,运回去质量出问题,我怎么交代。要是不行,我只有换一家了。胖女人看我说得一本正经,她说这种事情我也要回去商量商量的,要不,你留一个电话。她怕我们去找别的铺位,再三说你们不要去别家了,放心好嘞,都不会让你们看仓库的。

第二天,胖女人来电话了,她说你们来好了,我带你们去看仓库,货款带足,一看好,就发货装车。我们是真买,我和"金利来"说过的,做这种事情你们要掼本钱的,反正打赢了官司可以向对方全额索赔。

我赶紧叫了一部130货车,赶到海宁。胖女人带路,汽车在离皮革城十多分钟的路边,拐进一个居民住宅,到了一间房子前,门一打开,七八十平方米一个仓库,黑压压一片,前面丁零当啷挂了样品,后面的纸板箱一直堆到房顶。

我说拍张照片传给老板看看,她急得连挡带叫:拍不得的哦,拍不得的哦。我说我们钞票都带来了,只要传过去给老板一认可,马上付款装车。她说不行的,不行的,要么你们今天各个品种先拿十箱去,明朝再来。我说你当我是开"货的"啊,跑的趟数越多钞票赚得越多。我问你买货哎,来回跑,吃不吃力?

我拿出手机,假装和老板汇报,说了一通不让照相的理由,又自演自说:哦,我们又做"白袍(跑)将军"了,那就算了。胖女人一听,有点泄气。她和看仓库的男人说,照道理是不好给你们拍照片的,今天我算胆子大一大,让他们拍,算了。

我用数码相机拍了照,附近找了一家网站,将照片发到公司。回来马上将一万只皮包装了车,当即和老板娘到银行,付了10万块钞票。

当天晚上,我将一万只包儿连同照片交给了"金利来"杭州办事处。"金利来"的人说,律师说的,最好要有电话录音。怎么办?我说办法还是有的。第二天,马上派人去买了一只有录音功能的电话机,装好,给海宁的胖女人打电话。我说老板,你说这批货虽然不是真的"金利来",质量还是可以"三包"的。我们老板不大相信,一定要我和你再敲实一下,省得以后说不清楚。胖女人说,我跟你说过的,牌子是假的,货是好的,要是质量有问题,你尽管来寻我。跑了和尚,还跑得了庙?她还说了我一通"搞不灵清"。

到此,我们的工作就完成了。后来?"金利来"和工商局的人去了,拿了证据,按图索骥,端掉那个窝点了。

电视台为这件事做过一档专题,律师做正方,记者做反方。我和女客户、保镖都上了节目

我们的业务,多少还是有点社会意义的,无非大小而已。有一天,来了一个女的,四五十岁,瘦脸,像个文化人。一开口,不显山不露水。她说想雇个保镖,一天24小时,时间比较长一点。

我心里咯噔一记,第一次,心里没有底。我说你能不能介绍一下情况,我们也好有针对性地给你派保镖。她说,我和男人在办离婚,他变了法想害我。有一天早上,我一开门,就看见门口放了一个血淋淋的鱼头;有一天落班,厨房的纱窗被人拉开了，撒进来了不少不明粉末。

她说完，我总算心放落了，不是暴力倾向，也没有啥不良背景。话说多了，我也看出来了，她多少有一点思虑过度，轻微神经质，想寻求保护。我说好的，你对保镖有什么要求？她说最好年轻一点。

我找到了一个朋友，刚从部队复员回来，原来是侦察兵，正闲着。我和他说，这事情看起来普普通通，但你还是要有一点心理准备，万一男方来闹事，你只有保护女方的责任，不允许有进攻的行为。你那套侦察兵的格斗本事，千万不要拿出来吓人。

这是我公司成立以来最轻松的一笔生意，每天一早，保镖开车从闸弄口接这女的，送到惠民路她的单位。落班从惠民路接到闸弄口，晚上保镖睡在她家里。一个多月，直到法院开庭，保镖陪她出庭，平平安安，一颗痱子都没有生。

杭州电视台为这件事还做过一档专题，当然不是正面宣传，是以正反方的形式辩论所涉及的法律问题。万马律师事务所的律师、《e时代周报》的记者、我和这个女客户、保镖都上了节目。女客户和保镖的脸用"马赛克"处理过的。

律师做正方，记者做反方。譬如说，你们的调查是否涉及法律的禁区。律师说我们绝对保护个人的隐私与权利，有些事，政府部门是不管的，这是空隙，有需要，就有市场，这也是"黑森"能存在的理由。《e时代周报》的记者提出偷拍和窃听的问题。我说，你说的偷拍，我理解只是指私人住宅内的拍照，公开场合，我个人认为不应该属于偷拍范围。我们搞的录音，也是和窃听有所区别的。我说，凡是法律没有明文禁止的，我认为还是可以做的，主要是看我们怎么把握。我们的宗旨是帮助弱势群体，有一些要求，譬如短时间地寻求保护、搜寻证据，要是求助人确实有经济困难，可以减免费用。

这个节目一做，"黑森"的名气大了不少，情人节一到，要求行踪定位的，推都推不开。电话上说不清的，找上门来，五花八门都有。

我们有原则的，有的业务，超出了法律范畴，你钞票付得再多，也不做的。有一个朋友，托过来说，他有一个女友，和他分手了。为啥？据说找了一个比他强的男人，有权有势、有房有车。这个朋友痛苦了一段时间，想想自己除了年轻是一大优势外，其余的都不如人家，只要女朋友幸福也就算了，毕竟这个社会太讲现实了。

哪里晓得他一打听，心里翻上翻落，不平了。为啥？因为那个有权有势的男人"过"手的女人有不少啦，有可能就是玩玩的。他气不过，托朋友到我这里来了，他说这个有权势的男人现在是信誓旦旦，只爱他女友一个。他就想戳穿这男人的鬼话，他要求黑森公司找一个漂亮一点的女孩子，去搭那个有权势的男人。他说，我就想要女朋友晓得，那个男人早晚会攉掉她的。她太单纯了，要让她晓得，这个社会"险恶"的一面。

那个有权势的男人，是个公务员，有背景。不是我动不动就说公务员，我这周围，托去托来，都是这圈中的人。我说朋友，帮帮忙了，这个事情我做不来的，不是我不会做，挖陷阱设套儿，公安破案都不允许用的。做我这个行当，就是你借了我一百颗苦胆，我也只有说一声"谢谢"。我说朋友，这碗饭我还想吃下去，

潮起潮落

再退一步说,人家说他没有结过婚,是正当找对象,道理就不在你一边了。你啊,门牙打落,痰唾水拌拌,咽进肚皮里算了。

2005年的"三八"妇女节,公司在武林广场搞了一个免费咨询活动,是经过"市容"批过的。牌子打的是为妇女维权,当然,目的还是商业广告。主要是房产、婚姻两块咨询。房产一块,请的是相关律师;婚姻这块,是我们公司的人,咨询的内容主要就是调查和行踪定位。

来这一块咨询的妇女绝对比房产咨询多,好像现在银行门口买基金。穿戴体面,问这问那,有备无患,公司的几个人都应付不过来。到了下午,几家报社的记者也来了,进行了现场采访,第二天,都进行了报道。

一报道就出祸水,工商找上门来了,说我们是违法经营。为啥?营业执照上我们没有"调查"这一业务啊,不允许的。我晓得这是我们的错,哑巴子打官司,嘴巴张张,说不上话语。工商拿走了我们不少调查方面的资料,我也只好等着处理。

后来,工商调整了我们的业务范围,将其扩大到了贸易,但"调查"是无论如何不允许的。我还搞什么啊?只有关门了。说实话,我做这个公司,就是想名正言顺地做一个福尔摩斯式的私家侦探。哎,关门快两年了,我还是不死心。我说,只要有需要,就是市场,这私家侦探,我做梦都还是想做的。

涉外导游

徐昕（Kjiell）

有时候客人问我一个问题，恰好是我刚刚学会的新知识，感觉就会很"爽"。比如有客人问："街上的电动自行车多少钱一辆？"这个问题，我一分钟前刚刚问过地陪，于是立马告诉他："大约三四千元。"他接着问："电瓶很贵吗？""大约500元。""电瓶的寿命多长？""基本上一年要换一台。""充一次电能跑多久？""大概能跑一整天。""一天能跑多少公里？"……得得，就算知识再丰富的导游，也招架不住您这么刨根问底啊！我只好老实交代：其实，我从来都没骑过电动车。

这两年，我最大的进步就是，很多问题不等老外开口问，我就能提前把答案公布了。比如老外在街头看到一个小孩，神神叨叨地跑来找我，我赶紧抢在他前面说："你是不是想问为什么中国的小孩屁股上开着个洞？"老外一听，头点得跟木鱼似的。再比如，早晨跟客人见面，问他们昨晚睡得好不好，还没等对方回答，我就说："中国的床太硬了，对不对？"久而久之，老外们都觉得我是个很"神"的导游。

"好弄"的老外

说句良心话，瑞典游客的确是好弄。具体表现之一，就是听话、守时——瑞典人守时到怎样一个程度？早上集合，我通常是全团最后一个赶到大堂的。一看客人都聚在那里了，我赶紧说："对不起对不起，我来晚了。"他们说："没晚没晚，还有两分钟呢，是我们来早了。"最后一天要退房，我告诉他们："8点45去前

潮起潮落

台退钥匙就足够,不用提前,因为我已经把酒店查房的时间都算进去了。"尽管说得这么明确,第二天我8点半下楼吃早餐,还是发现我的客人已经齐齐地站在大堂里了,说"反正也没什么事,不如早点等着"。哎,他们是没什么事了,可我还没吃早饭呢!

我曾亲眼看见,有个带×国团的导游,因为帮一位客人换钱而晚到了几分钟,被其他客人骂得狗血喷头。所以我应该庆幸,我遇到的瑞典游客大都十分有礼貌,我想这大概就是我们常说的"素质高"。或许真的是这样,经济条件好了,人的精神面貌也会不一样的。

旅游团的司机一般都会在大巴上卖矿泉水,10块钱3瓶。我很直接地告诉他们,超市也有卖的,要便宜很多(我这样说主要是防止客人发现价格有差异而投诉我们)。但是老外仍然喜欢在车上买水,他们很愿意让司机赚点小"外快"。有时候客人拿了100块钱来买水,司机手头没有零钱找,我就说:"你们先拿水喝吧,等有了零钱再付,喝够了3瓶自己把钱投进车前的小盒子就行。"向老外卖水,司机们都很放心,小盒子里的水钱,只会多,绝不会少。

瑞典人的友善,有时候真的让人感动。有一次我们从上海坐火车去苏州,大件行李是托运的。到了苏州的酒店,拿到行李箱,我发现搁在夹层中的一个信封被人动过了,里面480元人民币不翼而飞。当天我就现身说法提醒客人,千万别把贵重物品放大件行李中。吃完晚饭回房间的时候,我看见很多客人聚在走廊上正说着什么,一见到我来,立刻作鸟兽散,全都回到了自己的房间。

其实我已经猜到他们在嘀咕什么了。果不其然,第二天早晨上车,领队递给我一个信封,说:"你是因为带我们的团才丢钱的,这个损失不能让你来担。"我也不知道该怎么办,推了半天,最后还是收下了那个信封。后来打开一看,居然有900多元,是我丢失的整整两倍!

突发事件

带团最怕的是突发事件。

最近在上海的那天早晨,全团突然上吐下泻。以前客人吃坏肚子的事也是常有的,但像这一回,全团24个客人,加上我这个全陪,居然无一人幸免,绝对算是很严重的"事故"了。

一开始,我还觉得不会有什么大问题,直到中午,病得最严重的那个客人在我眼皮底下突然摔倒,我才紧张起来。当时我还以为她被什么东西绊了一跤,正要去扶,只见她的嘴里吐出一大堆脏物,紧接着,大小便失禁,全身上下没一处是干净的……

在场的人统统吓呆了。连这位客人的丈夫,也呆呆地站在一边不知所措。不知是谁说了一句:"赶紧叫救护车吧!"我才反应过来,赶紧拨120。

就在这时,躺在地上的客人制止我说:"千万别叫救护车,让我躺一会就行。"我疑惑地看看她,再看看她丈夫,她丈夫说:"没事没事,不用去医院。"我再转身看看领队,领队也说:"让她躺一会就行了。"这时司机和地陪在一旁不断地提醒我:"不把她送医院,万一出了事咱们可担不起!"

然而无论我怎么做工作,客人都像小孩一样,就是不肯去医院。我实在劝不动他们,唯一能做的,就是去超市帮客人买了套干净的衣服。

等客人换上一身新衣服,从洗手间里出来时,居然是一副活蹦乱跳的样子。她很开心地对我说:"我已经没事了,可以跟大伙一起参加活动了!"

然而,事情却远没有想象中那么简单。晚上去马戏团看杂技,20个客人全趴在酒店里起不来了,只去了4个客人,还没看到半场,也全都吐得稀里哗啦。旅行社、酒店、餐厅的领导都赶来了,他们说,肯定是食物中毒,全团去医院吧!

但无论我怎么动员,他们就是不肯去医院。我说:"如果是食物中毒,我们一定要追究餐厅的责任,但你们至少得去医院验个血留个证据才行啊!而且你们都买了保险,不用花钱的!"可是客人却异口同声说:"没事没事!"有个老头悄悄对我说:"Kjell,我这一辈子旅行过很多地方,吃坏肚子是很正常的事,你不用担心。"很多客人还反过来劝我:"你赶紧休息吧,你自己也拉肚子呢。"

老外为什么不肯去医院呢?或许是因为信不过中国的医术?或许是太累了,觉得上医院麻烦?或许是怕耽误后面的行程?我却想到了另外一种可能:他们是不想给我添麻烦——这可不是我自作多情,以我对瑞典人的了解,有些友善的客人还真是这么想的。

第二天我们从上海坐火车去苏州,苏州的旅行社特地配了两台车给我们,一台继续活动,一台直接送医院。结果虽然大家都病歪歪的,却没有一个客人选择后者。等这个团到杭州的时候,大家基本上痊愈了。一场原本很严重的食物中毒事件,就这样平安度过了。自始至终,没有听到一个客人抱怨过什么、指责过什么,每天早晨他们见到我说的第一句话就是:"你怎么样了?好点了吗?"

可是旅行社还是很紧张,不停地问我:"你觉得他们回国后会投诉吗?"我拍拍胸脯说,依我的经验看,百分之一百不会。

旅行社的紧张是有道理的,这种事,说大可以闹得很大,甚至可能扣上外交事故、奥运安全、食品卫生、国际影响等很多帽子;可有时候,说小也小,大家同舟共济,互相鼓励,一场危机很快也就过去了。

"淡如水"的国际友谊

以前我觉得,导游和客人的关系,微笑也好热情也好,都是职业需要,等客人一走,收起笑容,"友谊"也就结束了。后来我才发现其实并不这么简单。我经常走一条名叫"大中国"的线路,游走北京、西安、桂林、阳朔、上海、苏州、杭州这7个地方,要跟客人朝夕相处14天——14天,人的一生中能有多少个14天啊!最后分离的时候,确实是依依不舍。

有个领队跟我合作多年,每年五月份都要组一个大团来北京。这个领队有个特点,就是特别念旧,每年来她都一定要用同样的酒店、同样的导游、同样的司机、同样的大巴——而且大巴必须是53座的,为什么呢?因为她每年都是按53座的标准组团的,一个不多,一个不少。

按理说，西方人都喜欢坐得宽敞一点，人与人之间保持点"距离"，所以我们的车一般都要空出 50％ 的座位。而这位领队偏不，她觉得大家挤挤才热闹，这样才更有中国味道，所以绝对不让一个座位闲着。

因为是重点客户，旅行社也特别重视，有一年特别派了一辆新的豪华大巴去机场接他们。结果老太太一看就不高兴了，非要旅行社换回原来的老车。殊不知原来那辆车早已淘汰，没办法，旅行社只好赶紧把旧车找回来，洗了洗，下午就换上了。没想到第二天早上从酒店出发，刚开到第一个路口，那辆老爷车就熄火了。正是王府井大街交通最繁忙的时候啊，司机满头冒汗，在车底下鼓捣了半天，然后满身油污地钻出来对我说："这可怎么办呢？你看，能不能请客人帮忙推一下车？"

我把司机的意思跟客人说了，所有人都下了车。只见繁忙的王府井大街上，53 个老外齐心协力推着一辆大客车慢慢"爬"过十字路口，很多路人停下来看热闹。不一会儿，车屁股后面突突突冒出一股黑烟，老外们一边呛一边大笑，赶来维持秩序的警察都看傻了……

这件事，后来上了瑞典的报纸，还配了一张大大的图片，当然不是负面报道，而是作为一则旅游趣闻，成了当地报纸的"开心一刻"。

因为那个系列团里所有客人都是从同一座城市来的，于是我就成了那座城市的"名人"。2004 年我去瑞典留学，恰巧就住在那个城市。有一次上"演讲课"，我给大家讲了这个推车的故事。没想到第二天，很多同学跑来跟我说，他们的父母都认识我，因为他们都曾经是我团里的游客。他们还请我去家里玩——外国人的邀请真的不是随口说说的。那一年我在瑞典留学，整整一个学期，每个周末都是在瑞典人家里度过，几乎跑遍了瑞典全国各地。

在瑞典的时候，有天老师叫我去接一个电话，我一听，原来是曾经的几位客人打来的。因为我跟他们提起过，瑞典教育大臣访华的时候（当时我还是研究生），曾经给我颁发过奖学金，资助我第二年去瑞典学习。结果客人就把这事儿记在心上了，居然打电话去瑞典教育部，查找我这个中国人的下落。工作人员请他们稍等一会儿，过了几分钟就回复道："这个人我们已经找到了，他现在在梅拉道伦学院……"

更神奇的一次，那年秋天我突然收到一位瑞典市长的邀请，去参观他们的市政厅。到了那里我才发现，原来那个市的市长，竟然是我以前团里的客人！我只记得那个团有 30 多人，可是我压根没有注意到团里居然还有一位这么重要的人物！为了帮助我更好地回忆起她是谁，这位女市长拿出一张照片——我顿时想起来了，那一次她在路边摊买了一顶帽子，就是模仿清朝皇帝戴的那种，打算带回去送给孙子。上车的时候，我开玩笑似的把帽子扣在她头上，引来全车人哈哈大笑——照片上这个戴着一顶奇怪的帽子扮着怪相的人，居然就是市长啊！

那天下午，这位女市长反过来为我当导游，带我参观了他们的城市，并且惟妙惟肖地学着我的样子做讲解。一大帮瑞典记者跟在我们后面做了全程报道。

去年有一个团，大年初三就来了。害得我年都没过好，大年初一就急急地从杭州赶回了北京。春节期间我女朋友正好没事，有天晚上过来跟我们一起看杂技。老外们看见我女朋友，都很关切地问："你们什么时候结婚啊？"我随口说："快了快了！"

结果那个团在回国的时候，领队悄悄地塞给我一个"红包"，说是给我的结婚礼物。我拆开一看，里面居然有8000元钱。站在人潮汹涌的机场里，我顿时就傻了。

外国人怎么知道中国人结婚要送红包？这当然是我告诉他们的呀。跟客人介绍中国人的婚俗，肯定会讲到喝喜酒、送红包、闹新房这些，客人听进去了，所以才会随这么一份大礼给我。今年那领队来，见到我的第一句话就是："你结婚了吗？"我忙说结了结了。她又问："是跟上次那个女孩吗？"

"难弄"的老外

"老外"也有他们的"难弄"之处。我曾在一位瑞典客人家里看过他拍的中国照片，几乎全都是那些让人不忍目睹的破败场景。

他们对在上海、北京这些大城市看到的繁荣景象，从内心深处还是深表怀疑的。有一次，我带团去中部地区一个相对不太发达的省份，坐了很久的汽车，路上坑坑洼洼，到处可见一辆辆黑乎乎的运煤卡车，环境非常糟糕。客人看到这样的场景，兴奋不已，透过车窗咔嚓咔嚓拍了很多照片。到达目的地的时候，很多客人都对我说："Kjell，谢谢你带我们看到了'真正的中国'。"在西方人看来，上海、北京、杭州，那些现代化的地方，都不能算是"真正的中国"。

许多老外都是带着成见来中国的，所以作为涉外导游，我们更要不卑不亢。比如他们喜欢去北京的马路市场讨价还价买便宜假货，一边自己买得很欢势，一边指责中国对知识产权保护不力。这时我就毫不示弱地说，买那些假货的只有外国人，我们中国人就不爱逛马路市场。老外一听就愣住了："那你们平时都去哪里买东西？"我说当然是去大商场啊，如果我的朋友哪天穿了假冒名牌上街，肯定会被人笑死的。他们一个个将信将疑。

他们不知从哪里听说，中国的空气污染非常严重，走在户外必须要戴口罩。结果来了一看，大街上根本没人戴口罩，就觉得很失望，仿佛这里不是中国。有一次终于在路上看到一队戴口罩的人，老外们高兴得大呼小叫，争相拍照，我一看，其实那一队人，是韩国游客——他们哪里分得清中国人和韩国人啊。

他们知道中国有重男轻女的传统。每次带他们参观幼儿园，他们就盯着那些小孩一个一个数，然后煞有介事地问我："为什么这里的男孩比女孩多？"紧接着又怨怨地质问道："难道女孩就没有上学的权利吗？"

他们看到汽车在斑马线前不让行人，就问我："你们中国有交通规则吗？"听了这样的嘲笑，我只能怪有些司机的交通意识的确太差了。在郊外看到一座冒着烟的火电厂，就有老外大惊小怪："那是一座核电站吗？"看到马路上有人遛狗，就会有人说："这条狗待会就该成为主人的晚餐了吧！"我这边刚刚解释完我们中国人没有吃狗肉的传统，那边就有老外向我汇报，他亲眼看见小吃摊上有人在卖狗肉……

　　他们每天都向我提出很多又好气又好笑的问题,当然仔细想,也是对发展中的中国的提醒。

　　或许你会问我：你带老外去了那么多地方,他们最喜欢中国的哪座城市？对于这个问题,不是我带有感情色彩,而是很多客人都这么说,他们认为中国最好的城市是杭州。当他们坐在西湖游船上,看到那一片好似海市蜃楼的城市高楼,毫无例外地发出一阵阵惊呼……

　　有年春天,早晨我们离开北京的时候,那里刮起多年不遇的特大沙尘暴,到了杭州,看到一幅山清水秀的景象,老外们被震住了。在苏堤上,有个老外非常严肃认真地跑过来对我说："Kjell,我不明白你为什么会放弃家乡,而选择去北京工作！"

人体模特

口述 戴 伟 整理 任为新

在躺椅上赤条条的时候，发现边上有人老是看我。我有点不自在起来，就拿眼回敬他，这一看我差一点儿叫出来

上个世纪90年代初，我在杭州的一个单位做团工作，日子过得很轻松。有一天下午四点多，茶喝足了，报纸也看完了，大家都在等下班的铃声。我很无聊地看窗外，突然觉得很悲哀：自己的一辈子都将是今天这样的重复和累积吗？才20出头，但已经看到自己60岁的样子，岂不可怜！

这个念头真像天启似的，那天我差不多一夜未睡。过了一个月，我辞了公职。

那时候辞职很流行，都是下海经商。但我不想去练摊，我有点清高：出身干部家庭，读过不少书，做过文学梦，高中时我就在《杭州日报》的理论版"学与思"上发表过文章。也写过小说。我想走遍中国，凡是有铁路的地方我都要去，边游玩，边打工。

接下来我就具体实行，第一站先去温州。温州是全国最开放的城市，温州检察院我也有个朋友。我父母有传统观念，认为机关是铁饭碗，我说放弃他们肯定要骂，所以我是以出差的名义离开杭州的。

十多年前去温州没有铁路，坐汽车我晕，所以就绕道上海。上海到温州的船隔天一班，当晚我就住在小旅馆里。晚上没事，就去附近的澡堂泡澡，在躺椅上赤条条的时候，发现边上有个人老是看我。大家都是光身子，照理眼光都该避

潮起潮落

开，但这人老是盯着人看，我有点不自在起来，就拿眼回敬他，这一看我差一点儿叫出来：是我华师大的同学小李子！

好久不见，我和他都很高兴，就瞎聊个没完。后来小李子说别住旅馆了，上他家去，边喝酒边叙旧。到了他家一看，我很吃惊，满眼都是体面的东西——独立的小洋楼，进口的大彩电，墙上还挂西洋画（我是第一次在这里看到《蒙娜丽莎》）。隔壁是个画室，有床一样大的工作台，台上有半桌的颜料和各种各样的画笔。特别惹眼的是，拖地的金丝绒围起来的角落里，有两个聚光灯和一对粉红的沙发，灯一打开，这个角落就有了梦一样的氤氲之气。

小李子说，他现在开私人画室。我说你不画画呀，他说他是不画画，但是他现在懂画，他是中间人。这头是画画的、卖画的，那头是买画的，他在中间赚差价。

在小李子这里，我第一次听说了关于画室、关于画的买卖和艺术品投资的词儿。

JK 张在出门前，给了我一个信封，我打开来看，里面都是港币，有五千，三个钟点抵得过做一年，我当时就失态了

小李子很客气，一再挽留，我想就多待几天吧。到了第三天，照例很迟地起床，梳洗了吃了饭，小李子说，今天帮我做点事情，去接个香港客人。我反正没事，顺口就答应了。

香港客人叫 JK 张，是个画家，有兴致的时候，他从香港飞到上海来，包租小李子的画室作画，这之前小李子要为他准备好一切，包括模特儿。

JK 张是个中年人，面团团的样子，但那双小眼睛很有神。他一见我就说："身材不错，有形，眼和颧骨很适合画人像。"小李子介绍说我想边打工边周游世界，JK 张说这想法很浪漫，现代人应该这样活。

JK 张这次来也是画画，但女模特说好一点钟到，过了三点还不见人影。香港人是很守时、很讲效率的，他就很着急。小李子一边说对不起，一边忙着四处打电话再联系人。

十几年前，即使在上海，当模特，敢于裸了身子让人画画的，还很少。JK 张知道国情，他虽然无奈，也没法生气，说只好再等等。

那时候正是夏天，上海很闷热，到半夜我洗了澡，还不想睡，就穿了个裤衩，拿了本杂志，见画室里没有人，我就到角落上开了灯，在沙发上看起来。看了一会儿，倦意袭来，我就不知不觉在沙发上睡去了。

第二天醒来，我发现画室的中央立着一个画架子，上面已经有一幅画——半躺在沙发上的男子肖像，样子像我。画虽然是素描，但有简单的几笔油彩，正是这点玲珑剔透的油彩，把人物的皮肤质感和年轻人的朝气淋漓地表现出来了。

餐桌上，JK 张说："昨天晚上我画你了。你不漂亮，但皮肤有弹性，形体有个性。躺红沙发上，灯光一照，很有点男孩的性感。今天做我的模特儿肯不肯？"

我说模特都是女的,哪里有男人做的? JK张说有啊,在国外都是四六开的,又说,"我是会付你报酬的哦。"

我想了想,说:"好的。"反正出来打工,做什么都是做。一边的小李子看着我说:"画裸体也没问题吧?"

我想反正都是男人,大家又熟悉,没怎么犹豫就答应了。

口头上答应容易,真做起来,心里很别扭:当着人战战兢兢去了裤衩,到脱T恤的时候,我都喘不过气来了。还是昨天的沙发和灯光,但在人面前光身子就是不自在,手脚都不知道往哪里搁。

JK张架了画册,左瞄右瞄的,看了我直摇头。后来他递给我一本画册说,不急,先放松放松,过一会儿我们再开始。

我一个人了,在沙发上躺啊坐啊的,折腾了好一会儿,恼了,索性埋头看杂志。后来JK张进来,我要起身摆样子,他用手势止住我,叫我别动,就走到画架前,不停地看我,然后就一边看,一边"刷刷刷"地画起来……

连我这样的外行人都看得出来,画家JK张找到感觉了。

这天晚上花了近三个小时,JK张在不停地画,我虽说半躺着的,因为一动也不敢动,到后来连肉都僵硬了,累得要命。

第二天JK张在出门前,给了我一个信封,说是昨晚的酬劳。信封沉甸甸的,我打开来看,里面都是港币。这之前我没见过港币,就问小李子这是多少。小李子数数说有五千,换成人民币是三千八百多。

我当时就失态了——三千八,就三个钟点! 我在单位里上班,一年也没这个数啊!

我不看她的脸,但对她瀑布一样的大波浪头发印象很深。临走时,大波浪给了我 1300 元钱——1000 是工资,另外 300 打车吃饭

JK张离开上海不久,我去了温州,继续我周游全国的计划。

在温州,我找了份拼装打火机的工作,包吃包住 600 元,是当时杭州上班族工资的四五倍,当然不错了。但做了一个多月我就准备离开。那时候的温州真不行,钱好赚,但在文化上几近沙漠——找一个读报栏都要走半个钟点。我的那些同伴,很勤奋,比如白天上完班,晚上还和家人到夜市里去摆粉丝摊。但生活中除了赚钱就没别的,未免单调,和我的性情不合。

另外,给画家做模特儿,特别是在人前裸体的那种凉丝丝的感觉,老是隐隐地萦绕在心底。

离开温州前,我还街头巷尾地去找,看看是否有类似上海那样的画室,很遗憾的是,这里没有。

回到上海,还到小李子那儿。这时候我才知道,我做模特的JK张的油画,取名为《仲夏夜的骚动》,完成后送罗马尼亚参加了世界青年画展,获了个铜奖。因为这,小李子对我更器重,我也觉得,自己似乎生来就是这块料。

就这样,我在上海成了职业模特儿。一扇窗打开了,看到了好风景,你就再

潮起潮落

也关不上它了。

在上海的大半年里，我给许多画家做过模特儿。我体形上有先天的优势，也守时、敬业，在圈内口碑不错。我的呼机天天都叫，有时候日程都排不过来。JK张当然也来，他来的时候，我总是先接待他。还有小李子，铁杆朋友，他的单子，我总优先考虑。这以后的几年里，我又去了北京、东北三省、广州、深圳等地。

这期间有两件事情值得一提。一是在北京接待一个高中生，他爸爸是画家，他准备去考中央美院，需要画人体。我摆姿势的时候，好一会儿找不到感觉，后来他说："怎么舒服就怎么摆，你摆得舒服了，我画起来肯定舒服。"

这个毛孩子，他的这句话，对我理解造型和人体画非常有帮助。凡事舒服了就是美的，道理就这么简单。

还有一次是去女画家沙龙，这一宗单子我犹豫了半天才接。

说实话，我是那种不善于和女人亲近的男人。当听说，要在女人面前一丝不挂的时候，我确实心头撞鹿。后来小李子说，进了这道门，总有这个坎的，不然哪能算职业模特？

后来还是去了，是硬着头皮去的。一路上我不停地给自己打气：有什么呀，这些女画家，是工农兵大学生，都结婚了，什么没见过？我害羞啥？如果真要说害羞，应该是她们，而不是我。还有，相互不认识，完事了桥归桥、路归路，可以一走了之，怕什么？

到地点了，我才发现，女人的心就是细：沙龙布置得很有情调，展台啊灯光啊气氛啊都很好。我脱了衣服上了坐台，没有想象中的局促就进入了角色。

我们做模特儿的，工作时都不和下面的视线接触。我们的坐姿有个坐标参数：你的眼睛必须落在一个点上，这样才能有一个稳定态势。我当时找的是中间那个女画家的发夹。我不看她的脸，不知道她长什么样，但因为发夹，对她一头瀑布一样的大波浪头发印象很深。边上还有两个女画家，因为灯光幽暗，眼睛的余光告诉我：一个穿粉红色连衣裙，还有一个着一双黄色的高跟鞋。

上午三个小时，下午两个小时，除了午饭和几分钟的休息，我们都在干活，几乎不说一句话。越是这样，我越是觉得，她们对我是满意的。临走的时候，大波浪给了我1300元钱，1000是费用，另外300打车吃饭。

回家上车的时候，我发觉自己腿有点软、心有点慌，不知是展台上坐久累的，还是回过神来后的害怕。

今天碰到的不像画家，别说眼神有问题，我看动机也不纯。我的肌肉在说话："你出几个臭钱，就能这样看我？"

十几年下来，我几乎把全国跑遍了，有不少城市、不少人给我留下了很深的印象。我第一次到济南，听人说山东的烧鸡不错，就想尝尝。到铺子里一看，十元三个。我说我胃口小，三个吃不完，我五块买一个，但里面的红脸老汉坚决不肯。还有水饺店里的水饺都论斤买,看山东人(即使是女人)两斤三斤地吃,可把我这杭州人吓的。

同道的也有,有个老模特,为了供儿子上学,自己很节俭,脱出来的棉毛衫都是破的,而我非名牌内衣裤不穿,可怜天下父母心啊。这样的事例不胜枚举,材料我都记着,以后准备出本书。

到全国各地,我接触得最多的还是画廊经纪人和画家。我感觉南方的画家水平比北方好。南方画家看人体讲究和谐、舒适,不到那个点上他会穷折腾。在北方你只要摆一个什么名画上的动作,就保管他们满意。南方的画家叫模特,很少重复下单,他们要新鲜感——新鲜感新鲜感,新鲜了才有灵感。但北方人不管这些,逮谁是谁直愣愣画就是。

女画家倒是南北差不多,她们的工作室很精致,用的颜料和笔很讲究,出来的画也总是很干净。不过这些人的生活你可能欣赏不了:有的早晚颠倒,只愁天亮不愁夜;有的乱吃烟酒,乱穿衣服;还有的邋里邋遢,面巾脚布都不分。所以这些人里面,有不少很有才华,但三四十了,仍然还是单身。

对做模特看法,东南沿海比西北内地要开放。我们有个同道,西北来的女模特,挺漂亮的,让人知道了她在干这一行,她父母跑到上海,母亲骂她伤风败俗,父亲照面就是暴打一顿,然后就拖回去关起来,幽闭一年多,到后来这女孩精神都失常了。

我干这一行,也不和人说,起初连父母也不告诉。期间我回杭州过几次,碰到朋友同学,他们问我在哪里高就,我就说自己是自由撰稿人。这也不是假话,写作的活儿我也一直没歇下,《杭州日报》、《钱江晚报》都发过我好几篇文章。

这么多年来,跑到哪儿我都不忘学习。模特儿也是要不断学习的,以为只要往那儿一坐,叉叉腿、亮亮肉就成,那可是外行话。一个人的表情、姿态都能够将你的文化修养暴露出来。有一次小李子和我一起去赴约,画完了一起出来,路上他说:"你刚才在骂人。"

我说没啊,从头到尾我都闭着嘴。他说是你的肌肉在说话:"你出几个臭钱,就能这样看我?""快画!我累了,磨蹭什么!"他一说完,我就笑了。那天我的心情是不太好,那个胖女人,简直不像画家,别说眼神有问题,我看动机也不纯。完成的作品我瞄了瞄,最多也就是三脚猫的水平!

我看的书很杂,绘画类、艺术类、教育类、心理类的书我都看(心理学对我们很重要,我第一次做男体时铺在展台上的毡布,十几年来我到哪儿都带着,有一次别人换一块新布给我用,我就是找不到感觉)。东西方的美术名家、名作,我早就能倒背如流。我常去一些美术院校做男体,接单前我都要问过:今天是本科新生还是研究生,是习作还是参展作品,今天老师的教学重点是头、脸、手、腿还是臀,这些都和我的摆姿有关。名画上的经典姿势,比如米开朗琪罗《创造人》中的斜躺,你可以学,但不能照搬。你得有变化,加进自己的思想去,那才叫创作。你和下面的人不说话,但你要用形体告诉他们兴奋点在哪里,光线的递增如何——这才叫玩职业的!

我至今仍然是单身。安室美惠子的暧昧我懂,但我想我们两人就像铁轨,可能平行,但永远走不到一起

不缺钱、模特儿的身板、见多识广、到哪儿都有朋友……这样的男人,照例蛮有女人缘的,但至今我仍然是单身。问题主要在我自己,我觉得目前这样漂泊的、边缘人的生活挺好。

恋爱的经历当然有过几次。一次是在哈尔滨,那儿有个搞美术的女孩对我很有意思,老是黏糊糊地来找我。我感觉要出位了,就和她说:"我是准备一辈子搞这一行的,你以后有勇气和人说你男朋友、你丈夫甚至是你孩子他爸,是男体模特儿吗?"

我这样一说,她就怕了。

另外在济南、在北京、在合肥,我也有过几次短暂的艳遇。有一个是学版画的姑娘,还有一个是离异的女画家,她们很主动,但我都临阵脱逃了。平常我们和女画家的关系就是雇主和打工的关系:她叫,你去,到点了,给钱走人,话都不必怎么说。如果她休息时和你聊天,画室里出来还要请喝咖啡请吃饭,那么她可能是有问题了。说实在的,这个圈子里的女人,富有才气、口齿伶俐,大部分气质都非常好。这样的女人,你和她们调调情、喝喝花酒可以,但要一起过日子就难。和我有过两次合作的一个女画家,有一次喝多了,醉眼蒙眬地说:"以后咱俩如果一块过了,你叫我干什么都可以,就是别叫我干活……"

这样的女人怎么能做老婆?

我们和男画家相处,一般来说要洒脱一点。合得来的,可以成为朋友甚至哥们。合不来的一次就玩完。因为都是艺术家,讲究自由开放,有特别兴趣爱好的比较多,例如"同志"吧,在这圈内是见怪不怪的。这码子事我也碰到过,不过我从不让自己太投入,当然我也不歧视、不反对。允许有不同的生活状态,现代人应该宽容,你说对不对?

在感情方面,我陷得最深的是和安室美惠子,地点是在深圳。

安室美惠子是个日本艺术家,当时在深圳研究中国绘画史,她自己也画画,只爱临摹男体。她碰到我以后,对我很中意,有半年多的时间里,她包了我,原来的那些模特都不叫了。时间长了,我本来对自己的身体已有些迟钝,但在她面前,我每次都觉得新鲜,一脱衣服,浑身的活力就弥漫开来,很有感觉!

美惠子是为数不多的干完活我还想和她聊聊天的人。从聊天里,我知道她已经三十多了,在日本有未婚夫,由父母指腹为婚,两人没有多少感情。她对我有过多次的暧昧表达,说我是个自然人,生活方式很现代,也不像别人那样计较报酬,所以她很喜欢我。

有一段时间我离开深圳,她就打电话来说她天天喝酒,人像是生病了,做任何事都没有了动力。我一回去,她不但身体康复,画画的灵感重新降临。后来她还和我说,只要我愿意,她可以带我去日本,有我这样条件的,在那儿可以赚更多的钱。和她嘛,有进一步的关系当然好;如果不能,经常在一起,姐弟相称也可以……

但我后来还是疏远了美惠子，因为她未婚夫来中国时，让我碰到了——宽边眼镜，络腮胡须，很老实的一个工程师。我觉得我去插一杠，就是欺负他，良心上有违，咱俩闹起来，还是个国际纠纷。另外，女画家见多了，我对她们有点戒心。我和她们的关系就像铁轨，可能平行，但永远不可能走到一起……说多了，该打住了。

　　我现在的感觉很好，最近，在中国美院造型基础部孙老师的引荐下，我成了该院的职业人体模特儿。接待我的方老师、许老师，每次都让我有回到家的感觉。还有那些同学，都很欣赏我、尊敬我，把我当大哥哥看——真的，我喜欢现在的生活，我喜欢做模特儿，就像我喜欢展台上裸体的那种感觉一样……

　　另外，我还资助了两个希望小学的孩子，他们读书很用功，很听话，让我很欣慰。这是题外话，用不到，你就删掉好了。

我是维和警察

口述 王之达 整理 任为新

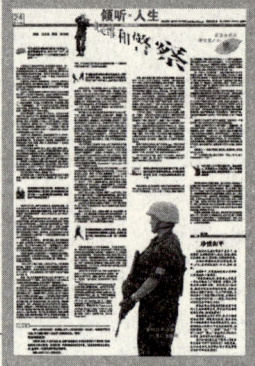

考官是联合国派来的美国人和约旦人,戴着墨镜板着脸,他们一声"Out",我们就脸色煞白——几年的努力都泡了汤呵……

大概是在上世纪 90 年代吧,我在西安军校读书。有一天,我到校门外的军用品商店闲逛,看到了一张招贴画:一队英姿飒爽的中国士兵,手握钢枪,脚穿军靴,戴着醒目的联合国维和部队蓝色头盔,踏在异国风情的土地上执勤——学好本领、走出国门、代表一个国家,为世界和平作贡献,这才叫男人干的活呀!

回到学校,那画面让我梦魂萦绕。自此之后,我就关心起维和的事情来,学外语的动力也大了——要到联合国维和部队去,外语是必备功夫,就在毕业的前一年,我拿到了英语六级证书。

1995 年,我被分配到杭州武警支队当排长,业余自费到杭大读了三个月的口语强化班。1998 年,再到浙大读夜校,找机会和外国人对话,把英语说得滴溜转。

1999 年,有消息说,中国要组建维和警察。我想机会来了,去政治部询问,首长说,不对现役开放。我是武警,属现役,一句话就没戏了。过了年,有朋友从北京来,说他将去东帝汶维和,而他和我是一样的身份,我的希望之火又蹿起来,东颠西跑地打听,仍没有结果。

1998 年我结婚了,2001 年有了个女儿。仿佛是女儿带来的好运,她出生才三天,领导就找我谈话,说中国要组建维和警察部队,在全国 160 万警察中招

120 人。招收的条件很苛刻：党员、身体强健、大专以上文凭、四级以上外语证书、工作满六年、驾龄满三年……这些都是硬杠子，浙江省有 5 人参加全国初选，我是其中之一。一石激起千重浪，使命感、荣誉感、人生难得几回搏……这些杂七杂八的念头让我神魂颠倒，失眠了好几夜。

2002 年 5 月，我告别家人，奔赴北京进行三个月培训。那可真是"魔鬼训练"：白天七节课，晚上自学，不到凌晨一两点钟甭想上床。《联合国宪章》《人权宪章》《国际警察条例》、军事地形学、射击、驾驶、排雷、实战模拟演练……各种各样的课程和训练猛灌一气。

这里的外语只教案例：杀人、放火、抢劫、绑架、强奸，听听都让人汗毛凛凛。2003 年 9 月是最后甄别考试，考官是联合国派来的美国和约旦警官，戴着墨镜板着脸，一副铁面无私的样子。考的科目有九个，都是"突然死亡法"——熬到第八项了，该项卡住，第九项不用考，立马卷铺盖走人。你想啊，从全国各地来的 120 名警察精英，都扛着家人、领导的嘱托，灰溜溜地回去，怎么交代啊！所以考试时压力特别大，考官的一声"Out"，常常让我们胆战心惊，被点出局的立刻脸色煞白，甚至还有哭鼻子的……

我们浙江的 5 个人中，被淘汰了 2 个。

我当然是过的——那本蓝皮维和警察资格证书发到我手上的时候，我独个儿傻乎乎，笑眯眯，看了又看，摸了又摸。

破旧的候机楼窗口架着一挺重机枪，由全副武装的人员把守，黑洞洞的枪口对着下面——大家紧张得面面相觑，周围的空气都凝重起来了

2004 年 5 月 25 日，我们从北京出发，奔赴利比里亚。利比里亚地处非洲西部，出产黄金、钻石、橡胶，本来富裕程度为非洲之首，但因为民族和宗教矛盾，流血冲突不断，各个派别"你方唱罢我登场"，经过 14 年的内战，整个国家千疮百孔，民不聊生。

出国前，我们就知道那里很乱很穷，真到了，所见所闻还是出乎意料：偌大的首都机场，没有此起彼伏的飞机起降，没有豪华的接送巴士，也没有漂亮的候机楼，除了我们的民航包机，只停着孤零零的几架飞机——机身上还都标着 UN，说明为联合国专用。机场的围栏，简陋得像牛栏似的。破旧的候机楼窗口架着一挺重机枪，由全副武装的人员把守，黑洞洞的枪口对着下面——大家紧张得面面相觑，周围的空气都凝重起来了。

出得机场，目之所及，一派战争景象：没有完整的房子、墙壁，甚至桥墩也布满枪眼，马路边上还有被炸毁的汽车残骸。路上开的汽车都够老爷——能看到的好车，都是有联合国标志的，全白为民事，白红相间为警用，因为都由可口可乐公司赞助，所以当地人也叫它们"可口可乐车"。

其次印象深的，是这里的脏——垃圾成堆，臭水横流，路边苍蝇成群。打前站的同志来接，把我们带到一个叫 Corina 的宾馆。说是宾馆，其实很破旧，领了钥匙进去，一股霉味扑鼻而来。

潮起潮落

飞机上、汽车上连日连夜,人困马乏不说,大家最想先洗个澡。但洗完了,人人都说身上怎么滑腻腻的,像是肥皂没洗干净的样子。后来听说当地用水都抽浅井里的,这儿打了几年仗了,死人随地掩埋,我们用的井水里很可能混有尸体汁液。

他这样一说,不用说洗涮,我们连水龙头都不敢拧了。后来赶快想办法打了口深井,大家才敢洗澡——抽上来的水仍然浑浊,还有红线虫翻滚,但至少没有尸液的担忧了。

利比里亚的饮食我们也不适应——落地签证后的第一餐,我们吃的是有龙虾的自助餐和冰镇饮料,感觉不错,以为日后也有此口福。没想到那是中国使馆林大使请客,为我们摆的接风宴,吃了上顿就没下顿了。之后的上班,中午在办公室,要么吃花生,要么是 Popcorn——这玩意儿类似于压缩饼干,初吃有新鲜感,味道还将就,吃到后来,舌头都干焦了。傍晚下班回宿舍,总可以做点好吃的了吧,但也不能,主要是副食品匮乏。我们有特供商店,但永远只有四样东西:冻鸡块、熏猪肉、白菜和萝卜,天天吃能不腻? 好在同伴里东南西北的都有,每人都变法子做个家乡菜,结果也变出五花八门来。我是杭州人,但对杭州菜一窍不通,烧鸡烧肉时,我反正把酱油、黄酒、生姜、辣椒都往里撒,橘子皮、苹果核也往里掺,有时候甚至用可乐——做出来的味道与其说独特,还不如说怪异。好在吃客们也不懂,以为这就是杭州菜——正宗的杭州厨师如果知道了,肯定拿块砖扁我!

中国警察参加维和重在政治意义。我们是代表中国的,到这里来可不能装熊,我这个部门有外国人,他们都在看着呢

我所在的这一拨中国警察,有 8 个人,分到 4 个区,每个区 2 个。我运气好,留在首都蒙罗维亚,具体部门是 SSS(Special Security Service),相当于中国的警卫局,任务是恢复当地的警卫工作,使内战中几近瘫痪的机构能正常运作。我们部门一共有 6 个人,分别来自美国、乌拉圭、巴基斯坦、尼日利亚和津巴布韦,大家的肤色、语言、信仰、文化背景迥然不同,要谈点事情,差不多都是联大开会的样子。

工作一开展,我觉得最大的困难一是环境的恶劣,二是部门和人员之间的难以协调。

我们到达之前,联合国收缴叛军武器的"DDRR 计划"已告一段落,但结果不甚理想,后遗症很多。原本缴一杆枪,可换 150 美元。这钱本来用于恢复生产、就业培训,但思想工作没有跟上,拿到钱的士兵吃喝嫖赌,钱花光了,偷啊、抢啊的都来了,社会秩序大乱。光脚汉不怕穿鞋的,这些人闹起来可真是凶,抢商店,抢不完的砸,砸不完的再烧,对去阻拦的,见谁打谁——维和警察也打,警用车辆也照样烧,我们所在的利比里亚警察总部也一度被封锁。后来维和军队出动了武装直升机和装甲车,才把他们平息下去。中国警队本来就是"精兵简政"的,但上级仍要求我们再准备贴身小包,里面只备少量的水、干粮、护照和急救药品,以

备随时紧急撤离。

　　另外的问题是工作协调,当地人的工作效率实在不敢恭维——有一段时间我搞武器登记宣传工作,谁都说这工作很重要,但办起事来大家都拖——为出一个公告,我把总统府门槛都踏烂了,直到有一天我坐那儿,从早上坐到下午,说今天不见公告我不走人,这才有人着手去办。我们的房东也是个典型——利比里亚的蚊子会传播疟疾,蚂蚁能把人咬得皮开肉绽,我们要求他把门修好,在窗上装点纱窗,他态度是很好的,"Coming soon! Coming soon!"(马上就来)但就是不见动静。

　　尽管条件不如意,但我们在工作上不敢懈怠——我们是代表中国的,我们的形象就是中国的形象,凡事都不能落在别人后面。我们一个同伴,被蚂蚁咬了一口,人就发烧,脚也烂出一个洞来——大小都能伸进三根筷子去。但他自己弄点药吃吃,在家歇两天,看看能走路,就又上班去了。我自己,一天早上醒来感觉不对,坐办公室里人浮起来,脑袋却只往下掉,到中午人就腾云驾雾的,上车要用安全带才坐得住。傍晚回到家,我就躺下了,别的同事说热,我却向人要毯子盖——我得疟疾了。

　　远在千里之外,家人不在身边,得病了,心里又难过,又害怕,不久前津巴布韦的一个维和警察刚刚病逝呢。但我不肯在面上露出来。大家让我卧床休息,我只说没事。我想的是,到这里来可不能装熊,我这个部门有外国人,他们都在看着呢。

　　后来幸亏自带的治疟疾的青蒿素——这个药还真管用,吃了两天,手脚虽然还软,但人已经清爽起来,我就又拖着身子上班去了。

　　因为工作出色,我从一般安全顾问、局长助理顾问、局长顾问,一直升到国家警卫局常务副局长的高级顾问。这个晋升过程都以工作业绩为依据,要逐级上报考核,最后由警察总监批准才行,一般人要费时半年以上,但我在三个月里就达到了,这让同事们既佩服又羡慕。

**　　中国维和警察八小时外也有一手。业余时间他国维和警察醉入花丛,但我们岿然不动。我和当地女人唯一的一次接触是……**

　　中国维和警察八小时内表现出色,八小时外也有一手。我们有个同志爱玩电脑,在办公室露了手数据库方面的本领,利比里亚警察总部知道了,如获至宝,马上把他借去管全国警察档案。我对学外语有兴趣,就特别留心当地语言。利比里亚一直是美国的殖民地,老百姓大都会英语,但他们口音很重,说出来的话可以和上海人的洋泾浜语媲美。我听了觉得有趣,常常笔录了带回去研究,时间一长还琢磨出规律来。几个月之后,我们和当地人的沟通,比别国来的维和警察要容易得多。

　　说来好笑,后来有好几次,我都为美国警官当翻译——当地人哇啦哇啦地说英语,这警官一愣一愣的,如同听天书。美国人脾气大,两句话不投机,就嘴里"Shit(狗屎)"着来找我这个"China Wang"了。

　　我在警察总部有个同事叫Mahammed,来自尼日利亚,搞犯罪情报的。他平时不拘言笑,但跟我谈得来。他的问题是和当地不少人一样,常把中国和台湾

潮起潮落

弄混淆,台湾搞"金钱外交",和利比里亚曾"建交"三次。有一天我们交换警察臂章,Mahammed 得到我的臂章很喜欢,说:"I will bring one tomorrow, but if I forget, remind me, please"(如果我明天忘了带来,请提醒我)。我就回答他:"Never mind, if you forget, but don't forget Taiwan is a part of China"(忘了臂章没关系,但别忘了台湾是中国的一部分),他哈哈大笑,连声说"Yeah, Yeah"。

中国、新加坡等少数几国以外的维和警察,业余生活都很"丰富",比如可以聚在一起喝酒,可以随意找女伴——利比里亚的姑娘明眸皓齿,身材非常好。皮肤虽然黑,但黑得有光泽,透出青春活力。太阳一下山,马路边就有拉皮条的孩子上来问:要不要 girlfriend? 陪一夜,10 美元。不少维和警察,都是醉入花丛,乐而忘返。我们楼上住的乌克兰警察,走马灯似的,天天换女朋友。但这类事中国警察不沾边,一是自己有定性,二是即使远在利比里亚,我们也有党支部和党小组,我是支部成员,分管纪检和装备,我们定期学"三个代表"思想,还进行"保先"教育。同伴之间互相监督,你晚上出去久了,或者白天和某个女人接触过多,组织上也很快就会找你谈话。所以在那一年多的时间里,中国警察洁身自好,在当地都是遐迩闻名、传为美谈的。

工作之余,我唯一一次和利比里亚女人的接触,是参加一个派对。目的也不全是娱乐,而是为了搞好同事关系(她是我一个部门的),消除"中国警察是机器"的误会。事先我作了请示,领导考虑了,批准了,我才斗胆前往。

她叫 Clara,年轻靓丽,富有曲线美,正宗的利比里亚"黑珍珠"。她邀请我参加在她家里举行的 party。晚会人不多,都是她要好的一些小姐妹和朋友,吃喝自助,食物和酒水不能说丰富,但是别有风味,让我有点后悔自己不该吃饱了饭来。女主人请的一支土著乐队很棒,载歌载舞的,让我这个听惯江南丝竹的中国人耳目一新。大家随意聊天,边吃边欣赏,也有拥在一起跳舞的,人人觉得很放松、很惬意。

临近午夜我告辞回家,离开时我送 Clara 一把杭州的丝绸扇子,说今晚过得很愉快,这点小礼物表示我的谢意,她也愉快地接受了。第二天,我把前晚参加 party 的经过向领导作了汇报,领导表扬了我,说我处理得很有分寸。

那个晚上我忙中偷闲,还拍了不少的照片,里面也有 Clara 的——她的一颦一笑,连同一年多危险的警务工作,都成了我对利比里亚的美好回忆。

非洲人对万里之外的中国不了解,但是他们知道中国货价廉物美,中国的运动员不错,还有,中国总是站在非洲人民一边

利比里亚穷、脏、乱是事实,但我们也感受到非洲人的淳朴、善良,和对中国人的友好。有段时间我做新警察的政审工作,天天跑基层。开始,凡到一个地方,常有人围拢过来,让我紧张。但后来发现不用担心——小孩子会凑过来,稀奇地握我们的手,然后高兴地跑开。大人们得知我是中国人,边说"Oh China!"边就竖起大拇指——他们对万里之外的中国不了解,但是他们知道中国货价廉物美,中国的运动员不错,还有,中国总是站在非洲人民一边。

有一个晚上,大家都休息了,忽然听到吵闹声,以为又有骚乱,起来一看,发现马路上人头攒动,男女老少,举着火把边唱边跳边喊——原来是他们的国家队足球比赛赢了,整个城市都在庆祝。我们赶快拿了摄像器材下楼,想去拍几张照,但一到马路上,就被卷进人流中。车挤车,人拥人,里面还有"裸奔"的,结果照片没拍几张,人也不由自主地被感染,索性加入到狂欢中去了。

利比里亚国家动乱,虽说源于西方殖民政策,但与后来频频发生的政府丑闻、官员贪污不无关系。我们刚到利比里亚,首都蒙罗维亚就有四个高官被解职,原因是受贿。

今年的10月,利比里亚将进行总统选举,之前好几个月,天天有车载着大喇叭在路上聒噪,候选人竟有38个,世界足球明星维拉也位列其中。别看他是个踢球的,却有自己的电台、保镖和车队,阵势不亚于临时政府首脑。他有大量的"粉丝",我们宿舍的保安也是他的球迷,我问他准备投谁的票,他毫不犹豫地说:"当然是维拉!"我问为什么,他说维拉球踢得好,他喜欢,"还有,他钱多,上台了不会贪污。"

钱多的人不会贪污,这叫什么逻辑!但这也从一个侧面反映了利比里亚百姓对贪污腐化的深恶痛绝。

说起来,在非洲我还有个意外收获——观察蚂蚁。非洲的蚂蚁很奇特,一种是黄色、个儿大,力量型的,咬起人来都带坑;还有一种黑色,个小,速度快,进出如同黑色流水线,凡有昆虫碰上,瞬时就都被淹没了。我就想,如果这两种蚂蚁遭遇了,会发生什么?我就捉苍蝇来挑起冲突。结果发现,黑蚂蚁虽然"蚁多势众",但一打仗阵脚就乱,后来为争抢食物,常常起内讧;而黄蚂蚁似乎智商高些,能审时度势,彼此还能呼应,结果总是它们抢占先机,拖走食物……

蚂蚁如人——如果不团结、搞分裂,数量再多,也仍然是乌合之众啊。

看了几天蚂蚁打架,我的同事有一天说:"奇怪,这几天苍蝇好像少了许多!"

回家真好,和平的环境真好。周末的早上,我能坐在女儿的床边,看九月的阳光夹杂着花香,跌落到窗台——生活真是美好

我们是2005年7月底回国的,因为在利比里亚做出了点成绩,联合国和我们政府给了我不少荣誉——我得到联合国和平勋章一枚,中国维和警察勋章一枚,还获得了浙江省十大"王法金"式好民警和全国优秀人民警察的荣誉称号。我能够圆满完成任务,能获得荣誉,和领导、家人、同伴的支持是分不开的。去非洲前,单位给我配了电脑和数码相机,又给我3000元钱打点行装,这都为我日后的工作提供了方便。在利比里亚期间,逢年过节,省厅政治部华主任、省警卫局王政委、杭州市公安局警卫处的张处长都去我家里探望,还多次给予慰问金,这使远在万里之外的我深感温暖,倍增信心和力量。

回家来,我吃米饭,吃红烧肉,在和平的环境里按部就班地工作。周末的早上,我能坐在女儿的床边,看九月的阳光,闻空气中芬芳的花香——生活真是美好。然而,在去利比里亚前,未经历那些战乱,未从异国他乡归来时,我怎么一点都没有感受到?

小人物史记 II

横 漂

口述 方 野 张 永 张小明等
整理 陈 青 莫小米

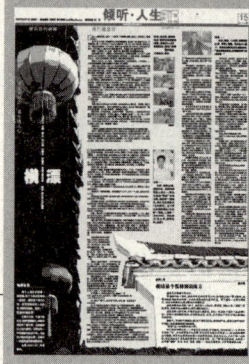

时间：四月春，阴雨天
地点：横店古民居景区
剧组：央视《女人花》
拍摄场面：刘宅门前的集体抗议
主要演员：群众

　　群众一：湖南姑娘，18岁。一身粉色丫环戏服，细瘦，脸很小，皮肤很白，眉眼周正。
　　名字？这个不说！我职高毕业，喜欢唱歌跳舞。超女报了名，妈妈不让去。后来瞒着她，拿了个青少年才艺电视大赛的第二名，抱了台空调回家，看她怎么说！我演过《电梯》里一个小角色。喜欢什么大明星？章子怡？没，没有怎么关注她们。我们也是人，也可以达到她们的水平。先练练，明年准备考中戏……
　　群众二：厉皖平，女，35岁。浓眉大眼，横店村民，以前做服装生意。
　　现在别的不做了，光演戏，有群众跑群众，有特约跑特约，七八年了，觉得很好玩。从小农村戏台

湖南姑娘

上做戏我就爱看。演过媒婆、小鸡妈(老鸨),很泼辣的那种女人。我丈夫在做道具,横店的木工都在剧组里做道具。

群众三:祁亚力,女,63岁。原西安铁路文工团歌剧演员,一个老美人,一身褐色拖地戏装,桃红色嘴唇分外显眼,开口就笑。

厉皖平

祁亚力

我是北京人,来看儿子的。儿子在这里跑群众,31岁了。今天剧组让我客串个演员(低头用手摸摸戏服)。我原来唱美声,演歌剧的,《洪湖赤卫队》里演过小红。(穿紫色长褂、黑色背心的儿子来晃了一下很快就走了,也没招呼人。)他愿意待这儿我就让他待,只要他喜欢。哦对了,我爱人也在,他客串一个"王议长"。喏,在那边。

群众四:杨德串,男,25岁,大学生,平头,憨厚模样。

我2004年桂林工学院毕业,学市场营销与电子商务的。毕业后在苏州、北京、绍兴都待过,做管理和技术工作。来横店才7个月。我很喜欢这个。《大唐游侠传》里,我演安禄山的侍卫,站在他边上。那个戏是张纪中制片。《铁观音》里我演过一个茶商,是个特约,有台词的(他即兴脱口而出,表情也带出来了):"胡某某被罢免了,我们都很高兴,借金老板的宝地,特来庆祝一番。"今天《女人花》里我演个戏子,没有台词,跑个群众。爸妈当然反对啦,说我不务正业,但他们也拿我没办法……

杨德串

群众五:河南人,26岁,苦练了18年武功。挂了个双节棍在脖子上,避开镜头。问他今天演什么,他低头看鞋,说:"演的是这里面最窝囊的一个,普通百姓。"

开拍了……

导演:怎么还有那么多长头发的!长头发的出去!都记住,不能笑!谁都不能笑!都给我喊起来!所有人都得喊"杀人偿命!杀人凶手给我滚出来!"都给我愤怒起来!用力砸,青菜萝卜,都给我用力砸!

湖南姑娘一身粗麻孝服，冷眼站在前排，厉皖平换上一身抢眼的紫色戏服，祁亚力在人堆里握一把青菜，她的儿子拎着两只红萝卜，一甩一甩，文质彬彬的"王议长"伸出拳头，杨德串举着"自由、平等"的白旗，单手叉腰……

当执行导演的手在空中一挥，所有人都开始愤怒，刘宅门前飞起一片青菜萝卜，跺脚、振臂、举拳向天，怒目相向，声嘶力竭……怀着不同目的来自四面八方的人，进入了同一场景同一时空。

的确好玩。

一顿午饭，30块钱（扣除10块上缴演员公会），这是群众演员们今天将得的报酬。

2004年，横店向好莱坞学习，成立了演员公会，注册演员有3500名之多，其中本地人约1000名。演员公会下设8位"协拍经理"，也就是通常说的"群头"，分别跟不同的剧组，物色、组织群众演员。男女老少，古人今人，好人坏人，都在"群头"的心里装着，也贴在演员公会的墙上，另一面墙上则是当下在拍的剧组：剧名、导演、主演、日程、需租用的场景……一目了然。

方野——

34岁，浓眉大眼，英俊小生。他是最早来横店的人之一，现在已经是"横漂"中的大腕，能拿到一些配角，称之为角色演员（发给剧本），向下依次为特约演员（只发给一张纸，上面有一两句台词）、群众演员（没台词，到处乱转、起哄）。

我1999年来的时候，这里到处大兴土木，漫天尘土。"江南水乡"在建，"清明上河园"刚刚建好。现在可多啦，秦王宫、明清宫、广州街、香港街、大智禅寺、屏岩洞府……你们知不知道，横店原来只是个小村子啊，叫横店大队，后来变成横店乡，横店镇，横店影视基地，现在号称"东方好莱坞"了，厉害吧。

方野

我高中毕业，在丽水电视台待过两年，又去上海谢晋恒通明星学校念了一年。在上海跑过两年群众。曾经在刘德华、张国荣的《新上海滩》里，演一个19路军的军官，被刘德华一拳打翻在地，然后就趴那儿，看不到脸，天大的荣幸！

出镜几秒？好几秒！

我家里有五个姐姐，都是丽水缙云县城的公务员，一个比一个宠我疼我，由我去瞎折腾，玩儿一把。等我从上海回家后，姐姐们就动真格的了，帮我安排到电力局。我知道，接下来她们就会帮我找一个小城最漂亮的女孩，叫我结婚生小孩，为家里传香火。

可我这个人，心思已经野掉了，坐办公室就像坐牢一样，按部就班的平常日子更无法想象。第二天要报到上班了，早一天我义无反顾地跑了出来，破釜沉

舟，截断所有退路，我妈那个哭啊。

在上海时我就听说横店了，说这里机会多，而且均等，在上海外地人多少要受点排挤。

我算是第一拨来的"横漂"。首批"横漂"才七八个，只有一个女的，现在还有四五个在。

刚来那会儿住万盛街，70块钱的房租，黑咕隆咚的屋子。底下是开面馆的，我足足吃了半年面条。

那时剧组也不多，我们就像农民，看天吃饭，根本没主动权。本来这个职业就很无奈，我常常有股火儿发不出来，只得自解自宽，着急也没办法的。

2000年，我在《阿Q正传》里跑龙套。反正有台词就是我，一会儿是商人，一会儿是农夫，还有叫花子、警察、村民、酒客、路人甲、路人乙，什么都可以充当。化妆呗，不会穿帮的。

容易。告诉你们，当群众演员是最容易的活了，你在横店街上、田边，随便找个老头老太问问，谁没演过十七八部戏的。我们这些"横漂"，说玄乎点叫追求，说实在点就是好玩。

当然，也不容易，我是指要实现理想而言。李庆祥知道吧，《三国演义》里演袁绍的。《李卫当官》续集我演男二号，是他推荐的，他器重我，对我要求也高。其中有场戏，那是11月份，一场淋雨的戏，一帮人给李卫送行，都跪下了，他忽然喊停！"方野在假哭！你以为淋着雨我就看不出来啊！"当着很多人的面，他严厉地骂了我。很惭愧啊。当时我说给我两分钟，就跑出去了，回来后哭得百感交集。他这声喊，真是当头棒喝，醍醐灌顶啊。

我现在演完戏每天回家都记工作笔记：哪里好，哪里不好，为什么，当时的状态怎样。每天我进步一点点，离成功的目标就接近一些。

什么叫成功？用我的名字就可以说——富甲一方，声震朝野。哈哈，有点狂是不是？孟子说，"取法乎上，得其中；取法乎中，得其下"嘛。

月收入？这是个秘密！一个月干活几天？不一定。有时候一个月一天不拍也有的。喜欢这样的生活，没人管我啊！不拍戏我就去旅游。最远去过泰国，哈哈，最便宜的境外游。不过我还是怀念当初，那个时候还是在做艺术的，现在都是做生意了。

演员公会成立才3年。以前我们像散沙一样，要自己找戏。有戏就留，没戏就走。人说"铁打的横店，流水的'横漂'"，虽说演员公会注册的"横漂"有3000多人，但现在横店的基本规律是3个月换一拨，有人嫌这里水太浅，有人找不到合适的角色，来了，又走了，不知道又漂哪儿去了。

去年狠狠心，我在这里买了房，1600元一平方米，200多平方米，四室两厅。"横漂"在这里买房的，算上我，已经有四五个了。

哦，那你不"漂"了，准备"泊"了啊。方野，你一定有过很多女朋友吧？

嗯，岳飞就是这么死的！（你说什么？）莫须有的罪名啊。（哈哈，但后来他承认的确有过好几位女友。）总之现在没有。爸妈姐姐都为我的婚事操心煞啦，没办法，拍戏忙啊。上一任女友，就是因为我拍《大宋提刑官》，太忙，她才走的。漂

潮起潮落

亮的,是个群众演员,演丫环、宫女什么的。

方野,你算是在江湖上站住脚了,那你怎么看张永啊?

我觉得他比较可怜,他不该走这条路的。你们待会儿要采访他?见了就知道了。

张永出道比我早,他以前是"北漂"嘛,和张国立、王刚他们一拨儿跑龙套的。

他这人有点怪怪的,大点的角色么难找,跑群众他还不愿意,对自己定位很高,有时好几个月都没戏,弄得吃饭都成问题。

他的特征是一口龅牙,《黄飞鸿》剧组来的时候,他听说里头有个角色"牙擦苏",就闯进导演房间去请缨。哎,这个怎么轮得到他演?

最近加拿大投拍一部《铁路》,他总算接了群众甲。那讲的是清代华工在加修铁路的事儿,导演说,凡是群众场面,都让张永站在前排……我觉得有点屈辱。

不过我佩服张永的,他不管春夏秋冬天天到水库里游泳,在拍摄现场吃饭,拿菜跟别人换饭,口袋里掏出大蒜下饭。生活那么清苦,自己的理想不肯放弃,如今这样的人有几个?

张永——

33 岁,黑瘦,一口龅牙,永远豪言壮语。所有人都说,张永走火入魔了。而张永是准备为艺术献身的:"有适合我的角色,让我割掉半个耳朵都行!"

张永

我老家在河北省蔚县陈家洼营子堡,在北京西边,哦,我已经 4 年没回家了。

我们家哥仨,走的路都不一样,老二在内蒙古当志愿兵十多年,老三在北京卖房子,我是老大,初中毕业在家种过田,1998 年前在北京打工,工厂保安、三轮车夫都做过。车子 35 块一天租的,老赔钱。

后来,因为喜欢嘛。我小时候,镇上放电影,走好多路去看,回家都是后半夜啦。我小时候就喜欢演戏,只是找不到门路,我想我走的路应该和任何一个人都不一样。

转机是我在北京参加了培训班,是北京一个影视广告公司办的。交 500 块钱,培训了 3 个月。一开始他们说,培训结束后我们都有戏演,后来不知道为什么,没戏了。我老师说,我的龅牙就是我的特征。

这个培训班是不是在骗钱很难说,但张永记住了"老师"的话,开始了"漂"的生涯。

1998年3月我开始北漂。电视剧《警坛风云》里，我演一个哑巴。这是我第一次演有镜头的，拍了一个晚上。可惜他们只给你一张纸，剧本都不给你看，人物关系你都弄不懂的，这样怎么拍得好啊？特约演员只能是这样的规格。

喜剧电影《星期八》里我演一个盗版光盘商，有一句台词，他们要找一个人来说方言，我用家乡话说的："我刚下飞机就赶过来了，我建议立即开展发现一张正版赔偿十张盗版的优质月活动……"张永在沙发上挺直了身体，声音、语调、手势、表情、眼神都很快地入戏了，非常顺溜地脱口而出，而他刚才说话一直有些口吃。说完了看着我们，我们都笑了，说好，有喜剧效果。他说，幽默的、搞笑的角色比较适合我。这是七年前的一句台词。

那时候还买书看，买了七八本，自己学。《电视表演学》，梁伯龙的，他是北京电影学院教授，这本我看了好几遍。还有《现代电影表演艺术论》、《戏曲电影中的表演艺术》，都是二三十块钱一本的。看得懂。

后来还是不行了。北京房租太贵，一个小屋300块，戏接不到，一个月就没钱，干几年赔几年，把以前的积蓄都赔进去了，有三四千块。

竞争太激烈，几万人在北京漂着，"横漂"只有几千。2000年，八一制片厂拍《为了新中国》，我去了剧组的招待所，光长得像毛泽东的就有26个人，我的妈呀！

我就把游击战打到横店来了。我连菜板都带来了，4个包，全部家当。2003年11月，冬天，乘火车从北京到上海，1460公里，1461次，最便宜的，88块。再从上海到义乌，6路公交车坐到江东客运站，就到横店了。横店租屋70块一个月，比北京便宜，但是菜、煤气、公交车费比北京都贵。

2003年11月来了就没回过家，过年也没回，一个人自己过，我和别人不合。想父母了，就给家里打电话，30块钱的磁卡可以打180分钟，等于6分钱一分钟。说什么呢跟母亲？（叹气，低头用手抚着圈椅，低声说。）唠点家常便饭的事。没钱回去。不向家里拿钱，也不往家里寄钱，自己管自己。

这里，有时候也两三个月没戏演。不好跑，跑了好多好多剧组，都白跑，横店所有剧组，每个副导演都说，行，有合适你的就给你电话，结果戏都演完了，都没电话来。还不能老跑，老跑人家就烦你了。

接不到戏，没积蓄了，想办法呗，接点手工活，串珠珠，一个小时赚一块钱。很少的，只要不耽误拍戏就行。耽误拍戏给钱也不行。春节过后，刚接到《铁路》，跟组的，没台词。

我相信困难是暂时的。"竞争中的淘汰不是失败，而是新一轮搏斗的起点。"这话，以前一篇文章里读过的。唐僧取经要经历九九八十一难呢。

我喜欢拍抗战时的片子。《地道战》里的汤司令，那个牙跟我差不多的！《黄飞鸿》那个"牙擦苏"，我演最合适了！他那个牙是假的，我这个是真的！可惜导演不用我。不用没关系，总有一天他们会争着用我的。

"北漂"、"横漂"加起来快十年了，群众、特约加起来一共100多个200不到吧。少的时候每天40块、50块，多的时候200多块。

我相信坚持下去就没错。为了理想，其他都无所谓，老跑群众混盒饭吃我不乐意,我宁愿不演,但只要有适合我的角色,让我割掉半个耳朵都行!

崇拜谁? 我谁也不崇拜,谁也不服! 我的最终目标是:中国影坛十大丑星里有我的名字! 达不到这个目标我死不瞑目! 模仿赵本山的人多了,你就永远赶不上赵本山。丑也要有自己的特色。

中国的丑星中你欣赏谁啊?

我的目标就是想和他们竞争,我不想欣赏他们。

张永,准备这样追求到几岁?

85 岁(几乎脱口而出),别人爱怎么说怎么说!

我的好朋友不多,也不想交女朋友,这一生不想结婚。结婚以后就不自由了。在中国,90%的人结婚以后都不自由了。

2001 年 5 月 28 日,这个日子我记得非常清楚,在北影厂门口,一个跑龙套的饿死了。我亲眼看见 120 抬走他。后来特意去打听,门卫说,那个人死了。他是我心目中的英雄! 为理想把生命都献出去了。别人可能说,这个人太傻了,可我不这么认为!

这件事对你有什么影响呢,张永?

我的信心更大了。

张永同意带我们去他的住处看看。绕着没有扶手的光板水泥楼梯,我们上了张永那 3 楼朝北的小屋。六七平方米,开门一股浓重的蒜味。一张硬板床,棉被叠得整齐,装衣服的行李包也直接放在床上。床头一张凳子,那块从北京带来的菜板干干净净,铁盒子、碗也都干净,摆放整齐。阳台角落里一大口袋面条、大米。怎么那么多啊? 他说你买得越多不是越便宜?

我饭量大,方便面一顿要 5 袋,面条有时候一筒不够。菜没关系,有大蒜就行。你们看阳台上的菜叶子,都是我从菜场上捡的。我一不偷二不抢,节约资源,保护环境,不丢人!

(张永床上有张《横店集团报》,4 月 25 日的。)这个,每个宾馆大厅都有的,免费发放,我拿了 3 年多了。每月的最后一期,它上面有放映公司下个月的电影安排,免费电影,我一般都去看。今天晚上是《孤岛奇情》。

(我们向张永要一个电话号码。)嗯,写给你们,不过尽可能发短信哦。这还是我北京的号码,是漫游的,一接就一块五。我不换,号码用了以后就不换的,不然他们找不到我了,万一北京那边有角色呢? 以后有实力我肯定回北京的。我现在是游击战,以后是大决战。

天色已暗,张永随我们下楼。他灰色的身影走向大街的另一个方向,那里,某个露天的场所,一场免费电影即将上映。

为艾滋孕妇接生

口述 褟庆山 整理 曹晓波

采访手札： 广州市妇婴医院年代已久，西面是一个更为久远的教堂，在喧嚣的大街边，宁静肃穆。广州市妇婴医院的前身，就是这教堂的接生所。当我走近这座临近大街的医院，门口有一个非洲孕妇，年轻、服饰鲜艳，正专注地在打手机，漫溢着一种没有界域的爱。

顾不上穿防护衣，顾不上戴手套。抱着带血的婴儿，护士浑身沾了血污。化验报告一出来，傻眼了，HIV呈阳性！这非洲孕妇是艾滋病人

广州是一个国际化大都市，非洲人、南亚人很多，HIV呈阳性（艾滋病）的孕妇，在这个人群中占的比例相当高。这些孕妇，一般都有过生育史，对于她们来说，生孩子不是特别地郑重其事，很轻松。有的到了临产，才往医院赶。我们最早的一起"职业暴露"，就是发生在非洲孕妇的身上。

哦，什么叫"职业暴露"？就是在与患者接触时，医护人员的预防措施没到位。艾滋病还没有在广东出现时，我们就有这方面的要求了。因为我们接触的患者，以及对疑难病症的研究，不仅仅面对的是HIV呈阳性的患者，也有霉菌、梅毒等其他传染疾病。直接与病人的血污、"恶露"接触，病毒感染的可能性很大。我也给医护人员讲过几次课，但那一次还是一着忙，忽略了。

这一个非洲孕妇送来时，婴儿已经完全从产道出来，的士司机在医院门口大叫。我们医护人员马上赶了出去，顾不上穿防护衣，顾不上戴手套，什么都没有

潮起潮落

考虑,想到的只是"抢救"。抱着带血的婴儿,连着脐带,护士浑身沾了血污。当时,只考虑到母婴平安,这也是我们最大的宽慰。没想到,这孕妇的化验报告一出来,傻眼了,HIV 呈阳性！也就是说,这非洲孕妇是艾滋病人。

怎么办？所有接触过胎儿的医护人员面面相觑,几乎没办法正常工作,整日惶惑不安。万一被病毒感染,这一生毁了。一连好几天,几个年轻女护士一脸的恐慌,一出现点不舒服状况,半夜都会打电话给我哭诉。当然,应急的措施是有的,4 小时内马上服一种药,连续服三周,很有效,从理论上讲,只有八百分之一的失败率。但几率是对群体而言,对于个人,只有 0 与 100％的概念。还好,药都坚持吃了,几周检查下来,HIV 都是阴性。

要说这几个护士也够坚强的,因为预防药相当难吃,吃了以后,呕吐、晕眩,几乎难以正常生活。有一个男员工,体重 73 公斤,还没吃到两周,整个人轻了10 公斤。他说禤医师,我宁可得艾滋病,都受不了这吃药的罪啊。当然,说是这么说,服药还是坚持了。后来查了几次,HIV 都是阴性,也很幸运。

这个男员工也倒霉,他本来没有"职业暴露"这么一种可能。问题出在医院的孕妇门诊,就在二楼,有的孕妇 HIV 呈阳性,是吸毒引起的。这些人在门诊等待时,毒瘾一上来,往往熬不住,最快的解决方法,就是静脉注射毒品。躲到厕所,注射完了,针头用塑料袋一裹,往窗外一扔。那窗下,正好是我们停自行车的区域,那个男员工穿了凉鞋,一踩,针头就扎进脚趾了。

这也是我后来为什么要给 HIV 呈阳性的患者组织同伴教育的目的,这一类病人,很多人都不懂,什么是对自己、对胎儿、对他人,以及对社会的责任。

第一次做 HIV 呈阳性患者择期剖宫产,防护上做了特别的准备：戴一顶摩托车的头盔,手术服里加穿塑料雨衣,特意穿一双雨靴,手套也戴了两副

还是先说说我做的第一例 HIV 呈阳性孕妇的手术,这是在 1997 年,广州郊县有一对年轻人要结婚,婚前检查,女的 HIV 呈阳性。当时这种病情很少,这女的还有五个月的身孕,不得了。这事一直反映到了广州市卫生局,还专门为她开了一个会议,最后围住她做工作,动员她终止孕期,做掉。这种小手术,本来当地可以做,他们说没经验,推啊。我和市卫生局的同志赶到那里,也不行,只得送到我们医院。

动手术的那天,我也没有特别地当一回事。按常规,五个月的胎儿,穿刺羊水,很简单的一个手术。可那一天我穿刺了几次,就是找不到羊水的位置。这孕妇也是吸毒感染艾滋病的,长期静脉注射毒品,血管相当硬,我每一次拔出穿刺针,都在手上擦拭。后来想起来,也是后怕,没有经验啊。我穿刺一次不成功,完全可以扔掉一根针,再拿第二根针重刺。这样反复在手上擦拭刺针,万一针尖划破了薄薄的橡胶手套,怎么办？

后来这方面就有了专题的研究,这就是你问的什么叫"母婴阻断"：当一个妇女一怀上孩子,第一次检查身体,如果发现 HIV 呈阳性,需要保留胎儿的,我们马上要给她连续服一种药。一直服到临产,"阻断"病毒对胎儿的感染。

最近,我在广东省的一次研讨会上提出,这种药不能依赖大剂量来降低患者身上的艾滋病毒。要是患者对此药产生了抗药性,那这种药今后会对她完全失去效用。我们坚持让患者同时吃三种药,小剂量地相加,增加了抗病毒效力,还不会造成婴儿、产妇今后治疗的抗药性。毕竟我们已经接受过74例这样的病人了,成功的择期剖官产也有59例,与那些纯理论的病理研究相比,我们的论证更有说服力。这一次会议上,我获得了全场长时间的掌声。

母爱确实是很伟大,尤其HIV呈阳性的孕妇,为了婴儿的健康,她们什么苦都肯吃。这一类"阻断"药,副作用也相当大,有的孕妇在服药期中,常常难以坚持,找我哭诉:"真的坚持不下去了。"但只要她想到这是为未来的孩子而吃,为无辜的孩子而吃,她肯定会吃下去的。药吃到身上的艾滋病毒测不出了,才算胜利。当然,这并不是说她的艾滋病毒没有了,病毒是消灭不了的,只能控制,降到最低,然后择期剖官。

是的,所有HIV呈阳性的孕妇,都必须择期剖官。如果等她瓜熟蒂落,子官、产道的自然收缩,都会加大婴儿感染艾滋病毒的可能。刚一出来的婴儿,马上要服一种药;这也是"母婴阻断"的一部分。医学试验证明,只要实施母与婴的这两种药物阻断,就能将艾滋病的母婴传播率降到最低,也就是降到2%。

最早的时候,给婴儿喂的是药片,压碎,和水,喂下去。婴儿哇哇哭,不吃,又吐出来,有的停留在了嘴角上,还得重新想办法让他吃下去。后来采用插胃管喂,效果是好了,对婴儿总不忍心。现在采用的是乳化剂,滴在嘴里,效果相当好。

我做的第一例HIV呈阳性孕妇剖官产,是一个外地打工妹。她怀孕后第一次检查,发现HIV呈阳性,当时我就劝她放弃胎儿,因为她还没结婚。她说她想要。后来才知道,她的男朋友是日本人,也就是她打工那地方的管理人员。这日本人有老婆,有四个女儿,就希望有一个儿子。开始,我们都说这病是日本人传染给她的,后来才知道,女方是吸毒感染。

日本人50多岁,女的20多。日本人经常中国、日本两地飞,在日本停留时间较长,每月给女的四五千元。1998年,这笔钱不算少。男友不在身边,是她空虚吸毒的主要原因,也给了她住院戒毒的机会。广州市第八人民医院是一个传染病防治医院,我们送她到那儿去戒毒。戒毒也相当痛苦,好在她很配合,待产期时,也将毒瘾给戒了,艾滋病毒也控制在了最低。

第一次做HIV呈阳性患者择期剖官产,配的是最好的主刀、助手、麻醉师、护士长,连给婴儿喂药的,也是最好的儿科医师,那时,我已经是副教授。防护上也做了特别的准备:怕血液溅入眼睛,戴一顶摩托车的头盔,后来也戴过游泳用的潜水镜;手术服里加穿塑料雨衣;怕地下的血污感染,还特意穿一双雨靴;手套也戴了两副。一个手术下来,浑身又闷又热,一身大汗。

你看过电影,手术时,每一件手术器械,都是护士"啪"的一下拍打在主刀手上;主刀用完后,同样"啪"地拍回去。做HIV呈阳患者的手术,就不敢那么大动作了,万一不小心,就会有划破手套、感染病毒的可能。

整个手术,小心翼翼,如履薄冰。还好,手术完成得相当顺利,剖官取出了一

潮起潮落

个小男孩。后来我们对婴儿进行定期跟踪检查，HIV一直呈阴性。跟踪到了孩子9岁，完全没问题了。再后来，失去了联系，据说这女的与日本人分手了，回了老家，她一直把孩子带在身边。

出租车还没到医院，小孩就出来了，羊水血沾污了车座。更令人忧心的是，我们要找出租车司机消毒时，那个司机做了好事不留名，早就开走了

我们很重视HIV呈阳性的孕妇，随着社会的流动性增大，这一个群体也越来越大。1997年、1998年都是一年出现一个；现在是一个月一个，甚至两个。后来，我们发起了一个病友团，进行同伴教育，一是让艾滋妈妈们给查出HIV呈阳性的孕妇讲亲身经历，坚持服药，分享成功的经验；二是交流孕产期对胎儿的保护，我也给她们讲课，鼓励患者的信心，这同样是"母婴阻断"的重要部分。

中国HIV呈阳性者，最早是在先富起来的人群中出现，他们有的是出国旅游时招性服务感染的，有的是吸毒；其次是性服务行业。现在复杂了，也有税务、工商、警察。对于这些人，以及被感染的家属，我们首先要保护她们的隐私，同时，也要指导她们的性生活，这一点相当必要，也是"母婴阻断"的知识。有的孕妇有多个性伴侣，你不能阻止她，但是可以告诉她，什么是安全防范。当然，要告诉的，不仅仅是男女之间所要采取的安全措施，更主要的是对胎儿的"阻断"，比如性生活的手段、技巧、深度。

从医学角度说，在性生活中，男人被感染艾滋病的可能是30%；女人被感染的可能是70%。这是女人复杂的生理结构所决定的，子宫绒壁储存病毒的机会相当大。对于胎儿的安全来说，更要注重这一时期性生活的技巧。此外，孕妇在这一时期吸烟，也会加大婴儿感染艾滋病毒的机会。

还有公共安全的教育，譬如怎么处理产后的"恶露"，怎么处理卫生用品。以前她们的习惯就是随手扔，这是要伤害整个社会的。正确的办法是焚烧成灰，然后包裹好，扔进垃圾箱。要处处想到别人，确实很重要。有一个病人，预产期突然提前，她打电话告诉我：褟医师，我觉得孩子要出来了。我说你不要紧张，情绪要放松，我马上派救护车来。她在电话中连哭带喊："你们千万不要来！千万不要来！"

为什么？你知道"非典"时期的特殊救护用车？全封闭的，司机室与救护室完全隔离，医护人员穿的也是笨重的隔离服。这孕妇怕给周围的邻居亲友看见，她说我自己打车来。结果，出租车还没到医院，小孩出来了，羊水血沾污了车座。更令人忧心的是，等到我们要告诉出租车司机消毒时，那个司机做了好事不留名，早就开走了。全广州啊，上万辆的出租车，同一个颜色，也没有留车号，上哪里去找？万一上来一个手上有伤口的乘客，怎么办？当然，也不能无目的广播，这样会造成恐慌，好在体外艾滋病毒的生存时间不长。

同伴教育还有一个优势就是戒毒氛围，有一对夫妇，拥有好几家工厂，有钱、空虚，两人都吸毒。刚开始吸毒，享受啊，后来就痛苦了，一查，HIV是阳性。

有钱人为什么会在吸毒时感染上艾滋病毒？以前我也不明白，接触多了，才知道。开始吸毒的人,也不大手大脚,一支烟,烟丝拧出,掺拌上白粉,再塞回烟纸。想吸的时候,吸几口;过瘾了,马上用唾沫湿灭。想起来,再点燃,再吸。慢慢地,毒瘾大了,就采用鼻吸。

再后来,毒瘾更大了,要求吸入的速度更快,就采取臀部肌肉注射。当肌肉注射的反应效果达不到要求,就静脉注射。刚开始还讲究,买瓶矿泉水,后来连买水都来不及了,不择手段地要快,就地找水,或者互相使用一个针头。艾滋病,就这么感染的。

这一对夫妇,吸毒并没有使他们财产受影响,但感染上艾滋病毒,危害婴儿了,害怕了。孕妇在同伴教育下,决定戒毒。有一天晚上,这孕妇打电话给我:"褔医师,你能不能来陪我聊几句,我快坚持不住了。"我说好,马上就来。我赶到她家,一进去,呛人的酸臭味。一看,孕妇绑在椅子上,口吐白沫,全身抽搐,满身是呕吐物。她先生说,她戒毒三天了,吃什么吐什么。

戒毒的第三、第四天,最难熬。我说我得赶紧回去拿药,这对胎儿的影响太大了,要再不补充营养,胎儿的存活率很小。我给她注射了葡萄糖、维生素,帮她熬过了这一关,彻底戒掉了毒品。她的先生受了她的影响,也决定戒毒,但难度就大了,因为他有一帮毒友。后来,她先生还是借了去西欧旅游的名义,戒了毒。但回国后受毒友的影响,还是有反复。最后,是在我们的劝导下,为了孩子,她的先生也彻底戒了。

我们的医护人员也有过"职业暴露",有一次手术结束,一个护士在洗手时发现手上被针尖划了一道细痕。这也算医疗事故,要扣奖金

"母婴阻断",我们也失败过一次,什么原因?很复杂。这一对夫妇是广东增城人,打工者。女的一发现HIV呈阳性,就送这里来了。说来很冤枉,这夫妇的老家是广西防城,有一年回家,女的在途中出了车祸,输血时感染的艾滋病毒。

他俩的住院费我们都减半的,还利用组织援助她,这一个组织是国际性的,和"艾滋"谐音,叫"爱之"。不但给了婴儿用品,还包括婴儿成长需要的奶粉,这奶粉也是特殊配方,包括了婴儿成长所必需的全部营养。HIV呈阳性的妇女绝对不允许母乳喂养婴儿。直到现在,59例剖宫产,有58例婴儿吃这奶粉都长得很好。

这产妇与婴儿照例要吃两个月"母婴阻隔"的药,这个药按规定还不能一下子全配给她,最多给一个月。她分娩后回到增城,我们经常电话指导她。一个月的药量差不多了,我们打电话给她,要她来拿药。她说药还没有吃光,我一听,有问题啊。后来我们到她家,她邻居的话虽然听不太懂,但还是听出她用母乳喂养过婴儿,还泡吃过我们配制的婴儿奶粉。她的无知和贫穷,最终导致婴儿被感染了艾滋病毒。9个月后,婴儿死了,这对夫妻也回了广西防城,与我们失去了联系。

59例"母婴阻断"中,这是唯一失败的。还有一例是"失访",就是失去了联系,那个孕妇是外地的,慕名到广州来找我,怕以后被人知道,就诊时留下的地址都是假的。

　　我们的医护人员也有过"职业暴露"，受没受到感染？只能说暂时没有。我说了，刚做这一类手术时，医疗器械的递交，采用传统的拍打，这过程，本身就存在隐患。有一次，手术结束，一个护士在洗手时，隐隐觉得疼感，仔细一看，手上被针尖划了一道细痕。

　　我首先给她做风险评估，决定让她服药。对于这一种意外，也算医疗事故，院方要扣她奖金。包括在医院门口抢救非洲孕妇的"职业暴露"，都要扣当事人的奖金，目的也是要我们按规定做好自我防护。现在做这一类手术条件好了，风险小了，什么都是特制的，连眼镜都是很薄的塑料，一次性。器械递交，有一个专门的"隔离台"，主刀需要什么器械，护士在台上放什么器械，避免直接交递。使用过的器械，马上从"隔离台"上收回。

　　我还设计了一架"子母"器械台，上下两层，上层依次摆放的是未使用的器械，下层一弹出，是放使用过的。这在 HIV 呈阳性孕妇的剖宫手术中，是全国首例。当然，防范是全方位的，不仅仅是手术台上。有一个儿科主任医师，也是我们医院最好的，专门负责给婴儿喂"阻断"药，这时候的婴儿，护士已经用温水很柔和地洗干净了，然后抱给他。

　　这儿科主任给婴儿喂完药，脱手套洗手。就在手套脱了一半，"啊呦"一声，原来橡胶手套上粘了一小点锐利的玻璃碎片，正刺在他的皮肉上。我马上给他做风险评估，我说，这是他在敲打安瓿瓶，也就是针剂瓶时飞溅上的。第一，手套内没有血污，说明没有其他的血源进入；第二，他接过的婴儿已经洗得很干净了，不存在孕妇的血液。但就这样，我还是要求他吃药。

　　对于艾滋病的防治，国家在这方面投入也不小，每一例 HIV 呈阳性的孕妇，都能享受到国家的"四免一关怀"政策。医护人员一旦"职业暴露"，HIV 呈阳性，免除所有的医疗费用。但这一种福利，谁也不想享受。我们只是希望 HIV 呈阳性的孕妇母婴平安，医护人员也平平安安。

　　如果说一开始是当一项任务来做，现在，这份工作已经变成了一种对事业的追求。你问我害不害怕，做久了，了解深了，其实不会害怕，只要不掉以轻心。至于我的妻子，我做第一次手术时她确实很担心，一回家就让我把衣服从头到脚脱下来洗。到了现在，她也见怪不怪了。

　　下午两点，市卫生局我还有一个会议，只能和你谈这么多了。谢谢你们《杭州日报》，从这么远过来采访我，支持我们的医疗课题。

小人物史记 II

风云际会

大事件
对于历史
或许只是一笔带过
对于个人
遇上了就是一生
捕捉即将随风而逝的
细枝末节
让历史不再枯燥

汶川：
打开生命通道的
尖刀军长

裘山山　王　龙　李　鑫

三位正在抗震一线的军地记者，为《杭州日报》"倾听·人生"版采访到最先进入地震中心的成都军区某集团军军长许勇——

汶川县仿佛从地球上消失一般。温总理指示，部队一定要在 13 日天黑前赶到受灾最严重的核心地区

"只知道躲进战壕的人，只有资格等死，继续开！"

晚 8 点，他们终于抵达映秀镇。"这里已经有 2000 多人被埋进去了……"

许勇

从大地开始剧烈摇晃的那一刻开始，某集团军军长许勇的心就绷紧了。这位多次组织指挥过大战演习、突击抢险的将军，凭着军人的敏锐强烈地预感到，这是一次非同小可的灾难，部队一定会有大动作！

他当即命令：所有车辆加足油料，在路边集结待命，部队立即启动应急预案，随时作好开进准备！

许勇的判断非常准确，两小时后，军区的紧急命令到达：许勇麾下部队立即向灾情最严重的汶川、北川及绵竹开进！

此时，受灾严重的汶川县音讯全无，仿佛从地球上消失了一般。全中国的时间都凝固了！党中央惦念汶川，全国人民心系汶川，全世界都在关注汶川。陆航部队多次派出直升机前往察看，皆因天气恶劣而被迫返航。时间以分秒计，生命以速度论。许勇深知，部队早一分钟到达灾区了解灾情，党中央、中央军委就可以早一分钟制订出决策方案，灾区人民就可以早一分钟获救。

12日晚10点，许勇命令炮兵团副参谋长杨伟冬带领22名突击队员，以急行军的速度赶向汶川。

地震已将道路破坏殆尽，完全找不到通往汶川的原有公路，突击队只能按大致方向沿岷江进发，有路的地方走路，无路的地方翻山，奋勇前进。历经8个小时的艰难进军，突击队终于在次日早上6点30分抵达了汶川映秀镇，通过海事卫星电话报告给了许勇。

但由于通信不畅，许勇依然无法了解更多的情况。

13日早上7点，温家宝总理来到都江堰指挥抗灾。在温总理的车上，许勇报告了灾情，总理神色严峻，指示部队一定要在13日天黑前赶到受灾最严重的核心地区，能多救一人就要多救一人！中午，中央军委郭副主席也抵达都江堰，指示部队多方向疾进，以最快速度、不惜一切代价抵达重灾区。

一边是天气恶劣、道路阻塞的严酷现实，一边是党中央和全国人民的殷切期待。许勇心急如焚，他打开灾区地图，苦思冥想，用铅笔在地图上划出一道又一道的线条，仍无法找到一条通向重灾区的路。

这位曾经在枪林弹雨中经受磨砺的军长，这位经国防大学学习深造的现代指挥官，在那一刻，暗暗提醒自己冷静，冷静。深厚扎实的综合军事素养，最终在关键时刻赐予了他灵感，他看到了水路！沿都江堰溯流而上，有一个紫坪铺水库，映秀镇就在上游。如果从水路进去，再沿江边跋涉，一定可以打出一条快捷的通道！

许勇兴奋地命令工兵团火速运来3只冲锋舟，从水路突进震中。危难之际，许勇的心中充满了战斗的力量和激情，他毅然决定靠前指挥，亲自到第一线去，到灾情最严重的地方去，用自己的双脚踏出一条生命通道！

此时已是下午4点30分。许勇带领精心挑选的33人突击队赶到紫坪铺水库，却不由地大吃一惊。由于地震影响，大坝已经出现裂缝险情，两岸山体滑坡频繁，巨石飞滚，溅起冲天的浪花，令人心惊不已。直通水库渡场的山道也被滑坡阻断，要把重达千斤的冲锋舟运下去，除非铁臂巨人。先前赶到的阿坝州委书记侍俊此刻也站在山腰，焦急地等待着。上，还是不上？随行人员担心地说："军长，实在是太危险了，另想办法吧！"

雨越下越大，余震接二连三，泥石雨点般地从人们身后滚滚落下。此时此刻，被困的群众在等待救援的脚步，党中央在等待灾区的消息，全国人民在盼望着解放军的身影出现在重灾区，有多少濒临死亡的生命在发出求生的呼唤啊……哪怕前面是刀丛剑林，也只能拼死一闯！

风雨中，许勇沉默片刻，吼了一声：走！就率领战士们齐声呐喊往水库边冲去。

他们奋力地拖着冲锋舟，手磨出了泡，肩磨出了血，终于将冲锋舟抬到了水库边上。许勇马上跳了上去，船刚刚启动，突然，一名参谋猛地将许勇扑倒："军长小心！"一块巨石咆哮着从山坡滚下，溅起冲天大浪，3只冲锋舟被高高抛起，差点儿被掀翻。

随行人员再次劝军长别去了，另想他法。许勇黑着脸说："只知道躲进战壕的人，只有资格等死，继续开！"

水面怒涛汹涌，两岸轰鸣如雷。湖面雾气迷漫，能见度极低，尽管操纵员左冲右突，最前面的船还是好几次差点撞上迎面而来的断树、浮木，船体被一次次抛起，又一次次落下，犹如越野腾空的赛车。余震激落的飞石不断滚下，随时都会给船上的人造成致命一击。其艰难、其危险，可以想象，又难以想象！

许勇的每一根神经都绷得紧紧的，他警惕地观察着两岸和前方的情况，沉着冷静地指挥3只冲锋舟冒险前行。在一个狭窄的隘口，冲锋舟几乎是从漫天的沙雨石流中冲过去的。一块上百吨的巨石突然滚入湖中，刹那间，一股大浪以排山倒海之势压了过来，像原子弹爆炸后的冲击波，所有人都被高高抛起，惊出了一身冷汗。

一个半小时后，前方水流越来越湍急，险滩遍布，无法再前行了。许勇指挥小分队在靠近漩口铝厂的地方登陆，徒步前进。

此处离映秀镇仅有6公里，但由于70%以上的路面遭到破坏，桥梁全部被毁，行进路上到处是塌方，最长距离的两处长达200多米，巨石挡道，泥泞不堪，突击队只能按"S"形路线行进，行进速度无法加快。一会儿上山，一会儿下山，不到百米的直线距离，却要绕行几百米。每个人的鞋都灌满了泥浆。

许勇的鞋也几次陷入泥浆，他只好光着脚提着鞋前进，到了稍好的路面再穿上鞋走。跟随他的几个年轻人都累得快挪不动步了，49岁的许勇却依然走得很快。

其实他也已经很累很累，头上悬着摇摇欲坠的巨石，脚底是没过脚背的泥泞，那种艰辛危险，丝毫不逊于当年他冒着炮火穿梭在南疆丛林中。但是，作为这支战功赫赫部队的最高指挥官，许勇深知自己就是官兵的灵魂，更何况人命关天，十万火急，绝不能有半点懈怠。平时他一再告诫他的部属："军人一旦受领任务，就是火箭点燃了发射器，任何一秒钟的误差，都会带来一生的悔恨。"

晚8点，他们终于抵达了汶川映秀镇。眼前的景象惨不忍睹，这里完全变成了人间地狱。镇上一片漆黑，四周的呻吟呼救不断传来，老百姓全部逃上山避难。汶川县张副县长赶来向他报告，映秀灾情非常严重，常住人口5000多人，就有2700多人被埋进废墟。大量伤员急需救治，食品、饮用水、药品极度短缺。

许勇一面组织部队立即救援，一面通过海事卫星电话向军区首长报告灾情。这位铁骨铮铮的汉子，刚说一句"这里已经有2000多人被埋进去了……"就哽咽得说不出话来。山上的老百姓听说解放军来救他们了，人心大定，纷纷下山参与救险。

半夜时分，战士们从残垣断瓦中刨出一块门板，给他们的军长搭了一张

风云际会

"床"。劳累交加、身心疲惫的许勇，却久久无法入眠。他坐在火堆旁，一边烤着湿透的军装，一边思考着第二天的部署。

风雨交加，人神共泣。这样的夜晚，让他又一次想起了自己的儿子，想起了他那一个月前刚刚因病去世的18岁的儿子。心如刀绞。他深深知道失去至亲骨肉的滋味。而今，又有多少人和他一样失去了儿子、失去了亲人啊。许勇把自己的悲伤深深埋进心底，他知道最好的方式就是尽快地救出受灾群众，多救出一个人，就会少一分伤痛。

第二天一早，一夜未眠的许勇就指挥先期到达的炮团官兵们展开了营救，手刨肩扛，救出9名幸存者。

公路高架桥落入了几百米的深渊，部队已几天吃不饱肚子了，30个人才能领到4瓶矿泉水

"我不问过程，我只要你6点准时通车这个结果！"

"暂时封锁道路，放足炸药，强行炸开通道！"

山巅不断地晃动，飞沙滚石不断地从山坡上奔泻而下。余震没完没了地在和驻渝某工兵团的官兵们进行着拉锯战，从都江堰至震中汶川县映秀镇的道路眼看就要打通了，一转眼又塞满了滚落的碎石。

5月17日上午11点，在此次地震灾害最严重的映秀镇，许勇神色严峻地问工兵处长："今天下午6点能否全线打通？"工兵处长说："我们本来可以提前修好的，谁知余震后又滚下成吨重的大石头，堆了几百米……"

工兵处长话还没完，许勇就厉声道："我不问过程，我只要你6点准时通车这个结果！"

工兵处长大喊了一声"是！"跑步离开。作为军长的部下，此时他太了解军长的心情了。

5月13日下午，军长带领33人的先遣小分队冒着大雨徒步4个小时抵达映秀镇，这里的惨烈情形让他深感震惊。在与先期到达的22人突击队汇合后，他立即组织官兵就地展开了救援工作。可是，由于公路遭到颠覆性的破坏，原来的公路高架桥落入了几百米的深渊，一时难以修复。道路的中断，使得外面的救援物资运不进来，里面的受灾群众送不出去，食品、饮用水、药品等极度短缺。虽然有直升机空运，但比起受灾区上万人的紧急需求，简直是杯水车薪。官兵们已几天吃不饱肚子了，30个人才能领到4瓶矿泉水。饥饿困乏的战士们只好去接山上流下的泉水，这在污染严重的灾区是相当危险的。作为军长，他怎能不着急？怎能不忧心如焚？

看到工兵处长跑步离开，许勇的心情也非常复杂。他何尝不知，为抢通这条临时公路，工兵团的官兵们已累得精疲力竭了，一些战士在等待爆破的间隙，就躺在路边的碎石泥浆里睡着了，他们的手上脚上全是血泡，他们没有吃过一顿热饭。有的战士从投入救灾以来就没有睡过一个囫囵觉，双眼血红，神色憔悴，可他们还是一刻不停地奋战在第一线。

他心疼，不忍，但他无法在这个时候心软啊。只有让这条路"活"起来，灾区人民才能"活"出来！这是一条关系到几千名老百姓安危的生命通道啊。必须让官兵们发扬不怕疲劳、连续作战的精神，必须让部队发挥更大的战斗力！

许勇迅速赶赴现场。这是条他好不容易发现的水库边的废弃便道，已走过5个来回了，差不多已经熟悉了每一个弯道，每一处悬崖。他深知不能再延迟了，必须果断地采取措施，尽快抢通道路。中午12点，满腿泥浆的许勇站在了塌方处，在仔细察看了情况后，他立即下令："暂时封锁道路，放足炸药，强行炸开通道！"

炸药雷管紧急运上，工兵们胆大心细加快作业。随着"轰轰轰"的一阵阵巨响，山腰上尘土飞扬，碎石滚滚，抢修速度明显加快。

开始时只有挖掘机由外向里单向施工，进展缓慢。战士们发现路边有几台遗弃的挖掘机、拖拉机，就敲碎玻璃钻入驾驶舱，投入施工。许勇又叫部队想方设法找来3台先进的挖掘机，一起投入抢修。

山上流下的雨水不断冲刷已经毁坏的路基，路面淤积软化，许勇就让官兵从河滩抢运鹅卵石铺路。就这样，新的生命通道在战士们的手中一米一米地向前延伸，希望在一米一米地向灾区抵近。经过几十个小时不间断的艰苦努力，17日下午5点30分，由都江堰市通往重灾区映秀镇的陆路"生命通道"终于全线打通了！公路沿线一片欢腾，战士们的泪水，和着汗水、雨水一起尽情流淌。而连续5天没睡过觉的许勇，已倒在一块石头上靠着山崖睡着了。

许多乡镇受灾严重，整体性的山体滑坡阻断道路，按正常施工进度，打通道路至少半年以上

采取美军发明的"蛙跳战术"，派出10多个小分队，由远及近，逐次推进。打通生命通道

"我们是来救命救灾的，还是来抢彩头的？哪儿灾情最重，哪儿就是我们的战场！"

从紫坪铺到映秀的水陆通道打通后，救灾部队便源源不断地开进了映秀镇。映秀有救了。然而，许勇的心情丝毫没有放松，作为一个胸怀大局的指挥员，他深知还有多个偏远乡镇的情况不明，那里的灾民还在等待救援。随着救援力量的增多，下一步的营救工作必定向乡村拓展。作为指挥员，他必须尽早寻找道路，做好战前准备。

为探明灾情，寻找道路，许勇亲自搭乘直升机在灾区上空侦察。

汶川属于高山峡谷地带，气候恶劣，能见度差。为了把地面的情况看得更清楚些，许勇一再催促飞行员飞低点、再低点。

地震后的地形判断非常困难，直升机在山高弯急的峡谷中飞行，不仅气流不稳，颠簸厉害，还要躲避高压电线、险峰巨石，随时都处于危险中。但飞行员理解军长的心情，只好更加胆大心细地降低高度，几乎贴着崖壁飞行。飞机下一片断垣残壁，乡亲们在山顶上、在田野中拼命地追着直升机挥手呼救，许勇看了十分难过，忧心忡忡。

　　然而，许多乡镇受灾严重，整体性的山体滑坡阻断道路，如果按照正常施工进度，打通道路恐怕至少要半年以上。还有的地方根本见不到路的影子，完全需要重建。没有一年半载是不可能通路的。

　　怎么办？时间就是生命，必须争取救灾的主动权。许勇决定不等大部队到达，不等道路修通，尽早把救援工作向乡村拓展延伸！许勇和指挥部的同志们反复研究，终于寻找到一种简便快捷的方式。他们采取美军发明的"蛙跳战术"，派出10多个小分队，由远及近，逐次推进，搭乘直升机前往各乡镇开辟直升机起降场，为后续部队开辟通道，同时实施紧急救援，安定人心。

　　有的同志对此感到不解，私下议论说，现在全国关注的焦点都在汶川县城，我们应该快速向那里挺进才对。许勇一听就火了："我们是来救命救灾的，还是来抢彩头的？哪儿灾情最重，哪儿就是我们的战场！"

　　就这样，又一条空中"生命通道"被打通了。飞机轰鸣，从天而降，在偏远乡村困守数天望眼欲穿的灾区群众看到解放军来了，亲人来了，一下子有了主心骨，许多人失声痛哭，拉着战士的手不愿放开。

　　小分队给他们送来了急需的矿泉水、食品，并转送出大批伤员，其中还有孕妇和儿童。由于许勇大局在胸，科学运筹，提前在所有乡镇开辟好了起降场地，使得后续部队能够以最快的速度搭乘直升机进入各乡镇。

抗震救灾场景

　　5月18日上午，在余震不断的什邡救援现场，胡主席指示要组织精干小分队，带着食品和药品，火速赶往深山乡村进行救援，真正把抗震救灾工作延伸落实到村。令人欣慰的是，许勇和战友们已抢在时间的前面，他的蛙跳式小分队已在当地的20多个村寨营救出了近千名群众。听到胡主席的号令后，许勇的小分队又迅速从水陆空三线全面出击，将立体的生命通道延伸到更偏远的乡镇、村寨，去营救更多的受灾群众……

樊建川，一个人的集结号

口述 樊建川 整理 曹晓波

参观展区，等待采访——晚上八点，我在办公室等你

（采访手札一：2007 年 12 月 25 日，四川，大邑县安仁镇。一个出过"三军九旅十八团"的军人之镇，曾以抗战上将刘文辉、四川省主席刘湘及地主刘文彩的老家而蜚声蜀地。"三刘公馆"因长期驻军保存完好。民居错落，田园苍绿，村坊似垣。闻名中外的建川博物馆聚落，建筑奇崛。

车拐北，一座高大的日军碉堡，上塑一个振臂的中国军人。陪同的吴志雄助理说：这是用 45 吨平板车从天津拉回来的，途经某收费站，因超宽，敲碎了一面。被敲碎的碉堡歪打正着，更显士兵的扬眉吐气。建川博物馆员工身着抗战将士服饰，广播里放着《我们在太行山上》的旋律，让我们有一种穿越时空的恍惚感。吴助理接了个电话，对方说樊总这几天实在没空，没法接受采访。我说：一天见不到樊总，我就在这住一天。

中国老兵手印广场，几十座玻璃立屏，2000 名抗战将士的激光手印，有名有籍，鲜红醒目。蜀中特有的冬雾中，中国壮士群雕广场肃穆沉重，202 名真人等身的塑像，煞费心思，按抗战初起的地域顺序布局。由于其中有蒋介石、谢晋元等国军将士，群雕一度被禁，樊建川曾有过沙埋的打算。

"抗战文物陈列·正面战场"，馆标旁有明显的其他字痕，吴助理说，当初叫"国民党抗战馆"，批不出，重新命名的。进馆，我在蒋纬国的题词"民族正气，长存人间"前停留，吴助理突然告知：樊总要见你。于是，坐了园区电瓶车，出抗战

风云际会

展区,进公馆展区。

金桂公馆,一个以红色年代生活为主题的公馆酒店。吧台正墙,两万多枚毛泽东像章一片金光,居中一枚,脸盆大小。接待厅的摆设,有"文革"旧物。50岁的樊建川,披一条大红围巾。)

我们先见一个面吧,现在聊,太仓促。下午省政协有个会,晚上刘永好请客。这样吧,你先参观。晚上八点,我在办公室等你。

(采访札记二:五点半,闭馆,我走完九个展馆。建川博物馆聚落,占地500亩,有抗战、"文革"、民俗三大系列十个展馆。

车赶往成都,一路堵车,到了"一环",已过七点。吴助理接樊建川电话,樊已回办公室。我们在路边匆匆吃面一碗,赶往建川集团公司——一个菜市场的楼上。

从二楼的办公区到四楼樊建川的办公室,楼道里挂满了老照片和文物信契,有历史的纵深感。樊建川已在室内等待。)

抗战文物,长歌当哭——一批抗战文件要出手,日本人得知,一表态就出20万。我说不能拍,结果,拍卖公司不拍了,卖给我

我收藏的一张1940年汪伪政府印制的南京地图清晰标明,南京最高法院的隔街,有两大一小三个水塘。东史郎败诉,就因为后来的南京地图上,原"高法"前没有水塘

先叫××把余秋雨的字拿来。哎,年底的破事太多。

你的文章准备用什么名?(曹:用你的书名,《一个人的抗战》。注:现在改成《一个人的集结号》,因为樊的收藏不仅仅只体现抗战情结。)

下午你都看了,那只是我收藏的万分之一。不是大话喔,"文革"的大字报、传单、日记、书信、判决书、自杀遗嘱,我有四吨。

我今年50岁,真正踏入社会,整30年。1977年到1992年,前15年,在摸索。1993年,我辞去副市长,到成都打工到现在,这15年,才是真正做事业,做收藏。

30年,三次重大选择。一是从重庆三医大(第三军医大学任教)到宜宾市政策研究所当干事,高收入到低收入;二是辞了宜宾市副市长,到外企打工;三是最近,我把博物馆的所有,连同500亩地、房屋、藏品,全给了国家。按法律走的,无偿。多少价值?不算文物,算当时拍的土地、建筑的投入,两个多亿。

(秘书将余秋雨的字打开,一米见方:"中华儿女到此,谁不长歌当哭?收藏民族记忆,实乃千秋功德。题建川博物馆 丁亥冬日 余秋雨。"曹:看了战俘馆,我也有"长歌当哭"的感觉。)

战俘馆是程泰宁设计的,是你们老乡,中国联合工程公司的总建筑师。你们黄龙饭店就是他设计的。安仁的这些展馆设计,我请的都是中外名家。他们怎么说,我怎么干。就是战俘馆,我和程泰宁拧了。展馆的墙面整体浇注完毕,按程泰宁的要求,墙面需装饰。我说停,就这样。我说我就要这效果,粗粝、陋劣,这才符合战俘那种被遗弃的感觉。

我最初是在1966年，与小伙伴争执的时候听到了"俘虏"的字眼。那小孩说：樊建川的爸爸是个俘虏兵！我回来问了我爸，他沉默。后来我知道，抗战时，我爸在阎锡山的晋绥军与日本人作战。1947年，21岁，被解放军俘虏后，一直升了炮兵连长。所有的光荣与奖章，都不能抵去那瑕疵。这还是被我军俘虏，被日本人俘虏了呢？

被日本人俘去的中国官兵，估计有百万以上。慷慨从军了，英勇杀敌了，身不由己被俘了。宁为玉碎，不为瓦全。他们没"碎"。回避、淡化、掩饰、失语，连个数字都没有。抗俘们生不如死，死沉深海。尤其女俘，还要付出女人的牺牲。

上天有眼喔，我从日本收来的照片，让她们在万分不幸之中留下了真实的面容。（曹：是的，看到几个女八路成了慰安妇的无助，看到女军人成本华被俘后的轻蔑笑意，到现在，我心里都很沉重。）

你一个下午看了几个馆，我每一份资料都要拿放大镜看半天。有一张"魏文全"的照片，我现在才知道留下镇就在你们杭州。（我从资料中找出魏文全的照片。）是的，就这张照片，在监牢照的，胸前囚号5号。原照片的日文不到20个字："支那军女便衣头目，魏文全，25岁，留下镇捕获。"她肯定不是杭州人。看她的脸，苍老；看她的手，枯槁，骨节突出，有捏过双枪的威风。《抗俘》一书中我这样写："我未能查找到留下镇的具体方位，我很想知道它在什么地方，因为，留下镇留下了女杰魏文全。"前几天，杭州地志办有一个女的读了这书，打来电话，说留下镇就在杭州。

还有一件文物也和你们杭州有关，扇子，扇面印的是1937年杭州市政府编的抗战歌谣，小楷。（《一个人的抗战》第175页，有扇子照片，摘歌谣一段如下："捡了些瘦瘦矮矮的中国人，戳瞎眼睛割下身，拍了照相送日本，算是我们杀死东洋人，电报打得一天星，回去讨救兵。"杭州味很浓。）

为了和平，收藏战争。这是我的宗旨。现在我有抗战文物2万多件。所有文物中经北京专家鉴定的国家一级文物57件。来源，一是老兵；二是留学生；三是古玩商。还有华侨、文物店、拍卖公司。

可以说，浮在表面的，我基本见了就收，一网打尽。深层次的，比如1945年日军投降时上缴的"113件关防（公章）登记册"，1946年台湾省行政公署上报中央的"解征日侨遣送名册"（这两件后来都被鉴定为国家一级文物），就靠"挖"了。有一次，中国书店拍卖公司告知，一批抗战文件要出手，起价才几万。日本人得知，一表态就是20万。我说不能拍，一拍，这价没个谱。结果，拍卖公司帮了我。不拍了，卖给我。

2004年夏天，傍晚，我正准备离开办公室，一个电话打来，号码很熟。一接，是长期与我合作的文物商，他说天津一位王先生藏有一套日军日记。我问他一套是什么意思。他说有七八本吧。我说真是当年日军的？他说应该是的。

我当即买了飞机票连夜飞天津，第二天一早见到日记。当时的心情，很难重述。多年的经验告诉我，这是真的。日记七本，附带一本影集，我如数掏钱，当场买下。我不想这批文物再东荡西荡，也许，它会落到日本人手里。

回到成都,我立即找人翻译。迫不及待地阅读。两个小时后,我打电话给人民文学出版社的编辑,说了我的感受。编辑很敏感,才几天,就决定出版这部日记与照片。这就是《荻岛静夫日记》。

荻岛静夫,1937 年 8 月进入中国,到 1940 年 3 月,没有间断过日记。70 年前的淞沪抗战、慰安妇的惨痛、日军为试新刀而杀掉几个战俘……都有谈及。震惊,愤慨,这就是历史,这就是我所追求的在文物上还原的历史细节。

各种日军侵华地图我收了很多,一张 1940 年汪伪政府印制的南京地图清晰标明,南京最高法院的隔街,有两大一小三个水塘。有一个日本老兵东史郎,侵华的负罪感,一直使他心灵不宁。他写的《阵中日记》,记述了原分队长桥本治光在南京最高法院门前,将一个中国人装入邮袋,浇上汽油,点火焚烧。最后系上手榴弹,投入池塘炸死。

1993 年 4 月,桥本治光以日记"不实"、"毁损名誉",将东史郎告上东京地方法院。因为,后来的南京地图上原"高法"前没有水塘,桥本甚至说"南京大屠杀也是虚构",要求东史郎赔偿损失。轰动一时的"东史郎诉讼案",审理长达六年,最后东史郎败诉。我这张地图,可以证实东史郎的述说方位是正确的。问题是,东史郎的《阵中日记》是后来追记的,在法律上就失去了证据的作用。

不少日本老兵看过我的抗战文物,深有感触。有一个盐谷保芳先生还送过我几件侵华的日军用品,2002 年,他又来了。我说当年你在东北打过仗,愿不愿意看一看你们的对手,宜宾的英雄,赵一曼?他去了。盐谷保芳说,建川君,平时我向中国人民请罪都是鞠躬一分钟,这次我要向赵一曼鞠三分钟。他鞠了下去。盐谷保芳鞠的角度大,加上 80 岁高龄,一下子倒在了地上。我扶他起来,他又补鞠。

我对日本军国主义死魂的复活相当愤慨,但我不赞成上街游行的砸、骂、暴力行为。"奥田大佐在成都栽了!"这一节你注意到没?一张照片:日军飞机残骸上的机身标志,是三菱公司制造的。1939 年,日机轰炸成都 18 次,伤亡 3000 多人。

我希望日本人能记住史实,希望中日友好,贸易往来。2002 年吧,日本三菱公司和我洽谈电梯的出售。说实话,三菱的电梯不错。但我从媒体上看到,日本篡改教科书的赞助商正是三菱公司,我当即终止与三菱的谈判。我就要给它们一点颜色看看,不买它们的电梯。我告诉翻译,我不可能为日本篡改历史间接出力。

我一直想写本书,说说汉奸这个层面。我从小就不理解一个人为什么会当汉奸,背叛是卑鄙的,更何况背叛的是一个民族!又偏偏是在抗战进行之中,出了百万人的汉奸。汉奸不等同骗子、抢劫、强奸,他们本来是一群智商超众的人:汪精卫、溥仪、陈公博、周佛海、郑孝胥……

令人费解的是,经常能看到郑孝胥(伪满洲国总理)的书法出现在拍卖场上,标价还很高。买去的人悬挂在大雅之堂,沾沾自喜。我不知道这是健忘还是无知。我准备单独设一个"汉奸馆",能把这个问题挖透,后人的精神畸变就能少一点。

新中国文物,收藏近在眼前的岁月——幼儿园的成绩单:"凡建川1957年4月4日出生。能按时入园,遵守生活制度。能正确地计算10以下的加减法,从1数到100……"

中国人一富,旧的都不要了。人家搞古玩,我拣人家不要的。都说我是"樊傻儿",收藏这些"破烂"

哈,辞了副市长去打工这一段,来的人都要问这问题。材料上该说的都说了。当官的前景,我看穿了。我辞官来成都,先在港资公司打工,搞装修。后来自己干了,六七个人合股,一百万块吧。我大股,也就十几万块。干了几年,有的人挣了钱,退出了,我将这些股收了进来。现在,我是51%的股。

最早的收藏,应该是我幼儿园的成绩单。××,你把成绩单拿出来!后来,从收藏到研究,就像吃苹果,吃出味了,想停都停不住。到了有七八万件藏品时,我就"做"进去了。

一件文物到手,不仅是欣赏。什么年代,哪个时间段,什么特点?一看,我能说出八九不离十来。比如"文革"宣传画,色彩浓烈,人物刚毅,和上世纪50年代有很大区别。"文攻武卫"、"清理阶级队伍",一件文物体现什么,都有讲究。靠什么?多读书,上下几千年,我什么都看。

(幼儿园的成绩单拿来了,是一张"1964年上学期大班儿童在园情况":"凡建川1957年4月4日出生。能按时入园,遵守生活制度。"学习较好……能正确地计算10以下的加减法,从1数到100……)"樊"写成"凡",这也是从收藏中看出时代。

我说过,这15年,是中国人发家与收藏的年代。搬迁,拆旧房,换新房。中国人一富,旧的都不要了。搞收藏,杭州也有吧?人家搞古玩,我拣人家不要的。都说我是"樊傻儿",现在明白了,收藏这些"破烂",少说我增值了几个亿。要是从藏品的价值讲,现在的个人资产,我在四川算高的。

我选择在安仁建博物馆,也是偶然。2003年,秋天,我去安仁。硬朗的公馆建筑,军人的刚强气质,我一下子被吸引住了,我也当过兵。西岭雪山、花水湾温泉又近在咫尺。我当场决定买下那一片土地和公馆,将"建川博物馆聚落"落户安仁。这一投,就是两个多亿。这钱要是投入房地产,能从银行贷出十几个亿来,再运作,滚成几十个亿,建川集团就不是现在的规模了。

为了博物馆,我是勒紧裤带。七千平方米的办公楼卖掉了,租了这菜市场的楼上。用四川话说,博物馆是我的幺儿喔,幺儿最亲。建川集团中别的公司都赚钱,只有幺儿是个钱窟窿,我得赚钱养它。2007年不错,两百来个人亏了这么多年,开始能自负盈亏了。我说过,只有做到以馆养馆,这博物馆才能传承下去。哪怕我闭眼了,心也安了,也算是提前写遗嘱给国家了。

现在博物馆给了成都市,我还是要投入,我还要建25个展馆。我的藏品,从藏起来自己看,到现在让大家看,就是想让观者自己去体味文物的价值,认识历史。

"文革"生活馆、"文革"章钟印馆，都是中性的。血性的拿不出来，时候不到。被害人的家属还在，害人的人的后代还在，几个方面都不允许。想过了，这辈子拿不出来，但可以留给后人去慢慢研究。

"文革"题材可挖的多得是。我当过知青，老知青到博物馆搞活动，看到"文革"展馆，流泪啊。现在的小青年不懂。我在搞一个知青生活馆，这馆的设计者也是杭州的，中国美术学院建筑系张毓峰。我还要搞一个记忆广场，基调是红色的，"文革"过来人创造的记忆作品，每年放 10 件。"文革"一段，就是 100 件。既是一种雕塑，也是一种装置，鲜活。

你说"文革"章钟印馆旁边的那个建筑为什么停工？还差两三千万资金。这是聚落中最大的一个展馆，准备设六百个展厅。没钱，暂时停下来。我得拼命挣钱，用当年的话说："抓革命，促生产。"我把博物馆聚落给了政府，我也不能给一个包袱喔。只要我在，这馆还得建下去，名字想好了，"新中国六十年博物馆"，争取 2009 年开馆。

喔，对了，最新搜到一批"文革"日记。从一个报社的老总手上收的，信息量相当大，史料价值也大。老总叫什么？不便讲了。对我来说，一小张"凭票供应月经带一条"的券，与 45 吨日军碉堡，都是一样的分量。

现在整个集团公司有两千人，要发工资，每一分钱都得我自己掏，我不能亏待他们。我要发展，首先要考虑生存。往前看，安仁的发展相当可喜。你今天从安仁过来用了一个多小时吧，市政府正在建一条从成都到安仁的直线高速公路。以后，从这里到安仁，半小时够了。

好，今天就到这里喔，小吴还得赶回安仁去，我也有不少工作。

（曹：希望樊总再给 10 分钟，说一下日寇当年对中国的"七分论"。还有，"七分论"对台独的影响。）

你在展馆中没看到？摆放不明显喔。小吴，我说了，这题材要放在明显的位置，你回去说一下！这是 1944 年，也就是昭和十九年的一册《大东亚共荣圈民族分布图》。当时拿到手，我也奇怪。这分明是一张中国地图，怎么涂了七种颜色？

仔细一研究，是日本人将中华民族分割成了七个不同的人种，有"满洲族"、"支那族"、"西藏族"、"新疆族"、"印度支那族"、"蒙古族"、"台湾族"。为啥？就是想挑起我们民族之间的矛盾，坐享渔翁之利。我发现《大东亚共荣圈民族分布图》出版的年代，正是台湾在日寇侵占下李登辉受教育的年代。这种分裂、肢解中国的情结，深深印在了李登辉的心中。他后来提出中国的"七块论"，根源就在这里。

司机如是说——当副市长好好的，辞了；"建川"原来是成都房地产前五位，一搞博物馆，钱全投了；十个博物馆、两个主题广场、一片地，捐了……他干什么事，一般人都不能理解

（送我回宾馆的司机姓游，宜宾人，樊的老乡。）你是《杭州日报》的记者？哦，成都不少记者想采访樊总，他总说没空。

你问我对樊总的印象？他啊，干什么事，一般人都不能理解。在宜宾当副市长，好好的，辞了，到成都来打工。连他的秘书都想不通，秘书来成都办事，撞见他在干活，都掉眼泪。

成都最大的房地产公司是谁，知道不？"蓝光"。五年前，"建川"和"蓝光"是齐名的，成都前五位。樊总一搞安仁博物馆，钱全投了。现在"建川"落后 20 名。

你问工人的工资？这几年没减过。前几年博物馆亏损，那两百多个人，一月还是一千多块，这在安仁很不错了。以前，我们"建川"的办公楼，没到过吧？气派。2003 年，建博物馆，办公楼卖了四千万。现在，那楼涨到一亿多喔。

想不通的，多了。就是这个月的 16、17 日，樊总和他老婆一起去办的公证：十个博物馆、两个主题广场、那一片地，全给政府了。要说樊总老婆，就是不一样，成都找不出这么开通的女人。樊总有一个女儿，就不留一点给她。不说钱，就那心血，2003 年博物馆刚建时，樊总一天才睡三四个钟头，眼圈像熊猫一样哦。

哎，我们这些凡人看樊总，看不透。

大三线

小人物史记 II

口述　石师傅　整理　曹晓波

我是 1949 年参加工作的，有人问："老石啊，你拿多少养老金啊？"我说不出口。现在的老板欠了我五千多块工资，他也说："老石啊，你不缺钱，等我工程款要到手再说吧。"这一再说就说了好几个月了。他不知道我才一个月 388 块钱的退休工资，光从杭氧新村到老东岳这三个小时的来回路程，每天就骑得我腰酸腿疼。

36 年前的那个日子，几乎就在眼前。那时候杭氧还在搞基建，我从基建科副科长调任厂办主任也没多久。厂长田秉刚，是刘胡兰的入党介绍人。领导说："老石啊，毛主席这几天睡不好觉啊。国外的帝修要侵略我们，国内的阶级敌人也在配合，毛主席要我们到大山里去造制氧机，这是党中央的战略部署，沿海的瓶瓶罐罐都是要让出来的。"他又说："厂党委研究，到四川去搞基建的光荣任务就交给你了。"

我当时又激动又自豪，不过我还是想到有爱人、老母，还有 5 个孩子。厂领导说这里有组织，有党，会照顾好的，你放心去吧。

我爱人也是党员，党叫干啥她就把啥干得很出色。当炊事员，一两百斤一淘箩的湿米，她也不叫人抬，一把就抱到灶台上了。有一回气一屏，一口血涌上了嘴，偷偷出门吐到了窨沟里。后来被同事看见了，才瞒不住了。

她在上世纪 50 年代就当了市劳动模范，一个二线的辅助工有这样的荣誉，很不容易的。1962 年我当膳食科长，她说在一起不好，要求去了生产一线，当了盘铜管工。铜管烧红后腐蚀气体很大,她不懂,凡事抢在前头,以为吐点儿血是老毛病,到了后来才知道两只肺全都烂空了。

这一年我36,她比我大4岁。她原来是我父亲的养女,父亲死在日本人手里,临咽气时要我俩下跪成亲。我的老母当年快70了,吃过的苦能写3本书。她给地主当童养媳时因猫偷吃了一条鱼,地主婆诬她吃了,头发和两只大拇指吊在梁上,打得死去活来。后来,她从两块大洋被卖到18块,转卖了3次,最后家破人亡改嫁到了我家。说这些只是想表达一个意思:当年我家对党对国真是一门忠良。

去四川前,爱人和母亲流了一夜的泪,第二天她说你把大女儿带上,头疼脑热也有一个照顾的人。大女儿当年才十岁,这一带又拖上了一个女儿的前程。

那时也有人不去,一个工段长为此被开除了党籍降了工资,大会小会批,再想去也不可能了。那时的口号是"好人好马好设备,才有资格去支内"。这个工段长后来大小也当了个分厂厂长。回过头来一想,说照顾都是瞎话,但国家有难,匹夫有责,这四川总是要有人去的。

去四川这一天,看看家人孩子,看看从一片水田上建起的杭氧厂,我也流了眼泪。十年前我从劳动路的浙江铁工厂来到这里,只有一个富农有座瓦房,成了基建指挥部,其他人住的都是草棚。那时全浙江只有一个建筑公司,一个水电安装公司。填土方铺铁路,盖厂房装机器,全靠肩抬背扛。多少个不眠之夜,多少次日晒雨淋,光奖状就有那么一叠,说没有一点感情是不可能的。这一带原来有岳家营、岳帅桥,也许是岳飞安营扎寨的地方。忠臣进不了京城,只能痛吟"满江红"。"靖康耻,犹未雪。臣子恨,何时灭!"我也是抱着这满腔忠烈,离开了杭州。

按中央"靠山、分散、隐蔽、进洞"的方针,大三线建设全在山沟。那一年仲秋,我们到了四川自贡。踏遍了城西十几里大山,看中了一个叫大缺口的山坳。大缺口只有两三户人家,没有一间瓦房,通山外只有一条盘山羊肠小道。我们依山挖坡,凿岩填谷,真像战争要来了一般。后来往山外又打了一个隧洞,那山坳才成了名副其实的大缺口。

大三线建设之缩影

雨后在泥泞中走路越走越重。自贡的地下产盐,一路埋下的电杆,有的会突然沉没;有时走着走着,地突然陷了下去,房子都不见了,深渊下是两千多年前挖空的盐井。空气中弥漫着井盐的氯离子,腐蚀性极强,后来才知道这种地方不适合制造精密机器。

大缺口的山顶有座庙,庙里有个老和尚,庙外有口咸水井,工地指挥部就设在庙里。山上蛇极多,天一冷全爬到庙梁上吐着舌芯。工人们住自搭的草棚,现成的毛竹一支支铺上就是床。那一段日子自贡常闹地震,风餐露宿倒不怕,有一次住自贡招待所,半夜地震,不少人跳了窗跌得闪腰断腿,我睡得死倒安然无恙。

"文革"的波涛还是卷到了山里,来自城里的学生,鼓动了基建科三百多民工,一只红袖章一张通知,就得准时去挨批,去晚了就要挨打。你说坚持生产,他说你有罪。

工人也干起来了,胆子大的去了北京,"揪"来了谷牧。谷牧当时在国务院负责机械口,没日没夜的一通斗,有人问他为什么背着毛主席挑了这么一个地方,并列出了 11 个自贡不能造制氧机的理由。谷牧倒是心平气和,他说:"小同志,这方面的知识我不是内行,不如你们。你们看吧,这里不行就换个地方吧。"那时候,大缺口已经造起了三幢厂房,六栋宿舍。于是一部分人就开始沿着一望无垠的大山往西南方向再找。

找了两个多月,跑了七八百里地。有时候干粮吃完,饿着肚皮,一天下来累得没个人样。有一天出了狮子山,来到一个叫养马河的地方,那里有一片开阔的棉花地,是简阳县的棉花试验场。因为不是农忙,一个老太太在看家。也许听说过中央来的工厂在找地,老太太一番话今天记忆犹新。她说你们一来,我们好开阔眼界了,好向工人老大哥学习了;有志不在年高,有你们这批小年青,毛主席一定会放心的。足见当年政治宣传的深入人心。

在这前后,自贡市人武部长发起成立了革委会筹委会,四川空分设备厂举足轻重,党委书记应邀出席。当时我的笔头还行,书记带我前往。会后留我给一些文书帮忙,断断续续帮了三个多月。

工厂定在了简阳,1968 年的 4 月,大部分人就搬了过去,我也成了正科长兼总支书记。当时基建科已有四百多人,卡车有 7 辆,施工队有 12 个,还有十几个工程技术人员的设计组。不像如今几十个人的工厂,科长倒有十来个。

记得最苦的是去百里外的威县接天然气,就在那种动乱的日子,我带着人翻山越岭,吃住在深山里。冬天,手都裂了口子,三十多人,一人一天挖十米,埋管焊管后我一段一段检查。不是我不相信工人,只要有一段漏气,再重挖重查,麻烦就大了。刮风下雨不停挖,晚上还要巡逻,怕农民偷。有一段时间,我们和当地人关系很僵,工厂截断了他们的小路,老农把大粪挑到厂里,泼在了基建队食堂的桌上。

等到我们把沱江水接进了车间、宿舍,铁路建进了厂区,火车呜呜地轰鸣时,初具规模的四川空分机械设备厂,已远远超过现在的杭氧厂了。

大概是 1972 年,我的爱人常吐血,一查肺都烂得差不多了,她却在每次的信上说一切都好。孩子写信也懒,我一直不知道。有人探亲回来说:"老石啊,你老婆又白又瘦,不行呢。"那时我一月工资68,寄回家50块。爱人38块,孩子要念书,也不知她怎么熬过来的。赶回家探亲,看到爱人瘦成一张纸,一咳咳到天亮;看到十岁的小女儿捏着五毛钱,鸡叫头遍就起床去挤便宜菜;看到七十多岁的老母亲还在为我操劳;看到饭都吃剩底了,爱人加点菜叶再吃,我心里真有说不出的痛。

那时四川空分厂的党委书记姓林,是呼拉尔齐重机厂调来的,我把爱人的X光片给他看,他说:"我们要为毛主席分忧啊,你家困难我知道了,一有机会想法给你调动。"好在我爱人吃苦比享受来得安心,我就等。等到不少人都通过林书记调走了,我心里就不平衡。

"文革"中期,四川的造反派连枪炮都搬出来了。整天你革我的命,我要你的命,聪明的就"革"回杭州了。刚开始时我们是保设备保物资保领导,造反派武斗要汽车,一张条子,给不给? 不给,说揪就揪往死里打。厂里的造反派头目姓徐,后来成了"九大"代表,钦差大人,不得了。我们几个中层干部为了自保,也成立了革命无罪战斗队。自己老老实实做人一辈子,唯一的缺点就是脾气急,当时都议过我当副厂长的。没想到为调动的苦衷心里有气,贴了领导一张大字报,从此埋下了祸根。

这一年我去北京批了一个职工食堂的项目。本想早点儿改变职工在简易棚里吃饭的历史,领导说这钱改为造大礼堂吧。那时他有权了,一言九鼎。有一次党委扩大会,我给他提了两条意见:一是中央反对造楼堂馆所,你不讲党的原则;二是要拿出基建项目费给车间工人发工资,我反对。又把领导给得罪了。

1974年的10月,我母亲生病,为了让儿媳能安心工作,她回了新昌石溪我大哥家里。老人走到尽头,想的还是不给我这个远方的儿子添烦恼,她认为我是为党为国在干什么轰轰烈烈的大事。老母去世,为了让我见上最后一面,停柩四天四夜。那时候通信、交通和今天不能相比。我赶到时,遗体开始腐坏滴水。我一跪到地,痛哭流涕,忠孝不能两全啊。现在说给儿女们听,他们都不懂。

"四人帮"倒台后,又展开了揪"帮四人"的运动。开始大家义愤填膺,没曾想三揪二揪,因为我给领导提过意见,写过大字报成了"帮四人"的行径。

我是个麦出不吃米的性,我倔,我不认罪。厂里的军代表也不同意签字。爱人在杭州得了此信,便燃一炷香,为我祈祷。

后来,我这科长也没免,只是靠边劳动。

有一天安装厂房的天窗,十多米高。上面安装的人一失手,一米二见方的大铁窗框掉下来了。一百来斤的铁家伙砸在我的右脚上,肿了一个大包,疼得我龇牙咧嘴。送到医务室,医生直摇头,到县医院一拍片说是粉碎性骨折。1978年的冬天,我到了浙二医院,重新做了手术。

1982年7月,我办工伤退休回杭州,每天送行的酒都喝不过来,看看那里朝夕相处的工人,看看曾灌注心血的工厂,心里还真有点舍不得啊。

办完退休,迁回户口,退休证上参加工作是1949年8月,退休职务基建科长，退休工资六十四元八毛，这待遇当时很不错了，有点苦尽甜来。过了两年，上面又有一个文件，我的工龄可享受离休干部待遇了，工资每年可以多发一个月，还有三万元安家费，乐得我赶紧去信四川。回信来了——经查，我只能算1951年参加革命工作的，不能办理离休。

我是1948年新昌师范学校毕业的，后来去义乌解放大军二十军部作支军工作，八月初回到老家。那天石溪小学正在教《义勇军进行曲》，唱不好。这歌在部队很熟，我就唱给他们听。校长一问我的学历，就留我当了教师。后来区公所抽人培训干部，挑上我学习了一个多月，派到东区参加土改队。那是1950年的春天，天姥山土匪还很多，天天枪声不绝。一个组虽有一支中正步枪、一支左轮枪，还是觉得整天脑袋别在裤带上。有一次遭袭，慢了一步，农会主席一家七口全都被害，连脑袋也被土匪割去了。

"土改"结束后，我到县粮政科工作。1951年底，地署来物色干部去杭州学习，全新昌挑了我和一个姓杨的，在浙江财经学校。"镇反"那年说杨有问题，那时这个罪名不枪毙很幸运了。我也查出点麻烦，因为介绍我参加工作的校长，"镇反"时也被毙了，当年只要有两人指证通匪，都是要小命的事。到了1964年"四清"，又外调一次。那时候搞外调的人比如今做买卖的要多，列车上三个人聊天，说不定有俩正握着某个倒霉蛋的小命。我那档案就留了这么一笔。可谁能想到，十几年后，离休退休一字之差，钞票会相差五六百块。

回杭后我在建筑单位做施工监理，当年杭氧厂去四川三百多人，退休回杭后多数找了工作。因为越到后来，靠退休金过日子越苦。你看，这是1987年四川厂里给每人每月增加两块钱的通知。到了1994年，我的退休金才加到一百元，而比我不如的却大有人在，都是六七十岁的老人了，终究还是要靠政策。看到在杭氧厂退休的同龄人都有五六百一月，谁的心能平衡？四川空分厂的在杭退休工人集体给简阳县劳动局、厂里写了信，签了名。

这一次的结果，每人增加了45块钱。信中注明，厂里经营不好还是要扣回的。我们体谅厂里，国有机械厂那几年效益都不好，厂又那么偏僻。当年我们是"匹夫有责"，如今仍是"有责的匹夫"。

1996年，我通过省银色人才库又找到了工作。这是一个发挥余热的机构，每年都要回访用人单位，评比先进，让我又一次看到了依靠。通过银色人才库的三次介绍，我在三个单位两次被评为先进，还两次上了明珠电视。直到如今，第四个老板欠了我五千多的工资，我也不想和老板翻脸。我去找"娘家"，可是"娘家"已成了一片工地。打电话问省老干部局，也说不清银色人才库搬到哪里去了。

2001年10月，四川厂里给我们来了一封信；说退休金改由银行发了，扣回厂里1994年的补助金额，退休金计392元，银行手续费百分之一，实发388元。医药费报销仍在厂里，可是厂里没钱，以后形势好了一定给大家解决。

哎，我从1999年开始寄去的四千多块药费单据，又无望了。"有责的匹夫"哦，73岁的我，看来还得做下去……

红墙记者

口述 朱幼棣 整理 邹滢颖

灯下,细看带着的地图,东西居延海像一对迷人的深蓝色的眼睛,与我对视,然而她们竟然要双双枯竭!我很想去实地采访,报道正在发生的一切!

我关心西北已经有 20 多年了,自打 1982 年我进入新华社当记者,第一次进新疆后,我就非常关心那里发生的一切。我可以给你画西北的地图,每一条大河、每一个湖泊和被风沙侵蚀的汉唐古城。

我为什么关心西北,一个新华社记者为什么像地质队员一样,去勘察国家的地理?从 1982 年到 1992 年,我在新华社从事经济新闻报道 10 年,从记者做到采编室主任,破格评上正高。这期间,我经历了城市经济体制改革的全过程,对全国的工业建设、重点工程有较为全面的了解,尤其关心生态环境与国家发展之间的关系。

1992 年秋天,新华社创办《新华每日电讯》,我从经济采编室调到教科文采编室任主任。以往我的工作比较简单,或者出门采访或者在办公室签发记者的稿件。如今多了一项工作,要管报纸的版面。当时没有配备版面编辑,得自己学着排版,多少号字体,多大的标题,又因为新华社稿件不可以随便增删,我这个有签发权的人晚上还得去印刷厂跟班,看着工人排字灌版,决定加字还是减字。试刊时,往往到次日凌晨七八点我才从印刷厂出来。没日没夜的工作使我眼底出血,视线模糊,至今还有后遗症。

我想休息几天,想到了去西北河西走廊。地矿部的宋瑞祥部长给甘肃地矿局的领导打了电话,给我配备了一辆老旧的白色伏尔加。它驮着我走遍了河西走廊所有绿洲、每个城镇、各条河流。我们一个一个地质队走过去。地质队的驻地基本都在郊外扎营,条件比较艰苦。在张掖地质队的帐篷里,我听到了居延海干涸的消息。

居延海,唐朝诗人王维的《使至塞上》中便有叙述:"单车欲问边,属国过居延。征蓬出汉塞,归雁入胡天。大漠孤烟直,长河落日圆。萧关逢候骑,都护在燕然。"它是我国第二大内陆河黑河的终点湖,由东西两个湖泊组成,河流和湖泊构成了阿拉善高原的绿色屏障,那里曾经水草丰美,牛羊成群。然而解放前尚有200平方公里左右水面的大湖,它竟干了。

"没有一滴水!"那位刚从额济纳旗回来的地质队老工程师对我说,他从西居延海的湖底走过,到处都是白花花的鱼骨。上世纪50年代,他们在那儿搞过勘探,那可是大得无边的海子。并且,据他估计,东居延海也不会好到哪里去。我听得心里很震动,在脑子里打下了深深的问号。

晚上,灯下,我细看带着的地图,东西居延海像一对迷人的深蓝色的眼睛,与我对视,然而她们竟然要双双枯竭!凭着记者的敏感,我预感到那里正在发生重大的灾变。在罗布泊消失之后,居延绿洲会不会也带着辉煌的文明死去?我很想去实地采访,报道正在发生的一切!

我对司机说:"能不能转回去,北上去额济纳旗?"司机不肯。他找了好多理由,最使我无奈的便是路况不好,有几百里土路,伏尔加车底盘太低,进不去。

那天,我喝了很多劣质白酒,却不醉。我也从未醉过。武威、张掖、安西和敦煌,我走了个来回,但却与居延海失之交臂,我不无遗憾地回到了北京,心却留在了西北,时时北望。

沿黑河北上,一路荒凉。地图上密密麻麻的村镇在现实中大多有名无实,没有人烟、没有植被、没有树,夜晚,四周荒凉冷寂,如同月球一般

此后,我又编辑过不少从西北发来的新闻,像《稻花飘香》、《沙漠中养鱼》、《河西走廊发现巨大的地下水库》等。我签发这些稿件时,不免生出许多疑问,常常把这类报喜的新闻删成简讯,或者处理成发晚报的专稿。

1993年5月5日下午,北京城天昏地暗,飞沙走石,黑、红、黄色翻滚的浓云压着紫禁城,那情景给人着了火似的感觉,像地球末日。第二天报纸头条都用粗黑体写着"特大黑风暴",黑风暴是沙尘暴中非常强烈的一种,破坏力极强。这次黑风暴从西北刮来,横扫河西走廊和宁夏中卫一带,很多放学回家的孩子被狂风刮进了水渠,迷失了方向,有近百人在黑风暴中死亡和失踪,有3万只羊丢失,造成直接经济损失达数亿多元。我的心情极其郁闷。

20多天后,我看到了中科院兰州沙漠研究所对这次黑风暴成因的调查报告。报告里把原因归之为气象变化和河西走廊近年被大量开垦,地表不稳定,受风蚀和沙埋以及戈壁地区开矿和挖土取沙等人为活动。这些当然都是原因,但从更广阔的地学角度来看,我认为真正的原因并没有被查明,至少这份调查报告是不够全面的。我现在还保留着那份报告。

凭着对河西走廊和西部湖泊河流的了解,我认为黑风暴并不是简单地只在河西走廊吹过,它实际上横扫了更广阔的地域,那就是新疆东部和阿拉善高原。黑河断流,居延海干涸,肯定是黑风暴能毫无遮拦横扫的原因之一。然而迄今为止没有人报道反映过那里的情况。我渴望去居延地区,考察灾变的真实原因。

1994年春夏,国家环保总局组织第二次"中华环保世纪行"采访团,我任西北团的团长。当时的国家环保总局新闻处处长孟凡例是我大学校友,比我低两个年级,好说话。我拿了一本地图册,向他说了采访完目的地宁夏沙坡头治沙站后前往考察居延海的设想。孟之前从未听说过居延海,我便一边在地图上画路线,安排行程,一边由他给当地人大与政府发传真,安排接待。我们就带着来自《中国青年报》、《法制日报》、《中国环境报》等的一批记者出发了。

我们翻过贺兰山,沿着中蒙边境公路,到达内蒙古阿拉善盟首府巴彦浩特。盟里接待空前"隆重",因为这是第一次有中央记者团到阿拉善盟,采访有关居延绿洲的生态问题。此前,盟里也不是没有向上反映过,但一来不是重点经济区,二来处于黑河的下游,上游水库给不给下游放水完全由甘肃省调控,所以居延地区的生态恶化问题从来没有得到相应的重视。

我们沿着黑河北上,一路荒凉。地图上密密麻麻的村镇在现实中大多有名无实,没有人烟,很难见到几间低矮的土坯房。没有植被、没有树,夜晚,四周荒凉冷寂,如同月球一般。白天天气非常炎热,路况却越来越差,车队的车接二连三爆胎。我们好不容易找到一个镇子,在那里的修车铺停下修补。

所谓的镇子,只有十几间零落的房子,还是破破烂烂的。问镇上小旅馆的老板娘,她说,人都搬走了,住不下去,没有水,养不活庄稼,连草都长不好。她小时候,还能见到比人都高的草,骆驼进去,看不见身子,只听到沙沙吃草的声音,现在都没了,旱死了。镇上的人一批批地往外走,都快走光了,到明年,可能她也要走了。

我听着堵得慌,就一个人走出旅馆,在几十米长的土路上漫无目的地走。在修车铺子的门口,我看见有个光屁股的孩子在土堆上爬,夕阳把孩子的身体照得亮晃晃的,像个金属做的娃娃,我心里有一种说不出的凄凉。

车队整整开了两天,我们终于看到了地平线上的绿洲小城——达莱呼布,我们进入了居延绿洲,闻到了青草上的潮湿气息。达莱呼布很小,全城只有九千人,却聚集了额济纳旗70%的人口,它是内蒙古最西边的城镇,是当代的居延城。东西居延海就在它的附近。

西居延海干涸已经没有悬念,东居延海呢?陪同的旗长也说不准,他们平常也很少去。旗环保局的同志说,去年初冬,东居延海的水已经很少了,有人到海子里捞鱼,然后到镇上卖,鱼真多啊。他买过一条,搭在自行车后架上,驮回家去,鱼弯下去,头尾几乎搭到了地面。至于现在有没有水,他也不清楚,可能还有一点水面吧。

我想应该有点水吧,至少也留有一块沼泽地。毕竟1992年时,我还知道它有一二十平方公里的水面。可是我们的越野车竟直愣愣地开进了东居延海的湖底！我下车，在湖底上走了五六里，没有一滴水！西居延海也是如此！湖底的砾石滩上，有驻军汽车留下的辙印。在东西居延海之间，我们仅发现了两片湛蓝的水洼子。当年能喷涌出一人多高的泉水，如今在沙地上如同行将干涸的泪眼，它的边上留着深深浅浅的驼蹄印。这里住着绿洲边缘最后一户人家。

向下游放水是值得歌颂的事，居延海恢复水面是"一曲绿色的颂歌"，那么，当初导致居延海干涸的又是什么歌呢？是谁废江河万古流呢？

也许我还是得把话说明白，虽然早已没有了年轻时的激情和冲动，我还是为自己穷究的执著感到无奈。记者生涯，养成了我破解难题、了解真相的个性。而了解真相后，我又常常感到迷惑甚至愤懑。不说也罢，说出来也许使一些人不快，但还是忍不住要说，这样心里好受些。东西居延海之所以会变成如今这个样子，和黑河中上游修建的30多座百万立方米以上库容的水库有关。自从黑河完全被"控制"、"驯服"，黑河35条较大的支流，断流了33条。到1992年，额济纳旗境内的黑河19条支流全部干涸。湖水干涸后的额济纳地区成了沙尘暴的重要源地，并由此形成了一条横贯我国北方的"沙尘走廊"。

从西套蒙古回来后，我写了不少报道，包括内参。我把居延绿洲的生态问题放到了战略意义上强调。如果黑河无水，绿洲废弃，那么国际风云一旦变化，抵御北方装甲部队南侵的屏障便无所依存，酒泉卫星发射基地也将受到威胁，西北的门户洞开了。

中央领导在新华社内参上做了重要批示。大约一个月后，内蒙古自治区政府和阿拉善盟的领导来到了北京，专程汇报黑河断流和居延绿洲生态恶化问题。该地区的生态环境保护工作终于提上了议事日程。

2000年，国务院对黑河水量进行了统一调度和管理，并投入了大量资金治理黑河。2002年，黑河水重新流入东居延海，2004年，干涸达43年之久的西居延海湿润了，沿湖的苇草开始生长。"启动了塔里木河、黑河流域治理"写进了2003年的《政府工作报告》。

为此，有关部门组织记者去采访黑河调水的成就，并出经费把采访的报道汇编出版成一本厚厚的书，名为《绿色的颂歌》。只是在我眼里，这还是有些悲哀，向下游放水是值得歌颂的事，那为什么不谈谈断流的原因呢？居延海恢复水面是"一曲绿色的颂歌"，那么，当初导致居延海干涸的又是什么歌呢？是谁废江河万古流呢？

这么说，有点言重了。不过当我看过那么多经典的历史风景被湮没，那么多美好的地理环境被破坏，那么多的人民面对生态贫穷，我是动了感情了。天下第一关——潼关，因为三门峡水库规划水位虚高，造成无水的淹没和毁灭，我数次去潼关，还带了女儿一起去，去杜甫诗里的潼关，但越看越苍凉而无奈，高速公路大转盘无情地切割开这个古城，它的修复再也不可能了。和潼关一起逝去的，还有唐中都浦州、陕州、朝邑等历史文化名城。生态环境保护、历史文化遗产保护如果不放在大文化大战略的背景下考虑，往往会被急功近利的项目所扼杀。三门峡水库把有着民族精神象征的"中流砥柱"景观搞没了;"欲穷千里目,更上一层楼"的鹳雀楼新景造在了前不见黄河、后不见古城的庄稼地上;敦煌的月牙泉,在敦煌水利工程取得重大成就——几个大型平原和干流水库建成之后,就无可阻挡地因为下游地下水的枯竭而不再喷涌出泉水,人们用自来水给它补水。在和田河的下游遇到的因生态恶化而贫困的人民,是最令我难忘的。

我当时跟着国家扶贫办去新疆扶贫。在一个沙漠边缘的村子里,因为水源枯竭,庄稼长得特别差。当地每户人家都要挖一个塘,蓄点水,当作生活用水。吃不到盐,那些贫困户就挖碱土,和着馍吃。我在村子里走,有一个老汉和他的一只羊一直跟在我后头。我问了人才知道他是生产队长的爹。我就去了他家。那家里没有一个柜子,没有一样家具,就几件破衣服挂在墙上。屋顶开裂着,看得到炫目的蓝天。我给了那老汉两百块钱。我说这是我个人的心意,请他们收下。那老汉和他老伴就不停流泪,我听不懂他们的话,后来才知道这老汉活了一辈子从来就没见过一百元的人民币!

我离开的时候,那老汉拦着我的车不让我走。我下去问,原来他把家里唯一的那只羊杀了,要留我吃饭。我太难受了。没有水源就没有绿洲、没有生命,上游建造太多水库,河流就会越来越短,黄沙不断南侵。那些因生态恶化致贫、即将离开家园的人们,让我一步一回头。

独自一人,亲眼目睹塔里木河的守护神——不死的原始胡杨林成片枯死。站在四十里堡的桥头,四处向人打听焉耆古城的遗址。没有人知道

我对地理这么关心,所以常常有人问,你学的是什么专业?——其实,一个人的知识与所学的专业有关,也无关。我是山东大学中文系毕业的。大学时代就已经在各地刊物上发表了 10 多篇小说,在《文学评论》上发表过文章,论文得了"五四"奖,后来正式出版。

我在大学时发表的小说《没有路标的荒原》,背景是西北地区,不过那时我并没有到过青海和柴达木盆地。1982 年写了小说《塞外古道上》,背景也是西北,可我那时还没出过关哪。我只是对西北有着说不清的感情,把好多小说的背景都放在那里了。这种感情一直延续下来,在今年出版的《后望书》里,我有对阳关、敦煌生态环境的研究与调查,《春风不识玉门关》写的就是对修水库中淹没唐玉门关古迹的反思。

记得离校前夕,等待毕业分配时,大家都确定去向了,高高兴兴地去玩,教室里空荡荡的,课桌积满灰尘,上百人的大教室只有我一人仍在那里看书、写作,这时我突然感到落寞和忧伤。后任新华社总编的南振中等到学校挑选记者。我的条件不算太好,被新华社选中,只是比别人用功些。机会总是给有准备的人。

我的老家在黄岩,父亲做过记者后来当了老师,爷爷是黄岩中学最早的国文教员,有名的书法家,也精通中医。我爱好书法,夜来读帖,晨起即练,经年不断。

人生许多经历,都能积累知识,变成财富。上大学前,我在黄岩铅锌矿当过技术员。那是一座中型矿山,当时的条件差,经常下矿井。在那里,我看了很多地质和找矿方面的书。这是我后来能从文化地理角度去研究生态环境问题的原因之一。后来，地矿部党组授予我"荣誉地质队员"称号，我感到非常高兴。

真理需要坚持，我也比较固执，有时就显得不合时宜。在一次国家软科学选题会上，有专家提出应把南水北调西线工程这样的重大项目列入选题，我就忍不住当场表示不同意见。成本计算，不说引水工程造成三江源区脆弱生态环境的改变，千里调水，让长江的水汇入黄河上游，再流到一千公里外的宁夏、内蒙河套引黄灌区，吨水成本近2元。85%的黄河水用于农业灌溉，在西北产1公斤粮食要1吨水，用这样高价的水，农民种得起小麦吗？

我在新华社当了近20年的记者，经济采编室、教科文采编室、政治采编室都待过。不敢说下笔千言，倚马可待，但文字与表达从来不是问题。写小说、报告文学、论文、新闻报道，也不感到有什么矛盾，所以如果有重大主题报道，社里就会经常想到我。

1984年夏天，新华社派记者随我国第一支南极考察队采访，当时我是工业记者，却被选上了，还在南极入了党。我在去南极时背上了两部相机，拍掉了近百个胶卷，发回好多新闻图片。从此，我还成了摄影爱好者，每次外出采访或开会都不忘带相机，《后望书》中的大部分图片，都是我自己拍摄的。天山南北，大河上下，有时，翻翻老照片，就能真切地回想起每一次旅程，记起很多场景和细节。

1995年初，新华社派我参加"领导干部的楷模——孔繁森"事迹的采写。我们住在中组部招待所，4个记者，分三部分写出初稿。我采写第一部分并进行全文的统稿。因为是冬天，大雪封山，没法到西藏阿里去。如需要什么材料，就让西藏的同志坐飞机到北京来。比如孔繁森献过几次血，各种说法都有，我们就让医生把原始的记录给带来了，最后能核实他献了两次血。我现在回头去看孔繁森，觉得这个人了不起，是党的好干部，也是侠骨柔情的硬汉子。只可惜，有些生动内容，还没有写出来。从这个意义上说，记者也是永远遗憾的职业。

在10余年里，我采访过很多中央领导，担任过新华社中央新闻组的组长，有人说我是"红墙记者"。能让我欣慰的是，这么多年我没有出过一次差错，时政新闻不出错就是成绩。曾有位领导的秘书，当着很多记者的面说，只要我一来，他们就放心了。

采访领导，比较敏感，比如说，领导同志考察时，记者采访不能跟得太近，也不能太远。太远听不见话，太近抢了镜头。每次采访事先都要有一些准备，会议或活动结束前就得交送审稿，否则事后领导就很难找到了。要有全局观，了解当前最重要的政治经济形势，了解领导在关注些什么。当然，也有很多技术性的工作，不完全在报道和新闻稿中体现出来，如核对出席的名单、次序，不能有疏漏。国庆招待会，出席的名单上有，可临时身体不适，来不了，你写上了，不成了笑话？

1999年初，我去了中共山西省委办公厅当副主任，从记者变成了官员。做记者出名后容易失之轻狂，而当官员又容易世故摆谱，我想人还是要保持本色，不能在平常琐事和应酬中消磨敏感与意志。2001年我回到北京，进了中南海，到国务院研究室任职。我现在的工作，面很宽，虽然不再奔波采访，但同样能在更高的视角上关注民生与社会发展的问题。

《后望书》断断续续写了三四年，是我最用心写的一本书。我写过很多本书，有环保方面的《世纪大灾变》《我们家园的紧急报告》，有小说集《沉默的高原》，还有写黄岩的历史文化散文集《淡出九峰》等。我喜欢写自己感兴趣的书，文化的、历史的、环保的，文字与表达固然重要，但更紧要的是思想，能对一些重大问题作出分析，逼近真相。对于这一点，我总是抓住一切可以利用的机会。

那年开西北找水会议，邹家华副总理出席。我们坐黑鹰直升机去考察塔中油田。回来的路上，一名坐车进去的工程师身体不适，路太远太颠了，我提出换位，让他坐直升机走。我乘坐越野车，走沙漠公路出来。

我在回来的路上，便趁机考察了塔里木河，独自一人倾听了大河的脉动，亲眼目睹了塔里木河的守护神——不死的原始胡杨林成片枯死，那真是令人难以置信。回到库尔勒后，我又去看了大西海子水库和下游的沼泽地。塔里木河流到这儿，已不再奔腾，水库大坝终结了塔里木下游几百公里的绿色走廊。

在库尔勒我又找了辆车，利用会议的间隙，独自考察了西域古四镇之一焉耆古城。我在胳膊底下夹了一本书，站在四十里堡的桥头，四处向人打听这个古城的遗址。没有人知道。后来有一位骑着自行车的老汉，看上去像汉族人，他为我指了一个地方，我沿着土路进去，发现了被沙漠掩埋了的古城。我在这个古城看到了白花花的盐碱滩。我忽然看到了另一个问题，西北的水不是太少，另一方面竟是太多，只灌不排导致了水源的浪费以及土壤的盐碱化。科学灌溉，如何排水的问题是我的一篇研究论文的主题。

在做新华社记者近20年的时间里，我不停地行走、记录与思考。时代变化那么快，我们已经走过了很远，但还是应该经常停下来，回头去看看，看看那些探寻真相的瞬间。这么做，是因为我们今天所做的一切，又将是明天的历史。（赈灾义写，稿酬800元，代捐到阿坝藏族自治州教育基金会。）

长江第一漂

小人物史记 II

口述 王 岩 整理 周华诚

我现在很少提起那些往事。真的都是往事了，不是什么英雄事迹。"长漂"——长江漂流对我来说，仅仅是一种人生阅历而已。

是22年前的事了。1986年，你要说起"长漂"，大概全国人民都知道的吧……你抽烟吗？不抽？那我自己点一根了，让我想一想那些事。

我对我妈说：你不让我去"长漂"，我们就断绝关系，这辈子我都不会回家了。我妈说：如果你要去死，那就为国去死！

22年前，我24岁，大学毕业，是个海员。我根本没见过长江是怎样的一条江河，没见过沱沱河、通天河的荒无人烟，也不知道金沙江的怒涛巨浪，只是凭着年轻人为国争光、为民族争气的一股热情、一腔热血，就义无反顾地报名，要求参加长江漂流。

那一年，说起"长漂"，简直是轰轰烈烈啊。起因是这样的：美国有个探险家，1985年漂流了印度的恒河，记者采访他，问他下一个目标是哪里。他手指东方说："中国，长江。"我们中国人一下子跳起来了。长江，那是咱们的母亲河啊，凭什么给美国人先漂啊？我们这么大个中国，没人了吗？全民狂热啊。

1986年1月1日，我出海回来，看到《中国青年报》上有篇报告文学，题目叫《长歌祭壮士》，写的是西南交通大学电教室有个老师，名叫尧茂书，他第一个去漂流长江，结果牺牲了。那是1985年7月，尧茂书漂过了沱沱河、通天河，漂了

1270 公里,在金沙江通伽峡翻船身亡。

尧茂书的牺牲,就像打开了潘多拉的盒子。两个月后,四川地理学会和几家新闻单位,在报纸上发起了长江科考漂流探险队的行动,一下子收到全国几千封报名信、"请战书"。

我身体好,水性好,什么大风大浪都见过了。一条小小的长江,没放在眼里,我就报名了。报名还有要求,所有报名信都要有单位盖的公章和直系亲属的签字,这有点像"生死状"。这几千封报名信,大多数都写着"为国争光",有的父母甚至写上"老大不成功,老二再来"。

回家时,我对我妈说:"我要去漂长江。"我的叔叔,在西藏当过兵,见识过金沙江,他一听就摇头:"那不可能,是在做梦!"听说我是真的要去,他很严肃地说:"那是相当于送死。"

我爸妈怎么可能同意呢?我现在想想,那时候自己真的太年轻、太不懂事了。我对他们说:"你们不同意,我就和你们断绝关系,这辈子我再也不会回家了!"这种话,对父母来说是多么残酷啊。最后,我爸妈看我铁了心要去漂流长江,就说:"如果你一定要死,那就为国去死!"在我的申请书上签了字。

年轻的时候,人的眼睛只盯着前面,盯着自己,根本不会为别人想一想,朝旁边看一看。直到后来我自己有了孩子,我还经常想起这一幕,我觉得那时自己太残忍了,伤害了父母。几十年后,我一直留在家乡小县城,安安静静地待在小地方,有空就回家陪陪老人家。他们年纪都很大了。

经过"长漂",我学会了很多东西,最重要的是,我学会了感恩。

站在虎跳峡前,大地都在颤抖啊,我的腿不由自主地打起了颤。在生和死面前,你战胜胆怯,哪怕只有一秒钟,你就是勇士

当年长江上共有三支漂流探险队,我们是中国长江科学考察漂流探险队,还有洛阳漂流队和中美联合长江漂流探险队。差不多同时到达长江源头,形成 3 支队伍竞漂的态势。我们是憋着一股劲,只有一个念头,就是想第一个漂流成功。

出发时我们高喊,要征服长江。那是改革开放初期,大家的观念还跟现在不一样。现在来看,你漂过长江,就是征服长江了吗?长江是不可能被征服的。美国人要来漂长江,是说长江是人类共有的河流,他们漂长江是和长江亲近,和长江交朋友。但是那个年代,我们不这么看,我们说长江是中国人的母亲河,不能让美国人先来漂。

那时候我们一点安全保障都没有,没有任何漂流经验,装备极其简陋,科学也不讲,但是我们宣称要"一寸不落"地全程漂流长江。那是热血冲动,是盲目冒险啊。

我们是 6 月 16 日下水的。高原上冰天雪地,我们脸也冻烂了,脚也冻烂了,这都无所谓。其实在大自然面前,人真是太渺小了,就像一粒灰尘、一片树叶那样微不足道。什么时候会失去生命,你真的想也想不到。

7 月 27 日五点多,我们遭遇了第一次惨重打击,队友孔志毅被巨浪卷走了。

那天，我们6名队员，跟洛阳队合并为一组，分乘一艘漂流筏和一艘密封艇，向着金沙江的叶巴险滩进发，结果在险滩中翻船了。我和四个队友在"前卫号"漂流筏上，密封艇里有三个人。船拐了两道弯，遇上一特大险滩，"前卫号"一下子就翻了，船上的人全都落入江中。

那一瞬间，想什么了？什么都没想！哪有时间？这一秒钟和下一秒钟之间，人可能就会被汹涌的大浪吞没，再也找不到！我们只是凭着本能，与狂涛巨浪搏斗……

我和两名队友从恶浪中逃生，在西藏的崇山峻岭里开始了4天4夜的跋涉。落水后，我们的衣服、裤子、鞋子等全被急流冲走，每人身上只穿着一条泳裤。没有吃的，没有喝的，高原的晚上，寒冷刺骨，我们赤着脚，在荆棘丛生的山路上攀爬。江两岸全是峭壁，我们身上、脚上鲜血淋淋的。

走着，走着，那一步步是在绝望和希望之间交替，但是有一种信念啊，不能停，如果停下来就意味着彻底放弃。饿了吃草、吃蝌蚪。第四天，我们终于见到一户藏民时，我已经开始出现幻觉了，那是纯生理的幻觉。

还有一个队友走了两天，没看见一个人，终于到了叶巴，刚进村时，一个妇女吓得直叫，因为他全身上下仅剩一小裤头，血迹斑斑，如同一个野人。

后来才知道，沿江的群众、战士出动了几千人在江边和丛林中寻找我们。那时候，我们的"长漂"，已经被新闻媒体广泛宣传，全国上下都在关注这件事……

我在海上，什么风浪没见过？再大的浪我都不怕。但是在虎跳峡，我感受到了什么叫胆战心惊，什么叫九死一生。上虎跳很危险，中虎跳更险恶。那是天上来的水，那种磅礴的力量，在几公里以外都能听见轰轰的惊涛声，大地都在颤抖！

虎跳峡两岸，全是雪山，海拔5000多米，江水海拔1900米，峡谷深3000多米，比美国的科罗拉多大峡谷还要深1000多米。虎跳峡全长17公里，落差就有220米。金沙江流到四川宜宾后，以下直到上海，全长2900公里，落差也就不超过300米，这样一比较，你就可以想见虎跳峡的凶险。巨石中间的金沙江，像大坝决堤一样，排山倒海，万马奔腾，它不是在流，而是从天而降。

冲漂虎跳峡，我感觉生还的机会很小。我是队长，当时国内外的近百家新闻媒体都在关注着这件事，记者天天问我们：虎跳峡，你们到底冲还是不冲？

其实在这之前，美国队经过我们翻船遇险的叶巴江段时，也没能顺利通过，耗资巨大的漂流装备也被打烂，最后宣布撤漂。跟他们不一样的是，中国人的队伍只要开漂，就不会中止。

我决定冲漂虎跳峡的时候，好几天都沉默无语。我说什么呢？队友和我说什么呢？说什么都不合适啊。

直到有一天我忽然想通了，人活70岁，跟活20岁，是一样的。在几千年的历史长河里，它都是短暂的瞬间。如果为自己热爱的事，少活几十年，这件事你愿意拿命去换，你觉得值得，少活几十年也无妨。

想通了，就好了。

我很幸运，活下来了。经历了虎跳峡，我真正学会了永不放弃，绝不后退。人生经常面对困难、遭遇挫折、经历失败，但人不应该轻言放弃。我还想，所谓勇士，就是人生面临困难，尤其是面临生死的时候，曾经战胜过自己的胆怯，哪怕只有一秒钟,在那一秒钟里你没有退却,这就不简单,就是勇士。

离开金沙江的时候,我很失落。后来几年里,我一直在琢磨那种失落感,到底是什么意思。也许,经过了金沙江,就感觉后面的"长漂",也就这样了;经历了生死,人生也就这样了。忽然有一种大彻大悟的感觉,万事皆空,人这辈子,什么东西才是你真正重要的呢?

你一个人死了,是小事,地球照样转。但是对你的亲人们来说,却是几十年的悲痛。每个牺牲的队友身后,都是一本写不完的书

我们现在怎么看"长漂"呢?

"长漂"当时所受到的关注一直上达中央,当科漂队漂过上段沱沱河后,收到了中央发来的贺电。1986 年 11 月 25 日下午两点半,当我们最后终于到达长江入海口附近的横沙岛,完成历时五个多月的长江漂流任务时,我们受到了空前的关注。"长漂"精神,被树立为当时的时代精神。"长漂"结束后,我个人的各种荣誉也接踵而来……

但是我怎么忘得了"长漂"路上的兄弟们呢?我的几个好兄弟,把生命永远地留在了长江的浪涛里。去漂流长江,我们每一个人都是自愿的,没有任何一个人是被迫的,都是自己的选择。我们不能用 20 多年后的观点,去评判当年的选择。你能说,"小米加步枪"的时候,你就不该去打那个仗吗?就是去送死,就是蛮干吗?

"长漂"渗透进了参加者的血液里,并带到了以后生命的所有进程中。我们总是想,要对得起那些死去的兄弟。

起先,在叶巴遇险的江段,由于损失惨重,漂流队决定暂时放弃。由于没有密封船,特级险滩莫丁大滩和上面的几个险滩都是牵船而过,留下十多公里的江段未漂。

为实现当初制定的"一寸不落"全程漂流长江的计划,大家争论激烈,最终在漂流与牵船的两派中选择了漂流,并特别对所有未征服路段进行补漂。这导致了漂流队最严重的人员伤亡。后来,补漂小分队再回头补漂,终于成功渡过叶巴险滩,但是在那次补漂中,又有 3 名队员遇难。

说实话,你一个人死了,是一件小事,这个世界没有你,地球照样转。你愿意付出,但是你的亲人,你的父母、你的妻子和孩子,他们不愿意啊。对你的亲人们来说,是几十年的悲痛。你让他们来承受这种悲痛,是不是太残忍了呢?

在漂流之后的 20 多年里,我常常想这个问题。

每个牺牲的兄弟背后,都有一本写不完的书。有个队友死了,当时他爱人怀了孕,结果只好把孩子打掉。有个队友,死的时候他孩子只有十来岁,好好的一个家庭就这么破裂了。有个队友死了,他母亲当了居士。这是一幕幕人生悲剧。

"长漂"胜利 20 周年的时候,我们这些队友相聚过一次。当年参与"长漂"的几十个人,早已各干各事,天涯海角各一方。大家都以平常心活着,不曾从"长漂"中捞取什么资本,沧海横流,更显当年本色。

有记者问我的一个队友:"如果人生可以再一次选择,你还会去漂流长江吗?"

队友毫不犹豫地说:"不会。"他说:"我已经知道人生还有很多种表现形式,不一定要用漂流的方式才能实现自己的价值。"但是另一个队友说:"我肯定还会选择去。"

我想,在当年,为什么去漂流并不是一个问题,大家都没有为此去寻找一个真正经得起考验的理由。

办企业是新的"长漂"。我记住大哥一句话:认真做事,诚实做人。高峰是尖的,在那上面无法长久生存,坐久了屁股会痛的

我办公室的墙上,有一幅摄影作品,小溪潺潺流动,竹林掩映。这是平静的水,和我现在的生活一样风平浪静。

"长漂"结束后,我在北方生活了好多年。后来因为身体不适应北方的气候,才回到南方。2000年,我办了一家房地产开发公司,开始了人生新的"长漂"。

办企业是做脚踏实地的事。以前当海员,十天半个月在海上,上了岸以后,发现陆地都是会摇晃的。这时候,在码头上走两个来回,就会很快适应过来,那感觉才真的是脚踏实地……人生需要高峰,需要见识辉煌绚烂,但高峰是什么?高峰是尖的,在那上面无法长久生存,坐久了屁股会痛的,只有在平地才觉得踏实。

我们那一批人,经过20年时间的淘洗,现在有的和我一样做生意,有的走出国门,拓展新天地。队友杨欣,当年是攀枝花市的普通工人,如今已经是蜚声海内的环保人物,"绿色江河"环保组织的发起人。"长漂"之后的十来年里,他多次重返长江源,踏遍了长江源所有角落。他很痛心,很多环境被破坏了,很多藏羚羊被猎杀。后来,他建立了"索南达杰保护站",去做保护长江源的事,这成了他的人生选择。他现在一直在可可西里。

20年前,我的性格就像江水一样,不可能安分地在一个地方。"长漂"之后,我的性格变了。当年回来做企业时,大哥对我说:认真做事,诚实做人。这句话就是我人生的座右铭。

我做企业的每一项决策,都尽量规避风险,就像"长漂"时我负责漂流船掌舵,艄公的职责是尽量让橡皮筏选择风险程度最低的水路走。

对于"长漂",各人有各人的看法,有人认为是为国争光、为民族争气,也有人认为,是"狭隘的民族意识"。不管人们如何评价,"长漂"的确起到了振奋民族精神的作用,每一次冲击险滩成功,都激发起了普通民众的民族自豪感。办企业也会碰上很多很多的困难,没有困难是不正常的。我性格中有一种从不服输的因子,"长漂"赋予我拼搏的精神。

"长漂"这段经历,深深地烙在了我的生命中,对我的人生时时发生着影响。在"长漂"中,我有幸活过来了,不是我的本事有多大,而是有那么多人在关心、帮助、支持我们。中国人讲,滴水之恩当涌泉相报,涌泉之恩定当生死相报,生死之恩则用一生相报。我想我会用我的一生,来回报社会。

现在,好多年了,我除了必不可少的出差,很少离开家乡。我要给年轻人的一句忠告就是:每一个人,都要好好地爱自己、爱父母。因为人年轻的时候,眼里没有别人,只有自己。人什么时候才开始醒悟的?——是到你自己有了孩子时。

左侧竖排文字:小人物史记 II

新安江大移民

口述 童禅福 整理 韩 斌

年轻人还知道这段历史吗？——美丽的千岛湖，是在50年前修建的新安江水库大坝的基础上形成的。足有三千个西湖那么大的水库，淹没了淳安的贺城、狮城两座古县城，茶园、港口、威坪三座古名城，还有数不清的古村落。不夸张地说，当年淳安人口集中的富裕村，都在水库底下了。

新中国成立之初，华东电力极度缺乏，当时上海的全部电力是30万千瓦，浙江电力仅仅4.1万千瓦。新安江水电站上马，每年能平均发电18亿度，相当于当时14个浙江省的发电容量。

1956年，新安江水电站的建设列入了国家"一五"计划，它是中国第一座自行设计和自制设备的大型水电站。共和国从此有了一个辉煌的大坝，华东工业从此有了充足的电力，生产出供应全国的生活必需品，中国现代工业也就此起步了。

建水库必须先移民。当时，除了远离新安江畔、生活在高山峻岭上的贫困山民，11万多户、44万多淳安人，50%以上离开了故土。这是新中国成立后，规模最大的一次水库移民迁徙行动。

在这20多万人的移民大军中，就有我一家人的身影：父母、奶奶、我们五兄妹，全家八口人。

在当时那个特定的历史环境下，对我们农民来说，大水瞬间就漫上来了。田地被淹，房屋被淹，甚至来不及和祖宗道别。

半个世纪过去了。午夜梦回，我常常想，中国农民，是最值得信任的农民。他们是中国工业经济起步、发展的奉献者，也是中国工业经济起步、发展的牺牲者。

1965 年我考上大学，有位叔伯拉着我的手说：大郎啊，你将来要是当了官，千万要记得为我们移民说话！

大学毕业后，我成了新闻记者。移民家庭的孩子，分外珍惜机会，特别吃苦、肯干。我在事业上取得了成功，评上了全国劳模，得到了"范长江新闻提名奖"，也真的当了"官"了——从广电厅总编室副主任开始，我担任过浙江省信访局局长、民政厅副厅长。我的名字在移民中间传开了，我家一度成为新安江移民的上访中转站。他们认为，我是唯一可以帮他们说话的人。

我很痛苦。移民问题太大了。我一介书生，能做什么？我只有一支笔。我开始搜集移民材料。我想写写几十万淳安人以及中国农民的泪水和奉献。

真正促成我写书念头的，是时任人民日报社总编辑的邵华泽先生。

1989 年 8 月，我奉命到北京去请邵华泽来浙江讲课。说来有趣，平生第一次见大官，心里还扑扑跳。没想到邵华泽一开口，一口浓重的淳安普通话。老乡啊！我喜出望外。再一讲，原来老家还是两个隔壁乡的。从老家，很自然地谈到了新安江移民的话题。第二次见面的时候，我就递上了自己搜集采写的材料：《江西省新安江水库移民调查报告》。

我记得当时他眼睛一亮，一口气把文章看完了。他说："写得很不错。"

后来，这个稿子作为内参发表了。这也是新安江水库移民的历史真相和现实问题，第一次得以向高层直陈。

邵先生说："这段历史还没人写过，要不，你来写？"

就这样，我踏上了为新安江移民著书的漫漫长路。

20 多年来，我跑遍浙皖赣 3 省，去过 22 个县 200 个村子的 1000 多户人家，寻访了 2000 多人，用了 8 本笔记本来记录他们的故事。每到一地，移民都把我团团围住，想说话的人太多了。

这件事越深入，我的使命感越强烈。我觉得，如果我不写，那么这段历史，终将随着千岛湖的清水飘走、淡去。

2009 年 1 月，《国家特别行动：新安江大移民——迟到五十年的报告》，终于由人民文学出版社出版了。

淳安县老县长、曾任杭州市副书记的王富生同志说：看到这本书问世，我的一块心病落地了。

这本书能出版，是改革开放 30 年以来，政治清明、社会进步的结果。

书写完了，我如释重负。我把它当成自己对历史、对社会应尽的责任，对我个人来说，也是对家庭的责任。

爸爸说，我现在就带大郎上坟去！水电站开工那年我 11 岁。对一个少年来说，那是不能承受的沉重记忆

淳安县威坪镇松崖古村，是我来到人世间的第一站。

松崖四面环山，一条长渠穿村而过。大巷小弄，平坦得没有一个台阶。通道上是横铺的青石板——淳安人祖传有"不走泥路"的习惯，沙洲相连的田畈，邻里相通的里弄，都铺青石板，富村横铺，穷村直砌。我们村的石板路一直通向最高的松毛岭，上下六千多个台阶全部用最好的青石板砌成。

50岁那年，我带着妻儿重返松毛岭，小船穿岭而过，当年的六千多个台阶，全都沉入了水下。

我们村里，还有四位童家太祖太公建的大宗祠，雕梁画栋，极尽辉煌。据说，水库拆房队见到后都不愿下手。宗祠前有一排四株千年翠柏。家族老人讲："当时看到新安江水库的水一天天上涌，那四株参天柏树和童家宗祠一天天往水中沉，心真如刀割一样痛。"

昔日淳安，古树连片，毛竹成林，村庄临溪而筑，依山而建，黛墙青瓦。昔日淳安，有耕牛开春尝鲜的习惯，我六岁开始放牛，立春之日，全村百头大小黄牛被赶上东山尖，牛主人把牛鼻套全部卸下，让牛完全自由。那一个多月，是淳安牛最快乐的时刻。

24万移民，几乎人人都对故乡怀着永远抹不去的美好回忆。

故土难离。20多万水库移民，近10万个家庭，几乎家家户户的故事都可以写成一本书。我家，就是这10万个家庭的一个缩影。

1959年4月15日，这一天我们全村人必须全部移走，今后走集体化道路，吃饭在食堂，不该带的东西都不要带。只给20天时间准备。

我和爸爸妈妈忙着一起搬家具、农具，最后一只大橱柜，爸爸跟我说：大郎，你妈腰不好，这只大橱柜就我们两个人抬吧。

从松崖到息村埠码头上船有5里路，当时身高不到一米五的我，抬着100多斤重的柏木橱柜，翻过了松毛岭，不知歇了多少次，流了多少泪。

4月14日晚上，奶奶和爸爸妈妈坐在堂前的土油灯下，默默流泪。那一晚，村里家家点着灯，家家一片呜咽声。半夜，奶奶突然发话："我最担心大郎爷爷了，他的坟还在松毛岭脚下，水漫上来，首先淹到他爷爷啊。"

爸爸说，我现在就带大郎上坟去。

我随手拿起了作业本。在爷爷坟前，我点着作业本上撕下来的纸，替代香纸。我们拜了，念叨了，把作业本都烧尽了，爷爷原谅我们了么？

我一生见到奶奶最悲伤的时刻，是那天清晨的"起锅"。

当我们吃完最后一顿早饭，爸爸拿起柴刀，砸下铁锅一周石灰的一刹那，奶奶"扑通"一声跪在灶头前，撕心裂肺地大哭起来。这口灶，伴了奶奶40年，抚育了儿孙两代人，见证了奶奶的辛酸和苦痛。

我们扶着小脚的奶奶，走上了颠沛流离的移民之路。

特殊背景下的特殊国家行动，时称"移民工作突击放卫星"。如果换个年代，绝不会经历那么多的辛酸

我到桐庐寻访第一批移民时，他们反映，当时移民工作做得还是比较到位的，尽管刚迁来时，移民的房子都没有造好。但移民说："我们该搬的东西都搬来了，损失么是有一些。社会主义建设嘛，我们理解的。"

当时的口号是：国家不浪费，移民不吃亏。如果能用好每位移民558元的安置费，执行好初步方案"山区移民移山区，平原移民移平原"，那么新安江水库移民会是一项成功的事业。

然而，随着1958年的到来，花了几年时间精心制定的移民规划，在一次会议上就被推翻了。从此，移民行动陷入了无产、无序的状态。

缺乏科学性的移民计划被批准了，安置经费却一降再降，20多万移民每人大致拿到二百八九十元移民费，最低的只有50元，有的移民甚至至今一分钱也没有拿到。

移民搬迁叫"洗脚上船"，又叫"行动军事化"，像战士般带上被褥衣服就走。那段时间，新安江上一千多只木船白帆飘动，公路上移民大篷车穿梭往来，公路两旁，携儿带女、肩挑背扛的移民来去匆匆。

水库原计划1960年截流蓄水，1961年发电，施工期限为5年。当时美国普列斯托滩水电站也在修建，我们提出要和美国比速度，结果比原计划提前20个月发电。这样一来，7个月内要完成12万人的移民安置，让已经无序的移民工作雪上加霜。

我从淳安移民办的档案里看到，仅1959年2月24日至4月30日的66天内，平均每天迁移186户，736人。时称"移民工作突击放卫星"，当天晚上开会动员，会要开到天亮，早晨开始整理东西搬迁，中午12点钟，全村各户把东西全部搬上船，下午两点，移民的东西运到茶园码头，卸船后装上汽车，当天连夜全部搬迁到富阳。

我的中学班主任厉汉杰告诉我，1959年10月初，他去参加淳安中学运动会，从开化到淳安的路上，几十公里的公路两侧，尽是各式各样的木家具和数不清的坛坛罐罐，像万国博览会。平时难得一见的稀罕物也出现在公路边——明清两朝的千工床，黄花梨木的凉榻，都歪歪斜斜地遗弃在干结的泥田里——当时提出，移民要"多带好思想，少带旧家具"。

我们全家八口人，七人得了血吸虫病。爸爸的棺材起杠了，我捧着爸爸出工不离头的草帽，送他上了山

翻开当时的记录，真叫人心头沉重：原计划5年完成20余万移民任务，压缩到4年完成，原来确定移向金华、嘉兴、建德三地29个县，一下子主要集中在淳安、开化、桐庐、建德这4个县。从1959年开始，从来没有听说过血吸虫病的五万多新安移民，被安置到了最贫困、又是重点血吸虫病流行地区的开化、常山等地。

我们松崖乡六七百人的大村，被安排在开化县青阳乡的几个自然村里。我家和五六户人家，20多人挤在一幢房里，全家人只有一间房。一日三餐，五六个灶头烧起来，整座屋里黑烟弥漫。

淳安人不怕吃苦,怕的是毛主席说的那个"无奈的小虫"。威坪镇蜀埠公社古虹大队移民到常山,大队老会计徐志林伤感地说:"我们蜀埠山清水秀,泉水叮咚响,人人都健康。到了这里,这片土地上到处有钉螺,水中无数看不见的血吸虫让人防不胜防,也不晓得怎么防。不到半年,我们村上六百多人,四百多人都得了血吸虫病。"

1971年,是一个多么撕心裂肺的年份。前一年,我还在大学读书,家人却跟着乡里乡亲搬迁到江西。我知道他们是在开化待怕了,穷怕了——除了奶奶,我们父母兄妹7人,全都得了血吸虫病!直到今天,我的肝脏里还有血吸虫卵。父母起早摸黑,开荒种地,也不知为啥,田里就是不长粮食,我妈挺着肝硬化的身体,风里雨里地摘野菜。一年下来,家里要吃下三百多斤的蕨菜干,只为从嘴里省下米饭,供我们上学。我的知识,是父母用血泪堆积的!

迁到江西,生活并没有好转,在1971年的8月9日,母亲因患肝硬化去世了。她才48岁,我那曾经那么健康的母亲!

不料61天以后,我又走在奔丧的返乡路上——这次是我父亲,他才50岁!

父亲是突然死去的。奶奶向我哭诉:"你妈死后,你爸像丢了魂,特别是9月份开始,村上的移民开始建房,而你爸自从医了两次血吸虫病后,身体就彻底垮了,他看到别人上山砍树,背回来一根根屋料,他就坐立不安,想自己背不动屋料了;又经常从抽屉里拿出剩下的移民安置费,不停地数,不停地自言自语:只剩下二三百元钱,这房子怎么造啊,今后的日子怎么过啊。大前天早上,天还没亮,你爸点起煤油灯,又拿着那叠钱数,后来就靠在床沿上不动了。"

爸爸的棺材起杠了。身为长子,本该捧着父亲的肖像。可怜我父母,一生连一张照片都没有给我们留下。那天早晨,我捧着爸爸出工不离头的草帽,送他上了山。

移民们的家搬了一次又一次,最远的,到了新疆石河子。逃洪的人只要饭有得吃,柴有得烧,就满足了

我遇到的移民,几乎都说:"我们不怪政府,只怪自己遇上的时代不好,移民高潮时正碰上大跃进,而后又连着三年困难时期。"

跃进式的转迁、超常规的安置,使得移民缺田、缺地、缺山林、缺房、缺粮,住草棚,从此积累起大量难以破解的难题。

1959年,移民进入了高潮,对安置地不满意,或者被血吸虫吓坏了,很多移民偷偷回到淳安,掀起了"倒流"浪潮。到1967年,回来的人达到两万人,他们在水库周围搭起了茅棚,到了晚上,点点闪闪的土油灯和煤油灯像星星一样布满了水库四周和山凹、山坞。

那些被移民的惨状吓怕了、不愿意搬迁的村民,水位一上涨,就往山上搬,这叫"后靠移民"。搬家没几日,水就涨上来了,再往更高的地方搬,这山搬那山,一年搬好几次。他们住窝棚,种非法的地,没有一分钱移民费,最后沦为"黑户口"。

我曾经穿过72道山坑,爬上一座岭,找到了1962年从淳安下洋洲搬迁上来

风云际会

的许文涛老人。他指着已经剥裂、残痕累累的泥墙,伤心地说:"我们移民已经50年了,从淳安的沿江边搬到了山头尖,从淳安的砖瓦房住到这泥墙屋。下山参加生产队劳动,踏着过去只有牧童和砍柴的人踩出的一条山路,每天要走破两双草鞋。"这里的生活现在依旧困苦。

"文革"开始了。1966年,也是淳安人灾难深重的一年。那年暴雨不断,新安江水库的水位达到了历史之最。没有搬迁的4100户、1.93万人,被迫逃洪。逃洪的淳安人,后靠的水库移民,眼看着自己的房屋一座座倒塌,屋顶一个个浮起来,庄稼全部淹没,真是哭天抢地!

那年的12月25日,两列货车哐当哐当,沿着浙赣线向南奔驰。车厢里混装了人、畜和农(家)具。逃洪灾民和经历过多次移民的淳安人,安静地啃着从淳安带来的豆腐干和苞芦粿。他们的目的地,是地处福建、江西交界的黎川县德胜关垦殖场。对于他们来说,已经没有什么奢望了,只要饭有得吃,柴有得烧,就满足了。

第二天,火车在江西与福建交界的广泽站停下。四千多男女老幼走下列车,面前白茫茫一片,厚厚的大雪阻挡了去路。那一晚,他们用床板在火车站旁搭起了床。

现在73岁的吴菊花老太太含泪回忆:"那晚,我们露天睡在雪地里,六岁的女儿正在出麻疹,受了风,病情加重了。我们被分到德胜关垦殖场的店口分场。爬了两个多小时的雪山,才来到店口。只见几幢竹篾房,糊着泥土。当天晚上,我女儿就死了。第二天一早,我丈夫用破衣包住女儿,带两个儿子上山。他们扒开雪,挖开一个洞,想安葬孩子,却全身发麻——一大堆冬眠的蛇蜷缩在一起。两个儿子用柴棒拨开数了数,足足有100多条。丈夫紧紧抱着女儿的尸体,自言自语——'这个地方,不能住,不能住。'"

淳安人有一句古话:跌倒都要抓一把泥土回家。浙江移民肯吃苦,敢开拓,在穷山恶水中创造奇迹

50年过去了,新安江移民的数量已经增长到50万人。改革开放的政策,让他们的生活出现了转机。移到徽州的老移民方善贤说:"一句话,国家苦,我们苦;国家好了,我们的生活也好了。"

淳安人有一句古话:不论遇到什么事,跌倒都要抓一把泥土回家。

他们就是凭着这种精神,在穷山恶水中创造出一个个奇迹。开化县树范大队有个"大炮轰不走湖坑人"的故事——淳安湖坑村是个富裕村,当年全村移民到开化,第一次看到肚子像妇女十月怀胎、皮肤像杉树皮一样粗糙的血吸虫病人,吓得生产队长带着大家就往老家逃,半路被拦了回去。没有了退路,他们下定决心要灭钉螺,拼了命开出三百亩田,消灭了血吸虫病,把芒草沙洲变成了良田。邻村的当地人眼红了,想用土炮把他们轰走呢。

不管是在江西还是在安徽,当地人都从内心掏出一句话:你们浙江移民肯吃苦,敢开拓。江西人说,移民种的田产量比我们高,办的厂效益比我们好,你们

浙江人是我们学习的榜样。

可是，直到今天，还是有相当一部分移民的生活，还赶不上他们在上世纪50年代中后期移民前的水准。我采访过两百多个村子，印象最深的一个村：全村47户，156人，田150亩，亩产600斤，37年来只改造了三幢房子，其余都是危房。37年来，村里没有一名高中毕业生。

有人认为，我写的都是过去的事情，没必要再去重复。可我觉得，这段被遮蔽的历史，应当重见阳光。我写这本书，是想总结经验教训，给后人思考——思考如何降低水电建设的移民风险，如何保障移民的生存和发展。

移民搬迁，面临着传统的社会关系和经济网络的破裂，移民安置不仅是简单的补偿与家园的重建，必须制定系统的移民政策，并且通过相关的法律和行政规章来保护移民的利益，规避移民风险。

国外的经验是，移民以自己的房屋、田地来入股水电建设，实行股份制的利润分红，也许将来我们也要走这条路。

关注新安江移民，其实我不是第一人。早在1994年全国"两会"期间，当时的浙江省委书记李泽民就给党中央写过一部《关于新安江水库移民遗留问题的调查报告》的"万言书"，他为此专题调研了一周。从此，党中央、国务院把解决移民遗留问题真正提上了议事日程。2007年3月27日，江西省德兴市万村乡新村畈移民村的童解放，成了第一个享受国家水库移民后期扶持的对象，一家五口人拿到了2006年下半年的扶持金1500元。

只有回首新安江移民50年历程，你才能真切感受到今天我们党提出的"科学发展观"是多么正确，建设"社会主义和谐社会"是多么重要。

风云际会

我是三峡移民

推荐 华予弘　口述 余定和　整理 蒋思荃

记得还是在四川的时候，我们那个村长和全村人吵得屁喧喧的，没得法子了，就说："你们看看余定和，人家就是顾大局，不声不响报了名。"

好笑哈，百家烧百样饭，哪个让我当榜样？ 国家三峡起个大坝，水区的人要迁走，哪个心里会安逸？ 故乡热土的，哪个舍得下？

我这个人，不爱说又不得话。我老婆叫贤绣，是个抓得起放得下的脾气，当下她就说："村长大人，定和同意是定和，我还没有点头哈！"

我在下面揪她："咋个？ 你还把自己当盘菜了？"贤绣叫得更响："我晓得你脑壳里有乒乓球，七上八下的。"全村的人都笑，这个大会，还开得了？

其实，三峡要造水库这个事，又不是新鲜果子，两三年前就传得哄哄的。一说一阵风，过了又来一阵，都听疲了。我是从来不搁心里去的。

后来，江里来了一些铁驳船，在夔门扯转。人家说，这是水文测量。在奉节城，住下不少外地人，成天在赤甲山白盐山摊摆弄仪器。人家说，这是地质考察。

这拨人走了，二回又有人来了，我们这些个庄户人家，怎个定下心来？

贤绣说："定和，看来这事，是锤板儿钉钉。"我说："政府说话，从来不听拉空瞎嚷嚷的。"贤绣又说："要多少水，存个库？ 好不走，我是不肯走的。"我说："听说夔门只露个尖尖头，奉节老城也没了。"

我老家，是奉节县永安镇桂井村三组，就在长江北岸，出了门就是大江。夔门在东首，高高的峭壁，像个巨人，守在峡口。哗哗的江水，扑到它的腿脚下，变得更急，滚得更快。古人真有本事，在峭壁上刻下五个大字："夔门天下雄"。现在人更加有本事,听说要把这五个字,雕刻下,移到上头去。

夔门进到里边,就是瞿塘峡,长长的八公里,险恶得很;再里面,就是巫峡、西陵峡。这水库一起来,统统没了,没得见了,你说我会不牵挂么?

我去找村干部打听,他们脑壳里装的,不比我多,还神巫作样的,报纸上电视上,天天都有呢。

我们桂井村离奉节老城,不远,我抓空就去,找些老哥问问水库的事,灵通灵通嘛。那些老哥都说:"看我嘛,忙得脚底板都朝天罗,要搬到上头的新城去住。"

政府说,水库造起,有千条好处万条好处,老实说,我认不得多少,听不懂。不过,这么大个地盘,这么多人要动动,国家要花多少钱,好处坏处总是盘算过的,这可不是可以随随便便敞开耍的事哦!

奉节老城里,有很多横幅条条,写得最多的一句是"为国家舍小家"!

晚上,我常摆龙门阵,把白天听到的、望到的,都说给贤绣和儿子听。两个儿子很安逸,哪个都行。贤绣可不得理,她说:"你放得开这四间正屋?放得开桂花井的水?放得开山上的祖宗?放得开你那个脐橙林子?"

我晓得,她开了口,就不停倒。我只好说:"啥子罗啥子罗,到时候,响锣不用重槌敲罗!"

我祖上,也不是桂井村的人,我爷爷,在很远的一个叫大水田的地方,种水稻。那里很穷,我父亲就到这里当长工,以后就在这里安家。我两三岁时,生母去世,父亲续了个继母,我是继母带大的。继母前不久才过的世,他们的坟地在一起,都在水没不了的山上。这个做人啊,不是座山,定下了就不得挪。

桂井村有一千三百多人,世世代代在这里务农,种包谷、蔬菜、土豆和水果。我主要侍候脐橙,有一片林子,原来有四百多棵,一年可以收到两三万块。前些年,奉节老城说要修路,征去两百多棵,赔给我万把块。现在都要没到水下,修么子路哟,政府好没有计划。

我们那边脐橙和莲鱼最有名,来买脐橙的人多了,种的人更多,本来卖到两块多一斤,后来贱,有时候三四角钱就让了。幸亏我的大娃儿国平顶上来,学了厨师,又学开车,买个货车跑运输,一年里也有个三四万块。贤绣呢,在村里开个小杂货店,赚几个零花钱。

村里人都差不多,日子过得好安逸,就是年轻人不安分,一堆堆去广东福建打工。回家来,穿后跟好高的鞋子,脑壳上染得黄黄的,看不惯,又不好说,这些娃儿在外边学了本事,又赚大把的钱。

村长说了,水库大坝185米高,江水要涨到175米,嗬,桂井村沉到江底了,我们肯定要迁走。村长又说,同意移民的,来报名,不同意走的,统统去高山上开荒!

贤绣说:"日白!我们又不是五类分子。""日白"是四川土话,是打诳、说瞎话的意思。我也找到村长说:"你莫苦,我同意迁走报名,不是怕开荒!"

回家,我对贤绣说,桂井村移民到浙江,有秀城、余杭、萧山、海宁,让我们挑。贤绣没得好气说:"你们都走,我不走,这些地方,耳朵都没听得。"我说:"我们都走了,你一个人,还住得下去?"儿子也说:"奉节是山地,没有大工厂,发不起,浙江经济发达，在那边开个小杂货店，钱挣得你数不过来。"可她还是说："反正我不走！"

浙江派了个头头脑脑代表团，到奉节来，是来请我们过去参观的。村长回来又说，浙江人是来挑移民的，要求很高，打过架的不要，劳动懒惰的不要，手脚不干净的不要……贤绣又放炮了："村长，你二回不日白了，我二回才听你的！"

我说贤绣："村长有任务的，没得法子才哄人，哪个听不出来？就你有张嘴？"

其实年岁小一点的人家，想移的多，我姨妈一家就是。县里组织我们报了名的人，到浙江参观，每个人发一块塑料牌牌，挂在胸口，几个大字——"三峡移民团"。几百号人，从奉节坐船到宜昌，乘快巴到武汉，再上火车到萧山。

我一辈子没出过远门，以为重庆城天下第一大，一路下来，看得晕头。萧山派干部一直陪我们，好客气，住萧山宾馆，招待吃大餐，头头脑脑都来敬酒。我都记不得了，心里只想我这个家，安在哪块地上，能种脐橙吗？贤绣说过，要去，一定要有江，没得江，做什么人家？

在奉节，挑的是地方，到萧山，抽签挑的是镇，到镇，再抽签挑的是村。我就定了宁围镇利二村，这里很富，工厂多，不是我去做工，我有两个娃儿呀。

回到桂井，大家问我，那头好不好，我说好！问我有什么感觉，我想了半天说："国家好大哦！"

贤绣问我，有没有江？我说有，钱塘江。她问我钱塘江大不大？我说好像比长江大。她又问我望不望得到？我说站二楼，就能望到。她说嫁鸡随鸡，嫁狗随狗，只好走喽！

离开土生土长的地方，迁到几千里外，这是个大事。挑个好日子，我带全家人上山，跪在父亲、生母、继母坟前，我说："大人在上，自古忠孝不能两全，我要为国家舍小家，迁到浙江，万望大人体谅，我在那边设灵堂，年年祭奠父母大人……"

时间定下，天热了要走。我们192户人家，807个人，分在萧山13个镇，64个村，分两批动身。

亲戚乡邻老哥弟，都来了。贤绣的娘家人在白马村，还有我的兄弟和几个姑姑，村子在水线上头，不迁移，都来了。那几天，家里热闹得很。

县里说了，想带的都可以带上。脐橙林子带不起，不要了，老房子带不动，不要了。那头是大平原，这里是山区，种植不一样，许多农具用不了，不要了。饭桌木床大衣柜，两三块钱，谁要谁拿走。国平那个开了一年多的五吨车，八千块钱甩喽。

杂古咙咚的，街上堆满了，卖的多买的少，难怪有人说，家是越搬越穷的。

国平的对象桂凤，是我姨妈介绍的，在奉节老城皮鞋店做事。她娘家人在南岸，坐个渡船过来，我们商量商量，让娃儿们在奉节办好结婚证，一起走，不办啥子喜酒了，这是特殊情况嘛。

这样，我们一家五个移民，连带我特意挖的五棵脐橙树苗，出发移到萧山去。

2001年8月18日，第一批移民动身，在奉节码头下的运煤船。后来听说半道碰上大雨，铺盖淋湿了，有的人还病。政府很不好意思，我们第二批选了个吉日25号，保证一路好天气，船也换了东方游轮。

记得那天下午，走出家门口，对面楼上有个老太婆，叫了一声"贤绣啊——"，哭了，贤绣跟着大哭起来。在村口，早就停了好几辆大客车，走的送的，都上去。到了奉节码头，黑压压都是人，红旗飘飘，锣鼓声震破耳朵，头头脑脑一大串，一个一个握手。

我们上了船，挤在栏杆旁边，向父老乡亲招手告别。游轮起锚叫响了，船上的、岸上的，一下子都哭起来，把锣鼓声音都压倒了。

轮船真大，一人一个床，先到三峡葛洲坝跑一圈，再会再会，就顺江下去。天气好，吃得好，睡得好，一路上有干部照顾，三天三夜，贤绣开心得像个娃儿。

到了江阴，天刚刚放亮，萧山来了很多人接船，14辆很大的客车，漂漂亮亮的。前面有警车开道，后面还有医院的卫生车，很热闹，也很风光。

中饭是在车上吃的，发了干粮和水。一进萧山，国平就说："路好平，车跑起来真舒心。"贤绣问："萧山比重庆，哪个大？"

村里的新房子都造好了，许多小车，把我们一家家接走送到。晚上，镇政府在盈丰酒家，给我们到宁围的移民接风。这天是8月28日，"发了发"，有意思得很！

新房里，有一个桌子八个凳，一个落地电扇，全套煤气灶，还有大米和油。明天，我们就要在新居所自己起伙，开始新的生活了。晚上我睡不好，贤绣也睡不好，她说："定和，到这里，心里是踏实，可是一闭眼，想的还是我们那个桂井村。"

农民靠双手劳作，村里分给我三亩半地，就在屋后，人家又给我一亩。这里的人，种田的很少，都做工。后来在宁围的11户移民，也剩下我一个人弄田了。我想，人总要吃，吃的都是地里来的，这是做人的根。唉，那些年轻人，想法总是不一样。

国平来了没有多久，两小夫妻就回奉节去了，因为他有些业务不想放走，住在我兄弟家。小娃儿海中进了宁围一个大厂，叫江盛铸锻有限公司，是邻居特意介绍的，开大行车。我对他讲，移民是生人，到处要小心，多做点事吃不了亏，不要让人家说，四川出懒人。

贤绣管家，种田只有我一个了。我祖上代代是农民，我是快50岁的人了，大半辈子在田里，现在要重新学起萧山农作，想起来就心里干燥得很。

这些田，好久没种了，杂草长得茂茂的，土板结得实实的。村子里派拖拉机帮我翻地，翻半天，我就谢谢了，那些杂草翻倒地里烂，可是草籽还不得茂长出来？有一种草叫圾垃草，像坏人一样，败了又长。我一个人垦啊垦的，满手起血泡，开了43畦地，杂草拔起烧成灰，肥田。

这里菜的品种，比我们那边多很多，种植很讲究季节，早了要僵，晚了不发。可是两边的季节不一样，我摸不到头绪。打的农药也不一样，比方说乐果，都有得卖，用法就各有各的说法了。还有种子认不得，同样种的甘蓝菜，把两地的菜籽一起摆，看去就是两种样。

我家门前有个一百多平方米的院子，我老早就把五棵脐橙树苗种下，多半年过去，要是在奉节，早就蹭蹭地长喽。在这里，好像没奶吃的娃娃，蔫了个脑壳。一方水土养一方人，说的就是这个理。

萧山农业局为移民办了农训班，我文化浅，又忙，就让小儿子海中去学习。反正这里的邻居很好，我就问他们，向他们学。我在地头的时候，他们也会来照应我。

手把手，教我最多的老师，叫周传木，他也是弄田的，农艺很好，就住在路对过。我在这里叫"传木——"，他应一声，一下就到。他有一儿一女，都还小，造房子欠的债，才刚刚清。这个同奉节差不多，凡是种田的，都不得富。

我决定匀出七分地，先种大蒜试试，三个月后，收了四五百斤，赚了两千多块。海中说笑："爸，照时髦的话说，这是你掘的第一桶金。"好笑哈！娃儿不懂，种下大蒜，不用加肥，不用打药，虫子不咬，很容易就大了。

后来，种青菜、种蒿菜、种芹菜、种菠菜，还有那个长豇豆、四季豆，侍弄起来就讲究多了，我都学学种种。那天下雨，我看长豇豆现在贵，一斤可以卖一块多，我想种得卖相旺一点，就加了尿素，在奉节，我们都是这么做的。第二天一看，长豇豆都黄了。我去问传木，他说："啊呀，你以为下雨，尿素就不掺水？水质土质不同，用肥也不同的呀。"

有一次传木说，要搭个尼龙棚棚，我听了半天才听懂，就是四川人叫的油纸棚棚。他要我抓紧时间种水菠菜，因为天凉了，火锅俏了，少不得要涮菠菜，一斤卖到一块八了。我说，火锅，我们那边还有个名字，叫混合口水汤汤。他笑死了，说再也不敢涮火锅了。

现在啊，常常有骗人的事，只有地是不骗人的。第一年，我种田就种出一万多块来。

邻居老戴，是个乐天的老头，常常来串串门，送点菜，问问有啥子困难要帮。有一天，他学我们四川话说："老余头，看你起早摸黑的勤劳，菜又种得好，给你评个劳动模范，要得么？"我说："评啥子模范，累累不死人，气气气死人的。"

在奉节，脐橙由水果公司包下，蔬菜由菜贩子定购，还是公道的。这里，也有菜贩子上门，可是价钱压得很低。卖一块钱，他要赚七角，我只能保本。

有的本地人，在杭州几个大菜场，都包摊位，半夜，自己用车送到菜摊上，天一亮，新鲜出笼的蔬菜哦，人家抢着买。除了几个管理费，赚多赚少，全部自己的。老戴说："这叫产供销一条龙，要几个人搭班，还要有大本钱。"我是吃不消的。

有人劝我，每天一早，把菜运到萧山菜市场卖。可是我一个人，要种菜，要收菜，再要运菜、卖菜，哪有时间忙得过来？

想来想去，还是给五七路口的蔬菜批发市场送菜。我买了一辆三轮车，这种车，四川是见不到的。一车子装了五六百斤，半夜一点多出发，贤绣不放心，要同去。结果呢，我不会踩，她不会坐，半道上车子翻了，她的手骨断了，赶紧送到宁围医院，花了四百多块，几个月没好，还落下个病根。

在批发市场，只要我一开口，上上下下都喊我"四川佬"，好像我没得名字的。这里都是半夜里的生意，大概没得睡觉，这里人的火气都好大，闹哄哄的。有时候菜对路，一下子出完，我马上可以回转。有时候行情不好，等到天亮也出不完。

市场有好几个大门，一进门就要收管理费，收得很不讲理。你要是送点好菜,管理员高兴了,看一下你的菜,可以卖一百块,就收你三块。要是今天不得劲,看也不看乱说,六块七块。你还辩不得,当心再加三块。比天王老子还神气。

这里进菜的,都是大菜贩子,湖北人多,他们的汽车,就停在外面,装满了,听说就朝杭州、宁波、绍兴送。碰到好的湖北人,批菜就舒心。有个孝感的,二回去,他还我菜筐筐,总要给几个新的。

也有的,就像九头鸟,坏得很。有次市上的苋菜,卖到两块一斤,我报批发价是五角,已经很低了,一个湖北人一定给三角。我不肯,他就卡我颈子抢我菜,一筐一筐丢上车,他们有十多个人,骂我四川人笨脑壳,不识相就吃拳头。我还有啥子办法?二回去要菜筐,都破烂了。

都喜欢欺侮外地人,以为我是四川来承包菜地的。贤绣很生气,我们移民,是为国家舍小家来的,一定要我把那块"三峡移民团"的牌牌,挂着去卖菜?

有次去,管理员要菜,我不给,我说我是三峡移民,政府免三年农业税的,给他看牌牌。他说:"你三峡移民有什么了不起的,打他!"两个湖北人就上来打我的头,踢我的腰。后来几天,我脑壳成天嗡嗡嗡的。

每到不舒心的时候,我同贤绣,就要回想我们的桂井村。我们村里,家家院子里都有丹桂树,花开了红红的,像一片云。香气飘到三五里外。村里还有一口桂井,井口有十几个平方米大,水深四五米,从来不见涸。井边有一棵丹桂王,二三十米高。这个水冬天冒热气,夏天凉得你手都伸不进去。水比酒还清,甜甜的,说含有丰富的矿物质。所以这里的自来水,我们一直吃不惯,有腥气。我在院子里打了一口机井,打上的水,还是没口味。

国平从那边来个电话,说奉节老城要炸了。我问,码头的依斗门呢? 老城墙呢? 刘备的永安宫呢? 国平说,奉节新城早造好了,这些古迹,统统安放在宝塔坪。我这才舒了一口气。

炸奉节老城的这天早上,国平又来电话,说他在老城里,还有很多很多的奉节人,都来向老城告别。炸的是锅池底、小南门和邵家巷的九座大楼……一下子,我从电话里听到爆炸声,一共18响。

在利二村,大家都说,这里的地要开发了,我们要迁居了。贤绣说:"啥子事喽,怎个不得安生。"我说:"旧的不去,新的不来,三千里都移了,挪动挪动怕么子哟?"

每到年底,萧山区长总要来慰劳,送我们奉节产的稻花香酒。今年,我抱起在萧山出生的孙子,对区长说:"你看,我们三代人,都扎根在萧山了。"我还对区长提了要求:"等三峡水库全造完的时候,希望能组织我们移民回去看看,那是生我养我的地方,要得么?"

沙漠之狐

口述 杨根生　整理 张海龙

中国有三个叫"根生"的人很厉害,一个是正大青春宝集团总裁冯根生,一个是蒙牛集团总裁牛根生,还有一个杨根生。

杨根生,沙漠学家,中国科学院寒区旱区环境与工程研究所研究员,博士生导师。人称中国的"沙漠之狐"。

沙子有多厉害、沙子有多狡猾、沙子跑得有多快,你们没去过沙漠的人,把头想破了也想不出来

我今年周岁 66 了,这辈子四十多年都和沙漠打交道着哩。你看我这皮肤,这粗的,都是叫沙子打磨的。我是个近视眼,我特别费眼镜,为啥哩,我到沙漠去一趟,那镜片就叫沙子磨花了,看啥都模糊一片。你们是不知道,那沙子被风吹起来到处呼呼跑,就像是个锉刀,把啥都给锉毛了。沙子那东西,见缝就钻,我从沙漠出来十天半月的,头发里鞋里还有沙粒,好在我也习惯了,你现在要让我时间长了不去沙漠,我还急着哩。

干沙漠研究这个工作,苦哇。我第一次进沙漠,地面温度 80 度,水喝完了,力气也抽干了,我倒在一个 50 厘米深的沙坑里,啥知觉都没有了,一直到晚上12 点,科考队才把我找着,灌了两壶水才醒过来。

1969 年,我在新疆吐鲁番到艾维尔沟的大风口,测风速对火车运行的影响,用了 4 年半的时间。那个风速表都能被狂风吹爆,我一个同伴被大风吹走了,再也找不见了,我们剩下的三个人就把自己用铁链绑在早早打在地里的铁桩上。那个鬼地方,大风能把火车都掀翻,风速是 57 米/秒。我后来设计的,是水坝一样的防风墙,只有那样,火车才能安全运行。

1973 年,我在新疆库木塔格沙漠,一待就是半年多时间,成天就在沙漠里转来转去,测量地形啥的,没水的时候,我们就喝骆驼尿,就连骆驼尿也不是每个人都能喝上,那种生活你们根本就想象不出来。2001 年的时候,我差点死在沙漠里。那是在内蒙古的库布齐沙漠,我考察黄河河道泥沙淤积的时候一脚陷到积沙里面,积沙一下子就淹到腰上边了,眼看着就来不及了,幸亏旁边一起去的新华社记者一把把我给扯出来了。真是吓死个人哪,我这把老骨头差点就叫沙漠给收回去了。

有人给我起了个外号叫"沙漠之狐",说是第二次世界大战的时候德国有个军官叫隆美尔,一直在非洲战场上打仗来着,最擅长在沙漠里打仗。我说人家咋在沙漠里走着呢,那是坐坦克车、坐飞机、坐越野车,人家是装甲部队在沙漠里走。我们是咋走哩,我们就是两条腿一壶水,再就是骑个骆驼,晚上睡觉都得把骆驼用绳子拴到自己的裤腰带上,骆驼要是跑了,得把你一起带上拖跑,可害怕哪!你看我是啥"沙漠之狐",我就是个骆驼,和骆驼一样是个苦命,我研究沙漠,那是一步一步用脚量出来的。再说了,现在这沙漠里哪有啥狐狸,我这几十年就没见过个狐狸。没水喝没吃的,太阳出来没躲的,那狐狸咋活呀。我看就连沙漠里那些虫子也活得苦得很,成天就在沙子里钻来钻去,能钻出个啥来啊?

我这一辈子,沙漠成我家了。中国的八大沙漠还有那些沙地,我跑了个遍。非洲的撒哈拉沙漠,还有世界上其他的沙漠化地区,我也去考察过。你们这天天生活在城里的人,对沙漠其实没啥感觉,除非是沙尘暴来了,才想起来。你要是拿张地图,你看那黄颜色的沙漠区域,加起来真是不得了啊,中国的沙漠化地区,差不多有国土的两成了,你说可怕不可怕?

中国土地沙化非常严重,每年扩展 2460 平方公里,相当于每年要吃掉一个县的面积,每年沙化损失要花掉 500 多个亿的钱哩,那可不是小数字。我们以前总说要向沙漠进军,那太夸张了吧,沙漠一直是在向人类进军才对。治理速度远远赶不上恶化的趋势。在沙区的有些地方,头天晚上你睡在屋里,第二天醒来睁眼一望,已经陷入茫茫沙漠里面变成生态难民了,这是真的。沙子有多厉害、沙子有多狡猾、沙子跑得有多快,你们没去过沙漠的人,把头想破了也想不出来哩。

我这工作说起来还真是挺重要,再苦的学问也要有人去做么,再说了,这沙漠和人的生活关系很密切呢,不了解沙漠的事情,以后我们的城市叫沙漠淹没掉也是有可能的。老实说来,在野外的时候,听着沙子嗖嗖嗖地在那儿飞,我就着急和担心,那沙子都是长着腿脚的哇,一跑起来整个沙漠都会跟着跑。你能听到沙漠蚕食良田的声音,你也能看到过去的古城现在被沙子完全盖住了……

我小时练功夫,唱豫剧,长大了没想到干开沙漠了。满头满身焦黄色,啥叫跳进黄河洗不清,就我这个样子

我是 1942 年生人,老家是河南登封,就少林寺那地方。我们老家那练功夫的风气可盛了,无论大小老少,全都会练几手功夫,要不然,咋敢当登封人哩?

我也是从小就练功夫,到上中学的时候,在四邻八乡的,还有些小名气了呢。一开始,我能一掌劈开摞在一起的5块砖头,再后来就能一掌劈开10块砖头。跟人过手较量的时候,像小孩子胳膊那么粗的棍棒,我一膀子抡过去就能让它立马断开。我那时候的身体好像铁打的,到处都是劲儿,你让我头朝下脚朝上,用两个胳膊倒立行走,我一直走出去一公里多地。要我说,幸亏我年轻时给这身体打了好底子了,要不然这辈子在沙漠里耗着早把身体给拖垮了,你看我现在还结实着哩,每年还要去野外考察,我这身体好哇。

我小的时候还爱唱豫剧,也唱得好着哩。上高中的时候,我们那个县里头要成立个豫剧团,把我挑上了,还是个领头儿的。当时大跃进么,剧团一天忙着四处演出宣传,忙得可欢,喜欢嘛。可是,这么玩闹着演了四个多月以后,我心里头犯开嘀咕了,不对呀,我这么天天不上学在这唱戏算咋回事呢?我们那地方说"唱戏不如去捞粪"。我这么一想,就继续上学,结果就是1962年我考上了兰州大学地质地理系。到兰州去,是响应国家号召,建设大西北。学地理这个专业,也是因为那时候要胸怀全国、放眼世界,咱地球上这些地理是咋形成的,我也很好奇。没想到以后要和沙漠打一辈子交道。

1965年,大学毕业,我被分配到中国科学院兰州冰川冻土沙漠研究所,当个实习研究员,就这样一直干到1977年。差不多12年里,我参加了三项沙漠研究,主要是做铁路选线和防沙工程,另外还主持了一项关于水库咋防沙的研究。我这辈子最苦的就是这段时间了,啥苦都吃了,啥罪都受了,啥眼泪都流光了吧。这12年熬出来,我还怕沙漠么?也就是那么一回事了,该见识的我见识过了,你还能弄出啥花样来。

这12年熬出来,我都有了两个儿子了,可是生两个儿子的时候,我全在沙漠里煎熬着工作,赶都赶不回来,我到现在还欠他们的哩,还有老伴。这么些年算下来,我好像和沙漠待在一起的时间比和老伴在一起的时间还多。真碰到家里有事了,我在野外,别说回家了,电话有没有都不一定,真能愁死个人哇。

我老伴当年大学毕业后给分到甘肃陇西气象站工作,那地方到省会兰州还要坐好几个小时的火车,她一个人带孩子,也真是辛苦她了。大儿子生下来后,被我们送到四川他姥姥家,一直带到长大。小儿子出生之前我去新疆库木达克沙漠,两年以后我才从新疆回来,那娃儿已经两岁了,看见我这个陌生人就往后躲,让叫爸说啥也不叫,半天憋出个"叔叔"来,当时我那眼泪刷地就淌下来了,热乎乎的,心里软乎乎的,碰都不敢碰。我们这代人,都是苦过来的,能说啥哩,啥也不说了。

55岁的时候,我觉得自己要多给家里人一些补偿了,我就想着多在家里待些时间。带孙子、集邮、收藏玉石——要说这种生活也挺有意思,在城市里面待着,舒舒服服的,风吹不着日晒不着,想喝水喝水,想睡觉睡觉。可是啊,你让我待时间长了我还真是待不住,好像在外面野惯了,隔段时间总要出去走一走。我的"沙漠后遗症"主要是两点:一是烟瘾太大,一天一包都打不住;二是别人说我走路像骆驼,一晃一晃的,走得又平稳又慢,可是在城里的马路上走起来就有些怪怪的。于是，隔上一段时间，我还是得出门上路，专找没人的地方去，带上几条烟，然后晃着走着呗。

这几年，我研究的课题主要是寻访黄河上游，看一看黄河里面那么多的泥沙到底是哪里来的。从青海龙羊峡到内蒙河口镇，这两千多公里的河段，我来回走了好几遍。前面说的差点叫积沙要了我的命的那一回，就是在这段路上发生的。那是在库布齐沙漠边缘，那个沙漠里有12条季节性流失的大沙沟，每年洪水期一来，就把沟里的沙子往前推拱，河床越来越高，黄河水高出地面十几米。每年春天，沙沟叫沙子填满，也让黄河干流的河床淤积下来更多的泥沙。到每年七八月雨季的时候，那一段的黄河能倒流三个多小时，太可怕了，就像泥石流，根本就不是一条河么。我那次陷到河道的积沙里，出来那个样子，浑身都是泥，满头满身都是焦黄的颜色，啥叫跳进黄河洗不清，就是我当时那个样子！

见证中国第一颗氢弹爆炸，一团白光、一朵大蘑菇云，戈壁上石头哗啦、哗啦响着到处乱滚，就像世界末日来了

1966年底，我在新疆罗布泊四处转悠考察，给部队找一条合适的铁路线，当时这块地方听说是要发射中国的第一颗氢弹，那人心里可激动了。这条铁路听说就是为运输氢弹而建造的，后来怕目标太大，这铁路就没修，氢弹是通过汽车运输的。我当时大学刚毕业两年，年轻着哩，一听是这样的重大事件，自己还能亲身参与进去，那心里可激动、可兴奋咧，每天浑身都有使不完的劲。

隔了半年时间，1967年6月17日早晨，我记得当时的发射靶场叫破城子，后来是叫马兰基地啥的，当时我们这些科学院的工作人员被邀请去发射现场观礼，那是很高的待遇啊，你想想这是国家历史上多重大的时刻啊，我站在那儿，觉得特别神奇特别光荣又特别肃穆庄严。

我们都藏在一个小山包后面，每人都戴着一副墨镜，那墨镜跟我们平时戴的不一样，特别黑，太阳也是一点点小光。8点20分，飞机过来引爆以后，不到一分钟，就看到一团白光、一朵大蘑菇云，戈壁滩上还有远处山包上那些石头哗啦、哗啦全响着到处乱滚，就像世界末日来了，那种样子你绝对没看见过，可怕极了，这东西威力真大啊。

听部队上的人说，这颗氢弹的爆炸威力，相当于美国当年投到日本广岛那颗原子弹的150多倍。氢弹的爆炸成功，是中国核武器发展的又一个飞跃，标志着中国核武器的发展进入了一个新的阶段。

我真的是赶上了一个历史性时刻呢，我们这些搞沙漠研究的人在当时也起着一个很重要的作用，那就是要对靶场周围的沙漠戈壁地带进行勘测，确保爆炸的波及面在可控制的范围之内。那时我们落后，基本上都是人工作业，我们就凭着这肉身子把靶场情况全给摸清楚了，事后想一想，还真是有点佩服自己哩，咋就熬过来了呢？

现在想想看，干啥工作都有苦有甜，累是累的，可好多事情后来回想起来还真是挺有意思的。我再给你讲上几段以前的故事，那真是忘都忘不掉的。

风云际会

1973年，我在新疆库木塔格沙漠里考察，那块沙漠当时还没有地形图，我们所里连我在内一共抽了4个人，给总参请过去做地形图的勘测工作。这个沙漠面积有2500平方公里，位置在新疆鄯善老城南端，站在城里，你看那沙漠望也望不到边，那个辽阔啊，真叫望眼欲穿。

"库木塔格"在维语里是"沙山"的意思，库木塔格沙漠就是指"有沙山的沙漠"。这个沙漠的形成，主要是因为来自天山七角井风口的西南风和来自达坂城风口的东南风，沿途经过很长的风程，带着大量沙砾，最后在库木塔格地区相遇碰撞并沉积而成，南面的觉罗塔格山也促成了这两种方向的风力减弱和风沙的沉积。因为环境太艰苦，加上道路险远，库木塔格沙漠在唐朝就被叫作"大患鬼魅碛"，到现在还很神秘。

我们执行的是军事任务，预计要用半年甚至更长的时间，所以我们4个科学院的人后面，跟着整整一个加强团，专门负责后勤保障和通讯联络，光是骆驼，我们就带进去300多峰，有骑人的，也有专门驮食品、水还有机器设备的。为了怕骆驼离群跑丢，驼工把骆驼一峰一峰地用绳子连着拴在一起，再把每一峰骑人骆驼的鼻绳拴到我们每个人腰中间，骆驼稍有动静，你马上就能知道。

我们是5月份进的沙漠，一直到10月底才出来，那正是沙漠里最热的一段时间，我脸上被太阳晒加风吹弄出来的三条血沟子，一直就没有好过。为了尽量减轻装备多带食品，我们那个队伍里带的做饭用的大铁锅并不多，进去以后我们就和骆驼共用这只铁锅，往往是骆驼刚喝完铁锅里盛的水，我们晚上就用这口锅熬稀饭吃，吃得我们经常拉肚子。

沙漠里没有烧火的柴火怎么办？我们有我们的办法，那就是用蜡烛烧火做饭，我们带了成箱成箱的蜡烛放在锅底烧饭，可快呢。

半年时间太长了，我们本来是带水进去的，每人每天一小杯水，最后水喝完了没办法，只好喝骆驼尿，人活下来是最重要的么。最后从沙漠里出来的时候，我们都没个人样了，那身上的衣服就像跳芭蕾舞的一样，一条一条的，全磨烂了。

要说起黑风暴，我就要骂人，你要是敢写，我就说。生态环境越来越差，其实就是人想跟自然要的东西太多了

我是中国最早开始研究沙尘暴的人之一。

1993年那场"黑风暴"，席卷了金昌、武威、白银，内蒙古的阿拉善盟和宁夏的银川、中卫，刮了有5个多小时呢，机场也关了好几天，死了80多个人，伤了200多人，还丢了30来个人，人畜伤亡惨重，经济损失近6个亿……

新华社记者曲直最先找到我，要我谈谈自己的看法。我当时开口就说："说黑风暴，我就要骂人，你要是敢写，我就说。"那曲直也是个厉害记者啊，马上就承诺了："你要是敢说，我就敢写！"

后来，曲直就发了因人为因素破坏自然生态造成"黑风暴"的新华社内参，这份敢说真话的内参在一个星期内得到了江泽民、李鹏、宋健等的批示，北京还召开了关于沙尘暴天气成因的新闻发布会，西北几个省（自治区）得到了来自中央的救济款,国际沙尘暴会议也在兰州召开了。再后来,我还专门写了本《黑风暴》的书,这是中国第一部关于沙尘暴的专著。

2001年春天的时候,沙尘暴很厉害,北京、南京,甚至上海一带都受到影响。北京有些媒体说什么"北京的上空吹着内蒙的沙",里面有些专家说法,认为这是西北一带的沙子长途跋涉数千公里飞过去了。这些专家纯粹是胡说八道哩!

北京一带其实根本不是什么"沙尘暴",那是"尘暴"天气啊,现在有些专家根本就没有常识。真正的沙子不可能长途跋涉从高空直接搬运到数千公里以外的地方去,沙子在沙尘暴发生的过程中的运动形态是"蠕动、滚动、飞扬、沉降",根本不可能一点不损失地在北京上空再形成一次沙尘暴。

以前说起防治沙尘暴,还有种说法是"杀掉山羊,保卫北京"。这还是舍本逐末么,因为沙尘暴天气的真正起源地并不是要"杀掉山羊"的张北地区,而是在西北的广泛沙漠化地带。对源头不下大力气整治,而在沙尘暴结果地"圈地",造出一片所谓的"绿化防护圈",那是适得其反哪,尘暴受阻后会更快、更多地沉降在这里。

现在这生态环境越来越差,其实都是人自己种的恶果,原因就是过度砍伐、过度放牧、过度耕种,就是人想跟自然要的东西太多了。要我说,可别再提向沙漠进军了,你不动还好,你越动那沙漠面积越大。办法只有一个,那就是退,退耕还林还草。对于沙地,要实行大面积封育保护,小面积治理。大沙漠要严格控制开发,否则效果可能会适得其反。你不要主动去惹它,它可能还静静待着,没啥大的危害。你越去撩拨它,它反而会跳起来,闯进我们的领地。

要我说,还有一个,就是中国几千年来的"农耕文化"与"传统放牧",一直束缚着人的思想。这个思想问题不解决,啥都无从谈起。在干旱的西北地区,"农耕文化"对环境的破坏非常突出,导致生态进一步恶化。古代水草丰美的居延海为什么会消失?汉代的时候,南方遭了灾,从居延海这里还往江浙一带运粮赈灾,我们历史书上说的都是帝王的屯田功劳,就是不说从那时候起就埋下了今天这个祸胎。

所以,归根结底,现在在环保和生态问题上还是没有一种科学和理性的认识,更多的还是流于浮躁和急功近利。啥专家都跳出来乱说话,一点常识都没有,你说你都没有真正进入过沙漠,你又有啥资格来谈沙漠?你有啥资格来谈沙尘暴?咋这么多年了,我们还是不尊重科学哩?愁死个人了!

第一届委会记事

袁亚平

　　　陈福林把棉籽一一装进包里。忽然有人来叫："赵主任找陈福林,要他去干革命。"

　　才凌晨两点,陈福林就摸黑出门了,为的是到城站火车站做两趟生意。他是个黄包车夫。

　　陈福林的家住上羊市街 35 号。一座低矮的草棚,一间一间住着四户人家。同陈福林一家一样,全是租住这里的。四户人家,一年交租金一担米。

　　家里八口人,父母亲都不识字,六个子女中,陈福林是老大。1925 年农历五月二十二日生在这草棚里,在白衙巷小学念过三年书。24 岁的陈福林,眼下是家里的顶梁柱,靠拉黄包车养活全家。

　　陈福林在家里扒了几口饭,一脚跨出草棚,只见有人神色慌张:解放军要来了!

　　这一天,正是 1949 年 5 月 3 日。

　　杭州解放了。黄包车没人坐了,因为那是人剥削人的,现在劳苦大众翻身当主人了,不再受剥削了。谁还敢坐黄包车呢!

　　陈福林看着空荡荡的黄包车,三天五天歇下来,吃饭成问题了。他和小时候的穷伙伴阿炳、阿祥、小和尚、菜乌龟一起,东寻寻,西找找。

　　武林巷口的张法记轧花厂要招收打包工人。这家厂原是日本人开的,现在被军管会接收了。

陈福林和伙伴们都被录用了。陈福林是拉黄包车出身，力气大，又肯吃苦。在这家厂当了打包工人，干得挺顺手。

负责这个厂的赵主任，是浙江大学学生自治会的地下党员。赵主任见其他工人都是大老粗，一字不识，唯有陈福林读过三年书，便叫陈福林当了棉种翻晒组组长。

到了 10 月,17 日还是 18 日,记不清了。陈福林像平常一样上班,赵主任笑眯眯地说:"陈福林,你过来。"

陈福林抬头说:"啥事情?"

赵主任说:"有人叫你干革命。"

陈福林说:"我拉拉车子的,只读过三年书。"

赵主任仍然笑眯眯:"我从大学出来到这里是干革命,让你到别的地方去也是干革命。你回家去,同爸爸、妈妈讲讲看。"

23 日,陈福林把棉籽一一装进包里。忽然,有人来叫:"赵主任找陈福林,要他去干革命。"

陈福林一听,吓得就往仓库里跑。那仓库里高高堆着棉花垛,只留出一条条搬运的通道,就像一条条街巷似的。陈福林就顺着这街巷跑,跑,拐一个弯,再拐一个弯,躲起来。只听得远远的声音,大约有十来个工人,七嘴八舌,要一弄弄地阻住,抓住陈福林。

陈福林躲在棉花垛的深处,脸上流着汗。他擦了一把汗,脑袋瓜一下子清醒了。赵主任是为了自己好,才让自己去干革命的。我也是堂堂男子汉,怎么能做一个胆小鬼呢!

陈福林伸出脖子朝外面喊:"你们不要来抓我了,我自己出来!"最终鼓起勇气,走到赵主任办公室。

赵主任朝他笑笑,说:"你坐下,上面已经来催了,今天晚上就要开选举大会,你还要逃。你晚上去,如果选上了,你明天就不要来了。如果选不上,你再来上班。你要做啥行当,我也不知道。你服从组织分配就好了。"

陈福林得 199 票。上城区区长说:"我宣布,陈福林为上羊市街居民委员会主任……"

陈福林忐忑不安,回到家里,晚饭怎么吃的都不晓得。晚上六点多,有人来通知他,七点钟到西牌楼小学礼堂开会。

晚上七点不到,陈福林走到西牌楼小学。礼堂里有电灯,虽然不是很亮,黄黄的也给人一种温暖的感觉。会场里摆着一排排的小凳子、小竹椅,陆陆续续地来了两百多人。

主持人在讲台上面说,今天我们召开上羊市街居民委员会选举大会。选举前,全体起立,唱国歌。

主持人说:"今天投票代表共计 221 人,实到投票代表 200 人,符合法定人数。今天我们民主选举上羊市街居民委员会委员,请工作人员发选票,每人发一张。"

那选票是油印的纸条，约8厘米宽，18厘米长。上面共印了21个候选人的姓名，姓名后面有空格。第一个名字是陈福林，第二个名字是陈道彰。其他大部分名字比较陌生。

主持人手中扬着一张选票，高声介绍了陈福林的情况，又介绍了陈道彰的情况，接着说："大家对候选人同意的在空格里画个圈，不要画到外面去了。每张选票只能画九个圈，少画一个两个没关系，如果多画一个圈这张选票就作废。你们可以从上面往下画，也可以从后面画到前面去，由你们画。"

发了铅笔，大家轮流画圈。旁边有一个木头的投票箱，外面糊了红纸。大家叽叽喳喳，头一回画圈投票，新鲜，兴奋。

大家投完票，回到原位坐下。主持人说："这里还要推选两个人，一个唱票的，一个监票的，要识字的，请大家随便举手。"会场上就有人举手。主持人伸手向会场一点："好，就是你们两个！"

那只糊了红纸的投票箱，会变出怎样的宝贝来，人们都好奇。

大概20来分钟之后，票数出来了，陈福林得的票数最高，有199票。陈道彰居第二，有187票。其他7人，按票数多少当选。

上城区区长田奎荣走到台上说："今天是我们老百姓当家做主的日子，大家民主选举，选出了居民委员会委员。我宣布，陈福林为上羊市街居民委员会主任，陈道彰为上羊市街居民委员会副主任。"

田奎荣区长和秦秘书与当选的9个人一一握手，要他们好好地干革命工作。

陈福林说："过去的保长和甲长都是上级指定的，没想到解放后，自己能够通过公开选举当选主任，管两千多户哪！我一双大脚板跑天下，人缘好，工友和群众觉得我忠厚，也敢讲话，他们就选我。"

居委会主任、副主任，负责日常工作。七名委员，有木匠、女工、中学女教师、银行经理、茶店老板等，分别负责生产、公安、民政、文教、卫生等，分工就跟现在的社区差不多。他们都是兼职的，没有薪水。

当时的人们并不知道，新中国第一个居民委员会就这样在他们手中诞生了。

圆的、方的、扁长的……27个保的保长，拿出27个公章，后来被陈福林当了柴烧

60年之后，杭州市上城区民政局的同志在杭州市档案馆浩如烟海的档案里，找到了珍贵的历史资料。

时任上城区民政局副局长、现任上城区社区建设办公室主任的马丽华，把厚厚的材料递给我。这是上城区公所通讯小组写的一份通讯稿，落款为上城区区长田奎荣，毛笔在公用笺上竖写，题为《上城区公所进行废除保甲制度初步建立居民委员会》。

"自十月十三日至十月廿五日，经过半个月的突击工作，已有一个居民委员会宣告成立了。这个居民委员会的区域打破了旧保甲的界限，依照街道自然的形势划定,共有居民二千余户,选出了九个居民委员,其中有工人、手工业者、小商人、知识分子……"

这个工人,指的就是陈福林了。

选举结果公布之后,其他的群众都退场了。还有精彩的一幕。84 岁的陈福林,说起那一天的情景,双眼还是炯炯有神。留下的人是:上城区区长田奎荣、上城区公安分局的秦秘书、区长警卫苏云生等四人,新当选的上羊市街居委会主任陈福林、副主任陈道彰、7 名居民委员,还有坐在讲台下右侧角的 27 人。这 27 人就是 27 个保的保长。

秦秘书说:"你们都是保长,今天来开会,有什么东西带来?"

保长们面面相觑,没人吱声。

秦秘书说:"你们平时在哪里办公? 有没有办公室、办公桌、文件材料?"

保长们都埋着头,一声不吭。

秦秘书火了,他把斜挂在身上的驳壳枪连枪套,绕脖子摘下来,"啪"地放在桌子上,"你们今晚是否还要回家?!"

有几个胆小的保长开始瑟瑟发抖。他们慢慢地从口袋里掏出公章,颤抖地放到桌子上。其他的保长一看,知道再也守不住了,都把随身带的公章掏出来。

公章全是木刻的。圆的、方的、扁长的。圆的有杯口那么大,上面有柄。方的更大些,上面有柄。扁长的,十来厘米长,没柄。

陈福林第一次看到这么多的公章,没想到过去作威作福的统治者,现在威风扫地,一文不值。

秦秘书倒是呵呵一笑,指着这堆杂七杂八的公章,"这也是东西嘛,这也是证据嘛!"

秦秘书一转脸说:"陈福林,你来,你来保管一下。"

陈福林一愣:"我带去有啥用? 这箍儿不要套!"

秦秘书又是呵呵一笑,"这个很简单,你不好拿去烧的呀!"

陈福林心窍一点就通,好! 可这 27 个公章一大堆,两只手也抓不了。他有招了!

陈福林这天穿一件黑色的粗布对襟长袖上衣,他解开一个个布纽扣,脱了下来。他把对襟上衣铺在桌上,一把撸了这 27 个公章,统统扫进。麻利地打了个结,一只手高高提起,嘿嘿直笑。

当晚 10 时多,上羊市街居民委员会选举大会结束。这 27 个公章,后来果真当了柴烧。

工资不发钞票,折值米。陈道彰开始不要报酬,说:"为人民服务,怎么还要钱呢!"

陈道彰一家,从祖辈开始,就在这座城市里谋生。

他祖父聪明、勤劳,做酱,造酒,小本经营慢慢大起来。据说他祖父曾经做过"红顶商人"胡雪岩的账房先生。到了他父亲手里,正兴酱园已开得很大了,有总厂,有分店。他父亲是杭州商务会的会长。家里是有墙门的大宅,假山奇崛,花枝繁茂。

陈道彰在杭州长大,上了小学、中学,再考到上海去。从上海政法学院经济系毕业后,在上海住了几年。抗日战争胜利后,他回到家乡杭州。

1949年5月,杭州刚解放,市面很乱,物价飞涨,什么金圆券、法币、袁大头,都不值钱了。商业凋敝,生活不安宁。

陈道彰一家没走,他们就在家里等着,看看新时代的到来。陈道彰说:"当年我刚30岁,有些文化,算是个知识分子。虽然我出身于工商家庭,家境比较好,但我很向往革命的胜利,也有志于参加革命工作。"

6月的一天,新派来的上城区区长田奎荣叫陈道彰去开会。

木门木板壁,木桌木凳子。区公所借了一间民房,就这么简简单单地办公。田奎荣区长、秦秘书、陈道彰,再有几人,就在这里开个会。

田奎荣说,现在粮食供应紧张,要组织一个消费合作社,公道卖粮,平抑恶意哄抬米价。他指着陈道彰说:"你去组织吧。"

陈道彰一怔:"我是读书人,不会做生意。"

田奎荣解释说:"粮食很要紧,要帮助政府平抑市场,更是为劳苦大众解决燃眉之急,不要你赚钱。"他分析了市场情况,分析了目前急迫的困难,又说了初步解决的办法,最后说:"要快!"

陈道彰回到家,推出那辆自行车。这是在上海买的,当时在杭州来说,是稀罕物。

"叮嗤!叮嗤!"自行车铃声在街巷回响。要找场地,要找一些人帮忙做事,这够陈道彰跑的了。

陈道彰记得小时候读书,在孔庙里。孔庙旁边有一座尼姑庵,尼姑庵里的尼姑很慈祥。

"老师太,我有事请您帮助。"陈道彰双手合十,对一位年长的尼姑说。他如此这般说了一番,是做善事,是积德累仁。

"阿弥陀佛,扶贫济困,普度众生,善哉善哉!"老尼姑同意将庵的前堂、厢房大半借用,留后面一部分自用,外人不得入内。

陈道彰喜出望外,掉过车头就骑回去,到了区公所办公室,连声对田区长说:"老师太蛮好的,老师太蛮好的!"

场地有了,消费合作社的牌子挂起来了。他们主要是代销,从中国粮食公司浙江省分公司提粮,以每升低于市场价一分钱出售。

市民们闻讯赶来,拿着米袋,争相购买。一杆长秤、一个撮箕,喊秤的、倒米的,忙不过来。

民以食为天。政府提供的粮食稳定了市价,也稳定了人心。

那时工作的报酬,不发钞票,而是折值米多少。一般工作人员每月薪水拿40个折值单位,每个折值单位是0.413元,就是说,每月薪水不到20元钱。

陈道彰开始不要报酬,说:"为人民服务,怎么还要钱呢!"

他的思想如此单纯,引得领导都发笑了。经劝说之后,他只拿20个折值单位,也就是不到 10 元钱,做差旅费用。

10 月 23 日晚上,上羊市街居民委员会民主选举产生后,陈道彰的选票第二,当了居委会副主任兼消费合作社副主任。

来买米的人越来越多,上羊市街消费合作社的粮食供应量逐日上升。

打烊结账时,三四人来数钞票,多得不得了。这么多的钞票,装进麻袋里。背起鼓鼓囊囊的麻袋,送到银行去存。

业务做大了,尼姑庵已不够用了。陈道彰又寻到一个地方,搬过去。

在望江街鸿吉祥酱园对面,租了一个大墙门,有三进深,前面是营业厅,后面是粮库,及其他日用品小仓库。卖大米,还卖食油、酱油、洋油。

上羊市街消费合作社越来越兴旺,办了两个粮食加工厂,六个粮食供应点,有机器,有 20 多名工人、会计、出纳、业务员,全都齐了。社员发展到 6000 多家,规模在上城区排第二。

区长说:"家庭困难的陈福林认购一分,陈道彰认购一万分!"陈道彰把米店卖了

90 岁了,陈道彰仍然清清楚楚地记着 60 年前的情景。

新中国成立之初,国家财政困难。中央人民政府政务院于 1949 年 12 月 30 日发布了《关于发行一九五〇年第一期人民胜利折实公债的指示》。

第一期公债全国发行总额为两亿分。因为新中国成立初期各地物价尚未稳定,金融秩序混乱,为了确保认购人的利益,政务院规定公债的募集和还本付息均以实物为折算标准,故名"折实"。公债的计算单位定名为"分"。

认购公债是一项爱国运动,区里,居委会里,都有认购公债的分配任务。

平时比较讲理的田区长,不知是由于任务太重,还是由于好大喜功,说话失去了分寸。他说:"家庭困难的陈福林认购一分,陈道彰认购一万分!"

一听这话,陈道彰愣住了。他张了张嘴巴,想说什么,但最后什么话都没说,就低着头回家了。

当天晚上,陈道彰的母亲找到陈福林,说:"家里已经破产了,没什么钱了,能不能请您向组织上反映一下,少认购一些公债。"

陈福林同陈道彰相处得很好,了解陈道彰的工作和为人,他仗义地说:"田区长在'敲竹杠',道彰先生哭不出笑不出。我明天就给田区长去讲讲!"

第二天,陈福林去对田区长说:"道彰先生他是真心服从工人阶级,真心服从党的政策,做事也很好。"他把陈道彰做的事一五一十说了个遍。

田区长松了口气,同意陈道彰认购六千分公债。

这六千分,已是天大的数字了!

怎么筹钱呢?父亲留下的一家米店,陈道彰把它卖了。

陈道彰回到家里,双手无力地垂着,孤立在客厅里。轻轻抚摸着古气的红木桌子,典雅的红木椅子,他的手颤抖起来,"哇"地一声大叫,一手拍在了桌子上。

"卖了!全卖了!"红木桌子,红木椅子,叫人搬出去,三元钱一张,统统卖了!

房子典出 10 年,给杭州市土产公司做仓库。到后来,全是国家的。

他把家里所有值钱的东西都拿出了,认购了六千分公债。

这还不够,陈道彰又陪着陈福林,到自己那些有钱的亲戚朋友家里劝购公债。

最后,上城区提前和超额完成了公债推销任务,得到市里的表扬。一句表扬,就把所有的难堪都抹平了。

那时候的政治运动一个接着一个,人们的政治热情同样十分高涨。

"三反""五反"进入高潮。有人通知陈道彰去杭州市供销合作社开会。会上,说什么"打老虎"。有人居然以陈道彰认购六千分公债为证,说明他资产很多,是资产阶级,是打进革命队伍中的资产阶级,必须清理出去!

眼前一阵漆黑。陈道彰听不见那些慷慨激昂的声音,那些声嘶力竭的叫喊,他只在自己心里嗫嚅着,我办了这么多事,怎么会是这样的,我糊里糊涂……

直到 2008 年我在陈道彰家里采访时,仍被一句饱经沧桑的话所震撼——

"这个我不想回忆。我想不到开头这么做,做到最后是这个结果。我无话可说。"

这辈子唯一重大的政治身份,就是曾担任了共和国第一个居委会的一把手和二把手

在杭州市江城路一个老居民区里,穿过狭窄的弄堂,踏着角落积满灰尘的楼道,走到六层,一套不到 40 平方米的住房,便是陈福林的家。

陈福林一头花白的短发,耳不聋,眼不花,说话喉咙响。他左手腕一串佛珠,右手腕两串佛珠。

1952 年 6 月,一个业务领导要将陈福林降半级,担任消费合作社副经理。陈福林不干,负气请辞。上羊市街居委会主任陈福林,结束了他 32 个月的任职,回家。

之后,陈福林凭自己一身的力气拉板车、扛钢丝绳、抬钢轨,他在街道起重装卸队、铁路搬运队、供电局起重班,一直干到退休。

陈福林说:"做事情当认真,你领导交给我的任务,我不折不扣地完成,不管到哪里。"

陈福林说:"我酸甜苦辣都有,道彰先生他谈不上甜,内心苦是有的,但知识分子不一样,他不说出来。"

陈福林和陈道彰两位老人,这辈子唯一重大的政治身份,就是曾经担任了共和国第一个居委会的一把手和二把手。

就在陈福林离开居委会回家后,不到两个月,陈道彰被定性为混入革命队伍的资本家,黯然离职。

陈道彰又到了自己求学的上海,不过这回是教书。在九江中学,教高三毕业班的语文课。这一教,就近 30 年。直到 1979 年退休之后,陈道彰才回到家乡杭州。

陈道彰家的客厅不大,迎面墙一排书橱。很多书,都整整齐齐地包了封皮,书脊上用钢笔写着书名。读书人,嗜书如命。

生死攸关

《泰坦尼克》
《地心毁灭》
《龙卷风》……
经典灾难片
票房总是很高
因为生死关头尽现人心
但又有谁愿意
真的经历？

我是海啸幸存者

推荐 吴铁云 口述 刘 薇 整理 叶全新

谨以此文缅怀 2004 年 12 月 26 日在印度洋海啸中一同罹难的我的父亲刘根樑、母亲何淑琴，以及江财旺先生、姜婉玲女士、沃桂玲小姐、赵苏小姐和所有罹难的人们

几个月来，我没有接受过任何媒体的采访。人生历经这样巨大的灾难后，我需要适应，自我疗伤，真正的痛苦是很难用语言来表达的，但你还是必须面对，因为你还活着！

现在杭州的表姐找到我，说《杭州日报》有个"倾听·人生"版，希望我能够对它诉说。我想了很久，最后接受了。发生了这么多事，我又重新感受了人生，重新学会了去思考人生，我失去了至亲的父母，但我又得到和找到了好多好多……我愿意将我的经历和感受与大家分享，我希望唤醒人们爱的记忆和行动！

我活着，但我是和以前不一样地活着。这生命已经不是我一个人的了，还有我爸爸的、我妈妈的、我年轻的朋友们以及在海啸中死去的所有人的。

爸爸说你们去玩吧，我们去过就不去了；妈妈说要过元旦了，我们不去了。可是我说，只有三天啊，25 号去，28 号回。我陪着爸妈快快乐乐地上了飞机

我的先生是台商，我们在昆山有一家企业。我的爸爸祖籍宁波，在上海长大，妈妈是苏州人。他俩都是军人，爸爸是高级工程师，妈妈是军医，在部队生活

生死攸关

了几十年,后来转业到苏州地方工作。他们只有我和妹妹两个宝贝女儿。十几年前,爸妈先后退休,他们那一代人节俭惯了,给他们钱也不会花,我就想让他们经常旅游,国内国外到处玩玩。这可能是很多子女所能想到的孝敬办法,而令我终生遗憾的是没有顺从父母自己的想法——这一回。

我的父母相识、相恋于浙江南浔

我的父母身体非常健康。父亲属猴,去年是他的本命年,73岁,母亲70周岁。父亲因为工作性质几乎已经游历了中国的大部分名胜古迹,所以想在晚年多陪母亲出去玩玩,他们老了,反而更相爱了!这次我们高尔夫球队组织去普吉岛打球,因为是圣诞节又逢双休日,许多人都带上了家属。我妈那阵子正好颈椎病有点发作,爸爸也劝她去海滩上晒晒太阳,看看大海。

我们就这样飞了。整个团队26人,12月24号晚上9点多从浦东机场登机,到达普吉岛机场已经是凌晨1点多。

本来行程里没有皮皮岛,但爸爸查资料说不去皮皮岛等于没来普吉岛,所以再安排了这个死亡岛之行。自从决定去了,爸爸就忙得不亦乐乎,上网选风景资料,看旅游指南。三天的行程计划是:第一天爸妈和队友家属们去玩附近的一个珊瑚岛,我们球队去打球;第二天我陪爸妈去玩皮皮岛,先生仍带队打球;第三天全部人员准备去玩一个叫潘牙弯的岛。第三天就是12月27号,如果海啸迟一天发生,或者计划改变,我们全队将无人生还。因为潘牙湾岛地势险峻,岛屿壁立,那天海啸来时,所有人都被冲进大海,立即灭顶。

2004年12月26号上午,普吉岛—皮皮岛。我终于又可以呼吸了,我活着……爸爸、妈妈,你们在哪啊?

真后悔25号那天没有和爸妈一起去珊瑚岛,现在想来和他们多待的一分钟都是多么珍贵啊!傍晚时分,爸妈从珊瑚岛回来,带回两只盘子,盘子中间贴着他们各人的照片。

这是泰国海岛旅游区的一个风俗,游人上岛后,他们也不管你是否同意,举着相机就咔咔咔地拍。等你游玩回来,他们就会拿着贴好你照片的盘子让你买,一般一个盘子泰币100铢,人民币25块钱。很多人都会要这个纪念性的漂亮盘子。

当时没有人知道,这个本来是生财之道的拍照,为海啸之后的寻亲帮了大忙。

我们还是从这天一早说起。

按计划,我们早上8点出发。那天去皮皮岛的一共12人,2男10女,加上导游小冯一共13人。有两位是台协秘书,有叶太太和她5岁的女儿,徐太太和她女儿,我朋友江先生和他太太,还有一位赵小姐。这一行人真是男女老幼,一条美丽、完整的生命链,嵌在大海的脖子上。

我和爸妈大约用了十几分钟吃完了早餐,剩下的时间一直到上船,像是天意般的,我带着父母,在酒店大堂和门前周围狂拍照片,一气拍下了130张。我是个摄影爱好者,用的是数码相机。8点我们准时上了游船,每条船边都有小贩在给游客拍照。几乎所有的游客都在微笑,向着这片海,这座岛,留下了他们最后的、永恒的微笑。我特意让小贩过来帮我与父母拍了合影,这最后一次合影是父母留给我的最最珍贵的礼物了!

然后游船从普吉岛开往皮皮岛。海上行程一个半小时。

那是一条漂亮的三层游船,船上有两三百名穿着色彩缤纷的夏季服装的各国游客。碧波万顷的深海在太阳照耀下,海面变得似琉璃般金光灿烂,人们都在欢笑、拍照、眺望海天一色的绝景。但是船速越来越快,就像泰坦尼克号的缩小版——我们向着死亡全速前进。

人类对大自然的这种无知无觉,或许正是所有灾难的源起吧。

我是一直在给父母和队友拍照。这个数码相机一直斜挎在我右肩上,没有挂在颈上。令人惊异的是,灾难发生后,这个相机居然还在我的肩上没有脱落。事后我妹妹分析说,肯定是我的双手本能地一直向前向上游,如果稍有弯曲,相机早就滑到海水里了。事后相机坏了,但我的SD卡完好,它成了我这辈子最珍贵的财产。

大约10点,我们抵达皮皮岛。

那真是大海的一个杰作,一座说不出有多美的小岛。岛屿形状像一个横着的8字,四周有宽阔的海滩。海水那么清啊,能看见水中的鱼儿。海边一排细细高高的椰子树、海滨的小木屋、木桌椅、酒吧,到处洋溢着浓郁的岛国风光。在岛上8字形的中间部分,是极具泰国风情的街市、商铺。游船就在皮皮岛的这个中间地带停泊,我们下了船就在沙滩上跑啊、跳啊,爸爸妈妈也快乐得像个孩子。爸妈并肩站在海边,不远处有一条游艇正在驶来,我一边笑一边拍了下来。这是我给他们拍的最后一张照片。

这时女友小顾(江太太)说她的高跟鞋走不了沙滩,得去买一双拖鞋,我说要陪她去街上买,我收起相机就跟她走。那家店大约离父母所在的海滩50米,沙滩在北,店铺在南。

海啸十分钟前的宁静

我和小顾正在挑选，那个时间就到了——10点20分。我先是听见从南边街道传来惊叫声，那些叫声突兀、绝望、撕心裂肺，可怕极了，我的第一反应是——老虎来了吗？我们都转头看，只见那边一群人发疯般地向这边跑，追在他们身后的竟然是高过三个人那么高的海水，呼啸而来！

大海竟然活了、长了，变成野兽了。我大喊"小顾，小顾……"但我已看不见她了，我转身就往北边跑，但北边海滩同样高的海水也在往这边冲来，并且离我更近！我立即又掉过头跑，我身边的人都在狂奔，没跑几步，忽然前面一堵墙挡住，有人就一下翻了过去。我抓住了一棵树，那树有一节节的枝丫，我攀着树枝往上蹿，刚到树的一半时，后面的巨浪夹杂着什么东西就铺天盖地地打到我的头和身上，轰的一声，我已经在海水下面了。

我会游泳，但那时光会游泳也救不了命，因为海水的速度太快太快了，事后报道说是每小时600公里，相当于一架飞机的速度。水的冲力实在太大了，我的手脚根本不能自主。我喝了一口海水，水又咸又涩，夹杂着泥沙。我一直冲一直冲，在漆黑的海水下，我想我难道要死了吗？我开始冷静下来，我要自己冷静，憋住呼吸，延长时间拼命冲出去。但还是憋不住，又呛了一大口海水，头也发晕了。这时水流似乎没这么急速了，我拼命往上游，两只手使劲推挤上面的东西，但我推不动，于是我又移动自己，去寻找生命的缝隙，后来左边有点松动，我立刻从缝隙中往上钻，往上钻，当我憋不住又喝了口海水时，我依稀看到一点点亮光，于是拼命向亮光游去，我忘了是怎么冲上去的了，我只知道我终于又可以呼吸了，我活着……

10点20分到30分之间，是海啸起落的时间。我在水下的时间大概是三到五分钟，因为我还有两头跑过的那段时间，正是那个时间救了我。我很幸运，冲到街道拐了弯的海水碰到阻挡，水流变慢了。而我的父母和队友们一开始就被海啸卷进了水下。

我爬上去时海水已慢慢退下来了，退到我膝盖处，这时我发现自己在一大堆废墟上面。到处是高高的木板杂物及倒塌的房屋。海水正在咆哮着喘息着，从它们身上滑下去。人在极度害怕时，连哭都不会，麻木，混沌，大脑一片空白。

我当时的位置在岛上一座三层楼的酒店的下面，酒店里的游客及刚跑上楼的游客正处在惊慌混乱中，二楼有人发现了我，一会儿有人从阳台上丢下两条白床单，两个老外大声叫喊，让我上去，我站在木板堆上，抓住了床单。在强烈的求生意志驱使下，我闭上眼睛，咬着牙，双手死命抓着床单，就这样，我被拖上了二楼的阳台。至今我也不知道那两个老外是谁，我到了阳台上以后，他们又不顾海啸再来的危险，下去救人了。

当我的意识稍稍复苏，就发现自己看不到爸爸妈妈了，他们在哪里？海边留下的只是椰子树了。爸爸、妈妈，你们在哪啊？这时人们又在狂呼乱叫，说海啸还要来，人流又往最高层五楼涌去。万幸的是我在五楼找到了四个队友，当时他们和我的父母在一起，海水冲散了大家，他们也是让海水冲走直到被什么拦住或抓住了东西，才得以逃生。

十几分钟已若隔世，小岛面目全非。我们在岛上能走的地方都找了，当时很多暴露在外面的人都被救活了,因为被水淹的时间最多只有十几分钟,喝水晕过去的人只要及时抢救,把水吐出来就不会死,我们的男导游就是那样被救活的。

但更多的人没找到。据报道普吉岛在这次海啸中死了一万多人。皮皮岛上当时有六七千人,死亡约三千,有两千多人被卷进大海,至今没找到遗体,有七百多人被压在房屋和其他的东西下面,直到几天以后才被挖掘出来。

几个小时后,直升机来了,救难人员也陆续到位,泰国官方开始组织幸存游客及当地民众撤离,皮皮岛上不准留人。当晚我们被救难快艇转移到卡比岛。

海啸发生后,我的先生和队友们在普吉岛急得丧魂落魄,我的手机泡水不能用,但岛上所有能用的手机都在用,还是打不通,因为那几个小时全世界的电讯都集中在我们那里。用了别人的手机,我先生当天知道了我还活着,一直到27号傍晚,我们才在普吉岛见了面。

海啸后满目疮痍的海滩

2004 年 12 月 27 号至 2005 年 1 月 2 号,我们在寻找亲人……我们留下了父母的一部分骨灰,将他们大部分的骨灰撒入了大海

国内大概是26号下午开始听说海啸消息的。当天晚上我妹妹在一家饭店与同学聚餐,一个朋友跟她说苏州台协高尔夫球队在普吉岛出事了,她立刻联络到我先生,我先生只告诉她我活着,爸爸妈妈还没找到。

从27号开始,我妹妹在国内就力争出境寻找父母,有关部门的答复是来不及签证办手续。我妹妹气极了,难道这样的时刻还怕我们跑了?这样的情况还有什么"来不及"?当时外交部在网上公布了一个电话,奇怪的是这个电话一旦公布就从未打通过,也可能是打爆了。最后通过交涉,经过几天的等待,终于同意时已是2004年最后一天了。那天妹妹冒着大雪,踏上了赴泰国的行程。在飞机上,她迎来了这辈子永远无法忘怀的2005年新年,她是国内第一个到达事发地的遇难者家属。

我们滞留在卡比岛,当晚我们团队失踪的有七个人:我的父母、小沃、叶先生的太太和女儿,还有江先生和赵小姐。后来知道,在这次海啸中罹难的三个中国台湾人中,两位在我们这队,中国内地四人都在我们团队。我们这团死了一半的人。

当时一起买鞋的女友小顾也逃出来了,她和我是朝不同方向跑的,南北两股水把她挟冲在中间地带，卡在一个铁架子里面才没被卷走。

　　27号傍晚，我们从卡比岛回到普吉岛，与亲人抱头痛哭，虽然只分别一天的时间，却仿佛已分开了一个世纪这么久！这时又传来一个消息，说早上搜救人员在皮皮岛的树上发现了一个小女孩，已查实是我们台胞叶先生的女儿！这个消息太令人震惊了，叶先生兴奋地哭了，我们当晚又匆匆赶回卡比岛。也许我也会找到我的父母，希望之光又一次亮起……

　　那就是全世界都知道的那个树上的小女孩，经过一天一夜她还活着的小女孩。她与妈妈一起跑，海浪来时，小女孩还记得妈妈抓住她的脚，最后就什么都不知道了，醒来时已是晚上，自己被夹在一棵树中，全身只有一只脚可以动。她以为妈妈不要她了，又饿又累，天越来越黑，最后她睡着了。早上醒来，看到有三个人在下面走，她就大叫，可他们听不见，小女孩急了，拼命晃动着那只可以动的脚，救援人员终于发现了她。最后直升机将她运到了卡比岛。也许就是母亲的保佑，终于让她回到了父亲的身边。

　　当晚我们在卡比岛第一次去寺庙认尸，运到的遗体有80多具，尸体已被封箱，我们只能凭照片认人，一张张惨不忍睹的照片令人毛骨悚然，我们没有找到自己的队友和亲人。第二天早上我们再次赶回普吉岛。有消息说从皮皮岛有好几百人回到普吉岛，我们的亲人也许就在其中？第二天到达普吉岛救难指挥中心，才知道回来的只是皮皮岛上的居民而已，我们的心情又跌到了谷底。

　　普吉岛救难指挥中心到处贴满了寻人的照片，还有已找到的遗体的照片，二楼都是各个国家的大使馆或领事馆在现场办公，像一个小型的联合国，我找到了中国驻泰大使馆，办理了失踪报失。在寻人过程中，我们遇到一个困难，因为很多打球的人都是清早六点钟就起床走了，他们不知道自己的亲人出门时穿的是什么衣服……30多度的高温，遗体严重腐烂，被浸泡后变色发黑，所以光凭看遗体很难分辨了，法医们也不得不剪去遇难者的衣服来辨认他们的性别及身体上的特征。

　　这时，我们想到了那些拍照片的小贩们。他们那儿一定留下了我们出发前的身影。我与父母的最后合影也一定在哪儿，我一定要找到他们！普吉岛海边已是人去楼空，昨日的风光似乎是几个世纪以前的事情。我们一直找到小贩们的家中，有一个小贩说他照了两船人，有一千多个，回来的没有几个人。我们在无数张照片中终于找到了一张张熟悉的脸庞，我们到数码冲印店制作了寻人启事，张贴在普吉岛各大医院及救难指挥中心，渴望和祈求奇迹出现。

　　30号，我们得到确切的官方消息，皮皮岛所有的伤者及遗体都会被运到卡比岛，今天又运来了将近200具遗体。于是我们又急着赶去卡比岛。我们又一次来到第一次认尸的寺庙，那里已人山人海，到处挤满了寻找亲人的家属。天气很热，远远地就闻到刺鼻的尸臭味和消毒水混合的味道，我们每个人都戴着两层口罩，里面还垫卫生纸，纸上洒了樟脑油。我告诫自己要勇敢，要坚强，我知道自己将会面临一个触目惊心的场面。

　　我看到了，我惊恐！几百具尸体就这样一排排、赤裸裸地躺在你的面前，每一具都是发黑的，几乎都是惊恐万状的状态，眼睛突出、舌头伸出，双手双腿蜷曲,有的手伸在半空,你可以想象他们死前是多么地惊悚和痛苦!在这儿你根本无法辨认你的亲人,在这儿只依稀分得出男人、女人和小孩。一辈子从没见过这样的场景,这是人世间最悲惨的噩梦了! 可是为了父母,我好像失去了知觉和嗅觉,我冲进去,一排排地找,没有害怕,没有恐惧,痛苦到达了极限,泪水已全部流干,我只有一个心愿:找到父母——活要见人,死要见尸。

晚上我终于找到了妈妈。我不知道应该高兴还是难过,我只知道,我的心好痛好痛,痛到几乎窒息……我认出了她的包,那只包还背在她身上,包里证件都还在。母亲的遗体真的很安详,我想她走得应该是很快很快吧! 我留下了妈妈的最后遗物,那只旧旧的手表。妈妈的手表停在10点45分,海啸之后15分钟。

元旦。2005年的第一天清晨,我们在当地一座宏伟庄严的庙宇中将母亲火化……妹妹来到岛上时,生我们养我们的母亲正在火中涅槃。

找到妈妈以后,1月2号,我和妹妹又找到了爸爸。这真是不幸之幸,海啸中有无数人没有找到亲人。如果我没有找到父母,那么这一生我都会追问——他们在哪里?

2004年春天,妈妈曾有一天忽然对我们说:"我们死了就把我们的骨灰撒到大海里去。"

现在她如愿了。我们留下了父母的一部分骨灰,将他们大部分的骨灰撒入了大海。当时夕阳绚丽,海鸥飞翔,真是非凡的境界。海啸留下了我的父母,留下了无数人,让大海成为我们终生的眷念——这,大概是大自然的初衷吧。

如此相爱的夫妻,选择这样的方式,在这么美丽的地方结伴而行,离我们而去,一定有他们的道理,女儿为你们祈祷……祝你们永远恩爱,天堂之路永远相随……

2005年1月4号,我们从曼谷登机回国。我和先生、妹妹坐在一排,胸前抱着三个骨灰坛:我爸爸、妈妈和台协秘书沃桂玲小姐的,那夜她的哥哥在上海机场等着她。

回国后,省长、市长等政府官员都前来问候,父母的亲朋好友电话不断。我们决定开一场特殊的追悼会,主题是"幕永不落下,永恒的缅怀——给我们深爱的父母:刘根樑先生、何淑琴女士"。1月12号,追悼会在苏州举行。来了两百多人,我们为每位吊唁者佩戴一朵白玫瑰。

为了纪念父母勤劳优秀的一生,我采用了特殊的方式举办这个追悼会。我将父母各个时期的照片,精心制作成投影录像解说,并且制作成册,人手一本。经历了这场灾难,我发现自己也随着父母涅槃成另一个人。作为长女,我代表亲属致辞。

在会上,我以自己的亲身经历恳求亲人们、朋友们、同事们,尽自己最大的力量与可能,去珍惜、陪伴、爱护身边的人。生命太渺小、太脆弱,亲人们随时都会有闪失,不要让自己后悔,要用行动来"珍惜生命",而不只是说说。我对亲人朋友说,我不想你们来分担我们的痛苦,而是想你们去做好自己的事。我们一直都在为挣钱奋斗,可我们有没有为生命关怀而奋斗?我们在挣钱的过程中,已经忽略了多少?错过了多少?失去了多少?我们有几个人陪爸爸说话?有几个人陪妈妈逛街?如果他们活着,一定会说:"我们不要钱,只要你们回家来陪陪我们。"

亲友们回去后打电话来,说他们参加过很多追悼会,只有这一次最震撼。

很长一段时间,我和妹妹不敢去整理父母的遗物,我们还常常幻想父母又回到了我们的身边,每个晚上都祈求在梦中与他们再次相聚。

当终于敢回去时,父母们来自上个世纪的真爱,让我们又一次深深感动。现在的人似乎已无法想象,两个人怎么可以相爱十年、二十年甚至五十年、一辈子?我的父母可以作证:真爱就在人间。

十几年来,我和妹妹都在忙事业,大部分外出都是老两口同行,在整理父母遗物时,我们发现他们竟然有满满两大箱子的合影!爸妈出门总是带上三角架,不用别人帮忙就可以拍到合影。这些照片才是父母留给我们的珍贵财富。

让我们更加目瞪口呆的是,工薪阶层的父母竟然给我们留下了几十万块的存款。在存款单边上是一个本子,上面写着"大:某月某日给钱××""小:……""大"就是大女儿,"小"就是小女儿。原来这么多年来,我们每个月给父母的钱,他们一笔一笔都记着,都存着,而平时出门宁可等公交车也不会打的。中国一代父母就是这样还儿女债来了,他们心里根本没有自己。

我在中国内地长大,出嫁后从来没有每个月给父母钱的意识,只是平时会帮他们买一些衣服、食品之类,过年再给个红包。因为他们有工资。是结婚后,我的台湾丈夫改变了我。他在台湾长大,从小学的是传统忠孝文化,他说一个人怎么可以不回报父母?他们有没有,那是他们的事,我们儿女要做我们应该做的事。于是我才每个月固定给父母各一千元生活费。

我从我先生身上还学到很多东西,比如努力勤奋、诚信经商、尊老爱幼、公德道德等。我的父母非常喜欢他们的女婿,这个世上已经没有任何事让他们再操心了,亲友们说他们是在这样极其和谐的时候离开的。

我想父母与我们都会有一个最大的遗憾,那就是没有在他们的新家住上一天。这件事是我瞒着父母去办的。因为我在昆山,平时很难照顾到父母,我就在妹妹住的小区里为他们物色了一套房子,与我妹妹只隔三排楼,是一楼外带一个大花园,房子内部结构和周围环境都漂亮极了。我花了70多万买下来,装修,买家具,想在元旦时给父母一个惊喜。

买下房子是去年11月的事,我一直没告诉父母,但我妹妹及家里的保姆都知道。一次妈妈去妹妹家,保姆竟悄悄告诉了我妈,我妈和我爸高兴得不得了……

现在他们已经在他们的新家了吧。

爸爸、妈妈,你们知道女儿多想说一声对不起吗?带着父母去旅行,竟没有机会与父母道最后的再见。我竟一直无法追忆出与父母诀别的一刹那,那么的不经意,我不知道这是诀别!人生有多少个不经意,回头想想是这么宝贵!不经意之间,居然就这样匆匆一别,天人永隔!

原来以为挣钱越多越好,有好房住、有好车周游世界,享受自己快乐的人生。

我们在忙忙碌碌中失去了自我,失去了反省自己的能力,我们被钱套住了,不知道自己的人生为何。但现在我变了,钱对我来说已不是最重要的了,是付出比得到的更快乐。

我是一个想到就做的人,尤其在我失去这么多之后。我待台湾公婆如亲生父母,经常打电话问候;我的妹妹感冒了,我会停下一切赶回去看她;周末我会抽出时间召集朋友和同学聚餐,有人问我有什么事? 没有事不可以在一起见见面吗;过去父母是亲戚之间的一座桥,现在让我来吧,我会与亲友进行很多的互动;我尽力为慈善事业捐款,也为这次的死难家属捐了款,我和妹妹很早就分别抚养了一些贫困失学儿童……

海啸让我失去了亲人,但我也得到了很多很多。海啸改变了我,希望我也能改变你,哪怕只有一点点;你再去改变一个人,哪怕只有一点点。

对我而言,海啸永远没有退去,它在我的心里。

四月五号正清明时分,我们将为父母举行安葬仪式。墓地在他们生前最爱的太湖岸边。爸爸、妈妈永远活在我的心里,爱的幕永远永远不会落下!

冰海沉船

黄世和

　　2007 年 11 月 22 日，加拿大游轮"探索者号"在南极触冰沉没，我是"探索者号"上唯一的中国内地公民，亲身经历了它从触冰到沉没的全过程，曾与死神擦肩而过，并且，船的漏洞就在我所住的 314 房间……

　　随着"探索者号"的沉没，我拍的图片全部永远沉在了南极的海底，我把这段经历记录下来并告诉大家。

　　启程——看到了金图企鹅、跳崖企鹅、成群信天翁及国王企鹅，拍下了美丽的南极日落

　　我怎么也没有想到，就在几小时以后，这艘漂亮的"探索者号"，会像落日一样永沉海底！

　　这是 2007 年 11 月 11 日。

　　乌斯怀亚——世界最南端的城市，对于我来说已不算太陌生，因为这已是我第三次来这里了。我是一位摄影爱好者，将要从这里出发，乘加拿大 G. A. P 公司的"探索者号"游船，开始我的第三次南极之旅，船票是当年 1 月就订好了的。

　　"探索者号"，红色的船底，白色的船身，烟囱处漆了一点蓝色，当时感到船身有点偏小，心中暗想：这么小的船去南极能行吗？我以前乘过的船好像都比这大些。

　　我是第一个登船的乘客，因为我买的是 3 人舱的船票，希望先上船能选到一个好床位。经验告诉我,以后近20天的航行中,晕船的问题可能很严重,有个好的床位就好多了!

这艘船上的楼层是倒着编的,上船的甲板是1层,往下是2层和3层。船头部位是酒吧,中间是服务台,服务台前挂满地图和信息资料,服务台后面就是餐厅。1层只有几间高级的客房,房号是1开头的。

我们的船舱是314,要从船甲板向下走两层,是船右舷最底层最后面的一个客舱,客舱很小,床头柜的上方一米多处是一个圆玻璃窗,里面还有一层铸铁窗,在离开福克兰岛前,这个铁窗一直是开着的,我们可以透过玻璃窗看到外面。

4点多后,其他客人才陆续登船,在人群里,我发现了两个东方人的面孔,好像在哪里见过?很快就回想起来,半个月前,在乌斯怀亚的圣马丁大街上我问路时见过她们,当时她们向我了解了关于南极的信息,没想到今天也上船来了。我马上迎上前去,她们是中国香港来的L和Y两位女士。见面后,我们都很高兴,有人一起说中国话了,多好!

之后,我到房间里去看了看,两位室友已经到了,一位是来自美国加利福尼亚的E先生,住在我对面的下铺;另一位是来自斯威士兰的T先生,只有委屈一下躺在上铺了。房间很拥挤,我把摄影包和小手提包塞在床下。

报到、交护照、欢迎酒会、安全教育及紧急警报演练,这些例行的事项都一一顺利地进行,我已多次乘坐过去南极、北极的船,对这些已十分熟悉了,只是到后来,当警报演练变成现实时,我才感到了突然和陌生!

晚上6点多,船驶离乌斯怀亚港,原定的旅程是:11、12日在海上航行(向东北);13、14日在福克兰岛游览;15、16日在海上航行(向东南);17日至19日游览南乔治亚岛;20日至22日在海上航行(向西南);23至26日在南极半岛附近各岛游览;27、28日在海上航行;29日早晨回到乌斯怀亚港。

前半段的行程很顺利,我们按计划游览了福克兰岛、南乔治亚岛,看到了金图企鹅、跳崖企鹅、成群信天翁及国王企鹅。19日下午,我们离开南乔治亚岛,向南极半岛驶去。22日上午,我们到了海象岛的海域。

2007年11月22日,我永生难忘的日子。

这是航行10多天以来最好的天气,晴朗,风也不大,早上船经过海象岛时,我们曾乘橡皮艇到岛边游览,海岛边的浮冰及岛上可爱的帽带企鹅都使我们大开眼界。中午离开海象岛,海面上十分漂亮,蓝天、白云、远处白雪覆盖的海岛,形态各异的冰山镶嵌在碧波之中,在阳光的照射下,放着耀眼的光芒……这一切,使我几乎一整天都没有放下相机。

黄昏时分,从船上的GPS上看到,我们已离南极半岛不远了。按照计划,我们明天上午要在南极半岛登陆。

这天的日落也格外漂亮,太阳红彤彤的,又大又圆,春季的南极日落很晚,晚上9点半后太阳才完全沉入海底,但当时海上除了海水什么也没有,找不到好的前景,我只好以船头作前景,拍下了带有G.A.P红色旗帜的日落照片。我怎么也没有想到,就在几小时以后,这艘漂亮的"探索者号",会像落日一样永沉海底!

回到房间已经晚上10点了,我开始整理照片、写日记。

生死攸关

我把电脑放在床头柜上,坐在床上整理照片。对面下铺的 E 先生也在用电脑看当天的照片。他打算明年去西藏,每天让我教他中文,我也顺便向他请教英文。看了我拍的日落照片,他开玩笑地对我说:"1000 美元卖给 G. A. P."两人大笑。

斯威士兰的 T 先生回来了,他由于睡在上铺很不方便,只好总在外面活动,所以,只要他一回来,就预示着要熄灯睡觉了。

遇险——T 先生一下子从上铺跳下来,房灯亮了,我们都惊傻了！水已经和我们的床一样高了

救生衣太小,我穿不上去,香港的 L 女士脱下了她的救生衣递给我,并拿去了我的小救生衣

T 先生刚回来不过一两分钟,大约夜里 11 点 15 分吧,就听见船体发出了和冰摩擦的"吱吱"声,声音很大,很刺耳。常识告诉我,能使船发出这种声音,冰块一定很大,因为如果是碎冰,发出的声音是"沙沙"声。这时 T 先生还开玩笑说:"我喜欢这声音！"

我当时有两个念头:第一是想到外面一定有大的冰块,天不太黑,可以出去看看能不能拍照。但这念头马上打消了,我们在室内温度很高,都穿着短裤,要换上全套防寒服装出去太麻烦了;另一个念头就是既然是大冰块,有可能把床头柜上的玻璃窗打破,水可能溅进来,玻璃窗里面尽管已锁上了一层铸铁窗,但还能看见外面的光,我断定两层窗间肯定有间隙。我合上了电脑,并把它放到了床里侧。

像平常一样,T 先生艰难地爬上了床躺下,E 先生当时也趴在床上好像是睡着了,我下意识地看了一下放在床头的手表,刚好 11:30,外面的"吱吱"响声一直没断,我顺手关上了灯,顿时一片漆黑。

很快,应该是关灯后不到一分钟的时间,就听见"啪"的一声响,声音不大,我当时很清醒,到现在还能清晰地记得那声音不大,只是"啪"的一声,不清脆也不沉闷,就像听到隔壁撞断了一块木板,也没有船体被撞击的感觉。

但这声响以后,"吱吱"的摩擦声消失了,紧接着传来的就是流水的声音。那确实是流水的声音,哗哗的,像小溪的流水,轻缓而清脆。正因为这流水声如此轻缓使我大意了,我想过可能是楼上卫生间放水发出的声音;我还想过,我们的船舱很低,我听到的也许是冰块下的流水声。但就是没有想过这时船已经漏了,这声音是水流入船的夹层时发出的。

没有睡意,打算再看一会电影,离家前,我在网上下载了很多电影,每晚睡觉前看看,消磨时间,也能催眠。

我打开电脑盖,按了一下开关,电脑的显示屏还没有亮,就在这时,上铺的 T 先生突然大叫一声:"有水啊！"我当时就懵了,马上坐了起来。T 先生一下子从上铺跳下来,坐在了我的床尾,我伸右手去开灯,房灯亮了,我们都惊呆了！水已经和我们的床一样高了,我看见 T 先生正跷起双脚坐在我床上。

我马上拿起床上的电脑，"噌"的一下就站在了冰水里，电脑盖是开着的，耳机还在我耳朵里，我穿着短裤，站在齐膝深的水中，水真凉啊！我迟疑了片刻，还是弯腰摸了一下床底下的摄影包，摄影包已灌满了水，我放弃了，我要保护好电脑，它对我而言太重要了，一个多月来的摄影资料和笔记全在里面了。我拿着电脑转身冲出门外，这时门外的水深有30厘米了，在刚才弯腰时，电脑边上沾了一点水，我马上把电脑强制关闭，穿过门厅来到了楼梯口。

　　这时，除我们房间外，还没人发现船已经漏水。我看见一个菲律宾籍的船员正从楼梯上下来，大叫："水！进水了！"

　　一抬头，我看见了那位日本女游客H，她是除了我和两个来自中国香港的女士外的另一个亚洲客人，我们4个亚洲人平常一起吃饭、聊天，已经比较熟悉了。她看我如此狼狈，马上迎了上来，接过我的电脑。我大声对她说："水！我们房间进水了！"

　　我感到我的腿和脚在结冰，在变得麻木。这时我并没想到船会沉，但我清醒地知道，我必须回房间去拿衣服，否则会被冻死！我两三步冲回房间，拿到了挂在衣柜外的全身防寒服装，并伸手提出灌满了水的摄影包，转身冲上2楼。

　　当我再次冲出房间时，船上才响起了警报，并用广播通知大家穿上救生衣去楼上的会议室集合。我站在2楼的楼梯口穿上了衣服，这时看见我们附近房间也有人拿着行李衣物跑出来，大多数的人还不算太慌张，只有一位女乘客抱着衣服，面部恐慌并发出了哭泣声。

　　我光着脚，提着重重的摄影包来到1层，正好碰见H拿着救生衣去会议室集合，我问她："我的电脑呢？"她说："在房间，要不要拿给你？"我说："不用。"她住在2层，那里很安全——我当时这样想。当时我无论如何也没想到船会沉，但就是这一句"不用"，使我再也没拿回我的电脑，这使我在以后很长的时间里想起来都会心痛万分！

　　已有很多人拿着救生衣陆续去会议室，我的救生衣在房间里，我没有回去拿，因为已经没有勇气再去趟那冰冷的水了。我遇见一个船员，向他示意：我没有救生衣和鞋，房间里进水了，希望他帮我解决。

　　会议室在1层的上面，从1层门厅或餐厅都有楼梯可以上去，船员领我穿过餐厅登楼梯来到会议室，这时会议室已聚集了很多人，都在忙着穿救生衣。他找来了一双绿色的长筒雨靴给我，我连忙穿上；另一个船员递给我一件小小的救生衣，但救生衣太小，我穿不上去，这时香港的L女士脱下了她的救生衣递给我，并拿去了我的小救生衣，至今我对此事都感动不已，要知道，此时的救生衣就是生命啊！她很不经意的举动，更表明了她品德的高尚！

　　在穿过餐厅上楼时，船员要我把摄影包放下，太大了，不可能带着逃生。我顺手把包放在了餐厅的过道，因为我知道里面的相机都泡在水里，恐怕已经不能用了。

　　会议室的前后门都开着，通过会议室敞开的后门，看到外面并不黑，可以清晰地看见远处大面积的冰，我知道，那是连接陆地的冰，天空很漂亮，淡绿色，飘着几条细细的深灰色的云，多美妙的夜色啊！如果没出什么事的话，我肯定要去拍照。但我只是瞟了一眼，无心去欣赏这一切。

　　会议室，这里平常是喝茶、聊天、听讲座和看电影的地方，现在挤满了穿着红色救生衣的人，使得原应轻松愉快的场所变得气氛凝重。

　　不一会，船上的宾馆部经理宣布点名，客人全部都在，而且都已穿上了救生衣，这时大约是 23 日的凌晨，零点刚过。

　　船长走过来宣布说：事故的原因已经查明，并不严重，正在处理中，请大家放心，大约一到两个小时就可以处理好。另外，他们把事故情况已经报告了公司总部，并告知就近的船做救援的准备，请大家在这里耐心等候。

　　船长用平静的表情和语气讲完了这段话，话音一落，马上响起了掌声和欢呼声。接着，船长挥手离去后，气氛马上活跃起来了，有几个人居然开始讲笑话。但没想到，这一切只是一个美丽的泡影，在仅仅两个多小时后就破裂了。

　　我甚至已想到向那位美国来的室友 E 先生请教，电脑背面沾了一点水怎么处理比较安全？他让我到房间去拿来给他看看，但我没有去，我担心这时开机会把电脑弄坏，打算回房后再慢慢处理好了。我压根就没有想到船会沉没，这使我又一次失掉了拿回电脑的机会。

　　现在，除了一身衣服——抓绒裤、抓绒衣、冲锋裤及 QUARK 公司的防寒服，光脚穿着的一双雨鞋，还有绒帽和手套，我已一无所有，其他都已泡在水里了。我开始摸自己的口袋，好在手机还在口袋里，并且前天才充满了电，幸亏有这个手机！否则以后的联系都困难。而我的室友 E 先生就惨了，除了一身衣服什么也没有，连鞋子也没有，出来时抓到一双袜子，电脑、相机等都留在了房间里。

　　两位中国香港的女士撤离相对从容，她们带了随身的小包和重要物品；日本的 H 女士什么也没带，除了装在口袋里的傻瓜相机以外，也一无所有！

　　有船员过来给大家发饮用水，还允许去楼下上厕所，但每次只能下去一个人。厕所在餐厅过道旁，我去厕所时，从摄影包里拿出了我放在里面的一个塑料袋和一个小钱包，里面有几百块港币和人民币、我的行程表、上船通知、回程机票、几张名片，还有一张建设银行的信用卡，我的另一张信用卡和外币都在房间里了。

　　毕竟有了一点东西，我顿时感到有了财产，最起码可以在紧急时应付一下。回到会议室，打开塑料袋，里面的东西都是湿的，我找来几张餐巾纸，两位香港女士帮我把这些东西尽量吸干后，把塑料袋寄存在她们的小背包里。

　　船还是有一点倾斜，但斜得并不厉害，应该只有十几度吧。我曾经要求守护的船员回房间把我的药拿出来，我有高血压病，每天都要吃药，但他拒绝了，他说，船上的医生会给我需要的药，让我不用担心。

　　弃船——没有惊恐的叫声，在稍许的沉默后，大家听从指挥，默默地按顺序向救生艇走去

　　风不大，海浪比较缓，但浪头不小，有 2 到 3 米高吧！当救生艇在浪底时，只能看见水和天空

　　十分钟后，这时大约两点半钟，广播里传来了船长的声音，他大声地宣布：

"弃船！弃船！弃船！全体上救生艇！"他连说了三遍"弃船"，语气坚定有力，我时至今日还能清晰地记起他当时的语气和声音，我的心当时就凉了半截，脑子顿时一片空白，接着，电影《泰坦尼克号》里的一个个画面马上在我的脑海里迅速闪过——沉船、尖叫、漂浮、尸体……相信所有的客人也会有同样的感觉。接着，会议室里的船员补充说："大家不要慌乱，全体上救生艇。"

没有惊恐的叫声，大家很平静，在稍许的沉默后，大家马上按照船上人员的指挥，默默地按顺序向救生艇走去。

我从会议室的后门出来，右转来到船的左舷，靠船尾的救生艇已坐上了一半多的人，我来到前面的另一条救生艇，排在那里等待上艇，我回头看了看，我熟悉的几个人都排在我后面不远，估计能上同一条艇，这时感觉特别想跟他们在一起，说不上为什么，但感到在一起心里会踏实些。

春季的南极，夜里并不黑，外面的一切都看得清清楚楚，只是现在还没出太阳。天空没有刚才那么漂亮了，一片青灰色的云层像锅盖一样悬在天空正中，只有天边的一圈不太宽的缝隙没被云所覆盖，并且有一点发亮了，这预示着日出在即。

平时高高吊起的红色救生艇已放得和船舷一样平，两条救生艇上都有船员在用力摇动着发动机的摇柄，希望能把救生艇发动起来，他们都是菲律宾籍的船员，面部表情呆滞，且充满了恐惧！救生艇上——最起码我看到的两条救生艇上，没有一个欧美籍的船员，只有菲律宾籍的船员，他们在船上的地位卑微，但在这危难的时刻，他们被安排在了最危险的岗位，去承担最重要的责任！他们在船上大部分是服务员，为客人整理房间或在餐厅里为客人服务，平时他们对我们很客气。此时，我未免感到他们有点可怜！

在排队时我一直在想，怎么会变成这样呢？此前我坚信，现在有这么好的技术条件，他们应该能处理好这个事，"泰坦尼克号"的失事毕竟离21世纪的今天已经太遥远了。我清晰地记得那船体摩擦的"吱吱"声，那并不大的破裂声，那压力不大的流水声。这一切都使我想不通，航道这么宽，在通讯技术这么发达的今天，船为什么要在大冰群里航行，这不是破冰船啊！

菲律宾船员不停地替换着摇动摇柄，经过近20分钟的努力，他们已累得不行了，最后只有宣告失败，两条救生艇都没发动起来。这时我知道，救生艇已没有动力了，只能在海里漂流，这不免又使我更紧张、害怕了。后来在海上看到，另一侧的两条艇也没发动起来，就是说所有救生艇都没有动力！

不能发动，他们开始安排我们上救生艇，我坐在了艇的前部靠近中部的隔离筋上（我不知道船的结构术语，就叫它隔离筋吧），这上面可以坐3个人，我坐在右侧，中间是一个外国人，另一侧是他妻子，船外壳和隔离筋都是双层的，夹层中间放着一些食物、水和必备物品。夹层很厚，约有50厘米，所以我离船边还有50厘米的距离。

我的前面还有另一条隔离筋，也坐了3个人，两条隔离筋中间约有1.2米的距离，中间还有一条矮的木板，约30厘米高，也挤下了3个人，日本的H就坐在这条矮的木板上，就在我的前面，我的后面是船的中间，是放发动机的地方，船后半部分的结构应该是和前面一样的，我没有细看过，但我知道应该是对称的。我的防寒服的帽子挡住了我的视线，又不能转身，从声音听出，中国香港的两位女士和我那位美国室友都坐在我后面不远。我不知道艇上坐了多少人，反正满满的，甚至连前面的艇边也坐了几个人，估计共有二十七八个吧。

救生艇被两根有滑轮的绳子固定在大船边两根斜伸出的粗大工字钢上，人上满后，准备向下放救生艇。他们用菲律宾话互相喊着，说的什么我并不知道，但他们的动作告诉我，他们是在互相联络拉绳子放船。当我看到船员解开那放船的绳子，准备放船时，我的心凉了半截！我在其他船上看救生演习时看过，吊救生艇的工字钢是一个机械臂，吊着救生艇平稳地放下水面，而现在，两面的吊臂是死的，要靠两面的人分别拉绳子把船放入水面，如果有一头放下，另一头没放下，或一头快，另一头慢的话，后果不堪设想，有全船人落水的可能！冰冷的水，只要掉下去，即使救你上来也会冻死，换句话说："落水就等于死亡。"

看他们的动作是要放绳了，我紧抓住了身边的粗绳。我想：万一放船时失去平衡，我抓住绳子不至于马上落水。但今天细想起来，如果真是这样的话，我又能抓多久呢？

好在救生艇顺利地放到了水中，我有又逃过了一劫的感觉！救生艇下水后，和大船相撞了几下，没有人指挥怎么做，艇上的人忙乱地传递着船桨，把小船推离大船，坐在船左边的一个人开始拿起船桨划船，尽管他们不知道怎么划，但我想他知道要靠自己的努力，把小船划离大船，继续和大船相撞是很危险的。这时前面的船员则呆若木鸡，自从把船放下水以后他就没再说一句话，抱着臂坐在船头地板上，我想他肯定是吓呆了！船员的惊恐和客人的镇定形成了巨大的反差。

记得从乌斯怀亚出发后的第五天，"探索者号"正带着我们从福克兰岛驶向南乔治亚岛的途中，午餐时，大家在餐厅里第一次看到冰山，不少乘客在赞叹那漂亮的冰山之余，都不约而同地说起"泰坦尼克号"，并发出笑声！那时绝没有一个人会料到我们的船也会成为"泰坦尼克号"，今天却变成了现实。

在救生艇下水几分钟后，约凌晨3点钟吧（我不知道时间，是后来L告诉我，上救生艇后她看了表，是2点50分），一轮红日从天边升起，这太阳真美，尤其是在此时，感到特别的美！圆圆的、火红、柔亮，把海面和远处的冰面照得红红的。这时大家似乎都忘记了自己的处境，顿时爆发出一阵欢呼声和赞叹声。我和E先生还在相互开玩笑，都在说："多美的日出啊！赶快拍照！"又接着说，"没相机。"人在这个时候才更能真正感到——世界真美好！人生真美好！活着真好！其他都不重要，比如有没有相机。

云层很低，太阳很快隐藏起来。我抬头看见一只灰色的大海鸥，扇动着它那有力的大翅膀，在我前方的海面飞过，我居然想起了《隐形的翅膀》的歌词："我知道，我一直有双隐形的翅膀，带我飞，飞过绝望。"反复地在我的耳边响起，旋律、歌词非常清晰！那天就见过这只鸟，再也没见过其他的鸟。

不一会，一只橡皮艇靠近了我们，并在船尾用绳索把救生艇和橡皮艇连在了一起，这样，我们的小船就有了间接的动力。橡皮艇开始拖着我们的船往前走，我们不知道会去哪里。这时可以看到远处的另外三只救生艇也在海里被橡皮艇拖着走。不远处"探索者号"静泊在水中,它倾斜得并不太厉害,周围也没有冰,船上的灯还亮着。

又有一只空的橡皮艇靠近了我们,从我们船上接下了5个人,都是从船前头接去的,本来是允许上去6个人,我可以上去,我知道橡皮艇有动力比较安全,但我没上,我不想和几个朋友分开。

走了几个人,船上没有那么拥挤了,后面的一个船员沿船边爬到了船前面,从船夹层里取出了保暖衣传递给大家,保暖衣就是一个有塑胶涂层的大袋子,上端有拉链,人可以站进袋里拉上拉链,只露出脸,既可以防水又保暖。

这个船员也是菲律宾人,既镇定又活跃,他发完了保暖衣后,就坐在了船头高处指挥。他让橡皮艇转到船前来拖船,并用船头的粗绳把橡皮艇连上,开始在海里游荡,我看到了那位船员的手表,这时4点整。他拿出对讲机和别人联系了一番,之后告诉大家:"救援船正在赶来,约需要两个小时。"

我们运气不错,那天天气真的很好,风不大,海浪比较缓,但即使这样,浪头仍然不小,有2到3米高吧!当我们的船在浪底时,只能看见水和天空,连远处的大船也看不到;船到了浪顶,而另外的船在浪底,也看不见那只船。如果风再大一点,如果天下了雨……我到今天都不敢想,要知道,南极的天气瞬息万变啊!

我们的船被橡皮艇牵着走,用力牵动时,我们的船头就下沉,如果正当浪头打来,海水就会扑面而来,淋到我们的脸上、身上,船上的人就发出一阵惊叫!大家都十分担心,如果浪再大一点,救生艇就有可能被灌进水,那后果就不堪设想了。

小船在这浩瀚的大海里显得真渺小,清澈湛蓝的海水真美,但我知道,此时一旦你投入了它的怀抱,它就会毫不犹豫地把你吞噬!

后面传来了一阵混乱声,是我的室友E先生昏倒了,据说是晕船造成的,我想更多的是因为惊吓吧。他原来是和两位香港女士坐在一起,近一米九的大个子,现在倒在船里,她们几位连脚都没地方放。船员用对讲机叫来了医生,给他吃晕船药,并慢慢让他坐起来。

获救——我上前一步紧紧抓住了挪威邮轮的绳梯,这一刻我才真正相信我们获救了!我流泪了!

"探索者号"在当天夜里就沉了,我的电脑带着我的照片,永远沉在了南极的海底

我们的橡皮艇一直就这样漂着,一直远远地围着渐渐倾斜的"探索者号"打转,大船是"营救识别地"目标,我们不能离它太远。

牵引的船似乎有了些经验,船基本能躲过海浪的袭击,此间不停地有橡皮艇过来又离开,其中有条橡皮艇上的一个人跳上我们的牵引船,后来才知道他是船长,他没有戴手套,不停地用望远镜向远处望。我想他应该是最后一个离开船的吧!此时,我想到了随"泰坦尼克号"沉没的船长。

忽然,船长大声呼叫并指向前方,接着,右手举起一个像大鞭炮一样的东西,

生死攸关

圆圆的,上面还有一小段线,他举着奋力摇晃,没有冒烟和发光,可能会发射电波吧?我们都引颈远望,都希望能第一个看见来营救我们的船,看了很久,什么都没看到。

这时有船员说:"灯光!灯光!"我们再仔细望去,才看到远处有一个很小很小的光点在闪烁。救星来了,所有的船都开始向灯光驶去。

到此时在小艇上待多久了我也不知道,反正我的两只脚都已经麻木了。

没有手表,不知道时间,好像又过了很久,营救船的轮廓才渐渐清晰起来,慢慢地可以看出有两艘船,已有人在大声呼叫了,但我目测了一下距离,至少还有5公里,这时感到船走得特别慢,真急人!

船越来越清晰了,确实是两艘船,其中红色的大船是救起我们的挪威邮轮,另一艘白色的应该是搜救船吧?

其他几条救生艇都在我们前面,我们落在最后。在我们靠近挪威邮轮之前,看到前面救生艇上的人都已陆续上了大船。为了加快营救的速度,一部分人被大船上放下的救生艇吊上大船,大部分人是从大船尾部的小门沿绳梯爬上船。我们到了大船边后,先爬上一条橡皮艇,橡皮艇用前头顶住大船,前面的几个人沿绳梯爬上去了,我前面有个老太太行动不便,前拉后推才艰难地爬上了大船。

随即,我上前一步紧紧抓住了大船的绳梯,这一刻我才真正相信我们获救了!我们飞出了绝望!辞别了死神!噩梦过去了!我流泪了!

E先生和两位香港的女士在我之后登上船,听他们说,我们登上挪威大船的时间是7点50分,我们在海上漂了整整五个小时啊!

相互拥抱,互相祝贺,欢笑,流泪,晕厥,大家尽情地释放自己!点名后,154人全部获救,无伤亡,欢呼声、掌声在挪威的大船上此起彼伏!

10点多,挪威邮轮离开营救地点时,我们到船边去看我们的"探险者号",它已倾斜约45度了。

当天下午,我们被转送到乔治王岛的智利航空站,11月24日下午,智利的运输机送我们到智利的港口城市——蓬塔·阿雷纳斯。我于26日经圣地亚哥、巴黎转机,29日上午8点多回到了中国香港。

噩梦醒来,最使我感到惋惜和心痛的就是我的电脑,或者说是电脑里的数据资料。那里存放着一个多月来,我在阿根廷的萨尔塔、卡拉发特以及南极的Snowhill拍摄的2000多张珍贵照片,还有我的笔记。这2000多张照片是我从近万张照片里筛选出来的,可以说,在船上,除了生命以外,电脑对我是最重要的!但我偏偏没有把它带出来。

我曾幻想也许能有什么手段让我们的"探索者号"不会下沉,如果电脑进水了拿回硬盘也好。但到智利后E告诉我,船在当天夜里就沉了,没有梦了,我的电脑带着我的照片,也随"探索者号"永远沉在了南极的海底。

E开玩笑地跟我说:"你说不再来南极了,可是照片没有了,你以后还要来的。它希望你来!"我淡淡一笑,是苦笑。

也许吧……

钱江潮祭

口述　章巨茂　整理　孙明明

　　这桩事情，心里头搁了这么多年了……唉！

　　我是萧山人，就住在钱塘江边上。每年的观潮节，江边总是人山人海。我听人家说，全世界只有钱塘江有这种怪潮，真是又惊心动魄，又吓人倒怪，而且农历八月十八的潮头是最大最齐的。因为有了这种怪潮，我们萧山还专门造了一个观潮城。其实钱塘江的潮水是天天都有的，可农历八月是大潮汛，所以一到八月半左右，前来看潮水的人特别多，连很多外国人也来看潮水。

　　现在每年大潮季节，我看很多警察都在江边维持秩序，在危险地段还拉起了警绳。现在的安全意识真是加强了，要是早个十多年也是这样，我的家就不会像现在这个样子了……

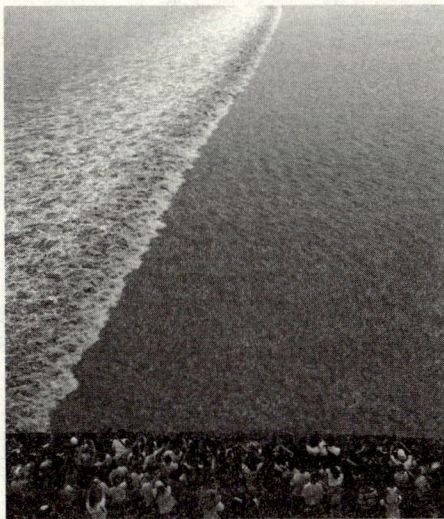

钱塘观潮

我家是一个最普通的农民人家，本来嘛，我们农民，祖祖辈辈都在田里干活，哪有闲工夫去看潮水？可如今看大潮像过节一样

说起看潮水啊，总是一辈子的心痛。我 19 岁的儿子在 1993 年的 10 月 3 日，也就是农历八月十八的那次大惨祸中丧了命，我老婆在没了儿子之后就疯了，一直到现在。虽然过去十多年了，可那个场景叫惨啊……

我家是一个最普通的农民人家，有两个儿子一个女儿。我家是从萧山的其他村子迁移到这片围垦土地上的，来的时候这里是一片的滩涂地，刚从钱塘江边筑了堤坝围起来的。

因为老地方人多地少嘛，当时政府动员里面的一部分人，迁到围垦区来安家落户，还有一定的搬迁费。我们夫妻两个要养三个孩子，要造房子是蛮难的，以前都是住草舍的。有这样的优惠政策，不但有更多的地好种，还好用补贴费造瓦房了。所以一家人就迁到了这江边，这江边的土啊是好土，经过几年的调养，种什么就长什么，做农民嘛，只要地上的庄稼长得好，就比什么都高兴。

慢慢地几个孩子都长大了，你不要不相信，这几个孩子还真是读书的料，成绩都不错的。可是读书要钱啊，大儿子在 1987 年上高中，说要缴 500 元的赞助费，在当时这 500 元钱真是让人犯了难，可我们为了让儿子有个出头之日，还是去亲戚邻居那里东借西贷，让他读高中。

下面还有两个孩子读初中和小学，三个孩子的读书和日常开支，我们两个人脚爬起来做都不够的。女儿的成绩也蛮好的，她晓得家里的困难，初中读完就进厂里去了，做了纺织厂的接头工，就是将一根根丝接起来整经用的。这倒是一门技术活，接一个经头有几十元的钱，可要盯着弄上大半天，还要眼亮手快的。

借借贷贷地过了三年，大儿子终于高中毕业了，高考时听说是超过了分数线二十多分，我心里啊真高兴，我们家要出大学生了。可等啊等，录取通知书就是等不到。后来听说是志愿没有填好，我们也没地方去问，只有回到家里，帮我一道修地球。到下半年刚好征兵，村里让他去体检，合格了。我们有两个儿子，理应要去一个的，他就去当了兵。

你看我说着说着就拉远了，还是说那天的事情。大儿子到厦门当兵去了，家里还有女儿和小儿子。小儿子叫水强，他也是个很灵光的孩子，读到初中毕业，本来也可以读高中的，他想哥哥这样好的成绩也没有读大学的份儿，自己也就不要去花这个冤枉钱了，就去学了油漆工。

俗话说：爹爱长子，娘爱小儿。我老婆啊特别喜欢这个小儿子，只要水强在外面干活，迟回来一歇就会在路口等，要是一天见不到小儿子，连魂儿都没有了。这个儿子呢也对娘特别亲，总是叫在嘴边的。你看我这房子的油漆都是他做的，十多年过去了，还像新的一样呢！

这些年来，土地上的活少了，人们空的日子多了起来，本来嘛，我们农民，祖祖辈辈都在田里干活，哪个有闲工夫去看潮水？可如今看八月十八的大潮水像过节一样了，这江塘上的人像乌毛蚕一样多。

人山人海,比义盛镇上的交流会还要热闹。懂潮性的人惊叫起来:"是蟹钳潮! 快逃啊!"丁字坝上的人想逃也已经来不及了

想忘记都忘记不掉,1993 年的 10 月 3 日,农历八月十八。

那天的天气真的很好,一点云都没有,太阳很亮的。一早我就想,今天这样热的天气,观潮的人又这样多,去卖甘蔗是最好不过的啦! 所以一大早我就从地里砍来甘蔗,车子上装好了,要拉到大堤上去卖。

我叫他:"水强,今天和我一道卖甘蔗去!"可水强说,我才不去卖呢,人家年轻人都在看潮水,我去卖甘蔗,难看死了。我想想也对,年轻人嘛,就是要个面子,不像我们这些老东西。那天他要是听话帮我去卖甘蔗,也不会出那个事的。

离我家不远处就是围垦二十工段的直堤,这里的江面很宽,只要尖山口的潮水一起来,这里就可以看到,是一个非常好的观潮点。

我拉着甘蔗来到了大堤上,只见人山人海,在大堤上有卖水果、点心、香烟的,有拍照、看相的,简直比义盛镇上的交流会还要热闹。

再看看那些来观潮的人,本地的、外地的,一家三口也有,小年轻在找对象的也有,还有放假的学生和老师,附近在修高速公路的民工也来凑热闹,还有些听不懂口音的远路人……大多数人都穿得像过节一样,站在大堤上等潮水过来。

我看得高兴煞了,占了个地方,开始卖甘蔗,生意是来得个好,忙都忙不过来。

我要交代一下地形。这二十工段有一条几十米长的丁字坝,人称"二号坝"。这个坝主要是为了保护大堤的,要是大潮水来了先撞在这丁字坝上,会分散一些撞击力,大堤就会安全一些的。这道丁字坝就这样伸向了江心,离江面有五六米高,十多米宽,全部用石头砌起来的。平面么用混凝土浇的,很平也很宽阔,在这个坝上看潮水,特别清楚。

潮水没来的时候,江面上平静得很,就像内河一样,连浪头也没有的,很多年轻人就都拥到了这个坝上,为了争得自己的立足之地,挤得黑压压的一片。到底那个坝子上站了多少个人,谁也说不清楚啊!

大概在 12 点多一些吧,听到有人喊:"潮水来了,潮水来了!"因为只要潮水一过尖山口,这里就可以看到一条白线了。只听得潮水像火车似的轰隆轰隆响,大堤上的人欢呼着,有的在拍照片,有的高兴得跳起来,形形色色的都有。

可内行的人看今天的潮水不对啊,怎么先贴着大堤的边上形成浪头,而江面上的潮却并不见得大呢? 于是懂潮性的人惊叫起来:"是蟹钳潮! 快逃啊!"我在卖甘蔗,我都听到了,可是丁字坝上的人却听不到啊。就是听到了,听懂了,人挤着人,想逃也已经来不及了……

这个钱江潮啊,最凶险的就是"蟹钳潮"了,这要命的潮水是贴着堤坎先来的,两边的潮水就像偷袭者一样悄悄地涌起,一同钳向目标,要是被这个"蟹钳"钳牢,你就是再大的本事也难逃一死了。

老底子许多抢潮头鱼的和撑江船的就大多死于这种"蟹钳潮"中。现在江边抢潮头鱼的地方也没有了,年轻人和外来人都没听说过这个名堂,当然也不知道这个"蟹钳"有多少的凶险。

生死攸关

就一眨眼的工夫，两边的"蟹钳"一起钳向丁字坝，一眨眼就涌起了10多米高的浪头，刚才还在欢呼雀跃的所有人，在第一个大浪中全部被打入江中，坝上一个人影儿都不见了。还没等落水者回过神来，丁字坝旁边卷起了两个大漩涡，落水的人像卷柴棒一样一股脑地被卷了进去。

几十里的江边火光通明，一片喊魂声。我们终于找到了这个有着红线的衬衫，仅凭此来确定这是我的儿子

当时江边上的人都吓傻了，但我绝对想不到，这个"蟹钳潮"会与我的家庭有关。

回潮后，从江边泛上来一些血肉模糊的人，有的连头都被石头撞碎了，有的缺了腿，有的缺了手，当时就像汤锅中煮烂的饺子，乱七八糟的人形在江面上翻腾。我活了大半辈子，也从来没有看到过这样揪心的场面，这些落水后又被潮水泛上来的人大都没有了衣服，赤身裸体的。

大家纷纷涌向江边救人，只要能抓到手和脚的，就把人先拖上岸来。

这突如其来的大祸让人简直蒙掉了，待有些人清醒过来，才想到向有关部门求救。没多久，公安武警、解放军、政府的领导都来到了江边，很多救护车开到了大堤上。当时的市长和书记下命令动员一切力量救人，受伤的一律先抢救了再说。几十个伤员被送到了附近的医院，一时间义盛医院、瓜沥医院、萧山人民医院住满了血淋淋的伤员，连医生也惊呆了，怎么一下子有那么多头破血流的人啊……

看潮的人从惊慌中回过神来，都在呼唤着自己的亲人。我的心也揪紧了，水强好像说了句要去看潮，他会不会也在这个要命的坝上啊？

我惶恐地回到家中，果真水强不见了，问他娘，他娘哭着向我要人，说："他不是和你一起在大堤上啊？儿子呢？儿子呢？"

我们同村的有好多人都不见了，从出事到下午5点，抢险的人捞起了10多具尸首，大多数遇难者都不见了踪影。晚上，我们丢失了人的家属纷纷涌到江边，一时间江边的哭喊声、呼唤声、鞭炮声、祈祷声让鬼神都要落泪啊！整个夜间，江边哭声不断……

我们家亲戚10多个人，一直找着喊着，泪哭干了，喉咙喊哑了，亲人生还的希望是越来越小了，可活要见人，死要见尸，总得让逝去的灵魂有个安息之处啊！

我们从二十工段沿着江边一直走到六工段，带来的冷饭谁都没有心思去吃，天热，过不了多久这饭就馊了，渴了我们就捧几捧江水喝。几十里的江边，那几天的晚上都是火光通明的，有的拿来了电瓶灯，有的用电筒，有的用火把，一片的喊魂声，江边还有很多的招魂灯，火光一闪一闪的。

我们心里晓得，落水的人生还希望是没有的了，现在唯一的愿望就是捞到亲人的遗体。潮起潮落，总会带过来几具尸体。可我们打捞了一具又一具，总也不是我们的水强，总是让我们失望！

政府也派出了橡皮艇搜寻，还组织渔民用滚钩滚，用大网拉，一批批的尸体被打捞了上来，我们整整找了5天5夜，也帮人家打捞上来了10多具尸体，还是没有发现自己的水强。

几天几夜的浸泡，浮上来的尸体都没了人样，有的已经开始腐烂，那个恶臭啊，陈年冷饭都要吐光的。

日子一天天过去，我们的希望也一点点地破灭，一个19岁的生命啊，一刹那成了江中的孤魂。我老婆从找寻的那一天起就茶饭不思，整天跟着我们喊啊哭啊……后来实在没一点力气了，回到家里躺在了床上。

5天后，我们真的精疲力竭，失去了信心。我们村书记说，萧山殡仪馆还有100多具尸体没人认领，让我们去认认看，说不定别人捞上来送到那里去了。我们抱着一线希望，就去了殡仪馆。

那现场，那情景，你们是想象不出来的。

一进大厅，一股恶臭迎面扑来，有的尸体已经高度腐烂，人形也看不出来了，只有男性和女性还大致可辨。也真苦了我们的亲戚和村书记，大家鼻子里蒙着浸过烧酒的毛巾，在一具具腐尸中寻找着我的儿子，有的尸体去翻一下，连腐肉都粘在了手上，真是可怕啊！

其实人的相貌已经完全看不出来了，只有衣服还可以回忆和识别一下。据我老婆讲，儿子穿的衬衫是刚从杭州解百买来的，这个当妈的为了儿子骑摩托车能平平安安的，特地在上口袋中缝了几针红线。根据这一特点，我们终于找到了这个有着红线的衬衫，仅凭此来确定这是我的儿子了。

找到了尸体，我们的心好像也好受一些了，总算有了个着落吧。殡仪馆的同志和政府人员看我们这样难过，也同意几个亲戚的建议，让我们把尸体运回家中做法事。但我看到这样的尸体已不能搬运了，就硬着心肠说，还是火化了吧！

说完这句话，我一个大男人，当着众人，眼泪哗啦哗啦流下来。

历朝以来，从没听说过看看潮水会吃掉嘎许多人的事体。本来是多少好的一个家，出了事才真正懂得平安是福的道理

在那次潮祸中，我们周围就有一家三口都去了的，赵老师家的女儿和小舅子也被卷走了，还有一个13岁的小学生叫国锋的……光我们村就被卷走了6个，听说周围的村子里都有人被卷走的，全镇大约有40多个。

周围的乡镇和远路来的遇难者不知有多少，谁也说不清楚的。一是看潮的人来自四面八方，二是有些人在这个大漩涡中可能被碾得粉身碎骨了，连个全尸都没有了。特别是一些外地来打工的，很多的尸体都没人认领，都是当无主处理掉的，也有很多人是失踪了的。

后来我们看到上面来了人，把扔在大堤上无主的自行车和摩托车拉走，就装了满满的几卡车。

这以后年年的八月十八啊，总有人来这大堤上点招魂灯和叫魂的，因为有人说没找到尸体，亲人进不了家门，就会成孤魂野鬼。所以这一带的江边总显得有些阴凄凄的，一般人不敢来这里走夜路。

要说有的人命大也是真的，有个叫国庆的小伙子，也在坝上被打落水的，可他真是运气，一根摩托车头盔上的带子刚好套在了一块尖角石头上，所以巨浪打下后就没有被卷走，等浪头过后被人救上岸来，虽然腿断了，可总保住了一条命啊！

还有个叫阿海的真当是好人，他是前进乡东海村的青年人，惨祸发生的时候他是站在大堤上的，一点儿都没事，可他看到这么多的人遇难，等回潮过后，他立即冲到了丁坝，在水中连续救上了两个人，当他还要救第三个人时，一个回浪打来，他也被那个人拖下了水，再也没有浮出来过。我们当地老百姓说，是潮神爷迁怒于他了，谁让他要和潮神爷抢人呢！我想被他救上来的那两个人要是忘记了他的救命之恩，要是在清明不做祭祀给他的话，真的是没有良心了。

从儿子出事那一刻起，我老婆已经精神恍惚了，可以几天不说一句话，几天不吃一餐饭，整天念叨着儿子的名字。可我们当时没有时间和心情去安慰关照她，到儿子的遗体火化后，我老婆的精神彻底崩溃了。她总是要走到江边去找儿子，有时半夜三更也会跑到江边去要找回他的心肝宝贝……

多少好的一个女人家啊！勤劳肯吃苦，挑花边、做农活，从不叫苦的，她会挑两百多斤一担的番薯和萝卜，在周围是没人可同她比的。真是祸从天降，真想不到看看潮水惹出了这么大的祸水，失掉了她心爱的小儿子，老婆从此成了一个疯女人。

为了老婆的病，我们到处求医，先后到过萧山、杭州、绍兴的很多医院。医生先诊断为忧郁症，可是治了一年多还是没有治好，后来连大小便都失禁了。我们一次一次地去医院，可她的病总是没有好转，每当我看到老婆被绑在病床上用电疗，那个痛苦啊，我真的没法说了……

那几年，我在地上种一点东西，年收入也就几千块钱，幸亏在部队当兵的大儿子来帮我，我一年到头把所有的收入都放在老婆的身上，还是要亏空。

不久，老婆的病变成狂躁症，她见东西就砸，见人要骂要打，我不知道被她打骂过多少次，可我知道她是个病人啊，总是让着她。有一次我真的身无分文了，向人借的8000元钱又很快医完了，看着被绑在床上打了安定针的憔悴不堪的老婆，我在夜里不由得放声大哭。

我现在已60多岁了，大儿子还在部队工作，他也经常回来看望母亲的，每次回家也就是带母亲去看病。

这个家啊，本来是多少好的一个家，虽然钱不多可是还过得去的，出了事才真正懂得平安是福的道理。好在村里和镇里蛮关心，到年脚边还给我家一点钱，让我们过个年。也真难为这些干部了，我的老婆发起病来老是要到村里去吵闹，很影响他们工作的，在这里说声对不住吧。

我是农民，讲不出大道理，可有时我总在想，历朝以来，从没听说过看看潮水会吃掉这么多人的事情，是不是我们太多地占了龙王爷的地盘，它报仇来了？我还在想啊，现在每年有这么多的人在看潮水，虽然有许多警察管着，可这个怪潮怎样来是谁也料想不到的，会不会发生比那次更大的祸水呢？真要当心啊。

链接　据《杭州日报》下午版1993年10月4日报道：
10月3日(农历八月十八)中午12时20分许，萧山市东部地区部分群众自发到非观潮点围垦二十工段观潮，一些站在位于江心的挡水坝上的人，被汹涌的钱江潮卷入江中或冲向堤旁的乱石堆中，发生重大人员伤亡……

一个人的
唐山地震

口述　武存升　整理　韩　斌

　　钱钢写的《唐山大地震》，放在床头很多年了。看不下去。一看，眼泪就模糊了双眼。30年了，我没和任何人详谈过往事。就是和家人，也只是三言两语。他们听不下去，我也讲不下去。

　　如果你去过唐山，你会发现唐山人跟我一样，尽量回避谈及往事。今年是唐山大地震30周年，我也已经是75岁的老人。我想，我得找人谈谈了。这对我可能是一种解脱。

　　我叫武存升，1932年4月1日生于天津市津南区辛庄乡上小汀村。家里很穷，兄弟姐妹六个，从小挨饿。1938年闹日本鬼子，家乡又发大水，没法活了，父母带着我们逃难到了唐山。

　　1949年，我考取了唐山市中。唐山市中很有名，是"戊戌变法"后办起来的老学堂了，还是李大钊的母校，学校没了，在地震中毁了。现在的校址是新建的。

　　18岁时，我直接从学校参军，远赴抗美援朝战场，在空军第八师22团司令部作战股服役。1965年，在浙江象山的渔山列岛，我任空军雷达站副站长。有一次，一架台湾侦察机闯了进来。它很狡猾，擦着海平面飞，到了海岛上空才突然拉起来。当时我立即带领战士冲向阵地，用高射机枪向它猛烈射击。从这件事你可以看出，我这个人遇事不慌张，越是危急时刻，头脑越冷静。所以我在唐山大地震中才有不一般的经历。

生死攸关

1976 年 7 月 27 日 20：00——怎么那么静呐？天黑黑的，夜静静的，闷热闷热的

我带着二哥的女儿武淑敏，正沿着陡河散步。我们拉着家常，不知不觉已绕着华新纺织厂走了一圈。

1976 年，我当了 26 年的兵，要转业了。因为家属在杭州工作，我落实到了杭州水泥厂。我对师政委说：我三年没回家探亲了，想在转业前回唐山看看。1976 年 7 月，我带着女儿武蓓回到了唐山。

当时老母亲住在天津我姐家，但我二哥、三哥、五弟和他们的媳妇、孩子全都在唐山。本来我打算待半个月就走，经不住兄弟们一再挽留，就这样到了 1976 年 7 月 27 日的晚上。

唐山城市不大，人口百来万，却是咱中国近代工业的发祥地。中国第一座近代煤井、第一条标准轨距铁路、第一台蒸汽机车都诞生在这里。我们家住在路北区长春里 13 号。路北，就是铁路以北。从胡同口进去，南边是四座独门独户的小院，我二哥、三哥家就在其中一座院。北方住房紧张，我带着女儿，和我二嫂、两个侄女挤一间屋，睡一条炕。当晚，我二哥带着四个孩子住在胡同北边的宋家大院。这里都是新中国成立前盖的老房子，平房，两层石头夹着泥灰砌起的墙，三合土打起的房盖——粉煤灰掺上石灰，再搁少量水泥，就和成了三合土。我说得这么详细是有必要的，房屋结构不同，地震后果也不同。

我家出门就是唐山的母亲河——陡河，紧挨着华新纺织厂，二哥家的后房山（院墙）就抵着纺织厂的大墙。

这天晚上，我带着侄女在陡河边散步。心里有一些特殊的感受。

怎么那么静呐？天黑黑的，闷热闷热的，树梢一动不动，很异常。要知道唐山是个很嘈杂的工业城市啊。此刻，我对将要发生的一切茫然无知，只觉得四周静得让人发怵。

回到家，五弟夫妇俩来了，他们特意带着三个孩子来看我。说了会儿话，9 点了，公交车没了，五弟 7 岁的儿子宝贵就留下了，和他二叔睡。

那天晚上睡下，已经 10 点多了。夏天，大家都是敞着房门睡觉的，只关着外头一层纱门，纱是铁纱绷的，那会儿还没有塑料窗纱。

1976 年 7 月 28 日凌晨 3：42——突然之间，地动山摇！小宝贵还没出来！

睡到后半夜。现在大家都知道了，这一刻是 3：42 分。给我的感觉是什么呢？突然之间，地动山摇！人还没反应过来，地就颠上了。先是没命地颠，跟着是狠狠地晃。就像有人在拨弹簧，又像人被搁在大筛子上，没完了地晃，没完了地筛！

坏了！地震！逃不了了！房屋马上就要倒了！小柜子、暖水瓶，噼里啪啦滚下来。

我穿着背心短裤，从炕上蹦起来："地震！快逃！"光着脚冲过去一看，我傻眼了：前院的后房山倒了，废墟堵住了门！我们出不去了。

女儿带着哭腔喊："爸爸，我们快回杭州吧！"

我迅速看清：废墟没有完全堵住门，上头还透着天，有三四十厘米的空隙。我用力把铁纱门向外推断了，腾地蹿了出去。女儿武蓓紧跟在后头，我伸手把她拉了出来。二嫂在屋里低低地叫："唉呀！我怎么走不动了！"我急呼："你快点走呀！"

我把二嫂和两侄女都拉了出来。说时迟那时快，二哥、三哥他们也从另一间屋跑出来了。

人出来了，面对的是什么：前院房盖全落了，完全扑倒在我们院里。透过一道缝，也就 35 厘米吧，我瞅到前院邻居老侯家，夫妻俩和三个孩子，全猫在废墟里，慌作一团："出不来了！"

事后我们知道，长春里八九百人，上百间房，我们家的损失是最轻的。房盖裂了，可没倒，大块大块的石头掉下来，墙体还撑着，全家人都没受伤。是纺织厂大墙救了我们——三哥在自家后房山和厂墙之间撑起好多木头，盖了一个放杂物的过道，这才有了撑住房屋的力量。

我对废墟里的老侯一家说："别急，我会把你们都拉出来的！"

我急着扒砖头瓦块。二哥和他儿子树祥也来帮忙。时间非常宝贵，余震不断，房屋会越震越矮，人随时都会丧命。

我们拼命把缝扒大，老侯一家五口得救了。

我们立即向胡同外跑去。一路上全是断壁残垣。人们光着脚，全都往马路上跑。

陡河边，我见二哥头上砸了个洞，正淌着血。我问了句："咱家人都出来了吗？"二哥一激灵："小宝贵！小宝贵还没出来！"

我们急得要命，二哥和树祥又赶紧跑进宋家大院。拼命在废墟里挖。小宝贵被震到坑下，挖出来时，他已经活活被土闷死了！

他堂姐唤娣不甘心，说快送医院！兜了一圈，又回来了。呆呆地说，医院没了。区医院，人民医院，全平了。

说到医院，医院是最惨的。那都是新中国成立后盖的新房，水泥预制板，一砸到底。唐山最大的陆军 255 医院，后来我也去看过了，那个惨啊，听说 1200 人死了400 人。

我们把孩子搁在陡河边。已经没有马路了。都是死人和活人。活人坐着，死人躺着。

五弟赶来了。他们都逃出来了。五弟媳趴在孩子身上痛哭。并用舌头把孩子眼睛上的土舔干净了（哭）。

小宝贵的死，是我最痛心的！时间就是生命啊，我把最宝贵的救人时间留给邻居老侯家了。虽然是值得的，可我总想，如果我马上赶到宋家大院，小宝贵兴许能得救。五弟夫妇结婚晚，7 岁的小宝贵是他们的头生子，命根子。他俩从来没有埋怨过我，可是我深深地感到对不起他们！他们是来看我的呀，却把儿子的命丢了！

1976 年 7 月 28 日早晨 6：00——救人，快救人！眼睁睁地看着大俱乐部一砸到底

当唤娣忙着送小宝贵去医院时，我意识到，要救人！我把二哥儿子树祥、三哥儿子志德唤住："你们跟我来，我们去救人！"两个孩子好样的，立即跟我走。树祥后来也救了很多人。

到处都是砖头瓦块玻璃茬，我们光着脚，走路都使不上力气。我们跑到前面一个胡同。路上有个妇女，求我们救她孩子。他家房架子都倒了，房子一拍到底。一个十五六岁的男孩砸在下面，其实已经死了。我们把他挖出来，交给他妈妈，她痛哭在地。我们很快离开，继续向前。心里只有一个念头：救人，快救人！

前面更惨。房子全落架了。三四个人蹲在房框上面，梦游似地默不作声。有个人拿着一根竹竿，正往下挑毛巾。我往下一瞧，废墟里还有一个老人坐在炕上。真奇怪，断壁残垣足有两米多高，他四周倒精光，什么也没压到他。

我对侄儿说："你们在上面，我下去救他。"我默念着"下定决心，不怕牺牲"，一下子跳了下去。

很危险，大地在不断地颤抖。一个余震，我们就都完了。我想抱起他，可他一点力气也没有。我使不上劲儿，就蹲下来，抱住他的臀部，使劲往上举。两个侄儿在上面用力拉，把他拉了上去。

天下起雨来。我们惦记着陡河边的亲人，又赶了回去。家人、邻居，都在河沿边坐着。北院老郝家媳妇死了，孩子们在哭妈妈。路边小卖铺倒了，饼干、糖果、罐头，撒满一地。小孩子们去捡来吃。不知谁塞给我一瓶罐头，我也吃了。有个人躺在我旁边，已经不能说话，但还没死。我往他嘴里塞了几颗樱桃。

天慢慢亮了。大约六七点，强烈的余震来了。后来听说，大地震后 48 小时内，3 级以上的余震发生了 900 多次，5 级以上的强余震有 16 次。我估计这次肯定就有 5 级以上。断墙残壁再次深度倒塌！陡河东岸是纺织厂的大俱乐部，上世纪 50 年代建的，能容纳上千人，我还在里面看过电影《天仙配》。眼睁睁地，我们看着它一砸到底。轰隆隆，黄土在空中飞扬。沙尘暴是从空中来，眼前的黄土却是从地面四周浓浓升起。全城都在冒黄烟，全城化为一片废墟。

那一刻，大家无法言语。内心悲痛万分：家没了。唐山没了。

八九点时，陡河边，宋家大院的宋大嫂背着手低着头走。我问她："宋大嫂，你家人都出来没有？"

这一问，宋大嫂沉默了一下。她说："唉哟，我家小老还没出来。"

老宋家六个孩子，最小的女儿叫淑芹，小名"小老"。我一听，急了，已经过去四个小时还没出来！我带着我二哥武存有，树祥、志德两个侄子就往他家跑。再次走进宋家大院——小宝贵就死在那儿——我左脚踩到玻璃碎片上了。小脚趾被深深割开一道口子，那个疼啊。当时还硬挺着，第二天就变成瘸拐了。

一进大院我就喊："小老，小老你在哪？"传来孩子沉闷的回应："我在这里。"声音是从西边第二个卧室传来的。他家屋顶已经透天了，缝子很大，露出了大过

梁,过梁上搁着房根,墙倒了,房根还没掉。那三合土大块的上千斤,小块的几十斤,像石头一样坚硬,歪七扭八的,随时都会落下。要在这房梁底下救人,你说有多危险呐。

房间里的废墟有半人多高,我们迅速掀掉大块大块的三合土焦子块,小老露出来了,她在炕上窝着呢。原来她家炕上摆着两个炕柜,房顶砸下来,砸在炕柜上,炕柜和炕中间留下一条宝贵的缝隙。小老命大,正好躺在缝隙里。

从宋大嫂告诉我到我们救出小老,时间没超过十分钟。

地震中救谁不救谁,很难讲。人在危急时刻反应不一样。你看我如果不问宋大嫂,她吓懵了,都想不起来自己女儿还埋在废墟里。

《唐山大地震》这本书出来后,我女儿先买了。她指给我看书中一段话,大意是,震后一两天内,当救灾部队尚未大批到达时,最早钻出废墟的幸存者们展开了紧张的自救。震后还活着的唐山人之中,十之八九是被亲人、同事、邻居从瓦砾中救出来的。常常是,一个自己挣扎出来的人,决定了几十个人的命运。这几十个人又决定了另外数百人的命运。

7月29日下午——飞机来空投了。几天后,整个城市已经臭气熏天

两三天后,解放军来了。早在震后第二天下午,飞机已经来空投下大量的食物、报纸。报纸漫天飞舞,我也捡了一张,这才知道:7月28日凌晨3:42分,河北省唐山、丰南一带发生强烈地震,震级为7.5级,烈度11级。以后又确认,震级是7.8级。

这张报纸我珍藏至今。你看,都泛黄了,1976年7月29日的《人民日报》,头版头条:"河北省唐山、丰南一带发生强烈地震后,伟大领袖毛主席、党中央极为关怀,中共中央向灾区人民发出慰问电。"边上是毛主席语录:"下定决心,不怕牺牲,排除万难,去争取胜利。"

救灾部队来了十几万人。他们给我们分发救援物资,包括饼干、塑料薄膜、油毛毡、胶鞋。我终于穿上了鞋,脚上的伤口也得到了处理。战士们真是好样的,他们来得急,起初几天别说大型机械,铁锹都没几把,就凭一双手,在废墟里扒碎石,掀楼板,抬钢筋。空中飞机起降不断,三叉戟,直升机,运输机,不断往外送伤员。还得全城消毒,喷药水,埋死人——几天后,整个城市已经臭气熏天了。公共厕所没了,大小便就在河边挖个坑。苍蝇到处追着人,走到哪儿都能听到嗡嗡嗡的声音。再加上死人,有的还压在废墟里,有的就在河边路旁刨个坑埋了,那是很容易产生瘟疫的。小宝贵就埋在陡河边,我们用小卖部的一只大饼干箱装了他。解放军后来全城找死人,就地掩埋的再挖出来,用裹尸袋扎好,大卡车一车车拉走,集体掩埋。所以唐山大地震的死难者是没有墓地的。每年7月28日这一天,人们就在街头烧纸钱祭奠亲人。

地震后我一直想着该怎么通知我妻子,她在杭州肯定急得不得了。我和妻子是青梅竹马,小学三年级就同学了,16岁时我爱上了她。那时她家住陡河西岸,我家在陡河东岸,夏天的傍晚,我常常站在东岸望着西岸,老想看到她,就是

那么深的感情。

　　邮电局没了，电话打不通，信也没处寄，怎么办？路上有很多卡车紧张地来来往往，运送救灾物资的。我来到路边，公路上都是长长的裂缝，错落的地缝有三四十厘米宽，路两边的村庄都平了。我找到一辆北京牌照的卡车，正在卸货。司机说，卸完货他马上就要回北京。我赶紧找了张纸，用几分钟时间，匆匆写了几行字，告诉我妻子，我和女儿都平安，还告诉她，她家有两个亲戚不幸遇难了。然后糊了个信封交给司机，请他回北京后帮我寄到杭州。

　　我的预感是对的，此时，我妻子在杭州，已经连续多天不吃不喝了。7月29日早上，她从广播里听到唐山大地震，当时就瘫倒在地，哭得直打滚。我家离开滦煤矿很近，她觉得，那么强的地震，我和女儿肯定都被震到煤矿底下了。她痛不欲生，也无法上班。她是杭玻厂医务室的医生，厂领导和群众都来看她了，还请了一位工人陪着她，怕她出意外。直到震后八九天，她接到了我的亲笔信，才放下心来，第二天就去上班了。

　　我没敢在信里告诉她，我在她娘家附近看到的景象有多惨。

　　妻子姓王，从我家过钢厂桥，穿过铁路，就是她家。地震后我去她家探望，沿路的铁轨全扭成了蛇形，她家门前的空地上，搁着二三十个死人，都用被子卷着。她家人告诉我，她堂哥也在里面。

　　我也没告诉我妻子，我三哥大女儿淑芝死了，死状很惨。淑芝住在邢李庄，我赶过去一看情形，就知道凶多吉少。她家住一楼，二楼都砸到底了。废墟很厚，我们足足掏了两米多深，掏成了一口井。人爬下去，我看到一块水泥预制板严严实实砸在淑芝身上，人都发紫了（哽咽）。

　　当时我很冷静地对三哥说，淑芝确实死了，我们暂时不要动她。因为余震不断，人在废墟下很危险，我们几个，也无法抬动沉重的预制板。三哥同意了。两三天后，在解放军的帮助下才把淑芝挖出来，淑芝嘴里爬出了大蛆。

　　我这一生中最好的三个朋友，在大地震中全部逝去了。一个是我同学陈起才，他家住路南区，从我家到他家只要15分钟。小时候我经常到他家去做功课，晚了就睡在他家里。震后第二天，我精疲力竭，可心里惦记着陈起才，便跑去他家。唐山大地震的震中就在路南区，在地震裂缝穿过的地方，整个路南区就像被一双巨手抹去了似的，不见了。陈起才夫妻俩都死了。

　　李达文，我最好的战友。我俩太有缘了，坐着同一列火车去了朝鲜战场，又一同从东北转战到南方。他复员比我早，回到唐山工作。李达文长得很帅，爱人是小学老师，相貌也很漂亮，一儿一女。他们家住在市中心新华路上。新华路都是新工房，全砸平了。李家四口人，只有女儿幸存。我听说，当时被砸在废墟里的李达文神志还清楚，还对女儿说救救爸爸。可是十几岁的女儿也受了伤，只能眼睁睁地看着父亲死去。

　　我举这些例子是想告诉你，唐山大地震对我的打击是百分百的。震后统计，唐山大地震死亡24万。死亡的密度太大了。

　　什么叫家破人亡？唐山大地震，是真正的家破人亡。

1976年9月3日——我哭着离开唐山，直到16年后，我才有勇气故地重游

地震后，我在唐山又待了一个多月。临走前，我帮二哥在废墟上搭起新家。二哥家房屋倒得不厉害，我们就把院子里的废墟都填到他家废墟上，地平面升起一人多高。解放军送给我们两车的油毛毡，我们在地上铺一层油毛毡，再铺一层塑料薄膜，再铺一层油毛毡。这样房子虽然很矮了，可下雨天也不会漏了，能住人了。

我的亲人，很多唐山人，就这样在自家废墟上重建家园。这样的家，他们一直住到上世纪80年代。

9月3日我离开唐山，4日回到杭州，5日就去水泥厂报到上班了。从此再没回过唐山。连我老母亲去世，我也没有勇气回去。这样一直到16年后的1992年，我退休了，才下定决心，回去了一趟。

刚才我说过，唐山大地震让我失去了三位好朋友。但在当时，我还不知道第三位好友的生死。这趟回去，我特意去打听她的下落——张木华，我曾经的女友。

和妻子谈恋爱时，我们曾经闹别扭，后来赌气分了手。我二嫂又给我介绍了对象，就是张木华。她梳着一对黑辫子，是个脾气温和的姑娘，很喜欢打篮球。她对我很有好感，我们曾经在大俱乐部看电影，看完后我送她回家，快到她家了，她不舍得和我分手，又邀请我在林阴道上坐坐，继续聊天。后来我爱人又愿意和我好了，我是很喜欢我爱人的，于是请二嫂转告张木华。二嫂说，张木华当时痛哭不已。

这次我终于找到了她的哥哥。哥哥难过地告诉我："木华已经不在了。"原来16年前，她和我一样，也是带着女儿回唐山探亲，结果母女俩双双遇难。

16年前我是哭着离开唐山的，16年后我看到的是一个新唐山，可是内心的悲痛却一辈子难以忘怀。

生死攸关

惊魂东帝汶

口述 杨锡文 整理 金 驰

　　我是建德人，叫杨锡文，今年5月底刚刚从动荡的东帝汶回来。很多亲戚和朋友都来向我打听情况，我就产生一个念头，把自己在那边的工作和生活情况说出来，供大家出国时参考。

　　我1972年出生，家里三兄弟，我是老三。

　　大哥以前到柬埔寨去打工3年多，在一个香港人投资的企业里工作。他起先做的是仓储管理，后来做到副厂长，要不是家人坚持要他回来，可能现在还在那里。

　　我学历不高，只有高中毕业。摄影啊、建筑监理啊都学过一些，干过一阵。2002年末，有个新加坡朋友提供一个信息，台湾一家公司要在东帝汶建一个工业园区，需要大量懂技术的人手，待遇不错。当时我已经结婚了，男人嘛，总希望家里的日子过得好一些。我心里有点活了。

　　家人反对，说太远了，放心不下。我就跟他们说："我现在还年轻，出去闯一闯，能赚到钱赚了就回来，万一亏掉了也就损失一张机票钱。"加上我哥有出国的经验，知道出国也不是那么复杂，我决定闯一闯，于是就和圈子里的另外9个人一起办理了护照。

　　2003年1月7日早上，我们10个人从建德出发去宁波国际机场乘坐飞机。我记得特别清楚，那天下起了罕见的鹅毛大雪，白茫茫一片。我们租了一辆中巴赶往宁波，行驶到富阳某个路段，因路面结冰堵车，驾驶员紧急刹车的时候，车打滑，把坐在副驾驶座的我撞到了右边的护栏上，右小腿的剧烈疼痛使睡着的我一下惊醒，车也受损严重不能再开了。所幸的是我右小腿只蹭掉了一小块皮。时间很紧了，我们就近找了两辆小巴，磕磕绊绊好不容易赶到宁波机场，离起飞时间只有15分钟了。

飞到香港要转机,晚上就在香港机场候机楼草草打了个盹。第二天到巴厘岛,第三天才到目的地——东帝汶首都帝力。

走出机场一看,全部都是黑黑的皮肤,心想这里的人肤色怎么这么黑呀,房子怎么这么简陋啊。机场呢,是我所看见过的最小、最差的飞机场。

加班两小时,多发一天工钱。可东帝汶一个当地工人说:"我妈妈告诉我,挣那么多钱没用的,一打仗什么都没有了。"

我先把东帝汶的背景介绍一下,你们可能对那地方比较陌生。东帝汶是个小岛,名叫帝汶岛,分为东帝汶和西帝汶,2002 年以前整个岛属于印度尼西亚,东帝汶于 2002 年独立,被国际社会承认。西帝汶仍然属于印尼领土。

岛上的气温一般是 29 至 35 摄氏度,常年相差 5 至 6 摄氏度,所以我一直分不出春夏秋冬。它的特产是石油,储量很大,如果不搞内战,一心一意搞建设,国民经济发展就很快了,再不济也不会像现在这样依靠国际援助过日子。

因为连年的内战结束不久,百废待兴,建筑业大有商机。你可能会奇怪了,这样一个国家会有多少钱用来搞经济建设? 其实东帝汶成立以后,国际社会给了它非常多的经济援助,政府每年接受援助的钱都用不完。而如果不用掉的话,国际社会是会逐年减少援助的,所以一到年底,政府就开出大量采购清单,无论如何要把钱用完。商机是很明显的,这一点在去之前朋友已经都告诉我了。

到了以后,我们的老板 Alex Hong 就安排我们在一家酒店住下,第二天就开始工作,我负责管理。刚开始,我们修复一些被战火摧毁的房子,一直做了八个月。因为种种原因,到 2003 年 8 月,当初说的台湾工业园区仍未开张。

幸好有个新的机会来了,有一家名为"2001"的酒店要进行改建,需要一个像我这样懂行的人去管理,我就过去了。

我和 2001 酒店的老板比较谈得来,经常在一起分析做哪种生意赚钱更快。

不久我们就发现了一个商机。当地老百姓很穷,但他们又不愿多干活加班挣钱。我自己就碰到过,在一次现浇楼面的施工过程中,因为混凝土浇捣未到位,我要求所有工人加班两小时,多发一天工钱。当地工人就不愿意。这种事情要是放在国内很好解决,钱多又不扎手。但那个当地工人就说:"我妈妈告诉我,挣那么多钱没用的,一打仗什么都没有了。"

当地人一天才赚 3 美金,吃玉米,基本上没什么菜吃。他们生活质量不好,因为挣的不多嘛! 一般穿拖鞋和打赤脚,住的地方我们更难以想象——用棕榈叶子围成墙,屋顶用金属片遮风挡雨,就算好的了。有的人家只用几根粗一点的木棍撑着屋顶,无门无墙,屋顶上再盖上茅草,反正也没什么财产,不怕偷不怕抢。

但他们生活开支却不小,有些男子娶四五个老婆,我手下就有个当地工人娶了 5 个老婆,生了 20 个小孩,虽然平时吃的都是些很便宜的玉米什么的,但家里人口太多了,一天赚 3 美金还是入不敷出。当地人对新鲜事物又很感兴趣,很愿意买东西,不管质量好坏,能用就行。

针对这种现状,我们想到,廉价二手货在当地可能会受欢迎。就做了一个调

生死攸关

查,询问在我们公司干活的当地员工,问他们需要什么。他们说:"我们需要二手电视机、二手床垫、二手床柜、二手橱柜⋯⋯"于是我们就组织货源,第一批货从新加坡发进来到他们手里只花了3个星期的时间,很快。他们就成了我们的第一批客户。

这之后,我和新加坡的几个华人老板一起,几个人合资筹了5万美金,办了一个专门批发零售二手货的公司——五星贸易。当时取名也包含了五星红旗的意思,希望祖国保佑我们生意兴隆。

2004年5月底,我们的二手货生意开始做起来,第一次股东大会推举我为总经理。

当时没什么经验,一边摸索一边干,货是从新加坡采购的,新加坡国民比较富有,淘汰的东西有时候仅仅因为款式过时了,东西还很新,很受东帝汶人的欢迎。在宣传策略上,我们在当地每周两期的《东帝汶报》上连续刊登广告,每月光报纸上的广告费就要700美金。

卖的东西五花八门,什么好卖卖什么,从最贵的厨房设备、二手电脑,到最便宜的女人用的10美分一个的发夹,应有尽有。

很多人偶然到我们店里,忽然发现有二手电视机和二手电脑卖,价格是原来的四分之一到五分之一,很高兴,不但自己买了去,还要带人再过来买。我们就付他们一点业务费,鼓励他们带新客人过来。

生意很红火,当年就收回投资了。只有一次我失算了,我从新加坡专卖店进到一批处理的女装,价格很划算,平均每件才1美金,我们卖7到8美金,没想到根本没人买,导致大批量的积压。前几天那边有朋友打电话告诉我,说这批货在暴乱中被抢光了。

看到我们赚钱,当地二手货店逐渐多起来了,我就出来自己开了一家建筑公司,名为"杨氏建筑私人有限公司"。我又重新做回了建筑业老本行。

建德同乡吴炳新开的商店被暴徒焚烧了。我开车经过市区时后脊梁一阵阵发凉,过于平静,有一种大祸临头的感觉

生活方面,我们初到那边是处处谨慎,需要添置生活用品和外出工作都是来也匆匆,去也匆匆,从不敢乱走。后来发现当地人只要你不去故意触犯他们,他们还是很尊敬华人的。

当地人信基督教,人民比较善良,除了在暴乱当中,之前我没有碰到恶意攻击的。犯罪率也不高,当然喝醉酒闹事的小混混哪儿都有,这不足为奇。

最大的困难还是语言不通,我们出国前没有经过什么语言培训。当地居民讲印尼语和葡萄牙语。东帝汶以前是印尼领土,有一大批印尼商人在当地做生意,讲印尼语是传统,大多数人都会讲;很长一段时间,东帝汶又曾是葡萄牙的殖民地,所以葡萄牙语又是官方语言。

我不可能不跟当地人打交道呀,所以就自学印尼语和葡萄牙语。"崩地呀"(葡萄牙语"你好"),"德里,马嘎西"(印尼语"谢谢"),一个词一个词地学。一开始发音不准,别人听不懂,只好别人说一个单词,赶快拿笔用中文记下发音,就好像"傻瓜英语"一样地学。这个工人教一点,那个工人教一点,在工作中学,没有专门去上过课，当地也没有什么语言学校。

不会语言很吃亏啊，比如那次我们跟菲律宾人谈一个工程，听不懂，等我们找到翻译赶过来，工程已经被别人拿去了。中国人比较吃得起苦，只要过了语言关，到哪儿都不会输给别人。到现在我这两种语言说、读都还可以，书写有些困难。

语言通了是第一步，后来的工作和生活就比较顺当了。

就这样一直到了2006年4月底，军人闹事了。

起因其实很简单，东帝汶政府为节省开支，解雇了500余名政府军士兵，约占总数的四分之一。被解雇的士兵要求多发两个月的薪水作为补偿，政府没有答应。于是叛乱士兵开始游行，在主要路口设置路障。就是这样开始的。

我们也没当回事，该干嘛还干嘛！

是一个朋友打电话告诉我消息的，说建德同乡吴炳新开的商店5月21日被暴徒焚烧了。吴炳新是我们从建德一起来的10个人之一，当时我正开着车，猛吃了一惊，方向盘似乎都握不稳了，马上靠边停车，打电话给吴炳新。电话打通了，他在那头无可奈何地说："烧掉了，都烧掉了，整个店都被烧掉了。"

吴炳新刚来的时候是做泥工，赚到钱后开了一家店，卖义乌小商品，开在一个叫戴比塞（音译）的类似国内农贸市场那样的综合市场里头。生意不错就又开了一家。华人嘛，想得长远一些，不像当地人吃饱穿暖就行。

第二天我去看他，我看到的情形是，整个市场七零八落，一半以上的摊位和店面被烧掉砸掉了，东西所剩无几，随身财产基本是等于零了。事后听吴炳新说，中国大使馆的官员在店被烧后专门去慰问过他，还送去了慰问金和生活用品。

这样一来我们就很紧张了，到了5月25日下午，我有个印尼朋友打电话给我，说："叛军今天要过来了，你赶快到我这里躲一躲。"他是住在总统府边上的，相对安全。

朋友打电话来时，我刚忙完工作在回家的路上，就马上开车回家带了几件随身衣物去他家了。

我和朋友分析局势，商量我该怎么办，坚持下去还是暂时离开。

当地中国人有大约五六百人的样子，都是勤俭创业的人。来了三年多，我的动产和不动产加在一起也有5万多美金，加上手头上还有三个小工程，走了大概连工程款也别想收了。但事出突然，连几家银行也都关门不营业了，能带走的现金只有身上的一点点。最后还是决定走，因为我听到和看到外面郊区的一些地方开始有暴徒烧房子、枪战，事态正在扩大，所以想先到哪儿避一避。

当晚9点，我们工地上一个福建人没车子回不了宿舍，我还开车送他回去，当我开车经过市区时后脊梁一阵阵发凉，大街上表面看上去很平静，是过于平静了，好像就我一辆车在行驶，我有一种大祸临头的感觉。

我的房子是250块美金一个月租来的，宿舍兼着办公室，有电脑、空调、冰柜、洗衣机，还有建筑机械，但已经不属于我了

26日一大早，我们就去中国大使馆。到了大使馆一看，当时进进出出的人那叫多啊，一天下来总有个几百人去问的，大使馆的电话此起彼伏，不是手机响

生死攸关

就是座机响。好不容易找到个工作人员问问,他说:"要离开的话,联系方式留下来。"当时考虑到最邻近的地方是澳大利亚的达尔文,中国大使馆联系了澳大利亚大使馆,准备安排我们先撤离到达尔文。

当时网络非常繁忙,手机打不出去,我和建德同乡吴炳新、朱根富联系不上,没法商量,只能断断续续发短消息联系。

那几天中国大使馆一直在和国内联系。我在朋友家待到27日中午,接到大使馆通知,要求把我和我周边的人要求回国的名单以短消息的形式发过去,准备回国。当时东帝汶国际航班已经停飞,这样要想离开此地就只能包机了。我想到了我多年打拼的财产,但现在保住性命是最重要的,我索性不去想它,坐在床边狂发短消息,一共发了几十条,因网络不好,也不知道到底收到了几条。

我这人,胆子算大的,又开车去通知我的福建朋友。兵荒马乱的,开车到海边时,眼前的景象让我深深震撼,几艘澳大利亚军舰已经停在海平面上,正在向港口靠近,维和部队已经上岸了,他们穿着迷彩服,雄赳赳气昂昂的样子,队伍中间还有一些女兵。这让我心里有一丝安慰。

从福建人家里出来,我就想,这次骚乱也不知要持续多长时间,如果我们都走了,家里的物品没人照应,回来可能什么都不剩了,不如趁现在还有时间,把一些贵重的物品寄放到我朋友家中。

随即我带了两辆货车、两个工人回原来的住所。可到了才发现,围墙铁门锁已经被人更换了,连自己家也进不去了。拍打铁门好久,才出来一位当地土人把门打开。我走进一瞧,家里已经被一个印尼人占领了。我的房子是二室二厅一个厨房一个卫生间,250块美金一个月租来的,房东是澳籍华人。

我很天真啊,心想你住就你住,我的东西让我拿走好了。我的宿舍兼着办公室,有电脑、空调、冰柜、洗衣机等。

可他们连门都不让我进,印尼人和土人都有马刀,他们一看我们来交涉就拿刀砍过来。这是我内心深处第一次真正地感到害怕,土人一手抓着我的胳臂,一手用刀横着我的脖子,印尼人眼睛像狼似地盯着我,轻蔑地吐出几个单词:"加浪、加浪。"(印尼语"离开")我当时都吓傻了,只是下意识地点头,不断地说"拜拜拜"(印尼语"好的"),看到我们这样,他们两人交头接耳,嘀嘀咕咕了好一阵子才放我们走。

幸好我随身带着一个笔记本电脑,有备份,否则电脑一丢失,客户资料都没了,这可是顶顶要紧的东西。还有搅拌机、振动机之类的建筑机械,但已经不属于我了。东帝汶已经处于无政府状态,谁占有了就是谁的了。

这番遭遇之后,我脑子反而清醒了,不再有任何犹豫,当即掉头开车回大使馆。当时是5月27日下午2点钟,由我短信联系上的12个人也到了。后来大使馆又增加了5个人,组成一组17个人,由我任组长。

终于看到带有中文标志的飞机了,当我踩上飞机舷梯的那一瞬间,心里终于踏实了,我可以回家了,这不是在梦里

中国大使馆由主楼、会客室、两个车库、健身房、厨房、餐厅、门卫室8栋主要建筑组成。我进去的时候，里面密密麻麻都是人，院子里就站了七八十个。到了晚上9点钟左右，陆续来大使馆要求受保护回国的人数达到了200多。夜深了，就在车库里、院子里席地而坐休息，有的人用上了自己带来的帐篷，老人、妇女和儿童由大使馆安排在有空调的会议室里休息。

不管怎样，大家的心基本安定下来了，回到大使馆了嘛，大使馆就是中国领土，我们安全了。

大使馆的周边都有人拿着刀在游行，所有人寸步不离。一直等到28日晚饭以后，一位大使先生（请原谅我不知道他的名字）召集我们说："告诉同志们一个好消息，国内已经来消息了，飞机要直接把我们接回家，时间就在明天早上。"大家欢欣鼓舞，悬了多日的心终于放下了。

29日早上7点钟，我们就开始按组排队，等待坐车去飞机场。大使馆早就备好了一辆中巴和几辆小巴、吉普车。将近10点钟，澳大利亚军车和维和士兵就来到大使馆门口，车子缓缓驶出大使馆，我看见路边住满了当地的难民。

在机场一直等到下午，不时有人焦急地看表，抬头仰望天空。在两点钟的时候飞机终于到了，到的时候大家反而说不出话来了，我想也许是经过了这样凶险的暴乱，人心反而变得超冷静了。

那一刻，我终于看到带有中文标志的飞机，好亲切好温暖啊。飞机一共两架，均为波音737客机，每架核定座位124个。临上飞机前，中国驻东帝汶大使和我们这些分组长一一握手告别，大使和我握手时语重心长地嘱咐我要照顾好组员，把大家安全带回国内。我听了心里那个激动就别提了，只是一个劲儿地点头。

已经好几天了，我和国内的家人一直联系不上。当我踩上飞机舷梯的那一瞬间，心里终于踏实了，我可以回家了，这不是在梦里。

包机路线是东帝汶—马尼拉—厦门—萧山。到每一站都有大使、侨办官员过来慰问我们。全部费用都免掉，没有让我们付上一分钱。对这个事，我们私下也交流过，比较一致的看法是中国确实是强大了啊，这在过去是不可想象的。再往后的事，媒体都有报道了，我们安全回家了。

我回来的晚上，老婆喜极而泣，连说："回来就好，回来就好。"第二天我回了父母家建德市大同镇，老妈抱着我直哭，因为联系不上心里着急，那几天父母整夜整夜睡不着，两个人不停地打电话给我新安江的大哥询问情况。我在家陪了父母一个礼拜左右。

后悔吗？直到现在，我都不后悔去东帝汶，我觉得战争的发生是无法预计的，任何国家都可能会发生这样或那样的意外，这并不是我决定上的失误，况且这对我来说也是一段宝贵的经历。

你看我现在说出来好像蛮平静的样子，其实很多内心挣扎、内心感受只有当时才能体会。等东帝汶局势平静下来以后，我想起码还要再去一次，我投资的二手货商店，合约签了10年，现在还有8年呢。

生死攸关

我为死囚写遗书

口述 欢镜听 整理 曹晓波

1996 年 10 月 16 日，我被判了两年，但没被送到劳改农场。

为啥？因为我在看守所协助管理在押犯，表现不错，留下来了。类似我这种刑期短、素质还好的犯人，都有机会担当这种工作。早上七点到晚上七点，在看守所监区内可以随便走。

这就给了我为死刑犯写遗书的机会。

我摊开稿纸，手却在抖，钢笔一划，稿纸就戳破了。换了一张，还是戳破。这死囚说："大哥，明天上路的是我，又不是你！你紧张啥呀？"

看守所里什么犯人都有，一审判了死刑，等待高院复核的也有。复核没下来之前，24 小时得有人陪。最长的，一陪就是小半年。谁"陪"？就是像我这种犯人，里面叫"陪号"。

我当"陪号"时，总对死囚说："需要什么，尽管说。"为啥？常有人来看我啊，我的账户上不缺钱。死囚呢？在没核准之前亲人不能来探望，想抽烟了，想吃猪耳朵了，只要跟我说，我就掏钱。前面的死囚上路了，后来的看在眼里，挺听我的，所以我管起来就顺。为这，还减了我半年刑。

死囚临行刑前，也有亲人来的，但更多的是死后才通知。这种人多少有点遗物，我负责整理。按规矩，家属几天不来拿，可以处理掉。但我不这样，哪怕一件旧衣裳，我都要保存一段时间。有亲属远道而来，拿到手时千恩万谢。后面的死囚看在眼里,挺信任我的。

死囚的罪名五花八门,都是各地送来的。除了需要走形式,比如公审,一般的,都是宣读后两个小时就上路了。在这之前十几个小时,要是通知你有什么话要留给家人,死囚多少也明白了。记得是 1996 年 11 月底吧,狱警叫我"温亚明",这是我原来的名字。我说"到"。他说某某某指名要你给他家人写几句话,我就知道这人要走了。

以前,我一直以为遗书是死囚本人写的,其实,这时候能镇静下来拿笔的有几个? 真是自己留下的上千字的遗书,也是有心早就写好的。临到走时,你想写,还不一定放心将笔交给你。怕什么? 就怕你一时失控,出意外。平时连信都写不了的人,这时候,能将心里的意思说全,就很不错了。

那天,我去了,在死牢门口站了一会儿,没有马上跨进去。我是第一次做这件事,胆怯啊。

那死牢是木地板,褥子铺在地板上,死囚坐在褥子上。重庆的冬天,晚上的雾气很重,从铁窗里飘进来,一缕一缕的。我头皮一阵一阵麻,身子一阵一阵凉,手心却在出汗。褥子上是叠得方方正正的蓝布棉被,我在棉被的另一边坐下来。这死囚 20 岁出头,他说是写给他母亲的。我在棉被上摊开了稿纸,手却在抖,钢笔一划,稿纸就戳破了。换了一张,还是戳破。这死囚说:"大哥,明天上路的是我,又不是你! 你紧张啥呀?"

我说我去买包烟。我到监区小卖部买了包两块钱的"山城"烟,回来后递了一支给他。没想到这死囚跳了起来,要给我磕头,边上的"陪号"一下子按倒了他。后来我才知道,死囚中流传说,临走前,有人要是无意中收到别人的烟,他就会很快投胎转世的。烟的档次越高,投胎的人家越好。两块钱的"山城",在我们那儿很不错了。

接下来,他一支接一支地抽烟,想将时间留住的样子,一种对生命的强烈依恋啊。他说他还没有娶媳妇,连一场正儿八经的恋爱都没有谈过。他说像他这样的人到了阴曹地府,按老家的说法,是要被阎王老子打八百杀威棒的。

在《死囚档案》这本书中,我将这封遗书放在了首篇:"妈妈,儿子对不起你……亲爱的妈妈,我一直都是一个很听话的孩子,然而,就是您这个老实、本分的儿子,却做出了伤天害理的事情。再有 10 多个小时,妈妈,亲爱的妈妈,我的生命就将终结了,我可以想象您痛苦的情形。但是,妈妈,我希望您尽快忘掉悲哀,尽快忘掉您这个无知的儿子。因为无知,我闯了大祸;因为无知,我失去了阳光明媚的世界。我希望来世能够重新做您的儿子。妈妈,亲爱的妈妈,永别了。不孝儿:艾强绝笔。"

是的,文字是我组织的;为了表示对死者的尊重,我给他取了一个化名叫"艾强"。听说他原本是一个不错的孩子,1996 年 7 月的一个晚上,他外出闲逛,被"夜莺"(小姐)缠上了。他身上只有 5 块钱,拿不出手,"夜莺"辱骂他。也就是在那个晚上,他在路上突然产生了抢劫的念头,并害死了人。

临走前,他说想吃酸菜鱼。我找了监区食堂,花了几块钱,托厨师做了。是的,是我掏的钱。外界总以为死囚临走这一餐是免费的,至少在我们这里还不是。艾强吃完了酸菜鱼,不久,被押上了囚车。

这死囚临走都恨他前妻:某某(前妻的名字),是你害死了我,记住,老子变成了鬼都要缠你,还要缠你全家人。你的鬼丈夫:某某

现在我是市政协委员,在会上,我反复强调对青少年的法制教育。我说学法规、读案例,真的不如让他们亲临其境去听听死囚临行前的遗言。只要一次,只要两小时,足够了。

我为130多个死囚写过遗书。可以说,他们中当初有杀人预谋的、有严密策划的,极少极少。大多是一时的冲动,一种连自己都无法想象的失控。为什么?就是缺少能触及他们灵魂的好教育。真的,临死之前,不少的年轻人,死不瞑目啊。为什么?因为连他们自己都想不通,自己为啥子会这样的。

有一个(四川)永川的死囚,是公交车上的"叮咚"(扒手)。他们那个帮的头儿规定他跑一条郊区公交线。有一天,他偷了一个女孩子的包,鼓鼓囊囊的。他拉开包一看,一张五角钱的纸钞,一封破了信封的信,还有一条他从来没有见过的布带。

他打开信封,才知道这女孩是个大学生,信是父母托人写的,说下个月,等龙仔猪儿(猪崽)卖了,才能给你寄50块生活费。这个"叮咚"几次和我说:这女大学生比他还穷。但他不明白,一个女大学生藏了一卷布做什么?他突然想到这布带里会不会藏了银行存折?他用小刀将布带拆开,还是什么都没有。

他去了一家经常光顾的火锅店,问老板娘。老板娘骂他有毛病,说你偷女孩子的月经带干什么?原来,这是偏僻山村的女人用的月经带。以前里面装柴灰,现在夹的是草纸。城里人早就不用这个了,穷得没有办法的人才会用。小偷后来问火锅店的女服务生:"一包卫生巾要多少钱?"女服务生说:"高档的还是低档的?低档的才一块多钱。"他又问:"一个女人一个月要用多少包?"女服务生告诉他:"一个月一到两包。"

这"叮咚"按照信封上的校名、班级,给女大学生寄去50块钱。钱是用平信寄的,他在钞票上写了字:希望你好好学习,天天向上,你妈、你老汉(爸)太苦了。第二天,这小偷在那条公交线上又偷了100块钱,正好看见这女学生。他走上前去,将100块钱塞进了女学生的口袋。这一塞,就被公交车上的乘客逮住啦,暴打了一顿。那一年他19岁。

从那以后,他就不能在这条线上行窃了。别的线上不收他,头儿安排他吃了"血饭"(入室盗窃)。在一次盗窃中,他捅了人,最终被判了死刑。

他的生命只剩下最后几个小时,他还记得那个女的,他说:"想不到还有这么穷的女大学生,不知道她现在生活得怎么样,是不是还像过去那样穷?"

我给这个死囚的取的化名叫"黄一"。

是啊,人都有善良的一面,我就想将这一面揭示给大家看。即使是本性残忍的死囚,到了临走时,也有他内心深藏的软弱要露出来的。有一个湖北云梦的死囚,原本在重庆做理发师做得很好,熬了好几年的苦啊,他才圆了这么一个做城里人的梦。他和一位重庆妹子结了婚,有了小孩。但他的骨子里却一直是自卑的,怀疑城里人看不起他,怀疑老婆看不起他,怀疑老婆和别人有关系。他老婆忍受不了,一怒之下提出离婚。法院批准了,这理发师又觉得法院是当地人,偏袒女方。

有一天晚上,他约了女的到了重庆某学院操场上见面,想重归于好。女的不同意。他说:"我得不到,也绝不让他人得到。"他将一瓶硫酸泼在了女方的脸上。哦,电视台采访我时,我说女方的烧伤面积是80%,网上也有说85%的。我后来查判决书了,是35%,主要是面部,还有颈部严重活动障碍,法医鉴定为重伤。

这死囚临走都恨他前妻。他要我写遗书,他说:"某某(前妻的名字),是你害死了我,记住,老子变成了鬼都要缠你,还要缠你全家人。你的鬼丈夫:某某。"

他是咬牙切齿,一字一顿。我连问了他几遍,我说:"你说什么?能不能再说一遍?"我明白无误地听懂了他的话,还是下不了笔。我反复劝他:"你的话对人伤害太大了,能不能说点别的?"我说,"就算你老婆真有了外遇,你要么离婚,要么容忍。你泼了她硫酸,也算两清了,何必再留下这话?"他说:"你就这么写,一个字也不要给我改!"

他说这话时,眼睛都是红的,这其实就是他的自卑、他的软弱。我没再说什么,已经没有太多时间了,只能机械地记。尽管我很生气,记完后还是读给他听,问他:"有没有需要再补充的?"我还是希望他再说一点别的。他说没了,挺干脆。我给这人取的化名是"任飞",给他前妻取的化名是"木子"。

后来,木子的姐姐来拿遗书,一边哭一边骂:"你把我的妹妹害得那样惨,还要咒她,还要咒我们全家……"

这时候我突然说:"这是任飞前一天晚上写的,第二天早上他就后悔了,他说对不起你妹子,他是这么说的,说对不起的……"

听了我的话,木子的姐姐哭得更凶了,她说:"他说这些话还有啥子用嘛。"语气已经缓和了不少。这是在那一年半中,我说的唯一违反死囚本意的话,我不能改变"任飞"的遗言,但我想让活着的人少一点痛苦。

他总说一件事,要我记下来——有人说他是"扯谎棒"。四川话"扯谎棒"就是不诚实。一个死囚,到了这时候,还是那么在乎名声

从"职业道德"来讲,我只能忠实地记录死囚的遗言,这是他们最后的心声。你们记者也有"跑"政法线的,去一次,能见一个死囚,很不错了。但你不能保证听到的都是真话。我和死囚们生活在一起,有些事,也不是写遗书时他才说的。有谁能那么镇静,有条不紊地回忆?再说,写遗书时说这些,也不符合里面的规矩。有读者怀疑《死囚档案》的真实性,我说,人物的姓名,是化名;人物的籍贯,一直到县,都是真的。否则,会伤害家庭。至于一些细节,都是我做"陪号"时,他们陆陆续续和我说的,真实。

有一个死囚,一审下来,认了。杀人偿命,天经地义。但他总和我说一件事,要给他记下来。啥事?有人说他是"扯谎棒"。四川话"扯谎棒"就是不诚实。一

生死攸关

个死囚，到了这时候，还是那么在乎名声。这就是人，一个真实的普通人。

他是四川西充（县）农村的，在成都火车站边的一个餐馆打工。餐馆老板娘的母亲在病床上说，她死后不想火化。这打工的说我老家就不用火葬啊，只要向乡政府交一笔钱，就给一块墓地。他还说，我们那边的供销社还卖棺材呢。就这后一句话，让老板娘起疑心了。说他是"扯谎棒"，是想让她娘到他那个偏僻的山村去，好敲诈勒索。这打工的越辩越糊涂，越懊丧。结果老板娘越不信他了，找了个茬要他走人。他后来走投无路，被人骗去贩毒，走了不归路。

另一个死囚，叫刘原。我一说起他，就想到我自己，就感到人生处处充满变数，就觉得做人其实就是对变数的把握。

那是重庆碧山镇的一个乡间小偷，10年前第一次进拘留所，有一个女孩子给他寄来求爱信，说等着他。刘原感动啊，当时就跪在管教面前，说从此以后一定洗心革面。那女孩子也不为别的，就是因为她和刘原是同年同月同日生的。按照民间的说法，是命中注定的夫妻。刘出狱以后，确实重新做人了。但女孩子的父母放出话来：坚决不同意这门亲事。没办法啊，女孩子就出走了，随刘原去了深圳。

我看过女孩子的照片，一个很清纯的山里妹子，一脸纯真，就像天蓝得没有一丝云彩。刘原那人呢？整个是大反差，一脸流气。他俩阴错阳差地被深圳的一个广告公司看中了，看中他俩这么一种反差。他俩拍了许多服装广告，有了一笔钱。

他俩有了钱就想到要提高文化，去上学读书。在深圳，为民工开办的学校有不少，宽进，只要你肯读，总能拿到文凭。文化提高了，有一天，女孩子失踪了。刘原一直到死，都说不清他女朋友是怎么失踪的。当时他万念俱灰，回到重庆来找。当年的师兄、师弟团聚了，他又走回了老路，干起了偷窃。有一天，他正在入室行窃，主人突然回来，搏斗中他将主人杀死了。

一个人，在变数的前面，仅仅是一念之差啊，整个就天壤之别了。

灵机一动，我挖到了来海南后的"第一桶金"；又是一念之差，我搞了几张假发票，签上名字，交给了会计。我栽了

我也是苦出身，1987年，奋斗无门的我去了海南。到了海口才知道，像我这种没有学历没有文凭来闯荡的人，多了去了。全都求职无门。第四天，我身上的钱就所剩无几，一急之下，我走进了《天涯》杂志社。

我以前在老家的时候发表过几篇文章，我并不是想在《天涯》圆我的文学梦。我只是希望能被杂志社留下来，倒倒水，打打杂。我一进去，才知道不可能。那一屋子啊，全是各地来求职的人。《天涯》的女主编姓冯，是个很和蔼的中年妇女，她给了我一本《海南》小册子，这是一本很早出版的地方介绍。冯主编让我回去好好看看，再考虑在海南的发展。

我回到旅店，仔细地读了这一本标价几角钱的册子。我突然发现，许多来海南打工的人根本不清楚海南的状况，什么是海南的主要经济，自己的主攻方向是什么。这本册子,可以说极有指导性,应该深受"闯海"者欢迎的。我去了出版这册子的出版社,问他们这册子有没有库存了。他们说没了,都在新华书店。我又跑到新华书店,册子居然积压了很多。

我租了一辆三轮车,把海口大大小小的书店的《海南》册子收来,再到秀英港码头去卖。几角钱进来,5块钱一本出去。我对那些刚下船的创业者说,你们花了上百块钱的路费来到海南,人生地不熟,还在乎5块钱买一本"行动指南"吗?这也算是我灵机一动啊,让我挖到了来海南后的"第一桶金"。后来我跑遍了整个海南,有了一点积蓄。

再后来,我跑北京,干什么?捣鼓邮票,那几年邮票比股票涨得疯。北京的月坛是全国最大的邮票集散地,有几个老板相当牛,一夜暴富,底气十足。我也准备冒一把险,做当时还很冷门的苏联小型张。十天半个月,我飞乌鲁木齐飞和田,飞喀什飞伊犁,再出边境口岸进塔吉克斯坦,要么就是飞哈尔滨飞黑河,进俄罗斯的布拉戈维申斯克。到后来,我还从老家招了7个人,成立了自己的公司。

走南闯北中,我看中了一个项目,又有了这一段生意上的经历,就想搞一点儿正儿八经的实业。1991年,我回到重庆,利用我原来工作过的一个公司,将那个项目引进来了。我担任总经理,兼任下面两个工厂的厂长,也有一千多员工吧,一做我就做了四年。苦也吃了,钱也有了,荣誉也有了。

第五年,我重点清欠,就是清这个公司历史上被人拖欠和诈骗的货款。什么人都得打交道啊,有官场的,有商场的,哪一个都得应酬,都得花钱。这花的钱有的能进财务账,有的进不了。进不了的票据多达4万。我那个会计也不内行,后来听人说,做一点"技术处理",都能做进账的。我去问管财务的副董事长,副董事长说搞几张假发票,不就完了吗?

又是一念之差啊,我搞了几张假发票,签上名字,交给了会计。我前脚领了钱,副董事长后脚就举报了。我栽了,还好,按《公司法》,检察院建议公司进行内部处理。我是憋了一肚子气,我为谁啊?说实话,这四年里,我一直怀念做邮票生意的那些日子,自由自在,想飞哪里就去哪里,没有约束。这么一想,在取保候审的期间,我就离开了江津,去广州闯荡了。

1996年的9月27日,我很清楚地记得这一个日子,我打电话到江津市人民检察院,询问他们对我的处理意见。我没想到取保候审期间外出,属于逃避法律监督。1996年10月15日,我飞回江津自首,法院以侵占公物罪,判了我两年。

我出狱后,有一段时间没事做,我就整理出22个死囚的经历,在《成都日报》副刊上连载发表了。有一天,江苏出版社一个编辑来成都,看到这报纸,找了我,说要出书。因为当时要赶一个全国性的图书会议,书出得很快,书名《死囚档案》。书出版后,为了纪念,我将自己原来的名字"温亚明"正式改成笔名"欢镜听"。

说实话,最初写这些稿子时,我并没有什么功利的想法。我是人,死囚也是人,作为人,每一个生命都值得我们敬畏。一个人,也许一辈子都做不了大事。但往往是一件小事,你去做了,就很有可能成了决定你命运的一件大事。

岁月磨砺

再硬的心

也有柔软的一角

虽曾经沧海

仍然能被打动

这是一个简单的标准

用以测试冷暖

度量人心

小人物史记 II

长歌当哭

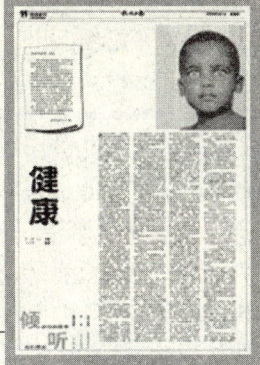

儿子留下的遗书

口述　仲敏（化名）　整理　王定珠

在现今这个世界上，人是浮躁的，因为外面的世界很精彩，有太多的诱惑和让人向往的东西，有人说：钱是万能的，在这个世界里，如果你没有钱，你就会很痛苦，你就会觉得活着太让人不踏实。有人说：不管是有钱还是有权，只要拥有两者中的一个，人生就会充满乐趣和新奇。可是，经受过生死折磨的人会深切地体会到，人生如果没有健康，一切都是毫无意义的。

我曾有一个人见人爱的孩子，他叫鸿，十年前，鸿还是下城区一所小学的真正意义上的好学生，他每年都是学校的"三好生"，还多次被评为区"三好生"，他的学习成绩从来都是顶呱呱的，因为学习对他来说是一件非常快乐的事。每次考试的高分，让我们对他的未来充满了非常美好的憧憬。孩子一天天长大，无论是他的老师还是和他一起学习的同学，都认为他是一个可以信赖和欣赏的孩子，我们的生活因为有了这个孩子而充满了快乐。孩子读小学的五年中，似乎没有什么需要我们操心的，他的上进心极强，自律能力也是极强的，他心中有美好的理想和愿望，在他的行为中，你无法找到失落和遗憾，这是一个让我们感受快乐的孩子。

正因为这样，当鸿在短时间里出现了学习注意力减退、成绩下降的现象，我们不知如何应对，都说小学五年级是孩子的转型期，老师也这么和我们说，我们很害怕孩子会因为交友不慎而影响学习，但从种种迹象看，似乎又不像。就在一次放学回家做作业时，我们发现他一边做着作业，一边打瞌睡，这是以往从来没有发生过的事，于是严格的父亲打了他。他哭着对父亲说："我以后再也不这样了,我一定努力学习。"鸿显得比以往更努力、更刻苦,但是,他的脸上没有了快乐的笑容,他的沉默让我们有些担忧。

我们都没有什么新的发现,也没有对他的变化加以重视,这样的日子过了很久,鸿有一天偷偷地打电话给他的姨,也就是我的妹妹,对姨说:"姨,我头痛,我常常没有能力控制自己集中注意力,我觉得学习好累,过去从来没有这样过。"姨问他:"为什么不告诉爸爸妈妈?"他说:"怕爸爸妈妈担心,更主要是怕爸爸会认为我学习偷懒故意这样说。"我的妹妹在一所医院的脑电图室工作,她让鸿到医院做了脑电图检查,检查结果出来时我妹妹着急了,打电话说:"鸿可能患有脑肿瘤,要进一步检查,结果怎样我再和你联络。"那天,我工作的病房正有两个病人在抢救,听到妹妹的话,我一下子愣了,我不知道究竟发生了什么事,病房里很忙也很累,病人等着我去抢救,我没法使自己的心静下来想儿子的事,我总想,没那么巧吧?

当一天的劳累结束,我拖着疲惫的身体走进家门,发现丈夫的脸色阴沉,姐妹们都坐着等我回家,鸿没有像往常一样在书桌前聚精会神地做作业,我的脑子轰地一响就乱了,一定发生什么事了,结果可能是严重的。

妹妹开口了,她说:"今天鸿在学校摔倒了,老师来电话,是鸿让老师打的,鸿说他的眼睛看什么东西都是模糊的,有两个影子,他已经摔倒过几次了,心里很害怕,到了我们医院,脑外科医生对他做了全面检查,认为有患脑肿瘤的可能,又做了脑CT,发现在脑子里有一个阴影,基本符合脑肿瘤的条件,现在的问题是立即手术治疗还是怎样,你是肿瘤科的护士长,你拿主意。"妹妹说完话,眼有些红红的,鸿一直是她最喜爱的外甥,因为他的懂事与乖巧,因为他的善解人意。

我知道我今天的决定关系到我最爱的孩子的性命,我瞬时紧张得失去了往日的果断与干练。我陷入了沉思,家里安静极了,大家都在等着我的决定,丈夫一支接着一支地抽着烟,突然他说:"敏,要尽最大的努力医好我们的孩子,鸿会这样与我们对他的忽略有关,我们太关注他的学习、他的行为规范、他的符合优秀孩子必须做到的种种事情,但我们没有重视他的身体状况,前几天我们还打了他,使得他身体不适都不敢与我们讲,要告诉他的姨,是我们错怪他了,我们爱他,但却因为我们的失责,因为我们的严厉,使得他与我们拉开了距离,这是我们的错呀。"

我理解丈夫此时的心情,我又何尝不是这种心情,鸿是我们的唯一,是我们的至爱。我又怎能轻易地对他下决定呢?我此时才真正感受到要拿一个主意是那么难,所幸我在医院工作,又是长期在肿瘤科工作,肿瘤专家认识不少,于是,我拿起电话,开始与他们联系,我一遍一遍地向他们讲述我孩子的病情,我希望他们为我提供最好的治疗方案。电话足足打了六个小时,对于我们一向节俭的家来说是从来没有过的事。但是,在孩子的生命与金钱的选择取舍上,金钱显得那样地无足轻重。

最后的方案定下了,先手术后放疗。

作为母亲,对于治疗带给孩子的痛苦,我心里是非常清楚的,但作为从事临床工作二十多年的医务人员,我更明白如果不采取治疗措施,后果不堪设想。

手术后，孩子的病情稳定了，他吵着要去上学，看到孩子对知识的渴望，我不知道应该高兴还是担忧，我们都担心孩子的身体会吃不消，可是孩子坚持，加上我们也相信孩子的病一定会好，如果没有好的成绩以后就没有进名牌大学的可能，就不可能有好的工作，于是，我们同意了孩子的要求。

孩子又去上学了，又是一如既往的好孩子样子，每天一早上学，放学回家后认真完成家庭作业，我们的生活似乎又回复到以往的平和安宁中去了。又到了期末考试，孩子突然说头痛，我们都以为是孩子太在意考试、太紧张的缘故，可是，孩子又说眼睛看东西又出现了双重影子，职业的敏感使我想到孩子可能肿瘤复发了，尽管这个结果是我们不愿意想的，但却又是我无法回避的。

再到医院，再重新进行全面检查，我的心忐忑不安，我们焦急地等待每一个结果出来，仿佛在等待着死亡抑或生命的宣判，我们感觉到度日如年的痛苦与不安，我们的心随着时间的流动而焦虑不堪，我们默默地祈祷老天爷给我们一个平安的信息，尽管过去我们都不相信神也不相信佛，更多意义上我们都是无神论者，但是，在这个时候因为无助、因为无奈，我们把希望都寄托在虚无缥缈的祈祷上了，上帝呵，给我们力量吧！在这时我才体会到为什么病房中有些患者会从一个无神论者转化成有神论者，因为他们害怕死亡，因为我们的科学还没有能力完全地战胜或者说征服癌症。

其实，我基本上知道结果了，从孩子的症状来看，绝对不会好到哪里去，但是，作为母亲，我更多地希望我自己的判断是一种神经过敏。我们抱着侥幸的心理等待着，等待是那样地难熬，一分钟的漫长是我无法想象的。最后的结果出来了，孩子是脑肿瘤复发，即使是继续治疗，预后也不会好到哪里去，那一刻，我仿佛被打入了万劫不复的地狱，我的眼前一片黑暗，鸿对我说："妈妈，如果我真的死了，你一定不要难过，你要再生一个小弟弟，他一定会比我更听话。"孩子的话，让我泪流满面，我对儿子说："你要振作，只要你充满信心，就一定会活下来的，妈妈不能没有你。"

那一晚，我失眠了，孩子是娘的心头肉，他才十一岁，这一切是多么残酷啊！

鸿再次住进了我工作的医院，他必须进行放疗和化疗，我工作的病房在他住的病房的上层，因为癌症的高发，因为我们的病房又是医院中最忙的一个病房，因为人手少，我没好意思向领导请假去陪陪我的儿子。每次，当我从空闲中抽出时间去看儿子时，他总会说："妈妈，你安心做事，我没事。"可是，我知道化疗是一件让人非常难以忍受的事，因为化疗，儿子脸上的光泽已经不见了，他的脸色变得暗黑，他不再唱歌，甚至很少与周围的病友聊天，他常常坐在窗口等着我到他的病房去，我不知道儿子的话是责怪还是原谅，他每次对我的来到都表现出一副无所谓的样子。

儿子不想让我操心，我相信我的儿子是懂事的，我甚至非常感激他的懂事。但是，因为他的懂事让我忽略了对他的重视，造成了这以后许多个日子对他的心存歉疚。但是，在儿子生命的最后几天里，我却没有注意到这是我儿子最后的日子了，我依然忙于我的工作，忙于在病房中照顾病人，他的父亲也忙于他的事业，我们只看到儿子平和的表情，相信了他每次对我说的"没事"。这天，病房里一个食道癌病人大出血需急诊手术,我正为手术前的准备而焦急。就在这时,儿子让人打电话来说"想要妈妈陪陪"。我让打电话的人告诉儿子,妈妈病房有需要抢救的病人,待会儿,我就去,等到我空下来,想起了儿子的电话,我急忙下去,儿子已经在昏睡中,护士说:"你儿子一直叫着妈妈,一直。"我心酸,我的泪水像断了线一样控制不住地涌出来,我坐在儿子的病床旁,等待着奇迹出现。

时间一分一秒地过去了,整整两个小时过后,儿子才醒了过来。他看上去很平静,看到我坐在他身边,他试图想笑一笑,可是样子很让人难过。儿子伸出手来,想拉拉我的手。他的声音很弱,他的眼神也很弱,我知道生命的烛火已经开始黯淡下去了。但是,我还是用安慰的语气对儿子说:"坚强些,你一定能挺过去!"我的谎言编织得一点都不美,儿子没有笑。这一回,他的眼神有点严肃,超过他年龄的严肃,他说:"妈妈,答应我一件事,如果我死了,你一定要生个弟弟。一定,妈妈,我快要死了,我没有办法报答你和爸爸对我的抚养和培育了,我让你伤心了,可这不是我故意的,我一直想做一个好孩子,我已经尽力了⋯⋯"儿子的话时轻时重,医生出来告诉我说:"鸿是回光返照,做好最后的准备吧。"

儿子昏迷了一天一夜,我知道他还有许多美好的愿望没有实现,他的梦想还没有编织完,他曾经在日记中说过的话勾勒出了一幅幅美丽的图画,曾经让我们充满憧憬和幸福,这一切都将随之离去了,这一天一夜,我的眼泪没有停止过,我不断地对儿子忏悔,希望儿子能够原谅我这个不称职的妈妈,希望他能原谅因为我们的忽略而曾对他的责罚⋯⋯

儿子没有回应,他没有像以往一样对我们表示他的宽容,他没有再对我们展示他的美丽而纯洁的笑容,他静静地躺着,仿佛这个世界再也没有需要他关心的事了。

儿子死了,我的心也如同死了一般,我们一直在这样悲哀的气氛中生活,一天又一天,直到有一天,我们整理孩子的遗物,看到了他留给我和他父亲的一封信,信是这样写的:

亲爱的爸爸、妈妈:

你们看到这封信时,我可能已经离开这个我所热爱的世界了,离开了爱我的和我爱的亲人。

爸爸、妈妈,我希望我的离去不要使你们难过,过去我曾希望因为我的努力而能使你们快乐。今天,我依然是这样希望的,我爱你们,我知道,我的爱就如你们对我的爱一样的真挚和真实,我希望我离开以后,你们再生一个小宝贝,我相信在小宝贝的身上你们会看到我的影子,小宝贝长大以后,也会和我一样,会尽最大的努力让你们快乐、自豪的。

爸爸、妈妈,我还有一个请求,如果小宝贝出世以后,你们多关心一下他的健康,因为只有身体健康才能拥有所想所求的东西。

爱你们的儿子:鸿

儿子的这封信是在他离开人世前的一个星期写的,我们知道他的愿望也是我们的愿望,我们必须从绝望和悲哀中走出来,孩子已经走了,这一切我们都无法挽回了,但我们还要活下去,还要面对以后的人生历程。

三年后，我们又有了一个孩子，我们给他取名为"健康"。我们不再对健康提过多的要求，我们只是希望他有一个健康的身体，有一个充满幻想、快乐幸福的童年，有时，健康也会问："谁是鸿？为什么我叫健康？为什么别的同学考试不好都怕挨骂？为什么你们从来不打我骂我？"我们就把鸿的事说给他听，希望健康能从鸿的经历中了解我们的感受，也希望健康能因为我们对他的包容而像鸿一样善解人意。

　　都说白发人送黑发人是人生最大的悲哀，我失去儿子时，虽然没有到白发的年纪，但是，对于一个45岁的女人来说，多少是绝望的。我最优秀的儿子死了，我还能祈求什么呢？健康，我祈求我的亲人们都能健康地生活着，不要富贵，不要地位，只要能平安地、健康地生活也就满足了，许多人都不明白我的取舍与愿望，但是，鸿就像是我生命中的"红绿灯"，常常提醒我该做什么，不该做什么。

　　我知道，我是个平常的人，所以我的思维也逃不出平常人的思维，但是，健康是福、健康是金、健康便是一切的道理，我是深深地懂得的。

小人物史记 II 儿子的档案袋

陈洁

这个配有一把放大镜的档案袋打开后,发黄的纸片、照片堆了一桌。对这位84岁的老母亲来说,倾倒出来的是她的全部宝藏……

资料一:请不必送鲜花。如有为 P. A. 医院基金会捐赠者,请交给 Hancock 先生,以便统一转交。

——周健博士追悼会程序

资料二:照片好像是在晃动中拍摄的,过度曝光形成的大片黑暗覆盖了半个画面。一个穿着白衣、被多人搀扶着的老太太在照片左下角处伤心地哭泣。一位女士几乎全身被黑暗笼罩,那只从黑暗中伸出的、拿着手巾为老太太拭泪的手特别显眼。

——拍摄于周健博士追悼会

照片中的老太太就是我,照片是在儿子的追悼会上拍的。儿子从突然患感染性休克住院到病情突然恶化去世,只有短短四天。1999 年 3 月 9 日是他的忌日,那年他 42 岁。追悼会在杭州殡仪馆举行时,温州有三十多个他的校友赶过来参加。

追悼会刚开始时,不知是谁给我拿

了把椅子，我还能机械地坐在遗像边。后来遗体要火化了，人群涌动起来，我也有点失控，一定要去火化炉边，谁也拦不住。这时有一个饭店的副总经理走过来说："阿姨，我路熟。我带你去。"他是儿子读中学时最要好的同学。他这样说，我没法不信。结果就被骗到外边绕了一大圈。等到回来时，骨灰盒都已经捧出来了。

儿子去世前在澳大利亚昆士兰大学的实验室工作，生病后回杭州治疗。在杭州的追悼会举办几天后，昆大又在澳大利亚办了一次追悼会。校方租用了当地的大音乐厅，追悼会办得很长，很隆重。我是第一次也是唯一一次参加在国外的追悼会，以为外国人不会哭，因此也告诫自己一定不要在这种场合失态。结果，上台致辞的儿子的同事们和当地华人协会的朋友们一个个都泣不成声，发言多次中断。有一个澳大利亚学生叫马克，他哭着用中文说："健没有了，我没有指望了！"最终，我哭得不能走路。那天，外面的雨下得好大，像南太平洋上的台风来时那样，直到今天还给我留着很深的印象。

儿子叫周健。这是他的悼念册，里面保留着好几副挽联，其中有一句"忍听涛声慰悲声"，常让我回忆。

澳大利亚的珊瑚海绵延两千多公里。我在澳大利亚居住那几年，和我儿子、媳妇、孙子，一家人常去海边玩。在一些沙滩上，沙子像白米粒一样雪白。听海浪声很凶猛，打在身上却很柔和。那里太阳很厉害，我年纪大了，不能长久地站在很烫的沙粒上，多数时间都是在休息。儿子总是小心地挑地方把钢丝床架好，铺上垫子，撑起遮阳伞，看着我躺下了，才去游泳，还不时回来看看。他去世后，我又在澳大利亚待了半年，情绪低落，很长时间没有心情再去海边。

一晃就八年过去了。老天让我这个优秀的儿子这么早就死去，我还是不能接受。他只能活在这个档案袋里，天天伴着我。

资料三：一本老相册，扉页上印有毛主席语录："我们的文学艺术都是为人民大众的……"黑白的照片，都用相角粘在黑纸片上，最小的只有半寸。上面有撕过的痕迹，有不少白点残留着

儿子小时的照片，现在留下的不多了。很多都已撕下来，交给我媳妇带去澳大利亚当留念了。媳妇是儿子在温州医学院读书时的同学，照儿子的话来说，他们在一起做课题时就像是一个"工作队"。儿子去世后，我媳妇在家里设了一个灵堂，每晚都要进去对着遗像聊会儿天，谈谈工作和孩子。

这是我和儿女的合影。我是江苏如皋人，日本投降那年参加的新四军。1951年，我28岁，经组织安排，和比我大16岁的老周结婚，后来生了一个女儿和一个儿子。我这个儿子从小就喜欢自己做玩具，做皮弓玩从不讨饶，没收一把做一把。当时只是以为小孩灵光，后来我才意识到这是本事。

"文革"开始后，单位里开始揪人，我和老周都被打倒。造反派说，你们以前都是先进，越是先进，放毒越多。于是，我们都被送到农村去改造，家里只剩下儿子和女儿。我每隔两星期才能匆匆忙忙回一次家，最担心的是，两个十来岁的孩子，怎么去粮站把米买回来。结果发现这真是小事一桩：我儿子找了一块木板，再装上四个旧轴承，就做成个简易小车，拿根绳子一拉就上路去运米和搭配的番薯了。他后来那么能做实验，也许就是有点动手的天赋吧。

当时，被监管着的我一天到晚向毛主席早请示晚汇报。有一次刚进家门，没想到我儿子向我来晚汇报了："我犯了错误。早上姐姐烧好了泡饭，我却想吃烧饼油条。我有资产阶级思想。"唉，我这个当母亲的几乎大哭一场。

好不容易我和老周才被"解放"，重新回杭工作。一家人没团聚多久，"上山下乡"就开始了。女儿去了余杭，按规定儿子可以留城。可是老周"左"，竟叫儿子到淳安县最靠近安徽的一个生产队去下乡。在我的反对下，最后总算订下"家庭协议"：春耕时去，双抢后回来。我好不容易才把儿子的伙食安排在公社里，可以吃得好点。

熬了半年，眼看儿子快回来了，可是老周又想让儿子在当地找个对象。他瞒着我写信给淳安的老战友老孙，让他帮我儿子介绍对象。老孙也有个女儿正下放在农村，和我儿子还在同一个公社，老孙又喜欢我儿子，所以这信看起来，很像是向老孙家的求婚信。还好老周贴邮票时，以为淳安是属于杭州市范围的，只贴了四分钱的邮票，而当时省内的信要八分。所以这封信被退了回来，正好落在我手里。我马上写信给儿子："见信速归！"那是在1975年。

儿子在乡下吃了不少苦。这次回来后，和我特别亲，经常到单位来接我下班。他那时还是个怕羞的大男孩，不上办公楼来的，但又不知道我在不在，就在自行车棚里找我的车，守在那里。就这样，一直到他后来离杭读书。

资料四：几张毕业证书的复印件

学生周健，在温州医学院医学专业修业伍年，成绩合格，准予毕业。校长钱礼 一九八二年十二月

周健在我校成绩合格，授予医学硕士学位。浙江医科大学校长 郑树 一九八五年十二月

周健在我校成绩合格，授予医学博士学位。河南医科大学学位评定委员会主席董民声 一九八八年五月

毕业文凭

学生 周健 系浙江省杭州县市人，现年26岁，于一九七八年三月入本院医系医学专业学习五年，按教学计划完成全部学业，成绩及格，准予毕业。

文凭登记（连）字第 82065 号

一九八二年十二月五日

院长

我儿子从农村回来后，在"六一"针织厂里当过搬运工，后来进了留下的522厂（无线电设备厂）。他这个学徒常被老工人夸，因为他的手巧。那时书没得读了，我们也没希望他还成什么才，只希望他能成人。就安心当个好工人吧。

可没过几个月，突然听说要高考了，而且不再是"工农兵"了。儿子到新华书店排了一夜的长队，买了一套青年自学丛书。一个墙门里的十几个人挤在一起复习。发榜时，儿子考上了温州医学院。

这时，老周的眼光又高了，不同意儿子去温医，要他再等一年，去考浙大。可是儿子说，我不能再等。只要有得读书，我西藏也去。

儿子去温医时，我最担心的是他毕业后回不了杭州。而儿子意气风发地对我说，放心吧，我会用成绩打回来的。五年后，他真的从两百取一的比例中冒出来，考进浙医大读研究生。

现在碰到儿子过去的老师，他回忆说："那批人是真的要读书啊！"大冬天夜里，儿子穿着棉大衣却光着脚看书，说是脚热了要睡着的；一只录音机不离手地到处拎，上厕所时也拎进去，垃圾时间对他来说是不存在的。他就这样一直读硕、读博，后来又到北京医科大学的博士后流动站去工作。

时间虽然是儿子最耗不起的东西，但是他在浙医大读书这三年，每当我到朋友家去串门时，只要他知道，就不会让我一个人去。那时我家住的朝晖二区还是个偏僻地方，没有通公交车，离中北桥的车站还有些路。他每次都是骑自行车先带我到车站，然后赶快骑车去松木场的车站。等我坐车到时，他往往已经到了，再骑车带我去朋友家。快进门时，他总是对我说："妈，你们慢慢聊，我是带书来的。"然后就坐在外面静静地看书，等待着再送我回去。

资料五：一张普通的白纸，翻过来却让人吃一惊。

"儿子媳妇都是好学人才，重点培养……但无论是在国内还是在国外都应当处处想到（自己）是一个中国人。"

——摘自周健父亲的遗嘱

这是老周的遗嘱。他干了多少年革命工作，去世也是熬到1988年的7月1

长歌当哭

日才走。周健当年8月就要出国了,他知道,遗嘱写得像批示。不错,儿子真是家里重点培养的。十年寒窗,研究生、博士生的津贴少得可怜,全靠家里寄钱。现在要自费去英国剑桥读书了,钱怎么办?只好四处向亲戚们去凑。

向人开口真是不容易。有个亲戚是从美国回来的博士,听说有美元。我们向他借钱后,他趾高气扬地送来两百美元,话说得很高傲。儿子的自尊心强,当晚就把钱还了回去。最后,还是如皋老家的亲戚筹到了一点兑换券。由于从来没在银行里汇过款,还是照他们的老办法,把钱放在棉袄口袋里,打个包裹寄过来。

这是我儿子在英国的照片,人有点发福。都是垃圾食品吃的。在英国,蔬菜很贵,猪脚爪比青菜便宜。鸡一英镑一只,一丁点儿大小的萝卜也要一英镑。所以他们这些穷学生就吃洋人不吃的那些荤菜。

干活赚到点钱,他有时看到有国内没有的试剂,忍不住就自掏腰包买了。在国外,实验室想要的东西,不管在世界的什么地方,只要有,老板都会在一周内拿来。而在国内,限于条件,没有几个月是办不好的。他在把这些用血汗钱换来的试剂寄回来的同时,总是说:"几个月后我就回来了!"

但最终他还是没回国——计划总是没有变化快。后来,我儿子又去过澳大利亚、美国工作,事业上的竞争很激烈,压力很大。有个朋友想找他,结果每次去,总发现自己是实验室里的一个打扰者。这个朋友感到不好意思,但儿子却说,他对"打扰"的感受更深。儿子在温医读书时有个要好的同学,是温州平阳人,后来只身到意大利,刚开始时在一个饭店里当伙计。儿子到意大利开会时,跑了好多路去看他,但正好那个同学在烧菜,老板不准他出来。儿子在大堂里等了三个多小时,老同学才见上了面。那种"打扰"的滋味,真让人刻骨铭心。

资料六:一包信件。信纸的背面,有些是一张简易的英文地图,也许是写信者白天去过的地方;有些是经济担保书,透露着写信者创业的艰辛;有些是废纸,也许就是在实验室里写就的。

"……我们的前途取决于我们发表的文章数量和质量。1991年5月"

——摘自周健的信

"小健从西雅图回来后,又拼命干了。课题开了好几个,忙得够呛。1991年9月"

——摘自媳妇的信

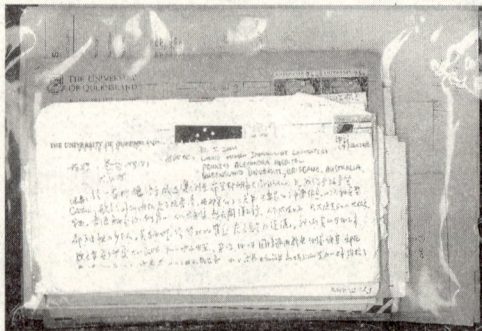

1990年，儿子到了澳大利亚，通过了澳首都堪培拉医学实验室的最终面试。那是澳洲第一流的实验室，但儿子去那里看过后，发现有一个情况非常不适合他。也许是为了保密，那里有个规定：下班后，实验室里不能留人。这对儿子来说影响太大——他是个在实验室里一待就是十几个小时的人。在浙医大读研时，为了在半夜里进实验室，他经常翻墙。

所以，儿子后来还是去了昆士兰省省会布里斯班，在昆士兰大学的实验室工作。那里的老板是和他在英国结识的。这是他坐在那个实验室办公桌前的照片，有点挤吧，像个教室似的，前后的桌子是别人的，他正好能坐进去。旁边墙上的柜里挤着十几个大文件夹，都是他的资料。实验室门口车位不够，几个同事就"轮出"，每天有一个人到外面去停车，再走点路上班。

这点困难对儿子来说，小意思了。他在国内实验室时，所有工作都是一个人包办的，还要自己洗器皿。这可不是洗碗，洗试管洗到手指都被割破，有的特殊器皿规定一天要洗30遍！否则会影响精度。但在澳大利亚，儿子不必被种种辅助工作占去研究时间了，所以他有时说："国外干一年，抵国内干五年。"

在洋人堆里搞研究，关系要简单些，光明正大地竞争，看到竞争对手出了成果还上来握手祝贺。而儿子在国内时，一些人际关系就处理不好。他在国内某实验室做实验时，非常用功，在实验室里坐得太久，裤子坐得后面豁开，只好穿着白大褂回宿舍。一些不干活的人很排挤他，说他像个只知道干活的乡巴佬。

儿子在国外，始终还是他在国内的这种做派。减价的T恤衫一买就是十件，却只有一件西装，是参加学术会议时穿的。有些外国学者的门一开始是对他关着的，但他好像总是有"开门"钥匙——这就是他的论文。

论文发表了，在高兴之余他会说，这篇文章虽然也是登在一流杂志上，但比《自然》和《科学》的级别还是要低一些。《自然》和《科学》是国际学术界最有名的两本杂志，在那里刊登论文是他梦寐以求的，但最终还是没能实现。唉，老天给他的时间太短暂了。

资料七：又一包信件。信纸都鼓鼓地塞在信封里，正反两面写得满满的。有时在角落里写着："注意反面！"

"爸妈：先后两封来信收到。爸妈的第二封来信与姐姐的信同一天收到，我们称之大丰收。"

"不知周凯（周健之姐，医生）能否有机会学一些血液分型技术，我们实验室经常有此类化验人员空缺……不知今后是否有机会（在澳大利亚的实验室）找一个工作。"

"鲍鲡（周健外甥女）打完电话后，我们认真地想了她（到澳大利亚后）的名字，觉得就叫Lily Bao。Lily是百合花的意思，在这里非常流行。正好音也对上。"

——摘自周健写的家信

资料八："亲爱的先生：我请我的母亲伴同我的儿子到澳大利亚来……恳切地请求你们给予协助解决此事，使我们分离已三年之久的家庭能在澳团圆。"

——周健写给澳大利亚移民部门的签证申请书

我是1991年赴澳的。澳大利亚地广人稀，没有车根本不行，跑10公里路买菜是很普通的。每个星期六早上，儿子就开车带着我，出去买回一周吃的菜。我则给儿子、媳妇做出了久违的中国风味：做豆瓣酱，还用包心菜做霉干菜，他们吃得都很满意。

我在澳大利亚那几年，印象最深的是经常在半夜里听到汽车发动的声音。那是儿子突然有了一个想法，开车去实验室动手。从儿子家去那个实验室要穿过整个布里斯班城。夜里去倒是有个好处，就是不会堵车。有时儿子深夜去后就干脆睡在实验室里，天一亮直接上班。

在给朋友的信里，儿子用上了当年下农村干春耕和双抢的词汇："不管秋后的'收成'如何，我们会为春耕作出最大努力。"他这么努力，收获果然快来了。1999年，澳大利亚当年的十项国家级科研项目，他一个人就申请到了三项。写标书、做幻灯、写评定、做实验……他忙得实在挤不出时间了，只好挤睡觉的时间。多少事情在压迫着他的睡眠啊！何况他做梦也在想课题。

在那年的2月，儿子突然感到很疲劳，开汽车时脚发软，油门踩不下去。在实验室里看学生的稿子时，手经常无力地放下来，就把稿子合上了。这是从来没有过的。那时他总是说："妈，我怎么这么要睡觉啊？""妈，好好睡一觉真舒服啊！"我当时只是说："你欠账太多啊！"我怎么也没有意识到，可怕的病魔正在一步步地逼近。

到了3月，儿子突然发病，小便的颜色像茶叶水。当地医生看他情况还好，就说不要紧的，吃点药休息一下就好。但他在杭州当医生的姐姐坚持叫他赶快回国治疗。那时儿子自己的感觉也还好，所以签证只签了一个月。他说："我好一些就回来，还有一大堆事情等着干啊！"可这一走就成了永别，什么遗言也没留下！

资料九：一堆旧报纸和报纸复印件。有不少是英文报章，都是有关周健的报道。

《我国两青年首次发现食道癌病毒》——《人民日报》1987年2月2日

《无名高峰的征服者》——《浙江日报》1987年3月23日

《人类之福　华人之光》——《移民镜报》（澳大利亚昆士兰省最大的华文报纸）

《杰出澳洲科学家难忘华裔拍档》——《星岛日报》（澳大利亚悉尼的华文报纸）

《身后不寂寞　科苑留奇葩》——《温州日报》2005年11月4日

过去，我根本不知道儿子拼命研究的是什么。他要是跟我讲，我也听不懂。

何况他也从来不和我讲。

但现在，我知道不少了。

儿子去世后，我把他留下的资料都整理进这个袋子，放在床头柜里。有时拿出来看看。在他去世后，我才逐渐了解他的工作。报上说，他去采集标本时，没有恒温设备，为防止菌种繁殖中止，干脆将细菌标本揣进贴身衣袋；他多年来一直在研究针对人体乳头状瘤病毒的疫苗，以预防宫颈癌。这种疫苗在 1991 年研制成功，并申请了专利，可惜他来不及看到疫苗的上市（要通过至少五年的临床验证、并通过医学权威机构的一系列认证程序）。这里面的医学术语很枯燥，读几遍都看不太懂，但八年的时间足够我看了。

这些传真文件，我不知道要复印一下才能长久保存。结果几年后，这些传真纸上的字都褪色褪尽了，它们提醒着我时间在流逝。

我原以为这个袋子不会再加重了。但儿子留下来的研究还在继续。在接受采访时，一提到那种疫苗，那些可敬的中外同事总会说起他的名字，而我媳妇会把报纸寄给我。这个光盘，是亲家公赴澳探亲时带回来，送我当留念的。我自己不会在电脑上看，但我知道儿子用命换来的那些论文就在里面。

每当这个信封的分量变重一点，我心里的痛苦就好像减轻了一点。

现在，那个疫苗终于成功上市了，澳大利亚当地人将为此举行纪念活动，他们邀请我去参加。儿子去世后，我在澳大利亚又住了半年，觉得周围的景物都是刺激，最终还是回了杭州。现在，我又要去那个遥远的、珊瑚海边的布理斯班城了，在那样的时刻，我想，我也许会有一些不同的感受吧。

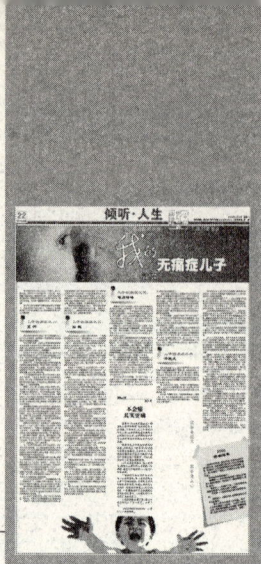

小人物史记 II

我的无痛症儿子

口述 高丽娟 整理 叶全新

　　我不知道为什么会生下这么一个孩子,多少人跟我说,我们养十个也不如你养一个这么难。我的枫毅可能是世界上最难养的小孩,但我们从来没有想过放弃他,他虽然不会说话,但他懂我们的心,跟我们有感情,他也是个像模像样的人,我们怎么舍得!

　　怎么养大的? 如果有个摄像头跟着我这8年就好了。你说我给孩子找医生晚了,可是他生下来就看病,孩子几乎在医院里长大的,谁也没跟我们说过什么无痛症啊。

儿子的病症之一: 无汗

　　自从报纸、电视向社会报道了我儿子的病情之后,有不少人来看我们,他们像你一样吃惊,说没想到你们夫妻俩这么健康。

　　我儿子得了怪病,老早有人怀疑我俩有病或者是近亲结婚,其实都不是的,两家隔着15公里,双方家庭几辈人都没有任何遗传病,我公公的妈妈今年87岁,我婆婆的外公95岁了,都很健康。

　　我的儿子似乎是和苦难同时降生的。2000年9月25日晚他来到人世,9个小时后就开始发高烧,27天不退。我这个月子就是在医院里过的。孩子放在新生儿病房无菌室里,我只能趴在窗口看。

　　怀孕9个月,天天盼着做妈妈的幸福和甜蜜,谁知盼来的是惊惧和痛苦。第

28天，转到儿童医院，立即送进重症监护室。用了退烧药，应该排汗，但医生发现我儿子不出汗，他们怀疑外胚胎发育不好，毛孔塞牢皮囊，汗出不来，要做皮检。

三天后皮检结果是好的，医生们非常意外。就是这天，我听到一个医生说，这样的小孩子我40年都没见过。半个月后，还是没效果，医生告诉我们，所有温和性的药都用遍了，只有回家试试物理降温。出院回家时，儿子依然发着烧。

枫毅4个月时，智力应该是正常的，他的小手小脚会动，手舞足蹈的，脸上表情也丰富，会笑，听觉非常灵敏，关门要悄悄的，一点点声音就会惊醒。快过年了，农历十二月廿八，这一天我们永远记得。枫毅拉肚子，我们带他到儿童医院去看病。我现在还记得他当时脸上的表情，跟现在完全不一样，眼睛非常灵活，穿一件两肩有纽扣的小黄棉袄，好奇地看着五颜六色的街道。

我抱着他走进医院，医生叫挂盐水。就是挂盐水出的事。输液室里人很多，空调开着温度很高，我们给他穿了很多衣服，外面天寒地冻嘛，进去后也没给他脱衣，当时没人告诉我们孩子是无汗症啊，我们是第一回做父母，也没有经验，不知道他热得受不了。摸他额头上又没汗，他输液时一直在哭，他爸急得团团转，几次去叫医生，医生太忙，没人理他。

哭得我们实在害怕了，我抱着孩子，他爸拎着吊瓶去问。一个女护士看了一眼说，"他在发脾气，看看是不是尿布湿了。"如果这时她能提醒我们，孩子会不会太热了，那有多好啊。一直到两瓶盐水挂完，可怜的孩子就是直瞪瞪地望着我们哭，哭声越来越小……我们喊护士来拔针，她还说："脾气发好啦，不哭啦。"其实我儿子那时已奄奄一息了，我发现不正常，大叫起来："不对不对，我儿子不是发脾气，他人不对了！"一查体温表，升完了，超高热！

这一天如果不是在医院，这孩子也就没了。当时他所有的功能衰竭，又一次送进重症监护室上呼吸机抢救，几个小时才脱险。医生说，这是高热综合征，高烧对大脑肯定有影响，到什么程度不好说，以后只要跟同龄的孩子比较就会知道。

我们夫妻俩悔恨啊，本来肠胃病不是大事，医院开点药吃也就可以了，谁想到挂盐水差点丢了命。虽然孩子活下来，可是他的大脑烧坏了。也是这一次儿童医院确诊，我儿子是无汗症，治不好的。我的太外公说，他活了95岁也没有听说过还有人不出汗。

我怀孕时，天天想着给孩子取个好名字，出世正是枫叶红的时候，我给儿子取了一个很漂亮的名字"胡枫"。4个月后，我在他的名字后面加了一个"毅"，希望儿子有坚强的毅力战胜疾病。

儿子不出汗的消息传开了，大家都稀奇得不得了，好像我们养了一个怪物，许多人跑来看。所以后来我们不想对外吐露消息，再大的困难都自己扛着。

每年夏天孩子最难熬，我们背心湿透，他一滴汗都没有，但他难过的那个样子能让你死掉，他脸上的惊恐表情，可怕的哭叫，还有哀求的眼神，只有待在空调房间里才能安静一点。

头几年我们没钱买空调，他生下来几个月治病花了两万多，可是我们发现枫毅没空调可能就没命了。后来买了空调，又老是停电或是发动不起来，我们就抱着他到处找风，到超市、宾馆去避难，但人家半夜总要关门的。他爸爸想了个办法，带着我们母子，三个人骑摩托车来回跑，那真叫"兜风"，在车上孩子稍微舒服一点，只有天知道那些夜晚是怎么过来的。我给他扇子都摇破无数把，他爸爸时不时给他洗温水澡，摸摸身上刚清凉一点，瞬间温度又上去了。

枫毅的基础温度就高于常人，我的手现在都成温度计了，只要一摸就知道他有多少度，一般都在39℃以上。我摸他的脊背，夏天他的背上不是热，也不是烫，是焦，是烧焦掉的感觉。

儿子的病症之二：自残

我丈夫是独子，从老太太到爷爷奶奶，一个家族都盼望我生个儿子，却没想到我生了一个有病的孩子，但全家老少没有一个人怪我，也没有人说不要这个孩子了，特别是爷爷奶奶，还是把枫毅当作宝贝。我更从心底里感谢丈夫，自从孩子出世，千斤担子都是我们两个人挑，他没有一句怨言。

本来说好生完孩子我还回工厂上班，孩子由奶奶带，后来奶奶根本带不了，丈夫要我留在家里，他一个人去工作。这样他更辛苦，因为晚上基本无法睡觉，我们俩要不停地护理孩子。这么多年丈夫一直悔恨枫毅四个月时那次的高烧，他常对着儿子自言自语："爸爸真对不起你，欠你一辈子的情了，爸爸再怎么做也无法弥补！"

枫毅四个月时的那场高烧之后，又出现了怪毛病——咬手。2001年初夏，他好不容易睡熟了，换下来的尿布一大堆，我赶紧去洗。还没洗完我不放心，跑进来一看，天哪，手上、被子上到处是血，他把自己两只手臂咬得血淋淋的！

我当时伤心死了，我儿子怎么这么可怜，他怎么这么难过，要咬自己呢？我抱着孩子哭了一个下午，从此以后我再不敢离开他一步，也不让任何人替换我。我哥问我为什么把所有的责任都揽在自己身上，他不明白我是怕别人照看会发生更大的事情。

可是我也不能时时刻刻阻止他咬手，他不像一般小孩子那样咬手玩玩，他是咬掉皮肉，咬破的地方溃烂、发炎，百多邦药膏我家都不知道用了多少。即使包起来，他也会咬进去，他还不让人包，等他睡熟了我蹑手蹑脚爬上床给他包，马上惊醒，只好停下来，再包，又醒……唉，为了给他包手换药，我们夫妻俩都不知花了多少精力。

我百思不得其解，他这么咬自己怎么不知道痛呢？在医院打针，别的小孩看到白大褂就哭，枫毅从来不哭，医生还夸他勇敢，让那些哭闹的孩子向他学习，天知道他是不会痛啊。而我们竟不知道！

枫毅6岁时又发生一件更奇怪的事，他把热开水倒进了袖管里。热水瓶不知怎么跑到他床前冒着热气，地上一摊水，瓶塞在床沿上，他人呢？静悄悄地躲在棉被里，一点声音都没有。我掀开被子，他的表情不是疼痛而是害怕，怕我骂他。

我看到他右手丝绵袖子全是湿的,天哪,他把水倒在身上没有烫得大哭,还把水瓶好好放在床前不让它倒,这是怎么回事?难道没有烫到胳膊?这时我的应急措施做错了,我应该剪开袖子但我是脱的,枫毅右臂膊上的一层皮随着衣袖一起下来了!

别说孩子,这要是大人也疼死了,那一刻真是惊心动魄,我心里疼得发抖,抱着儿子大哭。

烫伤8个月后,伤口部位慢慢长出瘤一样的东西,因为枫毅不断地抓破新皮,反复生长变成了疤痕增生。长成瘤以后他竟会把瘤都拉破出血,我怎么包也不行,他总是偷着拉开到里面挖,把一层皮都拉掉。

枫毅烫伤前后治疗一年多,有一次从杭州换药坐315回来,车上人多空气不流通,他看上去很难受,头竖不牢,脸色变了,背心焦了,我一边给他脱衣服一边求司机停车。

下了车,我把他上衣脱光,裤子退到脚背上,我抱着一个光人跑,冲进医院,跪倒在医生面前,这时孩子的症状和那年一样,呕吐抽筋,抢救到晚上9点多才脱险。我高度紧张,这一次他会不会脑子更坏了,会不会不认得妈妈了,会不会连大小便都不会了……我真要崩溃了,万幸的是孩子苏醒后基本跟过去一样。

孩子7岁之前一直在看病,我们对医生诉说种种情况,但没有人告诉我,孩子是无痛症。直到几个月前我们才知道,原来他根本就没有痛感,像咬手就是典型的无痛症自残行为。

儿子的病症之三:智力障碍

枫毅6岁时还不会走路,别的小孩会走会跑的时候,他还不会站。6岁多会走了,也从来走不稳,总是歪歪斜斜,眼睛也散光。一岁多他就会叫爸爸、妈妈、爷爷、娘娘(就是奶奶),到现在还只能发出含糊的单词音,说不出一个完整句子,但他能听懂我的意思,问他也会点头或摇头。因为他不出汗,每天总是不停地喝水,一瓶矿泉水他能一口气喝光,五分钟就要拉一次尿,所以他说得最多的一个词就是"拉西"。

枫毅5岁时,我们听说针灸能改善小儿弱智,找到省中医院。医生说这孩子是疑难杂症,针灸肯定有好处。由最初的一周两次到隔天一次,坚持了两年多。都是我背着儿子坐315、515公交车,我们上车不用排队,那一路的人都认识我们了。

扎针时,别的小孩哭得死去活来,可是枫毅不哭,我每天抱着一头针的儿子经过吴山路,身上还带着大瓶小瓶的水。有一天我碰到一个好心人,她是一家古董店的老板,有一天她喊我歇歇,拿凳子要我坐。了解情况以后,她让我以后就到她店里来喝水灌水,每次都买大脚板雪糕给枫毅吃,"六一"儿童节还给枫毅钱。她一直鼓励枫毅要坚强,说他会好起来,她要我教孩子说话,叫我要耐心,一句话要教几百遍。她的爱心千金难买。

我一直感谢这位古董店女老板,因为她和别人不同。小时候枫毅怪病不断,

长歌当哭

到处求医。有人说这孩子养不大的，不要给他治了。后来枫毅大了，智力却长不大，又有许多人来劝我们，把他送到福利院去吧，不知要花多少钱来养，养大了还是个残废人，不能养老还要养他的老，要这样的儿子有什么用，还不如趁早再生一个。到现在还有人对我说，你今年37岁，赶紧再生一个，再不生也生不出了。

但我们全家都舍不得枫毅，这个孩子不能出一点点意外，再生一个孩子谁来管枫毅？婆婆年纪也大了。我们夫妻俩虽然怪自己命不好，有时又庆幸，这个孩子是生在我们手上，要是换了另外的人或者送到别的地方，枫毅可能早就没有了。

他每次高烧，我们半夜三更都会冲出去挂急诊，只要延误一次枫毅都不可能活到今天。我们宁可自己去死也不会放弃枫毅的生命。我的枫毅是懂感情的人，问谁对他最好，他会说"娘娘"，就是奶奶，他知道奶奶从来没有骂过他一句。他虽然不会用更多的语言沟通，但他会用心沟通，他心里什么都知道，他有智力，会区别我的心灵变化，知道妈妈为什么生气、为什么高兴。他有病，但他很可爱，我们是他的父母，绝不会丢弃他，要对他负责到底。

为了抚养枫毅，这些年我放弃了好几份不错的工作，今年还有个汽车销售员的机会，待遇挺好的，我也放弃了。虽然丈夫一个月只有一千六七百块钱，我们已经欠了很多债，但经济再困难，我也不能出去挣钱，我要时刻在儿子身边。

冬天再冷，我都在三四点钟爬起来，把衣服、尿布洗好，等太阳出来晒，省出白天时间来管牢他。医生说这样的孩子要防止细菌感染，让他少生病，我想做妈妈的别的帮不了儿子，保证卫生是一定能做到的，所以孩子的一切我一定要弄得特别干净。每个冬天我十个手指丫都会洗烂掉。有时实在受不了，我也想死掉算了，死在儿子前头，不要让我承受更大的打击。每次这样想，我都会立即自责不已。

儿子的病症之四：骨髓炎

情况是越来越不好。就在我做梦都梦见针灸出现奇迹的时候，枫毅的腿断了两次。第一次是他6岁时，冬至前一个星期。换衣时我大吃一惊，孩子的左小腿骨头居然会动，外面红肿。两个月后拆石膏时医生又发现怪事，小腿骨头好了，为什么膝盖下面的骨头又会脱开？其实无痛症常常会并发骨髓炎，但我们因为不知道，没有引起更多重视。

第二次是2006年下半年，右腿和上次相同的部位又断了，当天打的石膏位置不准，第二天拆掉，两个医生把他的腿骨头拉来拉去，这时应该是剧烈地疼痛，但他感觉不到，像没事一样。

他不痛，我痛啊，我在一边眼泪哗哗地淌，心里像刀绞一样，老天爷到底要折磨我儿子到什么时候啊？从他出世起，我天天都在祈祷不要再出事了，可事情就是这样越来越多。

2007年9月10日，我们把儿子送进萧山聋哑学校读培智班。这是我们夫妻俩8年来最高兴的一天，哪个爸爸妈妈不想孩子读书啊。

我自己读到初中就打工了，一直是心里最大的遗憾，因为我喜欢读书，我的语文和英语两科成绩很好，我的作文老师经常当作范文在班上读，我最喜欢你们记者这个行业，如果有来生，我一定要拿笔写东西，做你们这样的事。现在看来只有等来生了。

本来我把这些愿望都寄托在儿子身上，谈恋爱时我就这么想，生个儿子好好培养他读书上大学，圆我的青春梦。可是我早就不这么想了，我只想枫毅能认字识数，能像别的残疾孩子那样坐在学校里上学，我这个做妈妈的就非常满足了。所以送枫毅读书之前，我早早就给他买好了书包，他走进学校那天我流下了眼泪，我的枫毅终于背着书包上学了！

头一天孩子进教室后，我在传达室里等。可是枫毅不懂纪律，在位子上坐不牢，老师没有办法，同意我坐在孩子身边一起听课，我们母子寸步不离地听了49天课。

孩子中午在学校有饭吃，我舍不得再交400块伙食费，早上在家里吃干饭出来，中午不吃饭，有时枫毅吃不了，我看看四周没人赶快几口扒下去。我不怕饿，只要枫毅能读书，我很高兴做陪读妈妈。现在我和他爸最怀念两件事：一件是他学会走路，一件是他上学。对所有父母来说最简单的两件事，却是我们最难得、最幸福的事。

枫毅听了49天课，学会了1和2两个数字，还没学会3的时候，不幸再次降临。晚上枫毅浑身发抖，第二天到中医院检查，发现他的右手食指红肿变粗，体温有40℃。诊断为骨髓炎，过几天手指换药时，忽然一块骨头断了脱下来，现在他那根手指头光光的少了一截。2008年元旦后一个星期又突然发现左脚红肿，根骨变形。医生说这要是别的孩子早就疼得不能下地了，可是枫毅一天到晚想跑。

这时又要过年了，生下他8年，哪年过年都是过难，一年比一年害怕。现在情况越来越危险，病情不能控制，原来右脚是好的，这几天右脚背上也长出一个包，可能里面又在变形，我天天担心它里面的骨头会不会也像手指一样突然脱落，真是忧心如焚，睡不着吃不下，我每天只睡两三个小时，感谢老天还给了我这么结实的身体，再辛苦我都不怕，9岁的孩子我天天抱着——他已经不能走路了。

就是这次发现骨髓炎，枫毅的主治医生，萧山中医院儿童骨科何春主任诊断我儿子患了无痛症。前几天，《萧山日报》的记者送了一份资料，我们看了非常害怕，因为无痛症的所有症状枫毅都出现了。我们也不会上网也不懂医学，现在才知道无痛症是罕见的病，所以现在才想到求助媒体帮帮我们。我想告诉你一个梦，我做过这样一个梦——我儿子属龙，怀孕八个月时，我梦见起龙卷风，天边飞过一条龙，婆婆、姑姑和我三个人在屋里，她们突然说龙来了。我看到天空中飘着一片青叶和一个白萝卜，忽然白萝卜掉到我家院子里，落地时变成了一具棺材！我吓醒了，心跳得咚咚响。第二天我把这个梦告诉了丈夫和婆婆，但这些年我还是第一次对外人说起，我也不知道这个梦意味着什么，就是在心里忘不了。

现在我只想有好心人帮我们找到好医生，为我儿子治病，让我的儿子能活下来，能走路，能读书。我别无所求。

我家高老太

□述 斯 念 整理 林 之

1954年我两岁。那是秋天，我坐在台阶上，仰着脖看树上红红的石榴，这时，门口快步走进一个瘦小的女人，她穿一件蓝色大襟衣裳，脑后梳一个发髻，胳膊上挎一个毛蓝布包裹。我站起来看着她，然后搬起小凳子放到她的面前。旁边的阿姨连声啧啧地对来人说："高阿姨，你在他们家肯定要做长了，这孩子，别人来理都不理的。"

果然，高老太从此没有离开我们。

高老太一个大字不识，以前没出过绍兴，但她是个聪明的女人，也是个不服输的女人，很快就在我们家的小院里大放光彩

刚来我家时，高老太连话也听不懂，我爹妈满口的山东话，我和哥哥是普通话，当然我们也听不懂她的绍兴话。有一天，我爹去上班，走到门口发现外套没穿，就对高老太说："把我的褂子拿来。"高老太一听，连脑子都没转就转身往屋里跑，进了房间才想起，"呀，褂子是什么啊？"出去问？不好意思，满房间地找，急得一头汗，却不知道自己在找什么。这时我妈等不及，边问边进来了，高老太这才明白，原来"褂子"就是门口挂着的那件"两用衫"啊。

高老太一个大字不识，这以前她没出过绍兴，不知道山东人喜欢面食，喜欢大葱，甚至不知道山东在哪里。这个从小做童养媳长大的女人已经成功操持过两个家庭了，这天，她信心满满地走进我家厨房，却傻眼了。天哪，这又粗又长的擀面杖是怎么用的啊？这饺子皮是怎么擀出来的啊？这一大盆面团蓬松柔软，怎么那么酸？

这是个聪明的女人，也是个不服输的女人，她立刻把她的所有智慧都投入进去。没有多久，她就能把面条擀得又细又长，把饺子馅调得我妈这个挑剔的老山东啧啧称赞，有一天，桌上居然放了一大盆金黄薄脆的玉米面煎饼，把我爹乐得眉开眼笑："多少年没吃到家乡的煎饼了，像是回了家啊。"

我们家几个孩子，后来口味都随了她——绍兴口味，什么臭豆腐、臭苋菜梗、霉千张，臭菜一上桌，那个香啊。我最喜欢的一道菜是高老太的炒螺蛳，又嫩又入味，鲜得嘞……直到今天，每次吃螺蛳我就会念叨她说的那句话："笃螺蛳，过老酒，强盗来了勿肯走。"

她绝对是个明白人。进我家没多久，她就看懂了这是一个怎样的家庭。我父亲17岁参加革命，母亲11岁就坐过鬼子的监狱，两个老革命，在家务这方面基本弱智，或者是放手不管，没多久，高老太就成了这个家里的当然领导，多年以后，我们跟老太开玩笑，说你投错胎了，要是换到今天，肯定是个成功的女老板。

高老太刚来时，我们家只有我和哥哥两个小孩，几年后又多了一个妹妹和两个弟弟，一共五个孩子。我家是独门独院，进门，穿过院子，一幢两层小楼，高老太住在一楼的大房间里，20多平方米，却摆着三张床，一张小床，两张大床，因为除了哥哥大了，比较矜持，每天晚上回自己房睡，其他几个每晚都赖在她的房间里，还抢着睡她的大床。等小弟出生后，高老太的大床成了他的专利，谁也不能跟他抢。

等我们都睡着了，高老太又爬起来，她还有很多针线活要趁着晚上空闲时做。每天早上，高老太要给我和妹妹梳头，我们俩都是大辫子，老太细心地梳着长长的麻花辫，嘴里说着："出门要当心，读书要用心……"

我们家孩子都和高老太亲。父母忙于工作，有时候几天甚至几个月都看不见人，回家了也是一脑门的工作，我们从小都养成了习惯，不去打扰他们，反正有高老太呢。有什么事就跟老太说，没钱就跟老太要。有一次，妹妹跑回家来问老太要2分钱，想买棒冰吃，老太没答应，妹妹跑到她的房间里，打开她的箱子，从箱底翻出一个毛蓝布包裹，拿把剪刀，喀嚓喀嚓几下就剪破了。这可是高老太的宝贝啊，从绍兴带出来的，把老太心疼得哭了一场。

我小时候的幼儿园是全托的，星期一去，星期六回家，每到星期一我都死皮赖脸地想不去。我爹向来严格，他的孩子不可以无组织无纪律。有一次，幼儿园的接送车已经在门口，可是家里找不到我了，高老太把我藏在了爸爸书房的桌子下面，这次居然逃过了我爹那双老公安的眼睛。不过现在想想，爹怎会不知道，只是他不想违了高老太的心意罢了。那年夏天，星期六从幼儿园回来，没见到爸妈的我坐在台阶上使劲哭，哭得满身是汗，高老太坐在我的身边，拿把大蒲扇，一边扇一边嘴里吟唱着："毛毛罪——过——，毛毛罪——过——"（毛毛是我的小名），音调平和快乐，后来我就在那个温暖的节奏里睡着了。

许多年以后，我看了一部英国电影《长日无痕》，影片讲述了一个英国贵族家庭里的管家，他谦卑而高傲，细腻又严谨，我不由自主地想起了我家的高老太，我想什么时候我也要把她的一生写下来，写下这把摇晃在我的记忆里的大蒲扇。

爹和妈都不能回家了，五个孩子都看着高老太。高老太没事似的。上了去黑龙江的火车，扒着窗往外找，一眼就看到了高老太

如果说，上世纪五六十年代，高老太是用她的细心打理着我们这个家，那么，到了"文革"时期，她就是一棵大树，撑起了这个家。

1967年6月，一辆轿车停在我家门口，是来把妈妈带走的。高老太送妈妈上车，3岁的小弟一定要跟上去，却被高老太拉住。车开走了，小弟拼命地跑，追车子；高老太也在后面拼命地跑，追小弟。2006年10月的艳阳下，小弟肯定地说，"那是一辆灰色的华沙。"那条街、那辆车、一老一小两个奔跑的身影——那一幕，已经深深地刻在小弟的脑海里。

爹也好久没回家了，一天，街上大喇叭里喊要批斗我爹，就在离我家不远的人民大会堂。高老太说，小弟有一年多没见爹了，都快不认识自己的爹了，就带着小弟去了人民大会堂。大会堂的院子里站满了人，高老太抱着小弟往前挤，小弟看见了，爹被捆绑着站在台上，胸前挂着一块写着字画着叉的大牌子，头顶上照着一盏100支光的大灯泡。那是一个炎热的傍晚，蚊子和小飞虫聚集在灯光下，豆大的汗珠从父亲的脸上流下来。突然口号声响起来，周围的人都举着胳膊使劲地喊，声音大得要掀翻天，小弟吓得紧紧搂住高老太，拼命往她的怀里钻。高老太一看这阵势，赶紧抱着小弟回家。

这个家眼看着就要散了。爹和妈都不能回家了，五个孩子最大的17岁，最小的才4岁，你看着我我看着你，然后都看着高老太。高老太像没事似的，照样买菜、烧饭、打扫院子。造反派到家里来抄家，让高老太揭发走资派，她说："我一个大字不识，勿晓得的。"可是要抄家里的东西，她这也拦着那也不行。抄家的人火了，说："就因为你是贫农，要不然连你一起斗。"又勒令她回家，贫农高老太头摇得像拨浪鼓，大声说："勿来事勿来事，人家王同志把五个伢儿交给我，我总要等他回来，把五个伢儿好好交地还给他，才好走的。"

我家院子后门是一条小河，河上有一座小木桥，那段时间，每天，我走过小桥，走进院子，只要看见高老太，看见她忙进忙出的身影，我的心就定了——只要有高老太在，这个家就不会散。

那天从人民大会堂回家，高老太什么也没说，一如往常地洗衣买菜做饭，只是把两个大男孩看得更紧了："学校里不上课了，你们就待在家里，不准到街上去打架。"有时同学来叫哥出去，高老太就双手叉腰拦在门口。下次再来，同学就想法子骗她，规规矩矩地站在门口叫声"高阿姨，我们去开会"。然后朝哥使个眼色，谁知高老太照样拦着门不让进，说："不要以为我不知道，你们眼睛一眨，我就晓得想作啥。"可是总有看不住的时候，有时，男孩在外面玩得忘了时间，天黑了还没回家，高老太就坐在门口等着，什么时候哥哥回来了，她才去睡觉。

起先爹关在杭州，每天要家里人去送饭，中饭晚饭，一天两次。高老太就每天做了爹喜欢吃的馒头、饺子、面条送去，有时是我去送，高老太就不停地嘱咐我："慢慢走，慢就是快。"更多的时候是高老太自己送去，我已经15岁了，可她总是不放心。

有一天，她去买菜，走到巷口，突然身后有人压低嗓门喊："喂，高老太。"把她吓一跳，看看那人，穿一件破衣服，草帽压得低低的，就问："你是哪个？"那人低声说："我是老姚。你跟我走。"老太恍然大悟，"穿了这样，勿认得哉。"老姚是我爹以前的驾驶员，有几年没见了。这天，他在不远处的树下蹲了很久，专门等着高老太。高老太一声不响地跟他走，一直走到劳动路，一棵大树下，老姚从树后拿出一根晾衣裳的叉子，高高举起，从树上叉下来一只竹篮，里面是奶粉、饼干、利群烟，老姚左右看看，又低声说："喏——带回去，里面是'中华'。"他知道我爹抽烟很厉害，就仔细地把利群烟拆开，装进中华烟，再封好。高老太每次去送饭就带两包"利群"去。蒙混了两次，第三次就被发现了，看管的人把烟拆开来，一看是中华烟，就大声地呵斥高老太。高老太装傻，"啊，什么'里穷'啊？我勿识字啊。"一个绍兴老太，梳了个鬏鬏头，穿件大襟衫，嘎弄不灵清的，于是就放过了。

后来，爹被关到北京的监狱里，妈妈还没有回来，工资没有了，每个月每人15元的生活费，油盐酱醋、吃喝拉撒、房租水电，都在里面了。高老太每天早上三点钟就起床，她要去排队买菜，五个孩子都是长身体的时候，不吃好会亏了身体。那时候什么东西都要排队，买肉尤其要起早，好在高老太人缘好，小巷里的婆婆妈妈都跟她要好，这里放块石头，那里一个篮子，再加个塞，就全有了。今天黄豆炖筒儿骨，明天萝卜肺头汤，几个孩子从没有饿着过。

可是毕竟就这点钱，瓣开来花也不够，为了节约水费，所有的衣服她都是拎到河埠头去洗的。我家就在人民大会堂旁边，冬天，那里只要有活动，就会有暖气管放出热水来，她偷偷到人民大会堂后面去拎热水回来，给我们洗脸洗脚。煤球常常是自己用煤粉做的，一到秋天，满街法国梧桐的落叶，搂回家，用柴灶烧饭。

在那些特殊的年月里，我们这些从未吃过苦的孩子一下子沦落到生活的底层，是高老太领着我们走过来了，她用百姓的智慧养育并呵护着我们。

小弟慢慢长大了，突然有一天，晚上睡觉时，老太发现他的口袋里有一支香烟，高老太痛心疾首地大骂："小西死，要死啊！嘎小就吃香烟！"后来高老太跟我说，你爹妈把这个家交给我，那是看得起我，等他们回来，一看小儿子学坏了，我这老脸往哪放啊。高老太开始行动了，她板起脸来对小弟说，"小孩子不准抽香烟。"她不会讲大道理，但她有自己的方式，每天晚上小弟回来，她就要凑近他的脸使劲闻闻，看有没有香烟气味。小弟在家里谁都不怕，就怕老太。

1969年我和哥哥要去黑龙江。高老太为我们做棉袜做手套，还一夜一夜地磨炒米粉，放上糖，拌匀，我和哥哥一人一大袋。后来这袋炒米粉是知青点里最受欢迎的。玉米粉窝窝头咽不下肚，晚上饿了，一炕的人都爬起来冲炒米粉吃。

1969年3月9日，我们在闸口登上火车。那时，我爹已被秘密带到北京，我妈也还关着，高老太带着弟弟妹妹去送我们。那天，送行的人那个多啊，闸口是个货运站，没有站台，火车两面的空地上都站满了，走的、送的，我们好不容易进了车厢。

长歌当哭

果真要走了？要到一个未知的地方去了？我心里七上八下地乱，扒着窗子往外找，我一眼就看到了高老太。她抱着小弟，牵着妹妹，旁边是大弟弟，她望着我没有说话，可是眼睛里的那种神情啊，我一辈子也忘不了，那种疼惜、担心、无奈……看着她，我的眼泪刷地就下来了。透过泪水，我看见她领着弟妹，三步一回头地朝前面一节车厢走去，那里还有我的哥哥。

高老太从来不问我爹是干嘛的。我妈和她却免不了会有一些争执。在那个蒙昧的年代里，高老太教会我许多做人的道理

我爹和我妈每天除了工作还是工作，是高老太，在不知不觉中给了我们许多寻常人家的亲情和温暖。

我爹一米八二的大个子，不言自威，当年在日本鬼子的据点之间进出纵横，如入无人之境，当地汉奸见了这个八路军的敌工部长，别说抓了，都来不及地鞠一躬，尊一声"六爷！"一辈子的特殊工作，使他养成了沉默寡言、守口如瓶的习惯，在家里也很少说话，只要他在家，连最皮的孩子也要收敛一点。高老太绝对是个聪明人，从来不问我爹是干嘛的，只认准了一条："王同志是个好人，不管我做得好不好，那么多年从来没有一句重话。"

至于我妈，她们俩真是对脾气啊，都是直来直去的爽快人，在家里免不了会有一些争执，都是些鸡毛蒜皮的小事，一件衣服忘啦、一样东西找不到啦，妈妈记性不好，不爱记小事，容易弄错，高老太从来不把她当外面的干部，也从来不会因为自己是个农村来的保姆而小心翼翼、低三下四，她一是一二是二，该说就说。我妈也奇怪，在外面一个沉着稳重的领导，到了高老太这儿就没招了。后来我想，这恐怕是妈妈内心一种不被察觉的需求，是一种心理上的补充。那时的女干部，整天埋头工作，身上的女性色彩大多被磨掉或掩去了，而在与高老太婆婆妈妈地争吵时，这时候的妈妈不是严谨、严肃的领导了，而是有些任性、有些娇纵的小女子，似乎回到了一个普通女人的心态。

我妈最想感谢的人就是高老太，她把这个家打理得井井有条，别看她一个大字不识，连自己名字都不会写，《东方红》都不会唱，"文革"时，她常常要去街道开会，早请示晚汇报，开会前都要唱《东方红》，她不会，让我教她唱，教了一个晚上还是唱不成调，她不耐烦了，"好哉好哉，我就嘴巴动动好哉。"但是她心里煞清爽，她老说，"不要看我没文化，水分（水平）比你们高。"这是真的，她教会我许多做人的道理。

1972年，我从乡下回来，进了半山的工厂。三班倒，有时连着做一个月夜班，天天半夜到龙翔桥赶11点半的末班车，把老太心疼得，说："你命要不要的！"不过转过脸来又告诉我："年纪轻吃点苦不要紧，多用点力气，困一觉就回来的。"年底评先进，组里所有人都投我的票，可是最后却被组长换掉了。我心里不痛快，回家就跟高老太说，老太坚决地说："豆腐人走开，石头人碰过来！"让我不要去计较，能让就让，不要硬争。

高老太一个大字不识，她的名字还是后来我教会她的，可是她的一些话我却记了一辈子,比如她说:"各人各欢喜,大姑娘欢喜驼背。"以前我不理解,大姑娘怎么会喜欢驼背呢？随着年纪的增长,我明白了,这其实是高老太的生活哲学,任何事情的存在都有它自己的道理,有它内在的逻辑,只是我们还未认识到罢了,所以,凡事不可强求,要顺其自然。这些闪烁着民间智慧的话语,在一个蒙昧的年代里成了我的启蒙课。

高老太在我家住了几十年,早就是个名人了,周围邻居、亲戚朋友、孩子的同学,谁不知道我家高老太,这个善良的老太太啊,不仅管我家、管我家亲戚,每到过年过节,她还要送东西给旁边警卫连队里的战士,水果、月饼,或者只是几袋瓜子。她说:"你对人家好,人家才会对你好。"

高老太是个苦人儿,6岁被卖,一辈子都没再回家。小弟抢进门去,喊着:"老太太,我来看你了！"她才安然闭上了双眼

从小我就认定高老太是我们家的人,到大一点了,有时候我会想,她没有自己的家吗？她为什么从来不回去？很久以后,我才知道高老太以前的事。

高老太是个苦人儿,6岁时,她妈妈把她卖给了村子附近一个道观里的道士,家里13个孩子,为什么单单把她卖了,她想不通。她一辈子再也没有回过娘家,一辈子都没有原谅她的妈妈。

又是6年过去了,女孩长大了,大眼睛,高鼻梁,白皮肤,很机灵的。道观里可以养小孩,却不能养女人啊,她又一次被卖,道士把她卖给了绍兴西裘村鲁家做童养媳。

等小丈夫长大,有了自己的儿子,她天天抱在手里舍不得放下,但儿子还是在6岁时生病死了。25岁那年,她又怀孕了,挺个大肚子还在干活。一天,上山砍柴的丈夫被蝮蛇咬了,救治不及,没几个小时就死了。儿子在噩耗下来到人世,却又紧跟着父亲走了。天塌了,地陷了,她傻了。三天没出门,不吃不喝。邻居、亲戚都来陪着她,不停地劝她,要她想开,劝她改嫁。终于,她眼前渐渐地清楚了,她可以想事了,就想,改嫁？这怎么可以？她嫁到了鲁家,生是鲁家的人,死也是鲁家的鬼。

几天后,邻居家里来了一个绍兴城里的小商贩,是来找奶妈的,她去了。当她怀里抱起一个小婴儿时,才觉得自己心里的痛减轻了一些。

在那家,她待了10年,直到35岁那年来到我家。

1987年我爹调到北京去工作,我们几个孩子也都有了自己的家,想把她接到北京去,可她大声宣布:"向毛主席保证,我不去。"起先我们不知道,她曾经暗地里去绍兴找过那个吃过她的奶、养了十年的"儿子",还真的找到了,可是这个"儿子"只见了她一面,就从此没有音信,这让她非常伤心。我家兄弟姐妹都抢着接她到自己家里,可是她每次住不了几天就要走,总觉得自己拖累了别人。其实她早已暗下决心,等做不动了要回到绍兴鲁家。

老太太发起火来很厉害,我们只好依了她,五兄妹每人拿出五万元,到银行给她开了个户头,作她的养老金,由妹妹负责管理,给她买吃的、用的、穿的。村

长歌当哭

里人都说是老太心好,换来了那么多子女养她,有个无忧无虑的晚年。

去年年三十那天,我从北京回来,下了飞机就直接去了绍兴。老太有糖尿病,那些日子脚上破了个伤口,一直不好,我劝她跟我去北京,她大叫着"不去不去"。过了一个多月,妹妹不放心,硬把她接到杭州住进医院。安耽住了一段时间,有一天,她突然提出要回去,原来她从护工嘴里听说了,每天医院里的花费要好几千元钱,于是死都不肯住了,看我们坚持,她大发脾气,用手敲打着墙。这老太太主意特别大,我们谁都拿她没办法。

2005 年 8 月 4 日,台风麦莎已经到了浙江沿海,即将登陆,绍兴打来电话,说老太太不行了,我们立即找车准备赶过去。电视台不停地预报台风消息,它将掠过绍兴一路向北,那也得去啊,妹妹细心,准备了一大堆蜡烛,万一停电呢。高速路上车子已经很少,雨大得看不清前面的路,当我们终于赶在台风之前到了村里时,老太太已经去了,只是,不肯闭眼。比我们早到一步的小弟抢进门去,喊着:"老太太,我来看你了!"这时,旁边人轻抚她的眼睛,她才安然闭上了双眼,平静地走完了 89 年的生命路程。

奇怪,此刻小山村里的风并不大,只是静静地下着小雨。那晚我们给老太太守灵,一只蝴蝶飞进来,淡绿色,很大。绕着灵柩飞了三圈,然后一动不动地停在门框上方。村里人都说,是老太太回来看我们了。我从来不相信鬼魂之类的说法,但此刻,我宁愿相信,这只美丽的蝴蝶就是老太太的灵魂,她舍不得我们。

老太太被葬在屋后的山脚下,她的名字——高文英,被刻在鲁家的墓碑上。

弃儿小福
与美国妈妈

线索 江音 整理 唯子 叶全新

■ 不论世事如何变化，有些品性永远美丽，这就是善良。
■ 不论人心怎样变化，有些题材永远时尚，那就是爱心。

——题记

上篇　来自唯子的博客

人物一　艾米

第一次见到艾米是 1998 年的秋天，在机场接机口，穿着红色上衣的她，热情似火："我叫艾米·露意丝，是陪我的朋友凯瑞来中国收养她的第二个女儿……我喜欢中国和东方文化，这源自我的父亲……很高兴认识你！"说完，给了我一个结结实实的大拥抱。

8 年了，我和她，从一见如故到情同姐妹，友谊让我见证了艾米与中国孤残青年小福之间发生的神奇故事。

人物二　小福

我和小福的友谊开始于认识艾米之前。

1998 年，我为之工作的美国儿童联盟在安徽合肥福利院开展慈善项目，我是项目的执行人，必须亲自到福利院去做实地考察。那时的小福 22 岁，是福利院办公室的文印员，坐在一辆摇柄手动轮椅中的他，显得瘦小而沉默。不过院长

长歌当哭

在介绍他时语气中却满是自豪："我们小福是个自学成材的优秀青年，他不仅用一只手学会了打字、复印、桌面排版，还自学英语，能用英语与外宾交谈。而且他的国画也达到了很高的水平……"

小福大名叫福省军，是 1976 年由院长亲自收养入院的弃婴，那天，院长不无感慨地对我说："捡到他的时候，样子好惨，破被子堆里的他，骨瘦如柴，气息微弱。抱到房间内，一打开襁褓，更是倒吸一口凉气，天哪！这孩子右半边身子蜷成一团，右侧的上下肢都萎缩得像根柴棍，说句不好听的话，眼前的孩子活像个怪物，谁见了都担心这个小孩子还能不能养活！"

小福在一边听着，没有任何痛苦与悲伤，脸上的表情很平淡。也许他受的轻视和磨难太多，对伤痛的重提已经麻木了吧。

小福生命的前 13 年极其孤寂，靠着别人的照顾维持着生命而已，直到 14 岁那年，一个慈善组织让他拥有了一辆属于自己的轮椅，一切才渐渐改变。如今他成了一名福利院职工，有了工资，有了独立生存的经济基础。

小福遇到了艾米

艾米快离开合肥前，向我提出想去看看福利院的孩子，于是很自然地，我向艾米介绍了小福。

一开始小福有点腼腆，好像在为自己不够好的英语而害羞，艾米却很有办法，她先是目光坚定地注视着小福，然后放慢语速，一字一句地告诉他："没关系，你的英语非常棒！我喜欢和你交谈，来吧，让我们一起来完成这愉快的谈话。"

小福放松了，两个小时后，艾米已经做出了一个很重要的决定。她认真地告诉我说，她要和小福建立一种特殊的关系，她已经由衷地喜欢上了这个自强自立的残疾青年，"因为他是如此的勇敢，却又如此的羞怯。"

艾米以她社会活动家的眼光，准确地捕捉到了小福天赋的品质。从此，小福的生活有了翻天覆地的改变，他不仅有了一个尊重他、扶持他、爱他的美国妈妈。他的生命也开始了一段不平凡的经历。

小福与艾米在小福的宿舍

小福与艾米在爱心图书室

艾米探望直肠癌晚期的小福

三年过去了，小福和艾米一直通信联系。在这期间，小福被世界残疾人联会吸纳为会员，并以亚洲地区代表的身份出席了在丹麦召开的残联会议；他还受到丹麦国王的邀请，参加国王为残联成员专门举办的晚宴……

回国后的小福，没有夸耀自己的荣誉，而是思考自己能为当地的残疾人做些什么。他以合肥残疾人联合会的名义，办起了报纸，目的是提高当地残障人士的文化素质，也为他们开启一个通往大社会的窗口。版面、标题、插图、花边……都是他一个人用电脑制作出来的，文章也是他亲自征集，他还拿出自己的钱（他在福利院每月有 400 元的工资）投在这份赔钱的报纸印刷上。虽然每期只印刷 200 份，但仅仅三个月，五期报纸，就花光了他所有的积蓄……

就这样，靠一只手、一把轮椅和一副瘦弱的身体，小福办出了四个版面的五期报纸！

然而噩运又不知不觉地降临在他的头上。2004 年初春，身体极度不适的小福在医院查出可怕的结果——直肠癌晚期！

福利院领导决定立刻手术，艾米以最快的速度从美国赶来。

白色的被子下，小福的身体似乎已经不存在了，露出的头部像猫脸一样小，那情景让我一下子想起了当年院长的描述："破被子堆里的他骨瘦如柴，气息微弱。抱到房间内，一打开襁褓，更是倒吸一口凉气……"在这一刹那，时光仿佛倒流回到了 25 年前。一时间，我和艾米谁也说不出话来。

定了定神，艾米首先俯下身去，吻了吻小福的脸，无声的眼泪滴落在小福瘦削的面庞上。而就在这一瞬间，小福醒了，当他一见到眼前的艾米，先是一怔，随即便绽放出一个微笑。这个突如其来的微笑，灿烂得出奇。

小福去美国接受康复治疗并见到了美国总统

艾米为小福付清了所有的医疗费用，并且在小福完成半年的化疗后，又一次飞到了中国，接小福到美国去接受康复治疗。她要让生命的奇迹在小福身上发生，要请自己的朋友共同为小福祈祷。

2005 年圣诞节，艾米为小福开了一个极其盛大的家庭 party，邀请了两百多位朋友来家中为小福祝福，这些朋友中有国会议员，有律师，有医生，有教授，他们欣赏了小福当场为大家画的中国牡丹，并在艾米的提议下，一起出力帮助小福在教区内办个人画展，为小福申请免费治疗。

小福、艾米与所在教区的三位残障人士在一起堆雪人

小福与艾米

小福的个人画展筹到了一笔数额可观的资金,小福得到了最尖端的癌症后期化疗全程治疗,奇迹般地康复。

艾米与小福参加美国医疗改革筹备会议,受到
布什总统的接见

　2006 年 2 月 14 日,在艾米的安排和努力下,小福得到了布什总统的接见!
　我们先抛开布什和他的政府给这个世界带来的祸与福,也抛开布什的傲慢与自大给我们留下的印象。我们只从艾米的力量和小福被总统接见的这个事实来谈,小福不仅见识了做梦都不敢想的场面,而且还是那场面中的主角。应该说,对于一个中国福利院的孤儿来说,他是个幸运儿,他得到的,是在美国青年眼中的最高荣誉,但反过来想,对一个这么艰难而又自强不息的人来说,老天给他一次机会难道不应该吗?只有不自弃才有机会啊!
　2006 年春天,美国华人基督教社团向香港凤凰卫视推荐了艾米与小福的故事,采访并制作了一个十分钟的节目向全球华人播放,在这期节目里,我们看到小福在美国的一部分生活,还有他接受洗礼时的一幕场景:
　"我非常感谢艾米和所有好心人对我的帮助与关爱。我是福利院的孤儿,可以说一无所有,对艾米我无以回报,我同意皈依基督教,接受洗礼,不是我对神有什么乞愿,我是用这种方式来表达自己心中对艾米的感激之情,爱她所爱……"
　10 月,小福回到合肥。

小福的爱情

　2007 年 5 月,艾米第五次来到合肥,这次来欢迎艾米的成员中除了小福,还多了另外两位成员。
　抢先登场的是小狗阿里,这是一条流浪狗,长着长眉毛和大胡子,小福说:"一个多月前它来到福利院,我看它可怜,就每天吃饭时分一点给它,没想到它就再也不肯走了,天天跟着我。我养它也是偷偷摸摸地养,福利院是不允许养狗的。"
　另一位,是来福利院做义工的女孩,来向小福学习英语的。

敲门进来的正是这位姑娘,只见她手捧鲜花,有些腼腆,小福却用满是幸福的神情,大方地为我们介绍着她的名字和他们的相识过程。姑娘很内向,一个多小时内没有说几句话,但她的清秀和文静给我们留下了很深的印象。

女孩是家里的独生女,每周去一次福利院和老人院做义工,她觉得只有为这些无助的人付出,才是人生最快乐的事情。在和小福的交往中,渐渐萌生了爱情……

然而,现实世界是真实的,当女孩的父母知道了女儿的"疯狂之举"后,伤心极了,他们不理解自己的孩子为什么放着大把的健康正常的好男孩不爱,偏偏会爱上这么一个无钱无寿、一无所有的残疾人。小福也劝女孩不要再来了。

女孩还是一如既往地静静地来,又悄悄地去,每天在手机短信上与小福通话,将爱的信息传递过来,纯精神地与小福互相给予,互相温暖着彼此的心灵。

世界上有两种花:一种花能结果,一种花不能结果。不能结果的花有时更加美丽,比如玫瑰、郁金香,它们在阳光下开放,没有任何目的,纯粹是为了爱和快乐。

下篇 来自叶全新对小福的电话采访

小福语录一:
我从小就是这样,已经习惯了自己的身体。大一点的时候,有人到福利院找孩子,但从没人来找我
去问谁呢? 我觉得追究身世没有意义

我不知道自己的身世,不知道父母是谁。有人传说我是从省军区医院来的,所以我叫福省军,"福",就是福利院啰。

1976年他们把我抱回来时,也不知道我是几个月了,包裹我的那块布里面没有留下任何信息。我在福利院里活下来,不能走路,左腿右手完全残废。我是后天的小儿麻痹症,发高烧引起的,生下来是怎么样的没法知道了。

我特别想上学,我不太流泪,但为上学我哭了,别的孩子能上学,我为什么不能上? 除了手和腿,我的大脑是正常的呀。院里就送我到学校,但学校说我是重残,不收。我还是要上学,院里又把我送到农村小学,寄养在一户农民家里。那年我大概10岁吧,寄养了7年,读完了小学和初中。

我从福利院到了人家家里,开始感觉很新鲜,毕竟这是一个家呀。但人家家里也有好几个小孩,农田里活又多,他们没法更多地照顾我。每天都要帮我出门,他们也很累。我心里很感谢他们收养了我七年。

我读书成绩还好,用左手学写字。因为不能走路,我在学校里没上过厕所。真的,7年都没上过。早上我几乎不吃饭,更不敢喝水,7点多出门,上中学时中午还不回去。一直到晚上放学,我能忍一整天。没有人帮我,也没有人问我要不要上厕所。我从来都吃得很少。

七年后回到福利院上职业高中,那时我意识到自己有语言障碍了,不会说话

长歌当哭

了。因为基本上不和别人说话，也没有人跟我玩。到了职高，你猜我跟谁在一起？特教班的聋哑人，这下可好，连老师上课都不说话，打手语了。我基本上生活在一个沉默的世界里。

我为什么要学英语和绘画？像我们这样的人，不是你喜欢做什么就可以去做的。我学英语的初衷很实际，不能干体力工作总要学点专长。上职高没有英语课，我不想丢，自己买来英语书自学。画画是我喜欢的，小时候在地上画、墙上画，用棍子、铅笔头画。在福利院学前班里有个老师教画画，到职高时学西洋画，我不太喜欢油画，喜欢国画、花鸟画之类的。

画画时，我的心很安静，精神很集中。我从小不爱说话，性格内向，但不是心里有阴影或者自卑，我只是接受了这种生命。

我也喜欢音乐，我要是有两只手一定会学音乐，我要弹钢琴。我看到院里其他孩子都有两只手，真羡慕他们。我说你们有两只好好的手怎么不学学音乐呢？

小福语录二：

艾米确实给我带来很多改变，但我不认为她改变了我的命运。一个人的命运不是别人能改变的。我从艾米那里学到了两样东西：一是怎样更乐观地对待生活，二是要更多地为别人着想

后来艾米来了。

第一次见面不止她一个外国人，我们聊的时间也不长，我口语水平毕竟有限，双方自我介绍，然后我拿画给她看。艾米不停地惊奇、赞美，她很喜欢，我说："这些画放在这里也没什么用，你喜欢我就送给你好吗？"她说："太贵重了，我怎么能拿你这么好的东西。"我们就是这样开始的，我的想法很简单，和外国人接触能锻炼口语。

艾米是一个性格开朗、热情、真诚的美国女人，我根本没想到她会收我做干儿子。和艾米在一起的日子，是我一生中最快乐、最阳光、最幸福的。她自己也很惊奇，多次对我说：我去过许多国家，到过许多福利院，看过许多孤残孩子，就是觉得你最特别。这是上帝安排的。

她是一个虔诚的基督徒，充满爱心。我觉得自己并没有什么东西值得她感动，但她认为我在这种环境下学了这么多东西，不可思议。

我们经常写信发邮件，互相问候、了解。艾米说自己从小就像个男孩子，喜欢玩男孩子打仗的游戏。她曾经为共和党筹款工作过，和政界有很多联系，现在她为慈善组织募捐筹款。

她推荐我参加世界残疾人联合会。丹麦国王设宴招待我们，去之前我想象不出国王的宴会是什么样子，一定奢侈得不得了，但不是这样，隆重又简朴。就像后来我去的白宫，过去想象白宫是多么豪华，我进去了感觉很普通。据说美国早期有位总统要求将白宫平民化，让人进来觉得亲切，不要和平民距离太远，因为这是为人民办事的地方。在丹麦的那次宴会上我看到了国王和他的儿子，丹麦最帅的王子。王子20多岁，年轻英俊，他走到我面前弯下腰握我的手，说话、微笑,非常亲切。丹麦人说我们都看不到王子,你真幸运。

我在国内很多年没有走出过福利院大门,出国之前也没有走出过合肥。是艾米让我走进了白宫。

艾米接我到美国治病,在康复期间,为我安排了很多活动。有一天,她接到邀请去听总统作报告,她想让我也去,就找他们再要一张票,要一个位子。我们去了,经过了严格检查。他们特害怕恐怖分子。

我和艾米坐在最前面一排,报告结束,布什下来和大家握手道别。走到我面前停下来,艾米认识布什,她站起来介绍我的情况,听了之后,布什对艾米说:"谢谢你。"我当时觉得布什这句话非常没有国界,他当我是自己的国民一样,感谢艾米为我做的一切。然后布什拉起我的手,另一只手拍拍我的头,说:"你看起来很帅气,不像有病的人。很好,上帝保佑你。"说完他就走了过去。

这之后让我终生难忘的事情发生了,布什已经走出了五六步时,又转身向我走来,再次拍拍我的头说:"上帝保佑你!"我说不出话来,艾米也十分惊讶,布什的这个举动甚至改变了艾米对他的反感,艾米本来不喜欢布什的,她当时对我说:"像他这样的人完全可以像一阵风那样从你面前吹过去。"艾米流泪了。

我?没有。我不会哭,我是一个没有泪的人,最后一次流泪是什么时候我都不记得了。我上手术台那么痛都不哭,再痛苦再高兴都哭不出来。

美国总统不是接见我,他为什么要接见我?那只是一个偶然的相遇。我是觉得自己很幸运,但不是因为布什,甚至也不是因为艾米,我是觉得困难的日子过去了就是幸运。

小福语录三:

什么是残疾?如果一座楼没有楼梯,你们能上去吗?不能。所以如果没有楼梯这个工具,健全人也是残疾。我们需要的只是工具,让我们更方便地生存

艾米让我到了国外,我并不认为自己就是一个见过世面的人了。我只是很震惊,我在国外看到了一些事,有一些从来没有过的感觉。那就是,我在美国大街上、公园里、超市里看到,反正是有健全人的地方,到处都有我们残疾人!你在中国大街上能看到我们吗?他们的残疾人根本感觉不到自己残疾,他们和正常人生活得一样方便。大街小巷最多最醒目的是为残疾人设置的标志,专用通道、停车专位等。

他们脸上充满自信、开心,笑得很灿烂,没有人看他们有什么不一样。

对于残疾的概念,东西方的认知完全不一样。我从英国回来办报纸,就是想讨论残疾人问题。我写过一篇稿子印象最深,是谈我自己经历的事实。我为什么会得癌症?我曾经长期每周拉一次大便,我节食因为在任何地方必须控制大小便,我想上厕所但是没有台阶。

什么是残疾?如果一座楼,里面不做楼梯,你们能爬上去吗?不能。所以如果没有楼梯这个工具,健全人也是残疾。

我们需要的只是工具,让我们更方便地生存。

我想宣传的就是这样的理念。

我发病了,高烧退不掉,肚子间断地疼了好几年,检查出癌症晚期,没人告诉我,但手术后给我化疗时我明白了。我不怕,从来不怕,不知道为什么,我对死亡没有恐惧感。活着就活着,走了就走了。来的时候不知道为什么,走的时候也不要知道为什么。

我在病床上最想念的人是艾米。为了真正关心我的人,我才觉得该活下去。她真的来了。

在美国医院里,化疗要进行两个疗程,到第二个疗程时医生问我愿不愿意用一种新药?这种药还在试验期,还没用到临床。我说愿意,我想用新药有效果是对人类的贡献,没有效果也是对人类的贡献,我愿意自己这样的身体做点有用的事。

现在怎么样?几年过去了,我一切都好,比任何时候感觉都好。艾米叫我去美国复查,我说好好的,不用查。

小福语录四:
人到了绝望的时候就会变得坦然,还剩一点希望就会很躁动,这个也要,那个也要,赶得人很累。绝望了,什么都放下了,反而有很舒心的感觉

对生命、对爱情、对未来,我都不奢望。小时候福利院里有个女孤儿,我们一起长大,人家开玩笑,我那时想要是好好的成一对也不错,可是她长大嫌我是残疾人,跟别人走了。

现在这个女孩子对我很好,我们相爱,但不会有结果。她父母不会接受我这样的人,家里养了她这么大,怎能不听父母的话?这件事我问过艾米,她说一切都有可能,关键在你要不要去做。

我不要做。这件事和别的事性质不同,会伤害很多人。

我觉得我能活着,已经创造了奇迹。有人问我为什么这么坦然?我想是这样,人到了绝望的时候就会变得坦然,还剩一点希望就会很躁动,这个也要,那个也要,要家、要钱、要房子,赶得人很累。绝望了反而好了,什么都放下了,反而有很舒心的感觉。我说的绝望不是指身体病痛方面实际性的,是一种对生命、精神上的坦然。

简单地说就是简单地活着。

明年春天我会去美国玩,和艾米一起住几个月。时间再长了也待不住,我和艾米之间也会有摩擦,因为东西方文化的差异。比如艾米一生没生过小孩,她为什么不生孩子?她先生怎样去世的?她过去怎样生活的?这些问题我都没问过她,因为中国人会觉得问这些事情不礼貌,可是艾米觉得非常奇怪,"你为什么不问我?"她觉得这是我不关心她。还有中国人吃饭时不准说话,但西方非常重视饭桌上的交流,他们吃饭时有说有笑。为这个要跟艾米做很多类似的解释,才能让她了解。

我还是喜欢住在自己的国家,住在福利院,我自己的房间里。

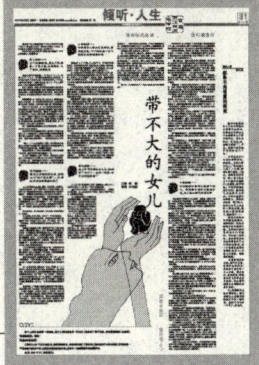

带不大的女儿

口述 李 梅 整理 叶全新

带过孩子的人都知道带孩子辛苦，但带到两三岁孩子就大了，就变成小天使了，所有的辛苦都有了回报。可是我的女儿姗姗已经带到45岁，还是带不大。

我今年75岁，30岁那年有了姗姗。你们愿意听一个母亲和智障女儿的故事吗？

婴儿姗姗——女儿软绵绵的，是先天性痴呆！不哭不闹，头脑简单，吃了就睡，睡醒就笑

我是1956年春节结婚的，一年后生了一个儿子，4年后又生了一个儿子。两个男孩都健康聪明，活泼可爱，可是我爱人家已三代没有女孩，非常希望我再生一个千金。1963年我又怀孕了，果然不负众望，生下了一个白白胖胖的女儿，双方家庭别提有多高兴了。

生女儿的那天，我爱人高兴得到处发糖果。那时候不说我们没有医学知识和经验，连妇产科医生也不知道。要是现在，医生一眼就能看出来孩子的不正常。这种人脸相有共同点：两只眼睛分得很开、嘴巴不大闭上、手指短，等等。

姗姗胖胖的，生下来有8斤多，皮肤很白，圆圆的脸，双眼皮，头发不多。生下来吃喝拉撒睡都正常，我妈妈特喜欢，说女孩子就是好，不会吵也不会闹，醒了就笑嘻嘻的。

孩子5个月的时候，有一天下班，我骑车远远就看见我妈抱着孩子在巷道口,我妈抱孩子的姿势引起了我的注意,她双手托着孩子横在怀里。按说五个月的孩子早就可以竖起来抱了,但我女儿竖不起来,软绵绵的像月子里的婴儿。走近了我就问:"妈妈,这个人怎么这么软呀,两只腿也不会蹬,跟毛毛头一样?"这天晚上全家人围着孩子研究起来,你也抱我也抱,横着竖着试验,就是直不起来,我一下子害怕了,我女儿得了软骨病吗?

第二天就带她到医院检查。两天后结果出来,不是骨骼问题,是先天性痴呆!

医生问我有没有家庭遗传病史,没有呀。又查问我的病史,这下子原因出来了,是我怀孕时服用荨麻疹药物抑制了婴儿大脑发育,造成孩子先天性痴呆!女儿脑电图做出来,她的大脑左后脑特别小,大脑容量比正常人少很多。

一家人一下子从天堂掉进了地狱。我不能吃也不能睡,女儿呆到什么程度?能不能好起来?怎样能好起来?5个月还直不起来是不是一生都直不起来?

医生的回答是,孩子的身体会慢慢长,但智力永远都不会正常,随着年龄增大也可能会好一点。

女儿生下来就像天上掉下个宝贝,现在没有人来看她了,只有我妈还天天抱着,这个女儿幸亏了外婆带她,白天我要上班,都是外婆从小管到大。我妈说难怪姗姗不哭不闹,她头脑简单啊,没要求的,吃了就睡,睡醒就笑。

童年姗姗——看见小男孩在玩沙堆,老远大叫"这个很危险",一巴掌把男孩的眼镜都打掉了

女儿5岁前都只会坐着、躺着,不会走路,不会说话,不会自己吃东西。除了"啊啊"乱叫,什么也不知道。5岁那年,终于教会她喊爸爸妈妈,虽然发音模糊,也是那个意思了。可惜她爸爸刚听到女儿开口说话不久就死了。

那天我和孩子们正在吃晚饭,他爸突然拖着个脚回家。我说:"你喝杯酒吧。"倒了一杯黄酒,我爱人摸着女儿的头教她喊爸爸,女儿口齿不清地叫了一声,可怜这是她爸爸最后一次听见女儿叫。这时我爱人刚端起酒杯,就听到"砰"一声门被撞开,造反派进来说他是逃出来的,马上要押走。

他只回来这一次,也是最后一次。我爱人死的时候39岁,我36岁。

丈夫出事11年后,组织上召开了一个平反追悼会。

不管姗姗爸爸是怎么死的,我知道他走的时候心里最放不下的一定是这个女儿,让我一个人负担一辈子,他一定很难过。我在他坟前发过誓,要把女儿好好带大,不让她受苦。

姗姗从小受全家人呵护,特别是两个哥哥,小哥只比她大两岁。我跟他俩说,妹妹小,有病,凡事都要让着妹妹。他们还有一个重要使命,就是带妹妹出去玩。西湖、黄龙洞、宝石山,到处爬山、游泳,只要说"妹妹带走",大哥就蹲下来,把姗姗背上出去。八九岁时,姗姗只会说一两个单字。她一生都只能说简短的句子,哥哥问她,"出去玩好不好?"姗姗说"好"。她长得胖,很重的,六七岁都走不稳,常常玩到天黑,哥俩才背着妹妹回来。

七八岁时姗姗还不知道自理大小便,还给她穿开裆裤。正常孩子一天就听懂的话,她要一年甚至好几年,还要反复教千百回。但是她终于有了进步,下班回家喊她妈妈来了,她听得懂,会对我点点头、摆摆手。

她在外面玩回来,会指着水瓶说:"喝"、"水"。从小我们发现她有一个很大的特点,就是会模仿。机械性的、下意识的、不知为什么的模仿,很可爱也很麻烦,闹出多少事。

有一次家里来客,姗姗说出一句话:"阿姨,坐一下。"然后马上跑去拿水瓶拿杯子倒水。姗姗懂事了,我们非常惊喜。可是麻烦也来了。我们经常跟她说不能在垃圾堆里和危险的地方玩,"这个很脏"、"这个很危险"。姗姗记牢了,就去告诫别的小孩。有一天,她看见一个戴眼镜的小男孩在玩沙堆,姗姗老远就大叫"这个很危险",男孩根本不理会。姗姗便跑上去打人,一巴掌把那男孩的眼镜都打掉了。

像这种找上门去给人家赔礼道歉的事不知有多少。姗姗爱憎分明,不会虚假。我们原来住的弄堂里,隔壁住一个男的,他表面上对我女儿很关心,但是有一阵子,他放在门口的拖鞋老是丢失,到处问有没有人看见他的鞋?有一天我终于发现是姗姗干的,她把人家的拖鞋拿起来扔到大街上,一边扔一边说:"你去死掉!"原来那人在背后经常骂姗姗这句话,不让她进门还推她,姗姗很生气。我赶快去买了好几双拖鞋还给人家。

少年姗姗——不能看见人家水池里有碗,看见就去洗,不让她洗,她一生气就把手里的碗甩老远

姗姗10岁上了一年级,共上过四年学。所有的考试都是零分,只有劳动课"优秀",她会拉板车、扫教室,唱歌课是"合格"。后来学校不收智障孩子了,很长时间里,她还是每天一早背个书包到学校去,却被人挡在校门口。

由于在家里我们平等待她,孩子不感觉自己比别人差。我们最早发现她对音乐感觉很特别,她会唱"东方红、太阳升",会唱"世上只有妈妈好",我跟她一起唱。她能唱完整首歌,但不知道什么意思。十三四岁的时候,家里有一台九寸小电视,她就喜欢看音乐和戏曲,模仿电视里的越剧腔调唱唱跳跳。

白天我母亲和女儿在家里,外婆用电饭煲插头,教她怎么弄,她看几次就会煮饭了;外婆在搓衣板上洗衣,她也会拿衣服搓滚。发现这一点我真高兴,我的女儿并不是所有的事都笨,她越长大越会学习,比如扫地呀、洗衣洗碗呀。但是最大的困难是教她分清是非对错。

姗姗喜欢串门到别人家玩,有的邻居对她还不错,不赶她走。她到人家里就像在自家一样,看到人家在拣菜她也去帮忙,当然是越帮越忙,菜梗子留着菜叶丢了。最淘气的就是洗碗,她不能看见人家灶台水池里有碗,看见了她一定跑去洗,因为在家里都让她洗的,碗打破了也不要紧。可是人家就不让她洗了,不准她洗,她一生气就把手里的碗甩老远!我们赔过人家很多碗。很难跟她说明白那是别人家的东西。

有一年我到上海出差，那时肥皂都发票的，我姐在上海，她给我好多票，我买了一大包肥皂、香皂、药皂回来。这一天下班回家，走到每一家门口都有人说谢谢你呀，我不知怎么回事。原来是姗姗，她在家里发现肥皂后，一块块拿出去，东家送一块西家送一块，人家还以为是我出差带给他们的。姗姗把肥皂全送光了，我跟外婆哭笑不得，她还蛮得意蛮开心。

姗姗也懂得孝顺，我母亲81岁时中风瘫痪3年，姗姗每天给外婆换尿布、擦身体、喂饭。外婆小便有时拉在床上，她会把外婆抱起来放到沙发上，换上床单擦好身子再抱回去，要是又拉了，她会轻轻敲外婆屁股，"又拉了又拉了。"外婆去世时姗姗哭得很伤心，跪在外婆床前不停地说："对不起，外婆，我不敲你屁股了。"

姗姗要是一个人跑出去，就会受人欺负。很多回姗姗哭着跑回家："妈妈，他们骂我疯婆儿。"我马上安慰她："你不是的，你会帮妈妈做事的。对不对？"姗姗听了很开心，做事更起劲了。一直到现在，我卫生间里只要有衣服，姗姗回家就拿去洗掉晾干。其他的孩子没有为我做过，只有姗姗。

青年姗姗——她小哥哥结婚的喜日子，姗姗终于问出了一句话："妈妈，我什么时候结婚？"

女儿长大后，被安排到工疗站，离家路远，我每天早上转两次车送女儿上班，晚上下班再去接她回家。

1987年她又进了一家市级民政福利工厂，这真是天大的喜事，女儿从此生活有了保障。她的工作是打扫卫生，听师傅各种使唤。

女儿在家自由惯了，不懂得人际关系的基本道理，上班经常不听话或者听不懂话，让很多老师傅有意见。为了保住女儿的饭碗。每周休息天我都去女儿厂里，帮助她清扫平时没有弄干净的角落，向老师傅赔不是。有一次我去时，亲眼看到一个人正打我女儿一个大巴掌，说她不听话，我忍着眼泪上前给这个人赔礼。还有一次女儿摸着臂说："妈妈，疼！疼！"我捋起袖子一看，她臂上被人用三角电插头深深地扎了三个洞……

更严重的是孩子大了，她不知道保护自己。有一天晚上回来，她脸上的表情很迷惑也很兴奋，她很神秘地对我说："妈妈，今天有人摸我！"我很紧张："摸哪里？"女儿指着乳房和下身，我的眼泪就出来了。第二天我找到工厂，有两个驼背人告诉我是一个瞎子喊姗姗过去的。这样领导就把他们分开了，从这件事上我猛然醒悟，我的女儿长大了，她脑子残身体不残，她也有感觉，也有需要。

我是她的母亲，我该为女儿做什么？

我一天天观察到女儿的变化，家里来了年轻的男性亲友，她会挨着人家亲昵地叫："哥哥，哥哥。"她也知道爱漂亮了，有一天我接她下班，姗姗高兴地走出来。我看到吓一跳，她嘴巴涂了一大圈口红，眉毛上也画了两条黑的长线，她还咧着个嘴笑。原来她看见别的女青年化妆，她把人家的东西拿出来也在自己脸上画。

还有一次，她们厂里有一个女工，小时候得了小儿麻痹症，但脑子是好的，这女工买了一只漂亮的背包，大家都说好看。可是下班时她的包没了，到处找。我赶快问姗姗，她把我带到垃圾桶，包在里面。我问她为什么要扔人家的包？姗姗委屈地说："我没有(包)，我没有！她们不给我，是我扔的！"姗姗带的是一只旧背包，是我用布缝的，她嫌不好看了。

终于有一天，姗姗问出了一句话："妈妈，我什么时候结婚？"

那是1994年，女儿30多岁了。那天是她小哥哥结婚的喜日子，晚上只有我和女儿两个人在家里吃饭。女儿端着碗突然问我这话，我心里一震，看见女儿竟满眼都是泪水。

那天我非常激动，我说好、好，妈妈一定给你找。亲朋好友没有一个赞同的，但我想，不给她结婚是我养着，结婚了人家如果退回来，还是我养着，但这个养就不一样了，女儿安心了，我已经给她做过人了。

一般人都认为，残疾人要找正常人做配偶，我不这样想，因为他们之间不平等不会幸福，双方都是残疾人才会相互珍惜相互理解。我决定给女儿找个"门当户对"的女婿。想是这么想，害怕还是很害怕，我有个老年朋友，她说同事的女儿和女婿都是智残人，结婚后第二天，她女儿到处跟人说"爸爸脱我裤子"……女儿的公公是正常人。

找残疾人也不容易。有人介绍一个身高一米三四的侏儒，我女儿身高还有一米四。他家父母却不同意，嫌姗姗是痴呆。又介绍一个驼背儿，谁知女儿说："介难看的！"她还挑人家呢。

接着找的一个男孩，他们之间发生了一段十分感人的故事。是我一帮老年朋友帮忙找的，男孩大姗姗四五岁，三等智残，我女儿是四等。两个人认识以后感情很好呢，可是男孩家兄弟姐妹全反对，他们对父母说："你有一个木呆儿子，再找一个木呆媳妇，你们死了以后谁管他们？"

真可怜啊两个人，男的是环卫工人，一到周末就在我们这条街上走来走去，头向这边看，望我家楼上。我赶紧把门关上，不让女儿看见他。可是我上班时，姗姗偷偷地跑到他家里去了，竟被他妈妈赶回来，硬生生把两个人拆开了。有一阵我发现她常趴在桌上写字，我一看，她在纸上歪歪扭扭写满了男孩的名字！

1994年12月28日，是我女儿相亲的日子。男方在建筑公司工作，也是三等智残，比她好一点。是个孤儿，这天他单位的工会主席都来了。之前我对她说："今天给你找朋友，你不要多说话。"她就一直坐在我身边一声不响。吃饭时，男方来人问她："姗姗，给你介绍对象要不要？"她笑笑不开口。又问男的："你要不要结婚？"男的点头。"把姗姗介绍给你好不好？"男的说："好的，好的。"我这时想姗姗不开口也不好，就让她吃菜，谁知她一抬头对我说："妈妈，我没说话哦！"

那个周末，男孩买了一双37码的布鞋送来了，姗姗只能穿35码，我帮她垫了后跟，她天天穿着上班跟人说："我男朋友买的。"

这个男孩跟我女儿一样搞不清数字，他每个月的工资也有七八百，都被人骗光了。他们的婚事都是我办的，结婚后我又给女婿补办了残疾证，这时我成了他们两个人的监护人。我带他们做婚前检查时，两个人拿着尿杯到处跑，嘻嘻哈哈笑。我看着他俩，也不知该哭还是该笑。

我最怕他们会生孩子。不能要孩子,这是我的原则。一是我老了,没有能力再帮他们养小孩;二是万一生了智障儿又给国家增加负担。但是怎么才能不让他们生育呢?不敢给女儿结扎,怕引起并发症,放环她又不配合,唯一的办法是打长效避孕针,每个月月经后几天就要打。

女儿结婚至今已有14年,在十几年的时间里,每个月我都提心吊胆想着这个事。他们两个人根本搞不清,我送药送针不是去早了就是去晚了,一个月跑几趟,月月要管牢他们,还经常带女儿去检查。

唉,现在这件事终于可以放心了,女儿患了精神分裂症后提前停经了。

中年姗姗——认为她老公是世上最能干的人,他回家会对她说很多话,她张大嘴巴听得出神

我从来没有后悔过让女儿结婚,虽然身上的担子更重,但我也得到了很多惊喜。女儿结婚时希望像所有的女孩子那样,不再住在父母家里。让他们俩单独在一起,这对我们都是一个考验,我愿意满足孩子的要求,也希望他们真正开始自己的生活。

有一次女儿转了两趟车回家了,我又惊又喜。住了两天她要回去,说:"妈妈,我结婚了,我要回家,他在家里等我。"我流着泪不住地点头。有一次我留她多住几天,她不肯,走的时候对我说:"妈妈我回家去了,你自己当心,你有高血压,我会来看你的。"真像一个出嫁的正常女儿啊,30多年过去了,我终于等到了这样一句话。

作为一个母亲,我最宽慰的是,女儿和女婿非常相爱,并且他们有一种特殊的相爱方法。他们之间的交流只有他们懂得,智障人都很主观,认为自己对。我女儿就认为她老公是世界上最能干的人,他回家会对她说很多话,她张大嘴巴听得出神,"哦哦"地叫。他们之间也十分关心、体贴,女儿回家一次恨不能把家里东西都搬回去给老公。有一回我给她一百块钱嘱咐她交给女婿,她却在路上给老公买裤子、鞋子,还买了伤筋膏药。他们俩在我家吃饭时总是互相夹菜,我女儿把大块的肉堆到老公碗里:"吃,吃!"女儿牙不行,她老公就把肉咬碎了喂她吃。

他们俩平时过日子,我女婿买菜,他一般只会买青菜、豆腐。我女儿负责烧饭,等女婿回家烧菜。有时我让女儿在家住几天,我烧的菜总比她老公烧的好,可是姗姗说:"青菜、豆腐我也要吃的,他烧的、你烧的我都要吃的。"

女儿住院,我女婿担心死了,早上5点多就跑来了,买了娃哈哈、瓜子、水果,周末他到医院里陪一天,两个人不停地又说又笑。

但是我担心的情况还是发生了。如果让他们生活在自己的世界里,那他们是最幸福的人,可惜他们是生活在正常人中间。

我女婿因为脑子不好,在工地上做最累最重的活,工地上还要他白天做工晚上值班,这样他就不能回家。本来他们夫妻俩配合得很好,那时我已给姗姗办了退职手续,她不上班了。可是老公几天不回来,女儿就乱套了,马桶拎到水沟里

倒,洗澡水从楼上倒,邻居们打她骂她……我去时,姗姗已大变,披头散发地躲在黑暗里不出来,看见我大哭:"妈妈我疼,香烟,烫!"

在这种环境下,女儿患了精神分裂症。治了一年多,医生说要恢复到原来不太可能了。

有人说:"阿梅,你走了以后他们俩怎么办?"

是的,我日夜都在想着安排他们的事情。我决定给女婿办退职,不能让他累死了。为女婿办退职、迁户口、买保险,这些事我跑了22个单位,有的单位跑五六次……整整跑了7个月,我已经70岁了呀。

现在我女儿每个月退职金有900多块钱,可以管生活。女婿可拿两年的失业救济金,他的户口也迁入我所在的社区,在社区里交养老保险,交到55岁办退休就可拿退休金。现在他49岁,还有6年退休。这所有的事他们都不懂,只有我来安排,所以我在81岁之前一定不能死。我最大的安慰是这两个人都是企业退休职工,我走了还有政府照管他们。

为了改善女儿的生活环境,在一位多年知心姐妹的帮助下,我花三万多块钱给他们长期租了房子,现在他们在那里生活得很平静。姗姗的精神病也好了很多,我经常去看他们。女婿会告状:"她一个人走外面,尿裤子,洗澡不洗……"我就说:"好了,女儿我带走,你管自己吧。"他马上低头:"那不好的,姗姗我要的。"这边女儿也告状:"他打我!""妈妈带你回家?""那不好的。"我批评女婿不能打人,姗姗立刻护老公:"妈妈不要骂他,他好的……"

我说了我女儿从小到大的事情,不是想说我这个妈妈有多辛苦,再苦都是我应该的。我是想让更多的人知道,残疾人更需要社会爱他们,他们也更珍惜人们的爱。作为一个母亲,我恳求大家保护他们,宽容他们。

锅碗瓢盆

分离与重逢

欢笑和泪水

日出日落周而复始

醉人的酒

原来这样酿就

凡人传奇

一样五光十色且跌宕起伏

小人物史记Ⅱ

悠悠岁月

全凭爹爹做主

口述 孙逢南 孙 洁 整理 莫小米 邹滢颖

父亲说：

听我说了，你不要太吃惊。因为我第一次听女儿这么说，就曾大吃一惊。

听我说了，你不要以为是天方夜谭。因为所有听过我叙述这件事的人，都把它当天方夜谭。

她说了什么？她——我女儿倩倩说："我不想自己找男朋友，爸爸妈妈养育了我，我无可报答，就把选择另一半的权力，交给你们。"

我女儿23岁，是大三学生，开学大四了。学艺术设计的，在杭州的一所高校。

今年年初，好像是春节前吧，在一次亲友的聚会上，倩倩当众宣布了自己的想法。她轻声慢语的，却语惊四座！你能想象的，那情形。

席上，大多是她的长辈，都是我和她母亲的朋友，年龄相仿的，都正好在为儿女婚事犯愁。说来也巧，三家人生的都是女儿。一个呢，女儿到了婚嫁年龄，却像没这回事儿似的，比我们倩倩大3岁呢；还有一个，女儿老早"私订终身"了，也不通过爹娘，好歹养了她这么大嘛。

因此你想象一下，倩倩一语既出，在座有的笑了，有的愣了，不当她正经话的。当她行为艺术，当她反话，气话，以为我们怎么管束她了，逼的。

谁知她是经过深思熟虑的，她说爸爸你帮我选定三个候选人，我从中选择一个。

作为家长，当然我首先是感动，是幸福。我周围的人听了，无不羡慕地说："啊，要是我的儿女也能这样，多好。"香港艺术学院的一个院长听了，也特别欣赏，说："啊，咱祖国大陆还有这样的好孩子！毕业后一定让她来香港学院继续深造。"

我自己啊？我倒是自己找的对象。我是"老三届"，下放到乔司农场，后来被整编为生产建设兵团了。我、老刘、老李，就刚才说的三家人家，我们三个那时都是在农场找的对象，巧不巧，三个杭州小伙子找了三个宁波姑娘。三家到现在还走动得很勤的。

那时的人，多单纯啊，也没有什么事业、目标，就可以花很多时间来卿卿我我谈恋爱。我们夫妻，到现在感情还很好的。她50岁生日，我送她一辆红色的"美人豹"跑车，够浪漫吧。

但如今和那时不一样，我看到的情景太可怕了。仅仅一个月之内，我们同事的子女中有几位被男朋友抛弃，而且都是同居过的，所谓自由恋爱的。其中一个还抛开了家庭，追随男友来到杭州，才不过半年就"拜拜"了。我为她们难过，她们不在乎啊，她们说现在这社会，换三个男朋友是很正常的，换十个八个才不正常。

我总觉得女孩子还是单纯，向往所谓的浪漫爱情，一不小心就陷了进去。但我熟悉现在的有些年轻人，走马灯似地换女朋友，似乎越多越时髦，根本不打算结婚的。还到处吹嘘炫耀。

我们爱女儿，一天一天看着她长大，无法想象，我的女儿也落到那种地步。

倩倩小时候体质比较弱。但她很要强的，坐在妈妈的自行车后座，脚夹进钢丝里了，妈妈哭了，她不哭，还安慰妈妈。

她7岁时到深圳来看我，那时，她的小腿骨头已经断了，为让我放心，竟然原地跳几下给我看，后来拍了片子知道她骨折，我很震惊，这么小的女孩子，能忍受如此大的痛楚。我就觉得她是可造之才。

我嘛，是个教育工作者，原先在杭州一个中学教书，上世纪80年代辞职下海，到深圳、香港，八年。

做什么？打工啊。什么都做，晚上就住在养花的塑料大棚里，那种摆花的尺把宽的石条，我们这些"北方佬"一人一条，点一股蚊香，就算是铺位了。苦不怕，我有目标，我是学习去的嘛，学习他们的先进教育理念。我们同去的几个，晚上就聚集在图书馆里，阅读、讨论，有机会也去参加竞标。完成资金和观念双重准备之后，我就回杭州，回来自己办学校。

也许吧。教学生和教孩子，不能截然分得清楚。对倩倩，我要求是蛮严格的。或许你们会觉得有些苛刻吧。

比如，我的学校高中部里实行的是承诺教育，规定男女生不能单独相处，男生不能进女生宿舍的，学生一谈恋爱就开除。太严吗？这条规定深受家长欢迎。倩倩大三时，为了提高学习效率，我在自己学校给她派了一间单人宿舍，我和门卫讲了，你们给我看着，10点半之后，不许她进门。

我办一个"领袖培训班"，这是国外学来的。挑选各学校各年级的第一名，强化他们的发散思维能力、团队精神、个人的号召力和影响力，造就领袖气质，先要吃苦；对倩倩也是，她初一的暑假，我让她上街卖棒冰，太阳底下，卖了将近一个月。上大学后，寒暑假就到我学校来兼课。我们有12处校区，我让她去最差的，一个顶楼上的教室，40度高温，没有空调。

她没有二话的，她向来服我，听话。对了，这也是我一贯坚持的原则。我最看不惯孩子不孝顺父母了。来我学校报名的，我从一旁观察，看出这种苗头，一概拒收。有个孩子，仗着爹妈是什么干部，死活不愿意住六人间，父母跟他说道理，他竟然扭头就走。这样的孩子，20天试读后，就拒回他了。这一点我对倩倩是最满意的。

有可能，但也不绝对，也不一定是因为我自己优秀。我妹妹吧，是个处长，中央领导下来、外宾来访都经常出面的，按说也算优秀吧，但在孩子那儿就是没有一点点威信。她女儿大学毕业，她主张女儿在国内发展，为她找好了不错的工作。但女儿非要出国，我也不是说出国一定不好，但她到了似乎不出去就无法生活的地步，我就觉得不正常了。你说对吧？

在教育子女上，我有一点很硬。我常对倩倩说："我愿意得罪你一辈子，我不怕得罪你，老了我进敬老院，压根儿不图你回报。"

狠吗？她妈妈也这么说。女人嘛，总是宠孩子。结果呢，小时候她和妈妈好，现在更倾向于我了，许多选择她都赞同我的。

当然有个过程。比方初中时吧，倩倩当了班级的卫生委员，那个关心集体！我不反对，但我说你做一年够了，到时影响了学习，不会奖给你一分的。真是一语成谶啊，果然，她中考不多不少正好差一分。

高考时倩倩和我又有分歧，她想考别的专业，是我主张她考艺术类的，我觉得她对事物的观察力比较强嘛。她听了我的，现在她承认我是对的。

她佩服李嘉诚的儿子从小列席父亲的董事会，说也要列席我的校长会议。暑假第一天，她就跟着我上班了。我到人才市场去招人，也带上她，用谁不用谁？她说了算！

生活上我对她要求严，我是把她当作人才来培养的嘛。我主张艰苦朴素，吃不能讲究，穿衣服我有时看不惯，现在有进步，至少不俗气了。吊带装？绝对不可以的！

是啊，我就是把她当男孩子来要求的。但如果真是男孩，我的要求还要翻几倍都不知道。

你说倩倩选择了推卸责任？最后还是要她自己拿主意的嘛。她只是觉得自己的圈子相对窄小。一是年龄，倩倩希望能比她大5到10岁，成熟一点。再一个，她不喜欢同行，看好公务员、医生，总之比较理性的、职业比较稳定的那种。这样的条件，她的圈子里就遇不到了。

你说倩倩放弃了人生最幸福美好的一段？一见钟情这种事情，电影小说里演演的。我们中学教师里有个著名的美男，为追一个女孩，可以在她的必经之路上等候半天，用自行车撞翻人家。但追到后，很快厌弃。倩倩不想冒这个险。

你说有"父母之命"、包办婚姻之嫌？告诉你，我有个妹妹当年把男友带到家里来，我目睹他的一些小细节，就觉得此人不合适。我父母却说："他们自己好就好，让他们去。"后来怎样？离婚了。这一点，恰恰是我现在反对的，我觉得父母在儿女婚事上应尽到责任，所以倩倩的决定正合我意。当然我也有压力，觉得责任很重。

本来我打算明年春天着手，谁知她人小鬼大，她说现在就可以开始了。她说："你们选人，包括各方面的考察，3到6个月总要的，这段时间又没我什么事对吧。他要比我大5岁以上，现在就快30岁了。我毕业后，双方接触一年左右结婚，也不用太长。我不想多浪费时间，有了美满家庭，接下去就可以专心做事业了。"

对未来女婿，我和倩倩达成的条件是：30岁左右，学历嘛，大专以上就行啦，工作稳定，作风正派，支持倩倩的事业，经济条件我们倒不在乎。还有一条我坚持的，他最好是来自农村的孩子，家庭贫困些的。为什么？我觉得现在家境富裕的家长，教育子女容易出大问题。我们学生夏令营去香港，过罗湖桥时，家长们一个个大包小包，孩子呢，手里拿着饮料喝；而从对面过来的香港孩子，都是自己背包，个个晒得黝黑，汗淋淋的，也没人去给他们擦。你说将来怎么比？

贫困家庭的孩子，人生的目标会明确些，事业上会比较有追求。这一点倩倩也认同。

女儿说：

我小名倩倩。今年23岁，大三学生，学艺术设计的。我要说的是，我把择偶这件事交给父母亲去做，是我自己的想法，我想了很长时间了。

第一次是在春节时，家里人吃饭时提的，当时有很多大人在场，父亲听了，很吃惊，以为我开玩笑。当他知道我真的这么想时，他很高兴。

第二次，没过了多久，在父亲的生日派对上，父亲的朋友、同事，很多人都在，父亲为了怕我反悔特地向大家宣布了这件事。在座的人听了后，都夸我听话孝顺，说我从小就是这么乖的，都说要让他们的儿女来向我学习学习。父亲非常高兴，说我这么做，是对父母最好最好的报答。当场父亲就请他的同事们、朋友们帮忙想想，找一下圈子里的合适人选。

我想找的人和父亲想的基本相同。我提出三个条件：第一个是要支持我的事业；第二个就是要本分，对整个家庭负责；第三，我对他的经济无所谓。我希望他比我大四五岁，能照顾我，我能依赖他。父亲觉得那个人最好来自农村，困难家庭出来的孩子更好，专业是非艺术类的，逻辑思维能力强些，像医生、教师、公务员都挺好的。父亲对城市孩子的教育很失望。我也这么认为，农村里出来的，求生欲很强，有上进心，比较谦卑。

现在的社会太复杂了，我的阅历又浅，父母看人一定比我有经验。在父亲的学校里、我自己的学校里，我都看到过很多谈恋爱失败的事。在我的同龄圈子里，像我一样没有男朋友的已经为数不多了，大部分都有，但分手的很多，没有结果的。我不希望父母因为我有这种事而伤心。

我比较注重结果，没有结果的事，我会很理性地不去做，因为太浪费时间了。像我对自己都有计划，先成家后立业，我毕业时是 24 岁，我希望有自己事业前能组织好家庭，越早越好。我父母通过出硬广告，以及在自己的交际圈中寻找人选，他们先在硬件上淘汰，最后选出三个人给我。我会和这三个人同时接触交往，我也不在意他们是不是同时和别的女孩交往。如果交往了三个月，我发现不好的话，会立刻停止；十个月，不好的话，也是立刻停止。我不希望浪费时间。

　　我也曾有过喜欢的人，自己欣赏的人，但那都是小时候的事了，是种朦朦胧胧的感觉。自己想了想不可能的，就不会去付出。因为付出的话，都是有风险的，我会尽量选择做没有风险的事。现在读大学，也有一些男同学对我表示有好感，但我会很明白地告诉他，我们只能是朋友。如果他们没有通过父亲这一关，我是不会和他们深层次交往的。

　　我也知道轰轰烈烈的爱情，就像烟花，盛开的时候很夺目，但是剩下的是什么呢？一堆灰烬。我不要那种从 100 度一下子降到 0 度的爱情。我更注重婚姻。我觉得两个人的爱情是能在结婚后慢慢培养起来的，从 1 加 1，往上加，就算加不到 100 度，也没关系，我喜欢细水长流的感觉。

　　我小时候身体不太好，厉害的时候，连大腿骨都断过。五年小学读了三个学校，所以我现在大学班上的同学都比我年纪要小一些，我觉得我要比他们更成熟更理性一些。我现在身体好了。妈妈对我的要求没有爸爸来得高，她觉得像我这样的小姑娘，穿活泼一点的衣服，做些轻松的事就很好，没必要去做很辛苦的事。但是我和父亲的意见却是一致的。比方说，去父亲的学校，我一定会穿比较正规的衣服，黑色的套装，我觉得我的形象不仅仅是代表自己，还代表了父亲。

　　父亲去深圳八年，吃过很多苦。他回来后，做教育事业，做得很成功，我很崇拜、很尊敬他。我小时候很任性，但毕竟是小时候，不懂事。我们现在有分歧，一家人就会在饭桌上进行讨论，很民主的，三个人有三票，但经常是我和爸爸意见一致。比方说读初一那年暑假，我提出要参加社会实践。这么热的天，到大街上去摆摊，母亲当然不同意，父亲却支持我。他想办法，找了熟人，让我在杭四中附近冰雕展门口卖冰棍。父母亲都帮着我买去了两大箱呢。

　　读大学后，每年寒暑假，我都会主动打工。大街上请人做问卷调查，到影楼去做相册的设计，都是自己找上门去的。不过为别人打工学到的东西毕竟有限，我想我毕业后，要么进父亲的学校，继承他的事业；要么自己也开一个设计工作室，父亲会在业务上支持我的。

　　父亲说过没有目标就没有生活，所以今年我在父亲的安排下，去了一个刚刚起步的设计工作室，我可以从它最开头的运营学起，能从底层看它怎么做。这对我将来自己做工作室是非常有帮助的，能让我少走很多弯路，节省时间。我接受这样的安排，是因为我认为比自己盲目地去打工更能积累经验。我现在一有时间就去父亲的学校，列席旁听校务会议。父亲喜欢进行领袖教育，我参与他的管理，甚至和他一起去招聘大学生，有的人能不能进父亲学校，还是我说了算，所有的这些，也是一种职业训练吧。

　　遗憾的是在现实中，我很少能接触到一些成功的同龄人。中考时，我普高差

悠悠岁月

一分，高考也不是考得很好，所以我不太能接触到很优秀的人。父亲说起他朋友的孩子，去美国哈佛念书，三个月后就帮博导带实习生了，像这样的人我就碰不到。我的圈子很小。我现在在大学班级里能保持名列前茅，在专业上我很用功。记得有一次做作品，我自己敲了好几天的白铁皮，铸手模，让许多手从白铁皮箱的洞中钻出来，从小看我长大的叔叔觉得我力气小，忍不住要帮我，但我还是自己完成了。这件作品名字叫《束缚》，后来被选为留校作品。我觉得只有自己强了，才是真正的强。

我在大学班级、学生会里都没有担任什么职务，但我是最早一批去听党课并通过培训考试的，不过我现在还不是党员。能拿奖学金。父亲为了我的学习，特意在他的学校里给我找了个单间，要求我每晚十点半前必须回宿舍，他请人监督，每天都有我回宿舍的时间记录。除了偶尔参加补习晚了，这个能向父亲说明白的，我都准时回去。我的家离学校有些远，父亲为了提高我的学习效率，特意给我买了辆奇瑞QQ。我们家有三辆小汽车。妈妈50岁生日时，父亲送了她一辆"美人豹"跑车，当时因为妈妈形象比较符合吉利汽车集团对于"美人豹"的定位，所以竟成了"中国第一跑"的拥有者。不过这辆红色小汽车现在归我开了。大学生开小汽车在学校里很显眼的，我的成绩又比较好，我估计我的背后会有人说闲话的，也会有人嫉妒的。每年同学投票评三好学生，我都评不上，除了我体育成绩不好外，可能也和这个有点儿关系。

还有一件事是出国，尽管我家在国外的亲友特多，但我和父亲也是同样的意见。当时妈妈天天跑中大广场，去了解留学信息。那时小孩子留学是件很时髦的事，把孩子送出国是很多父母亲的愿望。但是我不要去，父亲也不赞成我出国。我觉得出国能不能成功也是件很有风险的事。我在国内也能做得很好，也会有自己的事业。一件事有80%成功的可能，我才会去做。父亲说不要做贪大求洋的人，我和他观点一致。

父亲什么都好，就是太节约，有时甚至到了吝啬的地步。比方说，开了电视，父亲就说不必开灯了，电视的亮度足够照明的。还有一天，我回家，我们家是个特大面积的房子，我找了好几间屋子，才发现爸爸妈妈挤在一间最小的房间里睡觉，开了个马力最小的空调。父亲说，现在电力紧张，应该节约用电。但为了我搞设计，却可以从香港买回几十瓶有特色的洋酒，供我创作参考。还有父亲太懒，妈妈不在家数天，饭碗要抽签，输者洗，他还特别要赖。

我平时不去电影院看电影，太浪费钱和时间了，想看的话网通上也可以看一眼。我有几个好朋友，是爸爸朋友的女儿，我们会去卡拉OK厅唱唱歌。我喜欢刘若英、林凡的歌，都是节奏比较舒缓、很生活的歌曲。文史哲方面，我喜欢看张抗抗的小说《作女》，喜欢看《读者》和时尚类的杂志，看所有和设计有关的书。电视放着的时候，我就顺带看新闻，社会上不好的事，我只会要求自己做得正，会严于律己，但我不会去呼吁什么的。

我的心理平衡能力很强，作出让父母来择偶的决定，我不会后悔。

"雷锋"疗法

口述 尉梅荣 整理 叶全新

　　我妹妹去年走了,我根本接受不了,人家放黑白照片,我不放,我就放这张彩色大照片,放在我床头上面对面,天天看。

　　我妹妹是当年"湖墅十姐妹"的三姐,我是二姐。十年前湖墅十姐妹学雷锋的事情不知道现在还有没有人记得?我就是发起人,一直支持跟着我干的就是我妹妹。后来我抑郁症发作,在床上待了四年,我妹妹也没了……

　　我有 24 年精神病史,抑郁症和躁狂症交替发作,现在这阵子很平静,既不抑郁也不躁狂,所以才给你们打电话。我思维非常清晰,我不是疯子,如果是,那就是一个非要学雷锋的"疯子"。

我不停地想,脑子转得飞快,人却不会说话。被送进精神病院

　　37 岁之前我是一个正常人。

　　1978 年我调到一家区医院,那年 31 岁,让我当防疫卫生保健科主任,我当主任后这项工作就年年被评为县级先进。当年整个绍兴地区建成八座农村自来水站,其中有六座在我们区里。

　　医院在山区,全区 248 个大队,那时候还叫大队,我到过 246 个。全区的地形,现在一闭眼还清清楚楚,我带人勘察地形,看哪里建水站更合理,精打细算为农民省钱。

　　两年后我入党了,1980 年 7 月 15 日。怎么记得那么清?这是一个人政治

生命诞生的日子,当然记得清。

1982年系统准备上报评我为省级卫生先进工作者。没想到噩梦也开始了。某位女领导大概怕我红了会取代她的位子,连续在医院三个集体会议上批评了我的工作,当场有人对我指指戳戳。

我整个人傻掉了,心里非常难过,怎么也想不通,为什么对我无限上纲公开批评? 自己全部的努力都被否定了,今后的工作还怎么做?

我不停地想,脑子里转得飞快,人却不会说话,成天坐在办公室发呆,也不做事。走路走着就会停下来站住,站在那里半天不动不响,开始同事们还喊我叫我,后来他们都怕了。

要说领导批评也算不得什么重大打击,为什么会引发我这么严重的后果呢? 因为我这人就是跟别人不一样。举个例子,1964年我国第一颗原子弹爆炸,消息出来后我激动得要命,可是我看到别人都无动于衷,真是奇怪,这可是国家特别大的大事啊,怎么就像没发生什么事一样的呢?

年轻的时候,我觉得做人的目标要先定下。我看过《钢铁是怎样炼成的》,"当回首往事的时候,他不会因为虚度年华而悔恨,也不会因为碌碌无为而羞愧⋯⋯"怎样才能不后悔呢? 我一生都后悔我的婚姻,那是另一个故事不说了,他人也早就死了。但我们这种婚姻一直维持得很好,我从没想过要离婚的,那年代,好人不离婚。爱情的目标没了,我就想要事业的目标,要在工作中做出成绩。如果说一个人有初衷,这就是我的初衷。

还有个遗传原因。我外公的弟弟,小外公就是发躁狂症,38岁时死的。一天,小外公看到窗子外面的地上有许多金元宝,其实是一只老母鸡带着一群小鸡在觅食,冲到外面一看,金元宝没了,他发病了,骂人打人砸东西,就是通常说的武疯子。家里没钱治,发来发去就发死掉了。

我也那样。白天晚上胡思乱想一个多月,跟谁都不说话,也没有人亲近开导我。突然有一天在上班时躁狂症发作,骂人、砸桌子、摔板凳,单位里派人和我弟弟一起把我扭送到了精神病院。

第一次还没住院,医生开了药。弟弟每天强迫我服药,我把药片塞在舌头底下,张开嘴给他看,等他一转身我就"啪啪"吐掉了。

家人只好送我到古荡。杭州精神病院老早就在古荡,骂谁有精神病就说把你送到古荡去。

我担任大组长,组里78个病人被我管得牢牢的,医生见我就笑

从1983年起,24年里我先后住过六次精神病院,最长的六个月,最短的几十天。工作——发病——工作——又发病,以前那个我已经不在了。

很有意思,发抑郁症的时候我不说话,发躁狂症的时候我拼命说话;发抑郁症时我极其自卑,发躁狂症时我极端自大,你们算什么? 我是千岁娘娘! 说话没人听我就唱歌,天天唱"学习雷锋好榜样"。我根本不认为自己有病,唱得邻居都关上门,叫我不唱我还要唱。

好像那时候精神病人很多，住院都住不进去，我三弟到古荡求了三天，才被接收。到医院去的车上我突然平静下来，神秘地告诉他们："我是到医院做卧底的，你们不要告诉任何人。"

那时候医生真好，给我剪指甲时哄我："你是做大事的人，这样的小事就让我们替你做吧。"我就很高兴很听话。

很巧，精神病院有个医生也是卫生系统省级先进工作者，他名字曾和我一起登在报纸上，我记得这个名字。我记性很好，到现在一直好。我住院后逢人就说："我跟医生一样，是省级先进工作者，你们不要瞧不起我。"医生就找我说："你是先进，干大事的，能不能做病人的大组长？"我高兴死了，就做大组长。

有些病人很可怜，半年都没家人来看一眼。我把家里送来的水果和点心都给他们吃；我组织人打扫卫生、擦玻璃，把窗子擦得跟镜子一样；我还要他们吃饭排队，过去一到吃饭就乱成一锅粥。我办法很多的，我说从现在起，谁要是不排队，我就叫医生不让他出院！病人最怕不让回家，立刻乖乖排队。

医生最头疼的就是病人天天骚扰他们开早会，我当大组长后每天早上站在那里挡牢，谁也不许走近这个区域。我一站，病人就走开了。大组78个病人被我管得牢牢的，医生见我就笑。

精神病人里面，有很多会说英语的人，我就跟他们学习交流。有一次德国人到杭州精神病院来参观，一大帮人还扛着摄像机。我立刻背过身低下头，我可不想作为精神病人被他们拍下来。

忽然德国人问："有谁会说英语吗？"没有一个人应声，我急死了，你们不是英语说得很好吗？为什么不说给外国佬听听，还以为我们没本事。头脑一热我马上站起来举手："我来说。"

我说了三句：I love my motherland（我爱我的祖国）；I love the Communist Party of China（我爱中国共产党）；I love the People's Republic of China, welcome to Hangzhou.（我爱中华人民共和国，欢迎你们到杭州来！）

德国人问："你什么时候学的这么流利的英语？"我回答自学的，他们鼓起掌来。

1962 年版的《雷锋日记》，我珍藏了 46 年。那时我是少先队中队长

1994 年 5 月 7 日，老公脑溢血死了，才 51 岁。这一天我好像有心灵感应，当天突发躁狂症，五天五夜不吃不睡，背个照相机满街跑，到处找新闻。那时我是诸暨报的通讯员，我的证件是 80 号。

我虽然是一个精神病人，但我不服气，不认输。我想精神病不是判了死刑，如果我还是活得有目标有理想，可能这病永远不会复发。不能从事正常工作了，我就学习写文章，我还是鲁迅文学院的三年级函授生。20 多年来，我在全国各地报刊上发表过通讯报道、卫生科普文章和微型小说等，大概有几百篇。

2000 年 2 月 14 日，《都市快报》发表了我的《漂亮地灯屡屡变瞎》；4 月 21 日，《浙江工人报》发表了我的《呼吁：请不要践踏国徽的硬币》。平常我在街上

悠悠岁月

走，一看到地上有一分两分的硬币，我就要扑上去捡起来，常有人对我白白眼，嘎贪小财。其实我是看到有人踩着钢币上的国徽走过去，我受不了。总共捡了一大包在那里，后来1角钱的硬币上改成兰花图案了。

有人说国家是空洞的，个人才是实在的，我不懂为什么？在我眼里，那颗爆炸的原子弹，钱币上的国徽，街上的房子、路灯这些东西都叫做国家。还有人，也是国家的人，中国人就代表中国，美国人就代表美国，中国人里面最能代表国家的人就是雷锋。

有一本书我珍藏了46年，1962年出版的《雷锋日记》。那年雷锋战友乔安山来杭州，还在本子上题了词：向十位大姐学习。我们那个时代的人也有自己的偶像，我的偶像就是雷锋。而且我们对偶像的忠贞度是一生一世的，不像今天的年轻人朝三暮四。

1963年3月5日，毛主席发表"向雷锋同志学习"的题词，那时我是少先大队的中队长，当时我就发誓：这一辈子要听毛主席的话，向雷锋同志学习，做一辈子好事。

从学校毕业后，我曾在建德工作十年。我看到山里人穿的袜子容易破，天冷，围在火堆边火星一爆就破了。送到镇上补一双要五角钱，我就想帮他们补袜子。无师自通，补好后花纹图案一样的，免费修补，来者不拒，几年补了几百双袜子。那时我就感到，你对人一分好，人回报你十分好。山里人送我鸡蛋、面条、红糖，我妈来了家家拉了去做客，做那种贵客来了才吃的玉米面饼，外面皮很薄里面包很多的菜，也不知道他们是怎么做出来的，真好吃。

我一个人做好事，说我有病。我干脆拉支队伍起来，大家学雷锋做好事

1994年8月2日，我妈妈生病，一个月后就走了。妈妈没有了，几十年之后我又回到杭州，住在妈妈的这间房子里。14年了，也可以说饱受人间冷暖。

开始邻居们并不知道我有病，后来听说了，大家看我的脸色就不对，一边跟我说话，一边背过脸互相使眼色做小动作，我都习惯了，也不当回事。

改革开放以后，我也想搞经济做生意，还开过花木公司，帮人代售珍珠等。诸暨的珍珠很有名的，但是我卖掉的不如送掉的多。那边亲戚就说："算了，你自己处理吧，我不要了。"

我想这些珍珠粉、珍珠糖，过去还是皇上的贡品，都是好东西。好东西要送给老人，我就送给小区里70岁以上老人每人一包，送老太太珍珠项链每人一根。还到敬老院去送，我经常到敬老院给老人们唱越剧。我越剧唱得很好的，最喜欢茅威涛的殷派。唱一段给你听，《陆游与唐婉》里的"浪迹天涯"："花易落，人易醉，山河残缺难挽回……"

这一段，我今年春节要在区精神病人联欢会上演唱，这是我的心理医生定下来的。他分管拱墅半个区的住家病人，有50多个，那全区总有百来个精神病人吧，还不包括那些住院的。

可是没想到我给老人送东西还有人骂我白痴，说："这种好东西送给年轻人，用了好还会来找你买,送给老人有啥用?"有人说:"不怪,这个人真当有病。"

也有人把这些话跟我说,我想我有病遭人鄙视,但我还当过省级先进工作者呢。现在我一个人做好事你们说我有病,我干脆拉支队伍起来,大家学雷锋做好事,看你们再怎么说?

我就像个孩子似地赌一口气。第一个先跟我妹尉梅玉说,要找十个姐妹一起学雷锋。她说她也要参加,我说你在上城区哎,妹妹笑,姐姐你又糊涂了,学雷锋还分什么上城区、下城区?

我们姐妹俩就这样开始了,找来找去找到 7 个姐妹,都是平时在小区或公园里认识的街坊邻里,她们都愿意学雷锋帮助人。其中有几个姐妹还在上班,有居委会的有管理公园的,墅园公园就成了我们的集合点。后来找到第 10 个人,比我大做了大姐,我是二姐,我妹三姐,依次往下排,湖墅十姐妹就这样排出来了。这是 1998 年 9 月份,我 51 岁。

叫这个名称也是因为我喜欢越剧,不是有个越剧十姐妹吗?

那几年有人说中国没有雷锋了,我就是想证明,中国永远有雷锋

雷锋怎么学? 我点子很多的,首先要求每人结对帮助一个需要帮助的人,"有经济能力的帮助特困户,有健康能力的帮助无力人。"我们到居委会打听那些需要照顾的残疾人、困难户、孤寡人。

其实十姐妹之前,我就一直在帮助一个残疾人。她 50 多岁,6 岁时脑袋砸到火盆上,智力就停在 6 岁。长大后在马路上乱跑,又遭车祸断了腿,靠着哥哥照顾她吃喝拉撒,马桶就放在桌边。我到她家,帮他们搞卫生,我就是搞卫生防疫出身的啊。每次去都给她买水果,给她讲故事、讲笑话、唱越剧,她哥告诉我,几十年妹妹不会笑,可是每次你一来她就笑了。

我们到四个居委会发了联络单,上面是我写的湖墅十姐妹宗旨:学雷锋做好事,有困难找我们。从大姐到十姐,每个人只留电话号码。我们约定无论是集体还是单独做好事,每个人只报十姐妹的身份,不说名和姓。

那几年有人说中国没有雷锋了,我就是想证明,毛主席叫我们学雷锋,他的话永远有人听,永远有人学雷锋。我觉得十姐妹都是社会最基层的妇女,她们都能学雷锋,还有谁不能学?

我从不想出名。你说一个精神病人想出名干什么? 怕别人不知道你有病啊。我最恨的事情就是搞形式,你们肯定想都想不到,每年三月五日学雷锋日,有些敬老院老人一天要洗五遍澡! 有人都给洗感冒了。怎么不好平时去洗? 毛主席说过嘛,难的是一辈子做好事。

还有今年杭州公交车搞个周一让座日,公交车上时时刻刻都要给老人、病人、小孩让座,这是国民自发的素质,中国五千年文明史,不需要再来倡导这种最基本的礼仪。

古话说"好事不出门,坏事传千里",这话错了,我们十姐妹做了一点好事,就传遍了杭州,还传到千里万里之外。那一年媒体到处找十姐妹。天天有人报料:

三姐在某人家做好事,五姐在某小区做好事,十姐妹在某某路上清除"牛皮癣"……记者赶到人又走了。一时间,神龙见首不见尾,十姐妹,你们是谁? 到处都在问。

有人打电话来说,现在谁还学雷锋啊,只有疯子才学雷锋

1998年12月24日,《钱江晚报》登了一篇文章《"二姐"终于找到了》。你看,这是当天的剪报,旁边是我写的:姐妹们,真是好样的,我们做好事,并不是为了出名,也不是为利,是为了一种做人的信仰——当你回首往事的时候,可以自豪地说:我没有碌碌无为地度过。

可是怕什么有什么,一宣传,事就来了。十姐妹里有一个是我精神病院的病友,她的病比我轻得多,早就康复了,为人热情善良。十姐妹电话号码被报纸公布后,有人打电话来说:"这个人是疯子,现在谁还学雷锋啊,只有疯子才学雷锋,你们还真是疯子!"

接着有个组织机构找我,建议改组或者说重建十姐妹,因为我们的十姐妹多没有特长技能,比如会修理电器、会剪裁缝纫等,改组也是为了更好地学雷锋。还说改组后可以方便开展活动,打个横幅为民服务,媒体可以更好地宣传。

我一听很高兴,这是好事啊,不需要改组,让那些姐妹再加入,扩大队伍就是了。可是对方坚持只留下我一个人,可能因为我是发起人吧。我坚持学雷锋人越多越好,他们坚持还是十个姐妹,我说他们搞形式,他们说我不听话,谈崩了!后来的授旗呀、开会呀、活动呀,我都没去参加,宁可死,也绝不能丢下我的九个姐妹。

这件事让我很生气,心里特郁闷,好像要犯病了。

这天我妹来了。我想起妹妹跟着我,数九寒冬,我们十姐妹在街上刮那些到处乱张贴的小广告。妹妹是直肠癌病人,开过大刀,大便袋子就背在腰上,一站大半天,那次回家她两腿肿得下不了床。可是妹妹很快乐,我们都很快乐。为什么说要乐于助人,就是因为人做好事的时候很快乐,可是现在他们只发给我一本十姐妹证书! 我拿出那本别人送来的证书,和妹妹抱头痛哭,"为什么不要我?""为什么学雷锋还这么难?"

那是2003年,我们十姐妹已走过五个年头。回顾那五年,真是我一生中最快乐、最有意义的时期。

我们组织起来不容易,一定不能散了。学雷锋的人不能散了

接下来的2003年到2008年,整整四年多,我是在这张床上度过的,足不出户不见客不接电话,抑郁症重度发作。我缩在这里,一切活动都在床上,正常人是难以想象的。

床里边堆满了报纸书刊资料,我想毛主席的床上也是这样的,里边一排都是书。四年里除了上厕所我不会下床,别人端给我吃我就吃,不端给我也不要吃。

但我知道吃药,24年我天天都得吃药,抗抑郁症的、抗躁狂症的、中衡的。抑郁症严重时,我天天想自杀,一大瓶强力安眠药就放在枕头底下。但我自控能力很强,我想对有抑郁症的人说一句话:如果一个人真正想自杀,谁也阻止不了,但你自己可以阻止自己。

本来我想就这样抑郁下去,等死吧。但国家又发生大事了,我这个人的生命是和国家和政治连在一起的,2008年5月12日的大地震,把我震醒了。

24小时中,我要看十七八个小时的电视,眼泪都哭干了。天啦,我有活的机会,为什么不好好地活着?有人一百多个小时挖出来还活着,生的意志多强大啊,跟他们比我还算个人吗?我不是行尸走肉吗?

我要变成活人。国家发生大事,我要大变。我要从抑郁症里走出来,我才60岁,我还可以做个对国家有用的人。于是,我每天想应该怎么帮助地震灾区的人,后来我想明白了,像我这样有病的人,好好地活下去、活得有意义,也是帮助灾区。一个人连自救都不能,谈什么帮助别人?

第一步我要下床。我体力很好,今天早上只有13摄氏度,我床上还是凉席,身上穿无袖裙,这台电风扇还在对着吹。不冷,真不冷。我心里热身上也热,可能是躁狂症的体质吧,呵呵。

但我现在很正常哦,神志特别清楚,奥运会开过后我就更清楚了。从八月到现在我一直在忙,忙什么?十年前《沈阳日报》称我们是"西子湖畔雷锋娘子军",我要对得起这个称号。我想现在湖墅十姐妹要重出江湖,新名字就叫——雷锋娘子军。队长、副队长都有了。队长不是我,是更年轻的人,雷锋生前老连长虞仁昌做我们的顾问。

十姐妹中有人说过一句话:我们组织起来不容易,一定不能散了。我一直记牢这句话,学雷锋的人不能散了。

十姐妹曾经是三届"西博会"的集体志愿者。今年西博会开幕时,我穿上2002年发给我的红马甲,戴上这顶红帽子,自己去做志愿者。怎么做?大事做不了我做小事,为中外游客指路。我天天研究和熟悉地图,城市在变,路也在变,我四年没出门,可不能给人指错路。随身还带着这本杭州市精神文明建设委员会编的《市民日常外语会话》,不会说的就在书里找,来杭州的外国游客很多的。

喏,你看,我举着这张纸,天天从一公园走到六公园,上面是我写的中英文:免费为您指路。

小人物史记 II

我教儿子写作文

白乐天

孩子写作文往往头痛,不过我们家小乐还是比较快乐的。小乐并没有成为一个写作文的高手,并没达到"弦弦掩抑声声思,似诉平生不得志"之境地,不过现在的他,想说的想做的,都可以用他的笔很轻松地写下来。我认为,对于祖国语言文字能够熟练运用,并且有自己的思考,这就够了。

第一次写作文,小乐心得——不难写!

小学三年级刚开学不久,有一天放学,小乐很兴奋地说:"爸爸,老师说,我们要开始写作文了,作文是个什么东西啊?作文难写吗?"

我笑笑:"作文不是个东西,作文不难写的,作文就是你平时说的话,你怎么说话就怎么写,你平时说话难吗?"

小乐很认真地思考了一下,然后若有所思地"噢"了一声。

也是凑巧,我们那儿刚好要举办一个"药王节",其中有一项活动就是灯会,这个灯会是放在药王山上举行的,五彩缤纷,我想一定可以让小乐写作文的。于是对小乐说:"今天晚上爸爸带你去写作文!"他一听很激动:"写什么作文啊?"我说:"我们去看灯会,看完后回来写。"我让他准备一个小本子,还准备了一个手电筒,上山用。

一切准备就绪,带着一个傻乎乎的、对作文充满向往的小学三年级男生,向着我给他埋伏好的作文圈子出发了。我一路交代着:看灯会都有些什么人?他们在什么景点前兴奋？为什么会兴奋？从山脚往上看是什么景色？从半山腰看下来是一种什么景色？山顶朝下俯瞰又是一种什么景色？因为那座著名的药王山处在两江交汇处，可以说是时时处处景色都不一样的。还有，因为灯会的灯有各式各样的动物造型，我就问他，这个大象和恐龙有多大（他最喜欢这两种动物）？为什么会动呢？孔雀开屏和动物园里的真孔雀开屏有什么不一样？灯的颜色是怎么样变幻的？我认为，人有了，事有了，景有了，这个作文应该可以写了。

回到家，小乐很谦虚地问："爸爸，我怎么来写这个灯会呢？"我说："你就按时间顺序一件件记下来，明天交给我。"第二天晚上，他交给我一篇题为《药王山逛灯记》的大作，我一看，不得了，洋洋洒洒1300多字。我问："作文难写吗？"他说："不难写。"好，第一个目的达到了。

细细一看，还真像回事，虽然很啰嗦，连我没让他数的上山台阶他都留心数了，虽然有很多错别字，我还是表扬了小乐："不错不错，蛮好蛮好。"当然，我要当着他的面改病句，改错别字，他都很认真地"噢噢"，大概认为这是件很新鲜的事吧。

还是凑巧，那时我们县里刚好举行中小学生写作大赛，于是我就让他将改好的《药王山逛灯记》寄给大赛组委会，结果是他这篇处女作得了个优秀奖。小乐洋洋得意。

魔鬼式周记，段落、字数、时间——量化管理

在小乐的作文教学中，我实行了两个偷懒的办法，总的指导思想是，既要让小乐的写作上轨道，又不要让我自己太累着。第一个偷懒的办法是：三年级开始写作文，强行要求写三段，字数在300字以上。首段写出缘由并引出下文，中间段可以自由展开，结尾段把要交代的事情写完整。我的意思是，一定要完整，因为他要去适应作文考试的啊。

按这个思路，四年级就是四段，首尾两段，中间扩展为两段；五年级就是五段，首尾不变，中间扩展为三段。字数要求，四年级以上要求每篇不少于600字。六年级就不管这些具体指标了。

还有时间要求，也就是说，600字左右的文章，必须在30分钟左右的时间内完成，为了这个30分钟，又强化训练了好长时间。先是用毛主席的故事进行励志教育，说毛主席年轻的时候，为了锻炼自己的意志，经常到闹市区读书，不管多闹都如在无人之境。那时我们家住着不大的房子，客人来了，小乐在做作业，这是经常发生的事。我就和小乐说："你要学习毛主席，还要学习和尚的静心打坐，要融入自己的写作场景，想你要写的人，想你要写的事，想那些具体的细节，认真地想，和文章中的人和事交流。这样，你就听不到我们的说话声了。"

第二个偷懒的办法是让他写周记。具体要求是，从四年级起，每天一篇，每周五篇，周六交给我检查。写作内容不固定，想写什么就写什么。

每天一篇，太多了吧，要他命啊，小乐妈妈很心疼。我说："我是因人施教，你

别管。"开始几周，小乐最大的困难是，不知道什么好写、什么不好写。这个时候，饭桌上的交流就成了他晚上写作文前的定题会了，这个有点像媒体的谈版会：今天有什么新鲜事？学校和同学中有什么新鲜事？上课上到了什么内容，哪些内容印象比较深刻，一个成语还是一个定理？各科老师上课有些什么特点，哪个老师的课最吸引你，为什么吸引？上学路上碰到了什么好笑事？

这个办法的最大好处是有约束性，你想想，每天一篇，今天没写，明天就变成债务了。所以，"谈版会"的结果往往是，他晚饭一吃好，第一件事就是把周记快速地弄好，然后如释重负地优哉游哉地做其他作业了。

我把这叫做小乐的原始创作冲动。在小乐的这种冲动下，周六，一杯茶，慢悠悠，我常常是从欣赏的角度看小乐的周记，然后煞有介事地写一些评语。我在周记中看到了五花八门的小学生的学习和生活，而我认为这种生活是非常真实的。

在小乐的笔下，他观察到了凌晨早起的环卫工人，"背着一把长长的扫帚，似乎要把夜空扫尽，扫出干净的黎明"；在寒冷的冬季，小乐经过公交车站，看到"穿着单薄的短裙的大姐姐们，围着长围巾，两手捧在嘴边搓手呵气，不断地轮换踩脚"；有他自己练骑自行车，练到嘴里磕掉了一颗牙的经历，还有他做坏事的证据。

一次我下班回家，楼下一位退休老师在大发脾气，谁家的小孩子这么淘气，把他一盆开得好好的菊花给折断了。我起初没当一回事，后来，在小乐的周记中读到这样一段文字：大意是，他今天心情不大好，一步步上得楼来（我们家住五楼），在四楼楼梯口，一盆开得很高兴的菊花对着他笑，他就很愤怒，凭什么你这么开心，于是他就快速地狠狠地把一个很高兴的菊花头给掐断了。我看到这样的文字后，在这篇文章的后面批了两行字：写得很好！景由情生，观照"春风得意马蹄疾，一日看尽长安花"就是一种快乐的心境。但你明天必须向楼下的爷爷道歉！

四年级的周记，小乐写满了三个本子，约150篇。他妈妈是他周记的忠实阅读者，甚至他的语文老师也常在语文教研组抢着读小乐的周记，估计是把它作为了解学生的一个有效窗口了。后来，语文老师也在班上要求全体同学写周记，小乐说，他把同学坑苦了。

连滚带爬地阅读，读不懂，跳过去

我们家的沙发边上，一定放着两本书，一本是《新华字典》，另一本是《辞海》。

一家人看电视，遇到一个什么字好像很陌生，赶紧吩咐："小乐，快去查一下看，这个字到底是什么意思？"看到一个新奇动物，赶紧请教他："小乐，这个你是专家，这是个什么动物呢？"于是小乐只好很认真地读书，他会把名称、产地、体重、动物的习性，以及这种动物有什么故事，都向你如数家珍、一一道来。还有，看到哪个国家发生战乱了，赶紧问他："小乐，这个国家在什么地方啊？有多大呢？为什么会发生战乱的？"

你想想看，什么人一旦被称为专家了，他如果还不懂，那不是很没有面子吗？有的时候呢，我们是真不懂，有的时候我们是装着不懂，不管你懂不懂，你一定要很诚恳，否则他会不高兴的。所以，小乐从来没有出过国，但两百来个国家和地区的国旗啊什么的，他小学的时候就认得很清楚了。

台湾郝明义的《越读者》将阅读和饮食相比：主食阅读——"生存需求的阅读"，美食阅读——"思想需求的阅读"，蔬果阅读——"工具需求的阅读"，甜食阅读——"休闲需求的阅读"。而对于学校那些称为主食的教科书和教参书，郝先生认为，只能称为维生素 A 或者 B。我们的孩子有许多是维生素吃多了，而需要长身体的各类食物却摄取很少，于是就营养不良。

我虽然没有那么科学合理地为小乐安排饮食，但一直在努力地做一些补偿的事情。饮食均衡，才能强身健体啊。

我一直以为，历史和哲学能帮助我们认识未来。所以我也是有意无意地给小乐"填鸭"。

电视剧《三国演义》热播的时候，有个朋友刚好送来一套 65 本《三国演义》连环画，借着电视，我先大致给小乐讲一下是怎么回事，于是就让他一本本地看，看到后来，小乐就给我们做老师了，关云长的大刀有多重，诸葛亮如何去借东风。后来，《水浒》热的时候，我们还用老办法，有很长一段时间，一百单八将，他都能一个个地说出来。随着他读书的增多，我最后只好咬咬牙买下一套白寿彝主编的《中国通史》二十册，意思很明白，如果要全面而准确地了解历史，就一定要读正史。当然，我自己也是要用的，遇到不明的地方，就认真地翻翻历史，而不是跟着电视剧胡扯。

至于哲学就更有趣了。我曾向小乐吹过这样的"牛皮"，说是世界上任何东西都是可以相连的，只要你想联系。他就难为我："那么怎样把我们楼下这棵树跟美国总统连起来呢？"我的回答是："这确实可以联系的。首先，他们都是一定的物质，都以一定的方式存在着。其次，他们都存在于一定的空间，都以一种方式在生活或生长着。"第三、第四我接着忽悠，虽然很牵强，但我是在告诉小乐：世界上任何事物都有相联性和相关性，我们不要被事物的表面所蒙蔽，地湿了并不一定是下雨的结果，往地上泼一盆水地照样会湿的。这种思考方式大大打破了小乐原有的思考模式，他运用这种模式思考和写作文往往会出人意料。有一次，小乐甚至和我探讨地球爆炸后宇宙的格局问题，我大吃一惊："你怎么可以这样思考呢？"他反问："你认为地球不会爆炸？"

阅读有的时候并不需要一本正经。我们家里长年订有各类报刊。从小乐上小学起，我就给他订《微型小说选刊》、《少年文史报》、《小溪流》等，随着他的年纪不同而选择订阅，细数起来，不下几十种，现在，当然要看《三联生活周刊》什么的了，因为他完全有自己的独立思考。

我教他学会独立买书。小乐很小的时候，我就向他传授买书的"诀窍"，这可是我个人的经验，别人不敢传授，自己儿子没关系的。我觉得，一是你希望是主食还是美食抑或是蔬果甜食，内容一定要有所选择；二是出版社我是很注意的，不是看不起小出版社，我大多选择京沪等地老牌著名出版社，因为他们出版的门

悠悠岁月

槛高,一般不太会有次品;三是一定要看一下书的前言、后记、目录以及最后的版权页,那上面有很有用的信息。通过这些判断,再加上合理的价格和书的设计,你大致就可以选择一本书了。开始我是带着小乐买,几次以后,我们一起进书店,通常都是我给他规定:今天你可以买三百块钱左右的书,后面我就不管了,往往是他买的书,我也要拿来翻翻的。有一次他居然买了本霍金的《时间简史》,让我对小乐的读书方向有了新的认识。

小乐问,对于读不太懂的地方怎么处理? 我一向的原则是,一些地方读不懂没关系,爸爸也有很多书很多地方读不懂的,读不懂的地方跳过去就是了,连滚带爬地跳过去,读到最后可以再回过来读,总有会明白的时候。

小学六年级的古文选读,我倒不认为是维生素,而是美食。古文的关键是读和背,估计大家都知道,不多说。

拳打脚踢的散打时代,投稿,写小说

前面我讲过了,小乐的作文,在他六年级的时候我就基本不管了,这个基本不管,就是我不再一字一句地替他改,而是和他讲立意、讲结构、讲人物、讲语言。

小乐初一时的一天,世界环境日快要到了,他们老师又布置作文了。怎么下手呢? 环境,这个范围太大,小乐显得很头痛。我知道,这样的思考是好事,他已经不满足一般的思路,想出点新。所谓出新,一是内容,一是形式,我问他:"你认为哪方面可以出新?"小乐说:"我想写世界各地人们的环保理念。"好的,但这个范围很大,内容难出新,只有想想巧妙的结构了。

小乐床头有一个地球仪。这时,小乐顺手把地球仪摸着快速转了几圈,哎,有了,我就用卫星来扫描地球,找四个点,写各国各地区人们的环保。我说,这个主意不错,操作也简单。于是,《一颗人造卫星的日记》就诞生了,他用拟人的手法,以卫星的口吻,写了中国大陆和香港地区、欧洲、非洲四个地方不同的环保细节,再加几句引言、后记,文章就像样了。

小乐写作的"散打"时期,是他的习作经常在各个报刊投稿的时期。四年级的暑假,他在乡下爷爷家待了很长时间,回来后,看他的周记里有一篇《我晒黑了》,我觉得,他不写其他,只从晒黑着手,写他快乐的暑期生活,特别是他和爷爷一起做一些"体力活",很有意思,既知稼穑之艰辛,又体味粒粒辛苦,真是件好事。于是我就鼓动小乐:《少年文史报》经常有学生的习作发表,你何不寄去试试? 结果是,他的文章被放在显著位置发表,还得了 12 块稿费,他的语文老师也引以为荣。

有一年,大概是初二的暑假,小乐读了笛福的《鲁滨逊漂流记》后忽然心血来潮,他也要写一部类似的小说。小说可不是那么好写的,他冥思苦想,一会儿去查中文辞典,一会儿去翻英语辞典,又去看什么世界地理,折腾来折腾去,大约有一周时间,他的现代版的鲁滨逊漂流记终于"杀青"。对于他这一万多字的劳动果实,我当然要装得兴致勃勃,不管写得怎么样,都要给他高度的评价,因为这是他自己琢磨出来的。小说虽然后来不了了之,但他已经深知写作的难度了。那

些写作前的准备,看似可有可无,其实是必需的。现在有很多孩子都在写武打小说、玄幻小说,打来打去,冤冤相报,男女情仇,南宗北派,这种写作过过瘾可以,但收获实在不多。

小乐高二的春节,我让他当了回作文老师。小乐的堂妹小越那时刚读初一,其他功课都好,就怕作文。年夜饭后,一家人围炉在等春晚,这时候他婶婶发话了,小越的作文不太好,请大作家指导一下。我一看情势难推,于是就近找了个话题。电视间有一幅为迎新刚换上去的窗帘,这个时候,窗帘是半卷着的,只显示上半截画面,展现在大家面前的有茂密青翠的森林、有草地、有人、有只露小半的池塘、有亭子——大作家开始出题了,请大家展开充分的想象,这幅画的下半卷会是什么图景?而且还要根据自己的描述为本幅画取一个标题。

为配合我的工作,大人们也都装着很认真的样子,一个个发言踊跃,思路也相当开阔,我见大家说得差不多了,就将下半截画缓缓展开,这个时候,场景不亚于拍卖会什么的,大家都屏声静气,都在检验自己是不是有比别人不一样的观察力。

这样的过程是很有趣的,待高潮下来后,我开始给小越布置作文题:"请把刚才的场景记录下来,并取一个标题。"接着布置,"小越的作文初稿写完后,交给小乐哥哥,小乐全权指导。"一石二鸟啊,我很得意。小越很麻利地跑到楼上开始作文,40分钟后,小乐指导。他叔叔很着急地问小乐:"小越的文章写得怎么样?"小乐很含蓄地回答:"还可以的!"这下,他叔叔放心了,他很相信小乐。

小乐后来如法炮制,指导小越妹妹,将文章修改好,通过 E-mail 投到当地一家媒体,这个时候很多媒体都在刊载中小学生关于寒假生活的作文,结果是,小越的《早春》,开天辟地赚得了 50 元稿费。作文关就这么轻松地迈过了。

小越今年在重点中学上高三,成绩好得很。小乐则大学快毕业了。

"锦囊"四则

第一,长和短。小乐的作文一开始都写得比较长,因为我和他说过,作文就是说话,他记得很牢,说话不可能做到很简洁。一段时间后,我就告诉他,这段可以有,这段不可以有,为什么这个可以有,为什么这个不可以有,要看具体文章。一梳一理,长文章就变短文章了。这就是作文书上说的剪裁和选材。如果你一开始就和他讲这些道理,一般的孩子肯定是云里雾里。

第二,角度小,角度新。小是新的前提,新是小的体现,两者相辅相成,互为因果。小乐的周记大多都能按照这个要求,题材五花八门,有的甚至很搞笑,好看。

第三,修辞表达。把话讲通是语法,把话讲好是修辞。同样一句话,同样一件事,不同的表达效果完全两样。起初训练的时候,往往要具体到一句话。比如柯受良驾车冲黄河:1.58秒后,一条抛物线从山西的一端划到了陕西的另一端,跑车准确落到了预定的着落点。

第四,功夫在诗外。

天才"出炉"记

口述 刘晓华 周斌 整理 韩斌

　　2005 年 5 月 26 日下午 3 时,美国纽约第 66 街,林肯艺术中心 Walter Reade 剧院内,灯火辉煌,座无虚席。这里即将举行美国作曲家协会 2005 年度颁奖大会。

　　前排就座的都是当今美国作曲界的泰斗和名流。我和先生周斌被邀请为嘉宾,就座于他们之中。我的心情非常紧张,我们的儿子周天倒是神态自如,他已经是第三次到这里来接受颁奖了。

　　美国作曲家协会副主席 Frances Richard 大声宣布:管弦乐《九层宫》,获 2005 年度青年作曲家大奖,作曲者 Zhou Tian! 来自柯蒂斯音乐学院! 大屏幕上打出了周天的笑脸。掌声响起,音乐响起! 天儿他身着深色西服,走向颁奖台……

　　我泪眼蒙眬地凝视着站在舞台上、面带微笑的儿子,心中在呐喊:天儿,我的儿子,你长大了,你真是长大了……

——摘自天妈(刘晓华)日记

　　老师说,周天在班上排名 20 名左右,对学习要求可以再高一点。我不以为然,小孩子嘛,快乐第一,顺其自然吧

　　天爸:很多朋友夸我家周天有出息,说我们教子有方。惭愧啊! 我们并不是那种很有计划的父母。周天小时候好像也没有很特别吧? 除了特别淘气! 这孩子从小精力过剩,一刻不停地动,一刻不停地说话、问问题,跳坏了家里三床席梦思、两套沙发。我们怀疑他得了小儿多动症,带他去看过专家门诊。

天妈:上幼儿园前,他的音乐想象力已经表现出来了:七八个孩子围坐在钢琴旁,老师即兴弹琴,让孩子随意用形体来表达感受,一群孩子中,天儿总是第一个站起来,做各种动作和怪相,来表达他想表达的意思。老师说,你家儿子很灵!

天爸:儿子一天天长大,跌跌撞撞会走路,见人就咧嘴大笑,那么天真烂漫,我是很感动的。人的一生,这样单纯的快乐能维持多久?我就想,要让孩子尽可能拥有一个快乐的童年。所以我们对孩子的教育,从来就比较顺其自然。

天妈:那都是你呀。他们父子俩啊,可以一起游泳、打球、逛店、玩耍,一起听音乐,一起傻傻地站在十字路口看汽车,为了一件事情可以争得很激烈,最后争着来向我告状,像一对孩子呢。

可是我总觉得,天儿那么聪明,总要学点什么。先生是搞音乐创作的,在圈内有一定知名度,多好的条件啊。我说,让孩子学钢琴吧,他说,小小孩子,不要那么辛苦。那么,教儿子其他乐器?他又说,工作太忙,没时间。真拿他没办法。后来在我的"威逼"之下,先生终于答应教儿子拉小提琴。天啊!父子俩也不知道谁是老师谁是学生,每次上课都以打打闹闹、嘻嘻哈哈告终。我只好自我安慰:至少天儿知道了小提琴的指法和音阶的走向。

天爸:你不觉得,孩子小时候,更重要的不是学习音乐技巧,而是培养良好的习惯?三岁看到老,好习惯可以受益终生的。儿子三岁半,我们把他送进了全托幼儿园,周一送,周六接。

天妈:心里是很舍不得的。天儿问我:为什么我要睡在幼儿园?我哄他:国家就是这样规定的!

天爸:事实证明,全托幼儿园很能锻炼人。周天从小就自己刷牙、洗脸,懂得穿衣要先穿哪件,后穿哪件,鞋带怎么系,吃饭后饭碗要放好。后来他到上海念书、出国留学,在独立生活方面都不用我们操心。

天妈:在习惯培养上,我俩看法一致。从上小学开始,我就给天儿规定,我下班前,必须完成家庭作业,否则,取消每天看半小时电视的时间。晚上九点前必须上床睡觉。天儿从出生开始,就独立睡小床,三年级开始自己睡一个房间,自己吃早饭、到社区拿牛奶,自己到学校。

天爸:这个过程中,大人是要做一点牺牲的。因为你怎么做,他都看在眼里。我们看电视,都要等到周天睡着以后。我的朋友都知道,我家要到晚上九点半以后才接待客人的。

天妈:天儿上全托幼儿园那会儿,一到星期天,我们一定放下一切,带着他到处跑。逛书店、看电影,好玩的、好看的,所有演出和艺术展览,甚至植物园的花展,都带他去看,看不懂也看。回到家中,我们就放音乐,各种各样的音乐磁带,或者是音乐童话故事,管他听不听,只管放。

天爸:耳濡目染是很重要的。我到外地录音,只要周天放假,都带上他。他坐在我的腿上,看我在调音桌前摆弄各种机器。他是在音乐的氛围里长大的。不过那时候,周天的理想是要当一名新车试车员。家里的玩具汽车,都堆得放不下了。他就这样无拘无束地成长，小学老师说，周天在班上排名 20 名左右，对学习的要求可以再高一点。我不以为然，小孩子嘛，快乐第一，顺其自然吧！

邓老师在作曲教育方面的知名度很高、经验很丰富，他愿意教，说明周天是这块料。我觉得可以搏一搏

天妈：天儿三年级那年，班主任蔡老师提醒我："你为什么不让周天学学钢琴？人家家长都想方设法让孩子学这学那。"是呀！天儿都 8 岁多了，学习挺轻松，又那么精力过剩。这次先生也不反对了。1990 年 3 月，我们将天儿送到少年宫，正式开始学琴。

结果天儿对枯燥的指法练习，一点都没有兴趣，往往是老课程完成不好，又布置了新课。先生他工作忙，天儿的钢琴从来不管。幸好教琴的邹老师够耐心，针对天儿的个性，教他弹一些短小、好听的儿童歌曲。天儿兴趣来了，回课时也不错。可是基础仍然不扎实。

四年级时，邹老师主动提出，天儿音乐感觉非常好，不知我们有没有培养他的计划，请我们考虑给天儿换一个老师。邹老师这样讲，先生也认了真，请了钢琴演奏家吴蔚老师来教他。半年以后，我问吴老师，天儿怎么样。吴老师说，这孩子是一块好料子，但他总想一口吃成个胖子，还要慢慢磨炼。

天爸：练技巧是枯燥、单调而漫长的过程。我自己是搞作曲的，很清楚这一行的艰辛。我觉得周天可以学一点音乐，但不一定要搞这个专业。所以我不太管他。不过他妈妈比我急。

天妈：那时候天儿小学快毕业了，我和先生商量，孩子是不是应该往音乐方面发展。可先生并不热衷。

天爸：我嘴上不起劲，心里还是在思考的。我了解到，上海音乐学院附中有作曲系，每年在全国招收为数很少的初一学生，是全国唯一的作曲教育实验班。音乐学院称作曲系是"大专业"。

当时上海音乐学院附中作曲系主任是邓尔博教授，我国著名的音乐教育家。1994 年国庆节后的一个星期天，我们打听到邓教授的家，便带着儿子赶到上海，想请他看看，儿子到底是不是这块料。

天妈：邓老师的面试很有意思。他叫天儿站在他面前，他自己也不坐，背对着钢琴，两只手伸到后面，随意摁下琴键，先是半个音，接着两个音，三个音，五个音……让天儿听音唱音准。他要看看，到什么程度能把你难倒。接着他和天儿玩"接龙"游戏，他随便弹一句，让天儿接下一句。他再弹一句，天儿再接下去。天儿的兴致越来越高，邓老师边弹边哈哈大笑，说："还可以嘛！虽然没有经过正规的训练，结结巴巴的，这小孩音乐悟性不错嘛！"

天爸：邓老师真的很有一套，他随时能在不同场合来训练学生。比如吃饭时，他会用筷子敲打酒杯，让周天说出音高和节奏来。

天妈：不过当时邓老师说，周天的钢琴水准还较低，要想成为我的学生，今天起就要苦练钢琴，还要学习歌曲写作、旋律写作、命题即兴写作、乐理知识。文化课要通过上海教委组织的统一出卷考试,语文、数学、英语,程度是上海小学生毕业水平。很难的。他问天儿:"你想不想考啊?"天儿大声回答:"我想!"

天爸:回杭州的火车走了两个多小时,我们一家人也讨论了两个多小时。我们和周天商量:"这件事情,要你自己做决定。"周天很兴奋,他觉得今天的面试不太复杂,连连说:"我愿意,我喜欢!"

走到这一步,我也比较兴奋,我觉得可以搏一搏——这是一条宝贵的经验,在为孩子判断方向时,找个一流的老师来鉴定是很重要的。

只有半年时间,对于天儿和我们家长,都是一个严峻的考验!我们放弃了自己的活儿,一心一意陪儿子冲刺

天妈:音乐学院的考试时间是每年五月,专业课发榜后,再考文化课。歌曲写作、旋律写作、音乐理论、试唱练耳都要从头开始。钢琴问题比较大,文化课也有问题,儿子要按照上海教材从头学习英语,复习语文和数学。

这一切都只有半年的时间!

1994年10月15日,"赶考"的日子开始了——每星期六一早,我们坐上早班车赶到上海,完成两堂课,一堂是邓老师的作曲课,一堂是钢琴课,然后当天返回。我和先生轮流,一人陪一次。

天儿每天的时间都要分分秒秒掐着算。一放学,他就急急忙忙赶到家中,完成上海老师布置的各类作业。在完成钢琴课程方面花的时间最多,每天要练4个钟头。

天爸:教钢琴的李老师对手型的要求非常严格,"手心像握球,手指像小锤,手腕要自如,弹琴时要像小猫的爪子上墙。"周天为了手型不知换了老师多少训,他自己也拼命想改变习惯,平时手里握个网球来感受手型。一天半夜我起来,发现他手里还紧紧握着球。我去抽,他握得很紧,结果惊醒了,"爸爸你不能拿走球,我一定要握住,才记得住啊。"

天妈:1995年寒假过后,为了全力应对考试,我们给天儿在杭州的学校办了休学手续。这下没有退路了。4月,我们再次到上海集中培训,住在音乐学院附中的招待所。

天爸:40多岁正是事业上的重要时期。不过那段日子,我完全放弃了自己的活儿,一心一意陪儿子冲刺。

天妈:我这个"后勤部长"也不容易,周末,我晚班火车赶到上海,捧着保温瓶,里面装着炖蹄髈、炖鸡。他们父子俩食堂吃厌了,我想尽办法,托熟人借用人家单位的灶台,给他们开小灶。附中旁边的菜场我都搞得蛮熟了,像打仗一样奔来奔去。

天爸:跑了半年多上海,连火车上的乘务员、列车长都认识了,他们在车上为我们办理当天的回程票,省了我们不少时间。我家附近有一位三轮车师傅,晓得我们每星期六一大早要到火车站,总在老地方等我们。和我们一起报考的一名杭州女孩,妈妈是英语老师,每次回杭州的火车上,她都会教天儿英语……对

悠悠岁月

周天来说,这也是一次难得的人生体验,要热情地帮助别人,哪怕只是点点滴滴。

天妈:1995年5月14日,考试的日子终于到了。专业课整整考了四天。每次考出来,天儿都感觉不错,心情很好,充满自信。5月18日,专业发榜,周天榜上有名! 他来不及兴奋,接下去又考文化课。

天爸:最后一天是面试,下起了雨。周天考完奔出来,一把抱住我,两只脚钩住我,非常开心。"很好,很好,老师都笑了。"回家的那一天,当时的情景就像电影里,突然下起了滂沱大雨,三个人都淋得湿漉漉的,衣服、鞋子都湿透了,可是心里那个激动和兴奋啊。周天脱下鞋子,拎在手里,小脸红彤彤地说:"爸爸,我们快回家吧。"好,回家! 三个人都归心似箭。为了一个共同的目标,我们全家人一起奋斗一起使劲了那么久,那种相互鼓励、相互扶持的气氛,非常美好,非常温暖。

7月14日,我们收到了录取通知书。这一年,上海音乐学院附中作曲系在全国只招收了4名学生。

琴房快关门了,只有周天还在。整幢琴楼,只有他的琴声,孤独而激扬。学习这件事,一定要孩子自己发力

天爸:附中的宿舍是老房子。六个男生一间屋,灯是老式的日光灯,两台吊扇在头顶呼呼转。周天的床,床板还破了一块,我借来榔头、老虎钳钉好。这是周天第一次和我们分开。以前上全托幼儿园,毕竟还在杭州。他妈妈掉了好几次眼泪。

天妈:上海是国际大都市,充满了诱惑。天儿才13岁,正进入叛逆阶段。那时通讯又不方便。我们每周去学校,与天儿面对面沟通,可以及时了解他的状态。

天爸:当时好像很少有家长像我们这样,去得那么勤。周天很高兴。虽然有同学在场,他会表现得很淡漠的样子。一旦没有人,他就上来拉住我的手。我们一起去音乐书店,去上海图书馆,走在上海的街头,他紧紧牵着我的手,谈天说地。那时他已经长成一个英俊少年了,那种感觉是很暖心的。

天妈:他的同学,在我看来都是"神童",小小年纪,尤其学乐器的,在国际上得奖的比比皆是。那个环境是,人人都优秀,就比谁更优秀。不过学习这件事,不是靠大人逼出来的,一定要孩子自己发力。周天小时候我们没有逼他苦练钢琴,这有利有弊。他有些同学,从小艰苦训练,战线拉得很长,有厌倦情绪。进入附中后,没人管了,"解放"了,结果成绩和水平都直往下走。

天爸:周天,小时候该玩的都玩了,进了附中,他看到了自己在钢琴上的不足,变得非常用功。他的琴房外面是篮球场,傍晚,同学都在打球,他就在窗口看一会儿,解解馋,继续练琴。有一年冬天,我赶到学校,已经晚上九点了,琴房快关门了,只有周天还在里面。我站在琴房门口,透过门上的小玻璃窗,看着周天在昏黄的灯光下投入地弹琴。整幢琴楼,只有他的琴声,孤独而激扬。

那一刻,我感慨万分。我知道他终于站到了音乐生涯的起跑线上。

钢琴课老师说:"和你儿子一起上课蛮有趣的,我们有时是在斗智斗勇。"教过他的老师都说,周天问的问题,有时候要想想才能回答。就连赶考那段紧张的日子里,他也是这副脾气。我急了,对他说:"哪有那么多为什么!我们的目的就是考试通过!你按我的路子去写这个和声部,肯定不会错。"但他就是要按自己的想法。最后往往争到老师那里。当然,并非每一次都是我正确。音乐是听觉艺术,周天可能不够规范,但是老师说,他有创造性。

附中第一年下来,周天拿到了专业第一名和钢琴 A 的好成绩,邓老师大大表扬了他:"期末考试写的一首钢琴变奏曲,真是短小精致,很有特点,获得了全体老师的好评。"邓老师说,"周天在追求自己的声音呢。"他还对我说:"你这个儿子有潜质,今后比你有出息!"

天儿已不再需要我们操心,现在是他带给我们的收获更多。孩子一旦自己想"要",那就刹不住车了

天妈:初三开始,我们不再往上海跑了。天儿方方面面都在成熟起来。这个时候,他已经萌发了要到美国学习作曲的愿望,他跟着复旦大学外语系的韩教授学英语,学到了一口纯正的纽约口音。又去夜校上托福,这一切都是他自己去联系的。更让我们开心的是,他懂得关心和体贴父母了。他开始主动给我们写信。我和先生都很激动,甚至有点受宠若惊。

天爸:我清楚地记得周天写来的第一封信。"我试着写这封信,看看你们能不能收到。我从来没有给你们写过信,挺想念你们的。"他说,"爸爸,我对上次那句话表示歉意"——什么话呢,儿子前一次回杭州,我们争了起来。周天说:你们管得太多了!我已经长大了。听他这么讲,我当时挺不高兴的。周天是专门写信道歉来了。他写道:"我仍然需要你们的帮助,爸爸,你是我最好的老师。"

天妈:天儿快毕业了,一首长笛钢琴二重奏曲《越位》,获得了在英国举办的 Kathryn Thomas International Composition Competition(凯瑟琳·托马斯国际作曲比赛)青年组第一名。由于他在中学阶段的出色表现,他可以直升上海音乐学院作曲指挥系。全校只有两个学生得到了这个资格。但这时候,天儿申请的美国五所音乐学院都回信愿意录取他,其中有美国科蒂斯和茱莉亚这两所世界顶级音乐学院。科蒂斯音乐学院很特别,全校只有 168 名学生,每一个系只招收他们认为顶尖的学生,如果没有合适的生源,宁愿放弃招生。朗朗就是这个学校毕业的。这个学校也培养了很多世界级的作曲家。

天爸:到美国面试,我清楚地记得在系主任家的那一幕——一张大桌子上许多厚厚的总谱,一本一本随意地翻开着,系主任让周天去看,只能看这一页,让他说出曲名、作曲家、国籍以及对作品的了解。看这情景我都捏把汗啊,周天却没被难倒,能说出大部分吧。彼此感觉都很好。

天妈:2001 年 8 月 16 日,天儿开始了留学生涯。他也是科蒂斯音乐学院招收的第一名中国籍作曲系学生。

天爸:周天现在已经大学毕业了,在纽约茱莉亚音乐学院,跟随著名作曲家

悠悠岁月

Christopher Rouse,攻读硕士学位。我们之间的沟通一直都很好,周天给我们写信,总说:只有这样这样,我们才会成功。他觉得,他的成功就是整个家庭的成功。

现在是儿子带给我的收获更多。比如我和同行聊起来,总希望周天做音乐不要忘记民族元素。周天说:"谭盾、叶小钢这些已经成功了的艺术家并不希望我们新一代的作曲家走他们的老路,在美国的新一代的中国作曲家已经开始明白,最好的表现民族音乐的手法,也许不仅仅只是在西方音乐上加把二胡,或加段民歌,而是用国际上都接受的音乐制度和表现手法在音乐本身的内涵里呈现中国民族音乐的气质。要做到这样很难,但是只有这样我们的作品才能走得更远。"这些观念,对于我这个搞了一辈子音乐创作的人来说也是蛮新的。

孩子一旦自己想"要",那就刹不住车了。如果说我们还有一些可取的经验,那就是在他启程的时候,狠狠扶了一把。

治保主任

口述 杨秀珍 整理 曹晓波

不买账有的,火气大噢,他说这点地方煤炉放不来,我就叫人拉一钢丝车砖头,帮他搭灶头。夫妻吵架儿,哭天哭地,我就给他们说笑话

今年我90岁,我是从1957年开始当治保主任的。

我的前任叫陈阿大,老公是皮匠师傅。皮匠师傅死的辰光,挺在床上断了气就是不肯闭眼睛。大家说,你放心去好的嘞。他眼睛还是白愣愣。为啥?不放心哎。陈阿大出去开一天会,一只洋铁盒儿,两角洋钿、二两半粮票、两支香烟,是她老公放好的。皮匠老公晓得当治保主任得罪人,放不落心。居民主任说:"你放心去好嘞。"他眼睛不肯闭。街道的同志说:"你放心去好嘞。"他眼睛不肯闭。我说:"你放心去,阿大去巡逻,我陪她走;阿大吃不落做,我帮她做。"皮匠师傅听了,"咯"一记,眼睛闭拢。

我们城站街道"建一"居民区,八个居民小组,都住在大墙门里。一个墙门好几十户人家,最大的有70多户。管的事情,要我说,说不光的。你跑进墙门,看看好嘞,一间间板壁房子,你挨牢我,我挨牢你,陈年百古,雪刮粉燥,一点火就旺。我当了30年治保主任,"建一"居民区的老墙门,没有过一起火警。

啥办法?挨家挨户宣传。钢板刻蜡纸你有没有看到过?哦,我们有油印厂的哎,一条一条刻得蛮仔细,发落去,要大家晓得。夜饭吃过,八个小组长八面旗子,"楼上楼下,火烛小心"叫过去。每户人家的煤饼炉要看过的,有没有鸠掉,有没有封好。一圈回来,向我汇报。

哪个屋里有问题，我夹脚屁股就去。都说杨秀珍来嘞，有热闹看的。跟了后头，看人家买不买账。

不买账有的，火气大噢，他说这一点点地方，煤炉放不来，饭总要让人吃的！我说烧起来不是烧我屋里厢，是烧你屋里厢。你说弄不来，我来弄。第二天我就叫人拉一钢丝车砖头，帮他砌墙头，搭灶头，杂哩咕咚隔开。你再去管他，他还有啥话语好说？

墙门里的矛盾，不好过夜，不好上交。夜饭吃过，专门（经常）要调解到后半夜，不调解好，不走的。两夫妻吵架儿，哭天哭地，寻死寻活。我是要说笑话儿的，我说你们想想，结婚这天晚上你们在做啥？今天晚上又在做啥？想想啊，笑笑，笑了就好。治保主任责任蛮重的啦，离婚报告要盖我的图章才好交。一个离婚，就是我工作没有做好。我要保护妇女的，我叫人来开会，问"他们应不应该离婚啊？"我眼睛一眨，大家都说"不准离婚"。

有一回落大雪，半夜十一二点钟，咚咚咚，敲门。伢儿们都晓得是我的工作，门一开，罐头厂珍美她姆妈哭了进来，她说："王师母，女婿打我女儿啦，你快去啦，要出人命的。"外头有多少冷哦，我说明朝去好不好。她跪落来了，她要大我十多岁嘞，就跪在了我床头边。我说："喔唷，珍美姆妈，弄不来的！我马上去，马上去。"

珍美的老公是个老酒鬼，中班回来，老酒吃过。

珍美么，睡觉要打呼噜，白天工作很吃力，晚上呼噜来得个响，火烧都推不醒。老酒鬼老公拎了她两只脚，"咚"一记，石鳖石硬，掼到床底下。我走到门口，老酒鬼是个蜡烛啦（意思是不点不亮，不骂不听），珍美她姆妈说："杨秀珍来了！"他马上老酒醒了。说了他两句，安安耽耽。

我说："阿发，你来，金根姆妈同你到另外地方去谈谈天。"我说："你幽幽交（轻轻地）说好嘞，钞票、手表放了哪里？"这伢儿后来蛮好的，现在都做爹爹了

"建一"居民区靠牢城站，治安一直要管到火车站里。红臂章一挂，站里站外入进入出。我这个人蛮要喝茶的，茶客啦，90岁的嘞，一天一热水瓶少不了。那几年苦，红茶沫儿，一角几分一斤，便宜，煞渴。浓茶泡好，灌盐水瓶，拎了手里，咕噜咕噜灌几口，提提精神。旅客都说这个老太婆厉害的，老酒当开水喝的。我到街道，到区里，人家都晓得我的，喔唷，大茶客来了，大茶客来了。一杯浓茶泡好，咕唥咕唥，喝得精光。

那辰光治安案件多倒不多的。有一年，马子弄茅坑旁边一个墙门，第三医院的护士长屋里，少了一只手表、两百块钞票。一九六几年咬，多少值铜板哦，大案子，抓牢，判刑都好判十几年。派出所的李同志、公安分局的同志都来了，戴了白手套，拍照相的拍照相，了解的了解。

我就看这家儿子不对，叫他出来，他同我小儿子金根是同学，读初二。我说阿发，你来，金根姆妈同你到另外地方去谈谈天。阿发说话慌兮兮，我说："阿发，你要同金根姆妈说老实话噢，你说老实话，金根姆妈好帮你的。"他点点头。我说:"是不是你搦(nuo拿)的,告诉金根姆妈,错了好改的,金根姆妈不会送你去坐牢槛的。"他说:"金根姆妈,你要保证的噢。"我说保证的。他说:"你不好告诉金根的噢。"我说不告诉。

到这时光,我就不同他说金根姆妈、金根阿爸了,我说党的政策,我说:"你幽幽交(轻轻地)说好嘞,钞票、手表放了哪里?"

李同志带了分局里的人还在拍照相嘞,我说:"好了好了,李同志,钞票在了。"他说在哪里,我说在你头顶上篾席缝里。报纸撕开,篾席翻起,钞票、手表,一样不少。阿发后来到派出所关了两天,写了一张保证书,是我领回来的,我负责给他办了一个星期学习班。这伢儿后来蛮好的,现在都做爹爹(祖父)了。

那时光上头事情多啊,一个号召落来,就把居民主任、治保主任叫了去。会开好,我们回来召集八个组长落实。事情做好,上面省心,下底安耽。开基层治保会议,法院的毛院长说:城站街道,年年先进,就是因为有"三珍海味"。哪三"珍"?陆美珍、于贵珍,还有我杨秀珍。

1961年、1962年、1963年,我连续三年都是杭州市政法先进。到人民大会堂开会,军乐队大喇叭、大铜鼓、大炮仗,喔唷,五脏六腑都跳煞。我要是不参加居民工作,有这种待遇?孙传芳倒台后,蒋介石进杭州,城站落车,军乐队迎接,大礼服,家家门口放一只茶几儿,点一支大蜡烛。我一个家庭妇女哎,荣誉喔。市里开大会,我都发过言,胆子算大的。我读过几天书,赵钱孙李、周吴陈王,还记得的。人家写好,我读总读得相像,不识得的字,旁边做个记号儿。后来连苏州都去过,对口检查啊、交流啊。

一九六几年,困难的喔,一个人一天配给三片包心菜叶儿,一个月二两半肉。肉店倌本事算大的,一刀落去,二两半,一钱不多一钱不少。毛主席的本事还要大,我佩服的,既无外债,又无内债,这么大一个国家,多么不容易。我说苦一点就苦一点,居民区工作不好不做的。

那时光公安局抓人,要治保主任到场签字才好动手。边三轮坐上,进门,他签字,我再签。你说抓去的人恨不恨我?居民干部要得罪人的啦

1947年以前我就有3个伢儿,1947年逃难回来,又生了3个。6个伢儿,老头儿在闸口机务段上班,36块一个月,还要给天津的阿婆(婆婆)寄几块去。那时光,居民干部是没有工资的,我抽空糊糊洋火盒儿。我是想打退堂鼓,有一年去梅花碑袜儿厂上班都说好了,李同志晓得,一定不让我去,他说:"'建一'居民区的工作不好少你的。"

不瞒你说,晚上开会,上头讲话,下底我啦盘算伢儿的吃、穿。我结婚时光的几件旗袍,长的剪成短的,都改光了。老大穿过老二穿,穿不来的,纳鞋底。老头儿上班,早上走出,晚上走进,屋里不管的。有时光我去开会,想到米缸里没有米,心思都集不拢。老头儿一早上班一罐饭,一块臭豆腐蒸蒸不好少他的。望江门口豆腐店我经常欠账,欠不落去的。上面都说,杨秀珍工作好。哪个晓得,我是"外头敲哐锣,里厢喝菜卤"。

会开好，我就说："于贵珍，你借我20块洋佃。"于贵珍只有一个伢儿，条件好。我是这个月刚刚还掉，又要借了，就是脱头几天。于贵珍说："杨秀珍，格20块你不要还算了。"我说："不好的。"后来生活好了，我记于贵珍情的，她生毛病，我去看她，我说："你想吃啥，同我说。"

那时光要我入党，我思想不争气哎，一半心思在伢儿身上，会开好，极逃个逃回来。后来伢儿稍微好放手了，一听说党费每个月要交，打呆鼓儿了。我当居民干部都没有钞票好拿，还要我交钞票？等到伢儿大了，我说算了算了，我儿子女儿都是党员，我不凑这个热闹了。

我大儿子蛮争气的，1957年就招到团市委去工作了。国庆节，单位里请家长游湖，我说我去不来的，你们游湖看焰火，我们治保干部站了西湖边要做保卫工作。西湖划船儿过来，五颜六色，漂亮啊，想想我儿子就在船上，蛮高兴。

人多，大年三十晚上，两张破桌子搭起来，门板一放，像张乒乓球桌子。一家门坐了一道，热闹哦。我做娘做阿婆的要忙，忙到大家吃得差不多了，刚刚坐落端老酒杯，公安局的边三轮，啵啵啵来了。赵振华对牢墙门叫："杨秀珍！杨秀珍！"作啥？不晓得的还当是抓我。

那时光公安局抓人，要治保主任到场签字才好动手。边三轮坐上，告诉我去抓一个人，因为他给台湾特务机关写信。到了，进去，这一家两夫妻一个伢儿在吃老酒。他老酒杯放落签字，我再签。你说抓去的人恨不恨我？晓得道理还好，放回来，没有事情。记仇的，都不晓得啥时光报复你。

居民干部要得罪人的啦，伢儿也吃误伤。我小女儿小时光，生毛病，医院吃不落去，一个人瘦得同豆芽菜一样。经人家介绍，竹斋街（西河坊街）一个剃头师傅，一把剃头刀挑后脊骨一根筋，放血。挑了几趟毛病好得嘞，我说要谢他，东西拿不出，我养了两只鸡，关在笼儿里养到六七斤重。我说一只过年杀杀吃，一只去送剃头师傅。有一天我开会回来，两只鸡两脚笔直，石骨铁硬，肉痛啊。人家说，王师母，鸡吃不来了，放毒药过的。你再出去，水缸盖儿一定要盖盖好。

一九六几年单位里精简，要一个人迁回老家去，区里来的人不认识他屋里，要我带去。"文化大革命"时，他回来了，说是我迫害的，害得他家破人亡。说我有十条罪状，害死一个人。墙门外头，马路上，街道办事处门口，贴了我毛三百张大字报。我对二女儿说："你去抄一抄，到底说姆妈一点啥罪行？"二女儿出去，还没有抄几条，造反派把她的笔抢了去，要拷她嘞。二女儿逃了回来，她说："姆妈，我不敢去。"

造反派到我屋里来，不少人哦，都说："去看看，去看看，噶凶一个老太婆，杀过人的噢。"一进墙门，看见是我，都说："喔唷，是王师母啊，王师母介格会杀人的？拆空啊。"大家熟祁（qi）祁（很熟悉）的，吃不落斗我。

有一个造反派恨我哎，老底子他屋里婆媳关系不好，三日两头闹架儿。有一天吃饭，媳妇盛了两碗饭，一碗给老公，一碗给阿婆。媳妇旋了一个转身，娘同儿子说："我这碗饭太满，同你调一碗。"调一碗就调一碗，吃了一半，儿子吃到一枚针，晓得是老婆想害娘。打架儿，要离婚。为啥要离？他只告诉一个要好的邻居，这个邻居告诉我。后来法院来了解离婚的理由，我说："两夫妻没有啥事情的,就是媳妇想害阿婆。"两夫妻后来没有事情了,恨煞我了。

江城小学开批斗会,打倒我的口号叫得凶哦。台上一面是街道书记陈瑞节,一面是街道主任许郎中。底下喊口号,要撤我的职,罢我的官。许郎中说:杨秀珍是群众选的,群众选群众撤,街道没有这个权力。我说,我这辈子只犯过两个错误,一个是屋里洋锅子烧破,一个是汏饭碗汏破。都是家务做了一半,居民工作"入"进来了。你要说精简,我大女儿也是铁路里精简出来的,国家困难,有啥办法?

听人叫"杨秀珍来了",这个耍赖的老头爬起来就跑。我小媳妇说:"我开心煞了,我姆妈钞票是没有的,名气真当算大的。"

我是一边吃批斗,一边要做居民工作。我妹子看了气煞,她说:"都批得哭作呜啦,还要去做啥居民工作?"没有办法的啦,批斗回来,就有人叫你去调解打架儿。那时光不晓得哪个说了算,该我管,我还是不掼锣槌儿(撂挑子)的。

派出所姜所长被造反派半路劫了去,关在一个楼上。我赶紧从后门走出,看到连发的儿子,我说:"连发儿子,你快跑,到派出所去,就说姜所长被人抓来了,关在啥地方、啥地方。"民警蛮聪明的,进了墙门口,就叫:"姜所长!上头要你马上去开会。"

总还是道我杨秀珍好的人多,办扫盲班,人家想溜号,我督牢。开始不高兴,后来还是说我好,为啥?一出门,"江城路"三个字她总认识了。"文革"时,外头再乱,我站了大墙门里一只"碌缸"上头,朝天叫一声,"开会嘞!"家家户户一张小凳儿,都出来。

有一个姓周的会计,贪污了60块,判了十几年,放出来,腰都歪了。单位不管,居民区管。我说:"你屋里蹲蹲,不要乱跑,我帮你找一点加工生活做做。"啥生活?毛竹片领来,削棒冰棒儿,收入还好的哎。我有空再找他谈谈。后来他一直到老,都道我好的。

一个张木陀,脑子蛮活,有人说他投机倒把。到农村去收东西,秤上头缚一根线,天线地线,分量上头变戏法儿。收黄豆,人家称过的,一袋一百斤。到他手里,一称,天线地线,蛮平的噢,八十斤。农民伯伯围住他,打,打得要命哦,用绳索吊到树上头,带信来,要我去保。我赶过去,保他回来,办学习班帮他。现在好嘞,张木陀变"亨角儿"嘞,房子买了好几套,买到九溪山上去了。看到从前的邻舍,口气很大:"你们钞票有没有啦?喏,袋儿里一抽,拿一百块去用用。"看到我,笑笑,晓得不好意思的。

居民区各家各户,大大小小,都在我肚皮里。老底子派出所核查户口,每年十几本大册子往我家一放,一本一本找我对,哪里一户人家,常住几口人,不会错的。"文革"我吃生活,靠边,入党的、解放的、提干的、参军的,凡是来外调的,还是要寻我。我说一句,他记一句,再敲一个图章,回去交差。

有两天,我一边吃饭,好几帮人在旁边等我,干部衣裳穿穿,笔笔挺。我一个家庭妇女啦,穿得蛮蹩脚的。他们说笑话,要这个老太婆敲一只图章,只好排队

悠悠岁月

伍等啦。现在的居民干部,你问问她楼道里的人家,不晓得的噢。

造反派要我威风扫地,扫不倒我啦。我出去,小鬼头儿打群架,一听杨秀珍来了,马上就逃。西牌楼有个老头儿,专门恶作剧赖人家,你碰一碰,他跌倒,你不给他钞票,他不起来。有一回擦边擦沿擦了一个骑脚踏车的女人家,不肯起来,给他15块钞票,那时光不算少的,还不肯起来。我在家里炒菜,刚刚落油锅,人家来叫我,说的是我小儿媳妇。我人还没有走到,前头的人叫得来梆梆响:"杨秀珍来了!"这个老头一听,爬起来就跑。我们小媳妇说:"我开心煞了,我们姆妈钞票是没有的,名气真当算大的。"

后来平反,市里公安局副局长蒋兴发给我们开会,我说:"蒋局长,你才记得我们啊。"他说:"杨秀珍啊,不是我不记得你们,我自己都顾不过来啦。"一边说一边哭。蒋兴发脸上有块黑记,蛮好认的,他说:"我走出去啦,连学生子看到我,随便哪一个都好拿起竹丝笤帚打我的。"

"文革"结束,我劲道越发好了。街道里开会,一定是我主持。我说起立,大家起立。我喊口号,大家跟牢喊。有一天,蛮发匾,我喊了半句,当门牙掉落了,我连忙扪(men 捪)牢,大家朝我看,我说:"于贵珍你叫你叫,我牙齿掉落嘞。"年纪大了啦。不过我身体好的哎,到了一九八几年,我70多岁了,劲道照样十足。

大跃进办食堂,我办过;办人民公社,我当过建西人民公社的社长。改革开放,居民区搞"三产",饮食店、加工点都是我办起来的。那时光我好比是当老板哎,十几个人,天不亮就开始忙了。

以前靠两脚跑跑的哎,后来条件好嘞,电话都有了。第一次用电话,是派出所打到前头布店里,咚咚咚咚赶过来叫,我咚咚咚咚赶过去,拿了一个话筒叫喂喂喂,我说没有声音。人家说你话筒拿倒了。后来,居民干部要年轻化,一开会,说来说去就是"要年轻化"。我说"建一"居民区就我年纪大,我辞职,让给小年轻。

我到了80岁,身体都蛮硬,没有毛病。管儿子管孙子都熬过来了,伢儿大了,屋里事情少了,我还想再做几年居民工作的。我一辞职,李同志晓得,就来说我,他说:"你为啥不同我们商量商量?"他看得起我,说姜总是老的辣。

现在的居民干部,文化高,有空调,每周休息两天,每天干八小时,好的。也有居民说还是老的叫得应。为啥呢? 要我说,做居民工作,没啥门道的,说来说去,还是要肯吃苦啦。

工人

口述 胡师傅 整理 蒋思荃

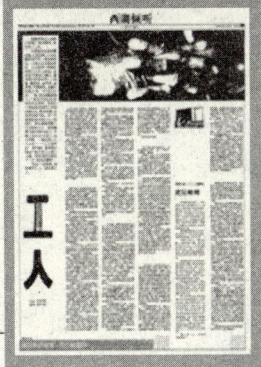

娘舅带我去上海闸北制帽厂做学徒时,我只有十二岁。

天通庵车站竖起膏药旗,上海乱啊,小日本摩托车开开,机关枪扫扫。上海人又不是吃素的,十九路军一色的红布把儿大刀上前线。老百姓不管穷人富人,看到他们就送东西——鸡蛋、蟹壳黄、金手表、金项链,等等。接着大家喊口号:"打倒小日本!"身上的血都烧滚了。厂里也不做生活,老板天天去劳军,我们几个学徒就把裤带儿系到衣裳外头,跟老板跑,枪炮声音都不怕。有一天淮海路、南京路人山人海游行,前头都是身高八尺的彪形大汉,都是藏青对襟的棉布衫儿,手臂上还扎红布箍儿,他们开路,一面红旗上几个大字——"工人敢死队",神气啊!原来是沪西纱厂四万多工人罢工示威。我夹到队伍里走了一天,格股劲道啊!

我头一回晓得,我们都叫工人,我也是工人。

上海不安耽,大家吓煞。娘舅把我拖回杭州,弄到直大方伯(注:地名)一家汗衫厂学修车。那天正好净慈寺火烧。后来汗衫厂倒灶,老板介绍我到定安路铁工厂做工。这爿厂生意好。杭州有家轧银币的造币厂,维修业务由我们统包。那辰光杭州只有两部公交车,每天湖滨、灵隐来回倒,烧木炭的,嘎嘎嘎嘎,专门坏,我们包修。笕桥机场的钣金壳儿、钱江大桥的沉箱铁件,都做。

十九岁那年我从工厂里退出来,"捧茶"去了。为啥?那辰光当工人蛮神气,就是铜板少。我要讨老婆,要有伢儿,养不活的。捧茶是啥?就是坐茶室。只要手艺硬,一早捧只茶壶去坐茶室。各行各业的好手儿都有,轧朋友嚼舌头,讨生活的圈子变了。

悠悠岁月

那辰光城里的茶室总有七八百家，同现在不一样的，几张八仙桌搭几条凳儿就是。湖滨旗下一带几家茶室考究，说道是南宋遗风皇城脚边。

实际上，茶室就是生意场所。每天都有营造厂、铁工厂和织造厂的老板来寻"把足师傅"。这些老板养的工人不多，接了一票大单，手艺要保证，就来请高手，这种高手就叫把足师傅。听懂了？

圈子里的人相互都认得的，哪个有几分手艺大家都清楚的。规矩蛮重的，老板一摊图样，大家眼睛一扫，就告诉他到哪个茶室去寻哪个。没人会抢饭碗的，如果抢，他还混得落去？介多年，我只晓得一个丝厂嵌经的抢过饭碗，结果生意都勒断，赶出杭州。你道现在啊，只要有钞票挣，连蒙带骗都会来的。

把足师傅工钿当然高，弄得好的话，做一个月一份人家一年吃穿都有了。哎，你说得对，就像现在的承包，茶室就像现在的人才市场。

顶神气的是龙头师傅，就是现在的火车司机。那辰光火车不准时的。一打仗，火车就停；枪炮一停，火车就连连牢牢开，需要龙头师傅，浙江铁路公司就到茶室来寻，银元当场掼出。龙头师傅一身纺绸褂儿，雇一顶轿子带个帮手和司煤工，轿子一直到龙头房前头才放落。枪炮一响，纺绸褂儿又来捧茶壶了。

不过罪过的也有。比如手艺不到家的，比如不小心豁边的，苦头吃足。老板蚀煞老本，就要把足师傅典屋当物赔，凶一点儿的，人都要废掉。

我做的是钳工，老底子叫"外国铜匠"。清朝手里外国机器进来，要有人会用会修，后来还要会造，所以介叫的。说来发靥，就是那个光绪皇帝，娘不要看他，他在宫里没事体做，就搞外国洋人朝奉的八音盒儿。发条一上，盒儿会放西洋歌儿。光绪皇帝把盒儿拆开，把里头的簧片剪剪锉锉，再装好，发条一上，变唐明皇想杨贵妃的"霓裳曲"了。当然说说的，就是说皇帝也想当钳工了。

说到底，我们工人凭手艺凭良心做做吃吃，今朝不晓得明朝的。真当把我们当人看的，还是新社会。

杭州五月解放，十一月份，军代表就到茶室来寻我们。客气啊，说杭州要办蛮多工厂搞建设，政府出钞票厂房机器，我们出力出手艺。后来把我们一批批请到湖滨路一幢洋楼里开会，说我们是工人阶级，当家作主的。我们个个像小老板一样神气，一天到晚大喉咙唱"咱们工人有力量"。报纸上、广播里，也一天到晚工人阶级长、工人阶级短。

我们圈子里的人，分到厂里大多是当车间主任或者当工长，也有个把当副厂长的。工钿少说说七八十块，不要笑，我们厂的军代表薪水只有五十七块，学徒伯伯嘛，只有十六块。别人家叫我们"高腔儿"，月月十号开薪，看毛病全报销。那辰光日脚过得畅，我们是主人家。当然我们做得也不差。

记得我有个师兄，人很聪明。老底子有台德国老爷机器坏了。老板要翻砂重做一只工件。没想到做出来活塞洞瞒屁股的。三十八英寸深，四英寸洞径。膛刀杆儿又细又长，有一刀发痉，整个工件就要报废。粗镗出来，剩个二十丝，没人肯镗最后一刀。二十丝只比头发丝儿粗一点点，发发痉就要超出。老板来寻我师兄。

师兄凶的，开价码要三百银元，先付一半，家产抵押。我晓得师兄吃得落的，要紧是镗刀，师兄磨刀不给人家偷拳头的。那天我当帮手，师兄"美丽牌"香烟一叨,刀头刀杆校好,诺顿手柄一扳,"沙沙沙"进刀了。

人家看师兄蛮轻松,我晓得的,师兄手指头儿一直搭在工件上。凭感觉的,切屑儿出来就晓得光洁度和尺寸到不到。从鸡叫忙到鬼叫,一天工夫做好。

师兄牌子香啊。解放后,师兄进了城北一爿厂,后来当车间主任。巧也是巧,1958年大跃进,也是修一台老爷机器,也是要镗几个瞒屁股活塞洞,算来算去,刀儿磨再磨还要试镗。五日工夫才镗好。

有人说风凉话了:"赵主任手艺不过如此,就牛皮大。"

师兄背后头对我说:"那辰光硬做为闯牌子,现在小心为国家呀!"

我还有一个同行,开模子的。个头比武大郎少许高点,眼睛瞢的,绰号叫"天不亮"。一块钢,左手控牢,右手锉出个平面,合扑到玻璃板上,倒点水渗不进去的。那年有个织造厂老板,烊了一块金锭,想雕个金梭子,做镇厂之宝。寻到"天不亮","天不亮"有一个要求:锁进房间里一个人做,不准督牢不准看。

十天过去,老板看到金梭子发呆哉!金光闪闪的金梭子里还嵌了颗圆滚滚的金球,滚到东滚到西,随便怎么弄,球儿在槽里就是拿不出来。诀窍,"天不亮"不说的。金梭子金屑儿一过秤,跟金锭相差半钱重量。"天不亮"把锉刀上砂皮上的碎金末末儿掸下来,一称,正好半钱。

解放后,厂里要"天不亮"当行政干部,因为眼睛干活弄坏了呀。他说行政是笃帚篯箕热水瓶,他吃勿落做的。后来,上头下了个政治任务,要做个冲孔模,老底子重要一点的事情,都要戴政治帽儿的。冲孔模是顶简单的模子,不过这副模子不一样。十五英寸见方,下模有千把个孔,上模有千把个冲头,孔径一个密厘(毫米),要上下只只对牢不差分毫。只要有一对偏两丝(10丝等于1毫米),一冲就废模。

"天不亮"一看图纸,也提了一个要求,要到地下室里门关牢做。

为啥? 车间里做,汽车开过、机器开动、人走来走去有震动的,干活容易分心。

二十天以后,地下室门开了,"天不亮"脸色白潦潦地捧了个模具出来了,一双眼睛糟蹋掉了。你想想看,日日夜夜在电灯泡底下划线、敲样、冲打孔、用放大镜校正,眼睛多少吃力?

这么好,酒瓶底儿戴戴,只好去当热水瓶干部了。

人家说杭州是耍子儿的,工业不来事,这句话我最不要听。我的同道中,年年有人到外地支援搞建设。同行里有个巧手儿,军代表看他块头蛮大,就叫他去搞起重吊装。党说干啥就干啥,没添头的,改了行他拼命钻这行。后来不管啥形状的重东西,他眼睛一瞄,小撬棍撬撬,就晓得有多少分量,需要几个吊点,吊在哪里。滑轮组,扒杆,吊机,他搞得透熟。

大西北深山岙里,有个苏联老大哥支援的工程,也把他调去了。有一回一台二十多吨的机器,火车汽车走了几个月,运到山脚边进不去。老大哥搔搔头皮,从苏联调了一架飞艇来,想凌空八只脚拎进山里去。领导连忙下命令,大小头儿技术骨干现场学习,苏联的今天就是我们的明天呀! 几个老大哥叽里咕哩一通,指手画脚一来,钢丝绳一道一道绑扎,飞艇老早腾空了。巧手儿越看越不对,一

悠悠岁月

次次同翻译官说。

翻译官会听他的？

要挂飞艇上伸下来的钩儿了。巧手儿眼睛也发绿了，直了个喉咙叫："闯祸的！闯祸的！"

介重要个场面，多少不给领导面子？两个兵上来拖他出去，领导说要政治审查审查。介许多人就一个新闻记者听到心里，摸出照相机连连拍。

半空中机器一点点儿斜转，钢丝绳一根根断，最后"蓬"一记，重家伙掼得粉碎末碎没样子了。亏得飞艇硬扎，拖下来又弹上去，要是飞机老早亲地皮了。

这种重大事故肯定要打口水仗了。新闻记者的十多张照片放得老老大，会开了一个又一个，双方都是亨角儿。苏联专家牌子多少挺！那辰光迷信苏联，千不对万不对，结果还是我们的不对。巧手儿放出来了，领导说抓你也对放你也对，先挖土方去吧。新闻记者吃苦头了，说他别有用心拍照片破坏中苏两国团结，报社里要开除他。记者死不倒台，在几万职工当中寻来寻去"说杭州话的师傅"。幸亏领导是当兵过来的，脾气硬，就叫巧手儿去开会。巧手儿嘴巴也巧的，小黑板画画，一二三四讲得是清清爽爽。老大哥头低落，屁都不敢放。翻译官倒是个个汗出淋淋，为啥？正宗杭州话你倒翻翻成洋话看？

唉，巧手儿老早走了，聪明人寿不长。听说他儿子在吃一百零八块一月的救济粮，现在号召支援西部，但愿巧手儿的子孙日子好过起来。

说说我自己？说人家我有一肚皮两背脊，说自家，没货没货。记得军代表说过"论贡献，我们工人顶大；吹牛皮，我们工人最差"。军代表后来是我们党委书记，可惜1959年他吐血死了，吃力死的。那辰光动不动搞会战，车间角儿里的铺盖卷儿肯定是他的。罪过啊，死的时光屋里头同我们差不多光景，没得好的。你看现在的厂长，洋房、公车、姘头，比资本家还亨。

又扯开去了，自家真当没说头。厂里叫我老甲鱼，不要笑，同叫"乌龟"不一样的，意思是资格老、门槛精。每个车间总有几十台机床，我从这头走到那头，耳朵听听就晓得哪台机子缺油，哪台机子有啥毛病。我在机子前站定，开机的人就会骨头抽紧。坐公共汽车，听听不舒服，我就会同司机说，引擎要调啥个零件了。年年先进奖状拿回来，奖品木佬佬，都是搪瓷茶杯、热水瓶、414毛巾汗衫，你们现在叫体恤。问我级别？怎么说呢，总工程师看过的工艺图叫我再看一遍，再小的纰漏我也会查出来。啊呀，真当没说头。我老太婆也说我个人极淡刮搭的，没有花头经说出来的。

老太婆是棉纺织厂的，捻线头儿好。一上班做筋做骨，手指头儿裂开、眼睛血红。几万米无疵布，血汗调来的。纺织车间多少吵啊，个个喉咙梆响耳朵重听。说句笑话，那一回老太婆说爱我，隔了三排房子的邻舍都听到了。

我们这档人，眼面前事情记不牢，老底子事情煞清爽。五几年、六几年的辰光，劳动节、国庆节专门组织游行。红旗横幅，哐锣腰鼓，人手一面标语。城站集合，到清泰街解放街弯转，再湖滨路笔直，到昭庆寺广场解散。每个单位前头都有人抬大牌子，"纺织工人"、"杭钢工人"、"重工大队"、"轻工大队"。气派啊！这"工"字多少好！

我一生世只打过一次架儿，四十多岁的辰光，在火车上。一个大胖子说工人只好伸脚，不好出头的，伸脚是"干"，出头就入"土"了。我说你牙齿笃笃齐，上去一个头颈拳。乘警过来拆开，也说他是反革命言论。

　　太阳孵孵，月月厢有八百来块，退休日脚好过的。人心啊要知足，那些腐败分子就是人心不知足。我专门同老太婆这样说的。老太婆五百来块退休金，她有个关门徒儿，早些年从厂里调出到机关里当"杂工"。后来退休到大套房子，退休金有一千多块。老太婆心里轧牢就碎烦了。做啥呢，做啥呢？钞票够用就好了，烦出毛病来退休金统去买药吃！再比比一些现在倒灶厂的下岗工人，只会捻线头儿，没有另外手艺，日脚还要难过。老太婆说："按劳分配，莫非我织布能手比不上做杂务的？乾坤颠倒哉！"

　　其实想不通的事体我也有，我避避开，身体要紧。我有五个伢儿，老大坐办公室的，单位福利好，年终奖都有几万。另外四个伢儿都插队落户回杭州的。回来我就说当工人好，有手艺饿不煞，啥个朝代都立得牢。好，现在都下岗了，都来问我："听阿爸话有啥好下场？"

　　我们这代人都习惯听组织的，没二话的。我就说领导总归有安排的，有他的道理的。老二说："我们领导说，现在工人马路上花竹竿儿一勒一大堆。"老五说："我们领导发钞票，工人发时间。"我说："那是个别领导，你们要学学老三，有手艺怕饭碗头没得捧？"老三两夫妻都下岗，儿子读高中，他是八级焊工，给人家做大门、脚踏车棚，清屋顶水箱。你道老三怎么说？他说："介好一爿厂倒灶，是领导做不好，不是我们工人不肯做，为啥叫我们工人揩屁股？"

　　星期天大家一聚拢，饭桌上就争争吵吵。我肚皮里想，难道工字是不好出头的？未必！

　　我女儿姑娘的儿子在"青春宝"当工人。那回他们分厂全体工人同头儿，都到大酒店住几天，五星级的呢，开生产会。听大家的意见，厂里事体大家心里有数，大家有责任，这叫做主。他们都说，冯根生在办公室里脸孔板起的，同大小头儿说话蛮锵的。一到车间，看到工人就客客气气，来得个体贴。胡庆余堂要倒灶，冯根生接过来换了两个头儿，工厂马上旺起来，这桩事体杭州人哪个不晓得！为啥他办厂好，因为他十四岁当药工，眼睛里有工人的。

　　倒灶厂工人没有这种福分了。啥个生产会、生活会，是头儿脑儿寻个要子场所吃喝嫖赌个会。还有出国考察，察你个骨头脑髓！就是聚宝盆也会被他们敲破。

　　工字出头变土，上头加一个好领导，就是"王"字，大王！……难为情，让我揩把眼睛水。这句话是说我小师弟的，我想起来了。前几年他生癌，要开刀，他晓得这把年纪进开刀房不晓得出不出得来。那日子穿了一套老底子芝麻布的工作衣，要我陪他到他厂里走一圈，到车间里看看。他想再闻闻机油的香气，听听机床转动的声音。我们打的去的，这还像爿厂啊！门卫间里在打老K，财务在汏衣裳，车间里只有两三个农民工忙。机床少了几台，剩落的在生锈，车间外头野草儿一蓬蓬。回来的路上，他一句话不说，我送他到病房里。歇了两日，他儿子来报丧，我想，师弟入土了。

　　机油是香的，机床声音蛮好听的，你们不当工人是不晓得的。

玩的就是心跳

推荐 葛红敏 口述 葛笠诚
整理 任为新 戎国彭

人是昏过去了，不过我神智还是清爽的——

我听到有人在惊叫，有人把我拖起来，有人去打电话叫我老婆，有人去找三轮车要送我上医院——总之，大家乱成一锅粥。

这时候我不会说话不会动，不过，心肝煞灵清的。我自己也吓了一头：这样子就要死了？死的问题我老早考虑过，晓得它迟早要来，没想到来得介快。

我老婆来了，她拼命掐我人中。她指甲又长又硬，掐得我真当痛。我想说你轻点儿来不来事，我还没死呢！你再掐也没有用的！

但我就是说不出。苦哇！

还有个家伙还要可恶。他见我牙关咬紧，拿了双筷儿就撬我嘴巴——据说这是留住人的老方子，只要牙关一松开，人就死不了。但做事情都要有个分寸，你撬牙齿，寸把深足够了，把整根筷子往我喉咙里插，到时光我是算死在心脏病上的呢，还是被你活活捅死的？

好，总算三轮车来了，他们七手八脚把我往上面抬，然后直奔医院。

这些人良心是再好没有了，就是做事情不牢靠。他们没有把我搁好，车子高头有块木条，正好抵着我的腰。再说这路面也实在要命——平时来来往往好像蛮平的，从来没觉着有介七高八低的——那个颠呀，死人都好颠活来了。啊哟姆妈唉——我真当想叫出来，我想提醒踏三轮车的老兄：老先生拜托你慢一点好不好？"腾"一记翻出去，一个合扑掼落去，开起追悼会来我还有脸孔见江东父老啊？

总算到医院了,我想这下有希望了。

可惜那时候的技术不比现在,搭脉搭不出,仪器查不出,两个医生就在我的鼻头上面争论,争论我到底是啥毛病。他们以为我听不到,那些话呀,真是不便说,反正气得我真当想爬起来教训教训他们——以后大家记好了,千万不要在临死的人面前瞎话三千。

我老婆来了,他们一再提醒她要相信人民相信党,要说实话:

"你丈夫是不是真当有毛病?他是不是在装病?犯错误不要紧,如果用装病来逃避,那就错上加错了。"

这是人话?我那个气啊,恨不得劈两个反手巴掌过去。

一急一恼,毛病又加重三分。

"那你们就等着他死好了,剖开来看看到底是不是有病。"我老婆也气煞了。我老婆当然帮我说话的。

一直要到后来手术了,一剖开,我心脏里面塞满了血块——那些血块又大又厚,够烧两碗鸭血豆腐——他们这才相信我没有骗人。据说后来那个医生吃了批评。

其实也不好都怪医生。那时候,装毛病逃医院是有的。就在我进去之前,团市委书记就挨不过整,装作心脏病发作,到医院里去避难了。毛笋壳儿包脸孔,人逼急了,啥事情做不出来?

命捡回来了,看医生和护士那么辛苦,我们也就不再计较了。我这个人还算想得通的:摊上这种毛病,叫癫痫杀头没觉头,再想不通,也没用场的,何必呢?

这是我一生几十次心脏病发作中的一次。

让我喘口气,生这种毛病气头不好急的。

其实呀,我身子骨生来就僵,心脏病还是我的"胎里疾"。但以前都不晓得,小伢儿,会有心脏病的?!

我是余杭人,14岁出来做学徒,吃苦受累,活命都顾不过来,哪里还去管什么病。冯根生说他做学徒的事情,我看句句都是真的。人觉着不舒服了,最多刮一通痧,或者闷了被头困一觉发一身汗了事。

做学徒最要命的还是心理负担:处处服侍人,时时诚惶诚恐。

比如吃饭,你没得先吃,又不能吃到最后。吃的时候,还要笃起耳朵,师傅或者师兄的饭碗响了,你就要站起来给他们添饭。不然的话,你的日子就难过了。出来做学徒,如果学了一半被师傅赶出门,做"回汤豆腐干",倒霉煞的。

所以我的心脏病也可以说,一半是苦出来的一半是吓出来的。

我最初感到心脏不舒服,是在1951年。我当时在杭州江干区工作。因为年轻力壮,也就没把它当回事。后来调到金华,问题越来越严重,样子有点像痨病鬼,上楼梯也气急得要命,到婺江里去游泳,刚下水,人就会感到特别闷,如果不马上爬上岸,我就会像秤砣一样往下沉。

我也去看过医生,他们都把我当肺病医了,结果心脏病就养大了。

过了几年,我回杭州进了市商业局。我是个生性活泼的人,唱唱跳跳样样喜欢,但活动稍微一多,就气急心慌,浑身冒冷汗。

最要命的是"肃反"那阵子，我是打虎队员，领导派我去管制坏人，老是要把他们押来押去。我一吃力，心脏病就要犯。想歇一歇，又不敢：打虎队员跟不上老虎，怎么像话？老虎逃了怎么办？那责任可不是一颗心脏抵得过的！

我那个急啊，越急心越跳。

幸亏那几只老虎是纸老虎，不是真老虎，每到要紧关头，都是他们回转来劝我："别急别急，我们等你，我们不逃。"

他们也怕，万一我死了，他们吃冤枉罪加一等。

上世纪 60 年代初，我到报社。有一天，我看到玻璃窗上有一只苍蝇，就拿了苍蝇拍去拍，哪晓得就那么一拍，一只手臂立马麻木了——后来发展到半身瘫痪。

熬不过去，只好动手术。低温麻醉，我除了没有痛感，别的我都清楚。

医生在上手术台之前，正儿八经拿出"红宝书"来读了几段语录——我到现在还记得那几句话："大风大浪并不可怕，人类社会就是在大风大浪中发展起来的。"

我因为说不出话，也跟着在心里面默读。

等到语录读完，一打开胸腔来，医生们还是被"大风大浪"吓了一跳：我有先天性的心瓣膜狭窄，因为没有及时治疗，导致心律混乱、心房颤动。结果，在心脏里形成血块，导致血栓。

这血栓还会移动的，移到哪里，哪里就瘫。如果移到脑子里，就是平常说的中风。

要说它是埋伏在我身上的"恐怖分子"，一点也不过分的。

那年我 22 岁，还没结婚，家里父母是不敢告诉的，签字的还是我们单位的领导。

这之后我开刀像是开上了瘾。1969 年我第二次瘫痪——这时候我已经在《杭州日报》做财经记者了。

那天早上，我到湖滨一公园散步，看别人打羽毛球，手痒了，上去打了几个来回。就那么四五分钟，又软翻了……

上一次是左半边瘫，这一次是下半截瘫，所以我身上只有四分之一的零件还算原装货——给我看病的是浙一医院的叶医生。他当时是"阶级敌人"，给我做检查都是一副提心吊胆的样子。

血块堵住了下肢动脉，肌肉组织大面积坏死，但神经照样健康，所以又胀又痛。吃止痛药、打杜冷丁，甚至局部麻醉，还是整夜头困不着觉。

我熬不住啊，就求叶医生给我截肢。

他说："不能啊，你还这年纪，要后悔的，下半辈子都要坐轮椅了。"

我就说，那你给我做手术。因为我听他说，我的毛病，是血块从心脏里沿血管游泳过来，游到膝盖发生交通堵塞了。如果好把血块取出来，道路就畅通了。

他说这只是他的猜想："这手术我能够做，但是不敢做。出了问题，我就是死罪了。"

最后他还是帮我取出了血块，我的下肢总算保牢了。但叶医生说："治标不治本,你的问题是在心脏,心脏的问题不解决,你全身的血管随时随刻还会堵塞。"

叶医生不肯为我做心脏手术,但他没有放任不管,而是把我介绍到上海山东路上的工农兵医院,那里有他一个朋友在。当时全国只有这家医院做心脏瓣膜狭窄的手术。

去上海之前,我的病状已经控制,会吃会困——我还特别喜欢吃肉。我甚至还有力气跟另外的病人一起去参加了叶医生的批斗会——那个年代,倭七倭八的事情司空见惯。

但我不敢举起手来喊口号,万一用力过猛,我先"永世不得翻身"了。

上海这一刀,可不是容易开的。等床位等得人心焦;等到了,主刀的王一山教授皱皱眉头、摇摇头,说:"这一刀,成功的可能性只有三分之一;死在手术台上,或者一辈子做植物人,各占三分之一。"

这句话把家里人吓坏了,但我们单位当时的领导虞先法说开,我也说开。我想反正是死马当作活马医。成功了赚一票,不成功也够本了。

这次手术很顺利,除了医生的技术和医院的设备先进之外,里面还有一个精神的力量在起作用。

手术之前,王一山带领全班人马,大家手捧"红宝书",在领袖像前发誓——

下定决心,不怕牺牲,排除万难,去争取胜利!

果真胜利了。

这一刀让我熬了20年。到了1990年,我的心脏又罢工了。这时候科技很发达了,有了人工心脏瓣膜。我跟《杭州日报》的领导一说,他们很爽快,说行,结果花了八千块钱替我买了个。

医生掏出心脏来一看,乌珠翻白,呆煞了:我的心脏面目全非,本来人心只有拳头那么大,我的心脏长了血块瘤,个头翻番。长相难看不说,还和心肌牵丝绊藤搞在一起,分不开来。

医生根本料不着竟是这样,也没相应对策,只好缝缝好算数。

苦头吃足不说,心里难过啦。不怕你笑话,我还呜呜哇哇地哭嘞!

我想自己这次真的完了。

无论怎么乐观的人,真要死了,都怕的——你想想看,你熟悉的人、熟悉的事情,还有这花花世界,都好好地在,只有你没有了。这好比足球踢"世界杯",大家正在兴头上,好,就把你一个拉出灯光球场,哪个肯?

老牛拖破车,没想到这颗心脏硬邦邦拖了三年。这一年,浙二医院引进日本技术,可以做心脏的介入疗法——也就是从大腿的主动脉里插一根导管,把它沿血管送到心脏瓣膜里进行扩张。

做了这个手术我感觉很好,到能够起床了,我还自己动手写了一篇报道,描写了手术的全过程,登在《杭州日报》上。

我想这是我做了十多年记者写得最贴切的一篇报道。

最近一刀,是前年开的,因为慢性支气管炎引起心力衰竭,介入疗法已经不顶用了,他们说就干脆装个心脏机械瓣膜吧。这次手术是在邵逸夫医院做的,给我动手术的是一个美国华人,麻醉师是英国的,护士则来自南非。

我当时已经 67 岁,对胸腔手术来说,这样的年纪确实大了点。

老婆说:"你开刀当饭吃啊,动不动就想开刀?"

我坚持要做,我说你们别以为这是生离死别,我去做手术,好比去医院作一次采访,是去很投入地体验生活,别人想去还不成呢。如果我真死在手术台上了,那也是最好的安乐死:麻醉了让你死,谁有这样的福气?

其实我晓得,不会有很大风险。后来也果然像我想象的——据说他们当时只有一个麻烦,就是不晓得从哪里下刀,因为我的前胸后背,横七竖八都是刀疤,要找一块新鲜肉,还真不容易,不如给我装根拉链来得省心。

我这一辈子,好比股票逢牛市,搏着了一样。我的同事、老记者陆连生碰到我说我:"小鸽子,你还没去——不该去的都去了,该去的倒还没有去!再撑着,你要把我们杭报退休人员的医疗费都用光了!"他说的当然是玩笑话,也是大实话,连给我看过病的医生,好几个都等不及,管自己先去了。最高兴的是跟医生路上碰着,人家只认识医生,我七十岁不到,却病了五十年,心脏打开过四次,心脏方面的医生,省里的、市里的,十有八九都认识我。当然这没啥好有趣的。市一医院心脏内科的老主任曹蝶芬说:"咦?你还蛮好嘛。你好到我们医院里来给病人作报告介绍介绍经验了。"我想想还是到"倾听·人生"里来说说,不晓得有没用场。

我能够活到今朝,真的,首先要感谢的是党和政府,其次是我们的单位,最后才轮到我自己的努力。

毛病这东西,你不能不把它当回事情,又不好太把它当回事情。有时候越当它事情,它越有趣,越像那么回事情。

再让我透口气,虽然心脏装了机器,说话不好急的,好比水龙头,不好"哗"一记开足,要慢慢慢慢细水长流……

我刚才说了,我自小就不敢跑、不敢跳、不敢游泳。不过样样事情都有个例外,不相信你听听看——

1958 年大炼钢铁,市委大院(现在的人民大会堂)里面都搭起了小高炉,我还是个炉长。造工棚的时候我上蹿下跳一点事情也没有。有一天,我在房梁上远远看见有个小姑娘掉进浣纱河里去了。我"嘭"一记跳下房梁,腾腾腾腾、用百米冲刺的速度去救人。

怪了,人救上来了,我没气急。

1962 年,我在拱墅区记者站当站长。有一天,几米深的池塘里跌进去个小伢儿。我衣裳裤子都来不及脱,"嘭!"跳进去,一口气把他救上来。

救上来之后,我才想起自己不会游泳的。喏,介一想,心脏开始卜卜乱跳了。

曾经有许多人劝我:心脏病人不可以结婚的。我不相信。噢——好端端的姑娘儿碰着了,结不来婚,这活着还有啥意思?

1969 年开了第二刀,虽然差一点儿送命,但到底也没有死成,第二年我老婆生了个小儿子——我有几个儿子,这个最强壮。

1979 年我在家休养,整天病病歪歪。当时我住在缸儿巷供销大厦后面。有户人家,老子儿子吵架儿,当爹的说,你这样待我不孝,你儿子以后会看你样的。他儿子是个戆陀,一听这话气不打一处来,抱起他自己的伢儿抢出门去,一下子将孩子掼到庭院的水井里。

伢儿才几个月大,扑通一声,有人乱叫起来,引来一大群人围观。那口井是老井,井口只有水桶那么粗,大人根本下不去,看的人干着急。

那个做爷爷的呢,本来说的是气话,现在见孙子因为自己的一句话要送命,赖倒在地扒天扒地哭,好,又招来一堆人围观。

我的窗户刚好对着这院子,我一发觉不对,三步并作两步冲下三楼,绕到这个院子里,推开人趴到井口一看,孩子还在水上浮着,吐水泡泡呢。

手伸下去够不着,我又噔噔噔噔绕回到自家院子里,跑上楼回到自己屋里,拿了竹竿和晾衣服的权儿,再噔噔噔跑回到井口去捞伢儿。一次,不成功;两次,不成功;第三次总算勾着了,慢慢地一点一点把孩子捞上来了……

后来他们大包小包的送了不少东西来谢我,《浙江工人报》的记者丁新民还报道了这件事情。但真当让我自己吃惊的,还是我的心脏——换到平时,跑两步保证脸色铁青气急心慌,今朝一点事情都没,真当是千年逢闰月了!

你说毛病这个东西犯不犯贱?!

啊呀,瞎话话,瞎话话的……

悠悠岁月

活 着

口述 杨建慧 整理 林 之

　　"你晓不晓得瓜山？坐 151 路到拱宸桥终点站，再坐 347 路到瓜山，落车往里走，有个农贸市场，就是菜场，我家就在菜场旁边。或者你可以叫个残疾车，拱宸桥车站上有很多……"（电话里杨建慧反复给我指点着。其实我那天打的去只花了十几分钟。）

　　"来，我们坐在太阳底下，热一点。"（杨建慧搬条凳，我选了一张小竹椅，往院子一角的太阳下走。她的家是农村里十几年前常见的那种简陋的二层楼，楼下那间我一眼就看全了，因为除了条凳和一张方桌，似乎就没什么东西了。）

　　我在这里已经生活了 27 年了。我喜欢听你叫我杨建慧，这里的人都叫我水琴，没人叫我建慧。杨建慧的生活 27 年前就结束了。

　　30 年前，我绝想不到我会住在这里，会这样和你谈天。35 年前我是外语学校的学生，班里同学都叫我"杨班长"。大概是老师看我比别的同学年纪机灵一点，稳重一点，就让我当了个副班长。那时的外语学校和现在的贵族学校有些相似，学生中百分之九十以上是干部子弟。干部子弟大多有些娇气，我不是，我想我不娇气，尽管那时我也是一个花季少女。我那时就很实在。那时有的同学常常将"将来小包车坐进坐出"挂在嘴边，我从来不想。现在想起来，我当时是很满足地生活在一种幸福之中。

　　你知道什么叫幸福吗？你当然知道喽。不过每个人的理解总是有些不同的，我觉得幸福就是分不出东南西北，一种丧失分辨力的愉快状态。那就是我的幸福的童年。这个阶段一直维持到 1968 年 12 月，我下乡插队。不不，应该说一直到 1969 年 4 月,我去了黑龙江建设兵团。

1968 年 12 月,我像平时在学校下乡劳动一样回到上塘公社,那是我的老家。我不觉得生活有了什么大的变化,恐怕当时许多人是和我一样的心理,我们好像都在盼望着更大的刺激。当时学校里、社会上最大的话题就是到黑龙江去,我已经回乡了,可我耐不住这种平平淡淡的日子,又打电话到学校里,问熟识的老师有关黑龙江的情况。老师说,第一批到黑龙江兵团的正在报名,不久就要出发。我马上要求老师替我报名,几天后,我把户口转回学校,办好了去黑龙江的手续。然后我才告诉爸爸,我爸爸只是点点头,说,"好的,出去锻炼锻炼也好。"

就这样,一个电话,像耍子一样,我把自己送到了黑龙江铁力兵团。

这一锻炼就是五年,我瞌瞌醒了,可是我仍然是没有分辨力,只是从愉快的无分辨力变成痛苦的无分辨力,我无法分辨,也无能分辨,我顺水漂流着。我父亲是一个普通工人,当知青的种种返城消息传来,我的同学当兵的当兵,读书的读书,回城的回城,而我的父亲,他只能把我"嫁"回来。

那时我就知道,这条路走错了,可我没有办法,明知这是条无望的路,也得走,顺水漂吧。

父亲托他在瓜山的亲戚给我介绍了一个对象,我们认识了,接下去就是结婚,回杭——确切地说是回到瓜山村,回到瓜山村里种田。1974 年结婚,1975 年生下女儿,1976 年生下儿子,1977 年丈夫土地征用进厂,1979 年我被招工进厂。我那时只想安安耽耽地当个工人,不必下田挑烂泥了。我以为从此可以安安耽耽过日子了,可我没想到,真正倒霉的事这时还没开场呢……

"我们移个地方坐吧。"(这时太阳移到了这个小院的另一个角落,我和杨跟着太阳把凳子移了过去。)

1995 年,儿子 19 岁了,精精神神地长成了一个大小伙子。有一天,他告诉我他的脚痛,我以为就是些头疼脚疼的小毛病,其实儿子说痛时已经是熬不住的痛了。检查结果,是强直性脊柱炎。这个病以前听都没听说过,医生告诉我这种病至今仍是无药可治,可偏偏摊到了我儿子头上,摊到了我们家。

那时我们夫妻俩的厂子都已经效益很差,钱很少了,可是病还是要看的。看了五年,花了三四万块钱,儿子的脚已经开始变形了,从脚痛发展到脊椎痛,1999 年他在床上躺了整整一年。好在现在吃中药似乎有了好转,年前他开始可以起床走动了。但愿他能继续站直身子走下去,走他自己的路,他还那么年轻。

1999 年是我最倒霉的一年。屋漏偏逢连夜雨,儿子在床上躺着,丈夫又病倒了。先是偶尔发现大便里带血,以为是痔疮没去管它,拖了半年多,到医院里一检查说是肠癌。2 月 4 日开的刀,弟妹和亲戚们轮番照顾,正是春节期间,我过意不去,执意自己一个人陪几天。

那天是正月初八,陪了一夜,早上我从医院回家,休息了一会,中午我又去医院送饭。丈夫住在浙二医院,从瓜山到浙二要骑一个多小时的自行车,好在这些日子我已经习惯了这种运动。我匆匆骑上车子往医院赶去,我没想到这一去是与死神去约会。

那天路上的车不多,出门不远,转弯时我还回头看了看。我的记忆到这里为

悠悠岁月

止，后来的事都是人家告诉我的。有的人说我摔倒后就没起来，有的人说我摔倒后还站起身来，然后又倒了下去。事后，我像听别人的故事一样听他们讲述当时的情景。有一点大家是一致的，说我当时七窍流血地躺在地上。还好附近有不少瓜山人是认识我的，拦住了肇事汽车，把我送进医院，又有人赶回去通知了我的女儿。

女儿赶到医院里时我躺在急诊室外，无人过问，而且接下去继续无人过问，因为我们没钱——必须先付钱才能开始治疗。她爸爸此刻在另一家医院的床上躺着，她哥哥在家里的床上躺着，而我，鲜血淋漓、人事不知地躺在她面前，真难为了我的女儿，小小年纪如何能应付这样的局面，真是穷人的孩子早当家呀。情急之中，女儿给我在兵团时的老朋友裘武打了电话，裘武带了三千元钱赶到医院，我才进了急救室。若不是当年兵团里一起患难的这位老友，我怎能从黄泉路上走回来？

而这一切，当时我一无所知，我的记忆从倒下的那一瞬间开始就割断了。我不知道自己是怎么倒下的，也不知道是怎么进的手术室，不知道在病房里被一口痰堵住时，像杀鸡一样在脖子上剪开一个口子往外吸痰，不知道我的老父亲一趟趟地往医院里跑，也不知道兵团里的朋友们和中学的同学们为我募捐……

当我又闻到那熟悉的医院的气味时，已经是第26天了——我昏迷了整整26天。我不知道我这么倒霉的人这次怎么这么幸运，与死神擦肩而过。我又活过来了。活着就好。

是啊，活着就好。我是死过一次的人了，什么都想得开了。现在我的家里你也看见了，家徒四壁。丈夫在家休养，好在还有一点病假工资；儿子刚能站起来，好在女儿工作得还不错；我么，我有退休工资，还可以。后遗症？还好没有，就是头盖骨被拿掉了一块，喏！在这里，凹进去一块（她用手撩起头发让我看，过早花白的头发下有一个凹陷的坑，在冬日的阳光下令人不忍目睹），现在只有一层薄薄的头皮护着里面的脑髓，本来半年后可以用其他材料补一块的，想想算了，要花很多钱，还是自己小心点算了。工厂？已经破产了，也难为厂里，工人全部下岗了，靠卖地皮了，还给我承担了一部分医药费。

我以为我的磨难到头了，可是1999年还没过完哪，我的晦气也还没有完结，现在轮到我的老父亲了。

我昏迷时，父亲急死了，天天要到医院去好几趟。等我终于醒来了，知道要吃东西了，他就天天去送饭，等我吃完了，他再回家自己弄点吃的。我母亲早就过世了。下午他一个人在家待不住，就又到医院来荡一圈。

除了去医院，那些日子他去最多的地方就是寺庙，他去灵隐、去韬光、去净慈，杭州的几个著名寺庙他都去了。他没有别的人可诉说，没有别的人可以依托，他就跟菩萨诉说自己的心愿，祈祷他的女儿能活下来，能好起来。后来的一些日子里，我常常陪着父亲到各个寺庙去还愿，他愿意相信他的诉说有人在听，我则相信一个父亲的心愿。

那是兔年的最后一个月了。前一天我刚刚陪着父亲去了灵隐，第二天早晨他在开门时摔倒了，门还没开开他就倒了下去，然后就再也没有醒来。两天后，他没有痛苦地去了。（我不停地变换着坐椅子的姿势，杨则一直以一种姿势斜坐在条凳上，条凳较高，她个子较矮，她的坐姿看上去不太舒服，但她一直毫不在意地坐着。在享受方面越来越精致的今天，我吃惊她对舒适的无动于衷。）

咳，1999年终于过去了。这一年开始时，我还去参加了一次同学聚会，见到两个从国外回来的老同学。

人总是要回忆的，特别是老同学聚会时，总是会历数当年的种种情趣，甚至许多细节，我们当时都是住校生。我喜欢这些回忆，喜欢和他们——如今的外交官、政府官员、律师、教授、医生，他们大多有很好的生活——一起回忆种种细节，这使我粗糙的生活有了一点点的温馨。和他们坐在一起时，我努力感受着童年的温馨，人心是需要粉色回忆的，不管这颗心被多厚的老茧包裹。人们总是喜欢比较，拿自己与别人比较，其实许多烦恼是自己比出来的。所以我很矛盾，我总是不自觉地在回避这样的聚会，当年大家坐在一个教室里读书，而我落魄到这种地步，你说我跑去有没有味道，当然自我感觉极差。

有时我想，假如我不是外语学校的学生，假如我没有被外语学校那段经历熏陶出的心理状态，我大概会高高兴兴地住在瓜山，心安理得地过现在这种城市边缘的生活。

我很清楚，日子总是要过下去的，总要这么一天天地过下去，我必须用与这个家、与这一种我无法改变的生活相适应的心态去面对它，自怨自艾、自暴自弃都于事无补，我只能这么一天天地过下去，并尽量让自己轻松一点。

我现在不骑自行车了，你说心里怕？没有，没有，人家都这么说，说我一定害怕骑车了。上次我和女儿一起出去，她骑自行车，我说我也试试，一抬腿就上去了，心里一点都没慌，我自己也觉得奇怪。

悠悠岁月

医生与文人

口述 玟玟 整理 任为新

别和做医生的女人结婚,这不是我的意思——是我丈夫,确切地说是前夫的意思。他一和我闹别扭就说这句话——和我说,和别人也说。他在离开我的时候,说的最后一句话就是:我错就错在找了一个做医生的女人。我的意思正好相反,聪明的男人都应该和做医生的女人结婚。不信你试试,至少能够使你健康、长寿。他总说我是保命哲学,说我的日子像苦行僧的修炼,过这样的日子,即使活五百年也没有意义。我说:"像你那样就算过日子了?那是在糟蹋生命,是变相的自杀。"

他还向我说过这样的故事:有个古人,大概是什么诗人吧,喜欢喝酒,生活没有规律,今天过了不管明天,出门时候总让仆人背了锄头在自己的后面跟着,说是"死便埋我"。我丈夫对这样的人佩服得不得了,说这样的人生才是潇洒旷达。我们医学上也讲个"蝴蝶效应",你今天生病了,其实那很可能是在几十天前或者说几个月前,甚至是几年前一件细小的事情引起的,所以对自己的身体是绝对不可以"不拘小节",特别是现代社会,空气差、环境差、污染多,每天都应该战战兢兢,如履薄冰。

我是个怎样的人?你不是看到了嘛。我拍过一些婚纱照,其中一张有人看了说我像林妹妹。我仔细一琢磨,还真是那么回事。其实那也不是曹雪芹笔下的林黛玉样子,只是说我像那个电视连续剧《红楼梦》里的演员。我不觉得这话是在抬举我——无论是穿着品位、修养学识,在我这个年龄段,我都是无可挑剔的。我还特别心灵手巧,从小就是,特别能观察细节。我本来是学美术的,想当画家的,我老爸老妈要我考医科。我妈妈也说过,虽然我是女儿身,但是在她的眼睛里,实在胜过一个头角峥嵘的儿子。我还不是一个循规蹈矩的女孩子,还在浙医大的时候,我就和人打赌,看我画的饭菜票是否能够从食堂里买出炒年糕来,结果我赢了。现在说了也不要紧,不过我也就画了那么两三回,后来再有人要我画我就说你还是去买饭菜票吧,因为我画的饭菜票更贵。

　　说起我和我丈夫的认识,还真得找个地方坐下来谈。其实本来我们是不搭界的,他读的是杭大中文系,我在医大学的是病理。他是外地人,我是杭州人,我们的血型也不一样——按照我们医学心理的老祖宗、古希腊的希波克拉特的说法,他是胆汁质的,我是黏液质的。他很外向,做事情很情绪化,热情奔放。这老倌最神往的是《水浒》里面的那种英雄聚会——狐朋狗友一大串,吵吵闹闹,百无禁忌,大块吃肉,大碗喝酒。后来和我结婚,这样的习气也没有改——他常常能够端着酒杯,也不管席上有多少人、是些什么人,用七分酒意、十分嗓音朗诵诗文什么的。李白的《将进酒》,"人生得意须尽欢"那一类是保留节目。我呢,不沾酒,不吃糖,很少喝饮料,荤菜基本不碰——荤菜是什么? 说白了那就是动物的尸体呵,我真奇怪有那么多人会天天喜欢吃尸体。我不喜欢人多的场合,喜欢三两知心朋友小聚,端一杯白开水轻轻地说话,静静地看人。我是内向型的人,内敛、敏感、自省。有人以为这是缺点,我以为这恰恰是优点。

　　我们的认识过程是这样的:当初省里要成立一个大学生艺术团,全国要搞大学生艺术汇演嘛。其实我们还不是里面的成员,凭我们那点艺术细胞,连个三脚猫也算不了。或者是因为有朋友在里面,或者因为是被指派去帮忙的,结果我们就在那里认识了。一来二去的就成了熟人。有一天他问我敢不敢和他一起出去吃餐饭。我也是一时兴起,说有什么不敢的,结果就去了。地点是在离我们学校不远的杭州百货大楼,顶上有个旋转餐厅,自助的。当时的环境、饮料、食品都很不错。先插一句,最后我们分手的时候,他说我们吃一餐饭吧,地点由我选。我选的也是在这个地方,但环境、吃的、喝的就差了些,当然这和人的心情也有关系。我当时要的是一杯水、一些蔬菜和一只水果拼盘。他都是荤菜,而且都是红烧的,浓盐赤酱。他第一次对我表示吃惊,而我也第一次看到了这个人在很惊讶、很愤怒、很高兴的时候,脸上的五官都能够挤蘑到一块儿去。这样的脸和表情都是不常见的。他当时说了一句话我现在都还记得,说在他的亲朋好友里面还从来没有过做医生的,也没有谁嫁过医生、娶过医生,所以他的举动具有革命性的意义。我说你甭担心,你的革命是不会成功的,我来吃饭只是想知道自己到底有多大的胆量。

　　但是后来他的革命还是成功了。那时候我准备报考研究生,他就天天来,在阶梯教室里,我坐哪儿复习,他就坐在我位子的对面盯着我。开头一些日子吧,先是笑眯眯地看,再接着就是入神地看。后来我告诉他我还不想恋爱,我还想在学业上再发展自己,他就很忧伤地看,有一天还吓我一跳——我才到书本里面一会儿,再抬起头来的时候,看到他竟然满脸都是泪水。后来还写诗、写信,天天都有。你看他就有这股韧劲,像我们做实验的蚂蟥似的,粘上了,甩都甩不掉。后来我见他对我那么地痴情,心就软了,就没有再固守,你看女人就是这样的软弱,容易上当受骗。其中一些朋友的馊主意也帮了他的大忙，什么他长得帅啦、才情并茂啦、专情啦。还有一个女生竟然说，找个外地人好，将来不用和公公、婆婆住一起，清爽——你看这些人想得多远。我烦不过，想就算了吧，恋爱吧。结果那年我研究生没有考上，恋爱真够坏事的！

恋爱完了吧就要结婚，但结婚和恋爱真是风马牛不相及的两码事，就像日常生活中的他和恋爱季节的他完全不同一样。其实从一开始过居家的日子我们就充满了矛盾，我们的冲突其实是文化上的冲突。他是学文学的，讲究浪漫。"率性而行，是谓真人"、"放荡的生活就是幸福的生活"。他常这样说，也不知道是谁编出这样的话来。但是我们做医生的不是这样。

我最讨厌的是他的不讲卫生。比如吧，回家来第一件事情就是应该先搽肥皂洗手，在客厅里就脱了外套，换上家里穿的衣服——公共场合到处是细菌，怎么可以带到家里来？他倒好，常忘了洗手不说，有时候就能穿了外套躺到床上去。结果好几次都害我将所有床单被子都洗一遍。洗脸的盆、洗脚的盆、洗别的盆都应该分开，毛巾、牙刷也应该是这样。但他不，他竟然和我说，以前他都是一只盆子、一条毛巾上下通用的。后来还在别人那儿臭我，说我连牙膏都要每人一支地分开来，那还不等于感情也分开来了。生活用品分开来有什么不好？这是科学、卫生！夫妻合用一支牙膏就是亲密无间了？其实他是无知，牙膏只会认一个牌子用，按照科学，牙膏是应该各种类型、各种药性的交替用，男女牙齿在牙膏的选择上也应该是有所区别的。但这些还都是小事情、小摩擦，赌点气一会儿也就过去了。

我们第一次真正的吵架是为了生孩子——一点准备也没有，他还都是在醉酒的情况下，这哪里行？按照生育健康标准，起码应该有一个月的准备时间，男女都不可以喝酒、抽烟，也不能有身体的任何不适，生孩子，不说是百年大计，也应该是对孩子的一辈子负责的事情，哪里可以随随便便！但他不管这些，他喜欢的是"率性而行"。兴致来的时候还不分场合，随时随地。但我不行，讲究个时间、地点、环境、气氛。"早上茶、午间色、晚上酒"，都是很伤人的，连民谚里都有，他却不知道，这怎么可以。如果是有了孩子的夫妻，小孩刚刚入睡的时候，小孩就要醒来的时候，白天有孩子在家的时候，都不是合适的时间。双方身体有点不适，情绪不是很好的时候，也是禁忌。但他没事，甚至刚刚吵了嘴都有心情。还有卫生问题，他嫌我"有一整套复杂的程序"，但是我们做医生的，看得多了，那些害了这病的女人，可惨了，落到自己身上，怎么能够不认真对待？他还有个毛病，这话不好说，怎么说呢，换一个说法就是"美景以粗游了之，佳肴以大嚼了之"，没有那种细细体会的意思。生活要品味才有意义呵，结果十有八九我都觉得很败兴。这方面我们的冲突非常大，越到后来越厉害，恶性循环。虽然这些也都是鸡毛蒜皮的细节，但是对婚姻来说这些细节却都是致命的。很可惜，这些东西我们做女人的也都是在婚前没法了解的。《三国演义》里的刘备说，讨老婆就像穿衣服。其实婚姻和买衣服区别很大，当你穿上去，感觉到不合适的时候已经晚了——要脱下来很麻烦，退货更是不可能，你只好别别扭扭地凑合着过，软弱的，一辈子也就搭进去了。

就这样，我们的感情越来越淡，我们之间也很少说话。有时候甚至相对无言，仿佛都患了失语症。他回家也越来越迟，有时候甚至通宵不归。有人向我建议说，男人要管得紧，应该盯梢，知道他和谁在一起，在哪里过的夜。还有的说，要个孩子吧，那样会拴住他的心的。但我都不采纳，如果两个人的婚姻要靠这样来维系，那不是很辛苦、很悲哀吗？特别是孩子，万一男人拴不住，自己套个箍儿麻烦不说，也是对孩子的犯罪。像我们这样的，对国家贡献不大，少生一个孩子就算作贡献吧。

这时候我决定考研究生，实现我年轻时候没有实现的梦想。我丈夫同不同意？关他什么事情！我白天上班，晚上回来，一个人一边听音乐，一边做几个小菜犒劳自己——我能做家务、能烧菜。我喜欢把很一般的事情也做得很精致，做得精致的小菜就跟艺术似的。吃完了，一个人就可以很安静地复习功课，效果不错，日有所进。精神好的时候，到了半夜，就邀上一两个小姐妹去吃夜宵，说些女人之间的悄悄话。我不觉得没有男人的日子有什么不好。

其间他当然回来过，有几次我们两个人一起喝酒、吃饭、聊天，气氛还挺好的。但接下来就是一个关隘：他要在我这儿过夜，我就说那你得让我检查过——照我的本意都应该带他去医院验过血，呈阳性没有——那么些日子没有和我在一起了，谁知道你跟谁在一起，有没有染上什么病。结果他说他的自尊受到了戕害——中文系出来的，不说"伤害"，而是说"戕害"——一甩手又走了。我们好几次都是这样不欢而散。但在这样的事情上我是不会让步的。你要走，我还不稀罕你那点东西——告诉你也不要紧，我可是学病理解剖出身的，什么东西我没有见识过？

1996年我考上了研究生，是上海医大的，专业还是病理。我们已经有好几个星期没有见面，我告诉他消息，他就来送我。我们就在火车站说了会儿话，主要是家里的一些东西的处理、保管什么的，没有涉及我们的婚姻之类的严肃问题——大家没有心情说起，好像压根忘了。他说我考上了，他都没有买点礼物送送，怪不好意思的。我说没有关系，你送的最好的礼物是第一次工作时候给的几十块钱的胸针，我小心地收藏着。后来送的成百上千元的礼物，我反倒是忘哪儿也不知道。他听了有些闷闷的，后来我们就随便地说了会儿话，大家都有些心不在焉，像所有送别的话已经说完、巴望着火车快来的朋友。这是唯一一次我能够记得的彼此没有吵架的分别。

在我上海读书期间，他怎么样我不是很清楚，我反正功课很忙，实验很多。也有男人来向我套近乎，但我连白眼都懒得朝他们翻。看男人我都能够大卸八块、扒了皮、剔了骨看，还乱什么？

我丈夫来过一次，当时我正在解剖室里。我们的解剖室很大，空荡荡、阴森森的。因为快近中午，我肚子饿了，就摘了手套、放下刀具，一边想问题一边吃方便面。他见到了我就非常地吃惊，五官又挪一块儿了——因为我的对面是一具赤身裸体、开了膛的男尸，我的工作服上还沾有酱色的汁迹，满屋子又都是Formalin（福尔马林）的刺鼻气味。我笑起来，说你吃方便面吗？还有一包。他看了尸体几眼，连连摇头。我说你别怕，他可比你安静，也比你干净哪。这回他

悠悠岁月

倒没有生气，但也没有吃方便面。当时他的穿着打扮已经令我很陌生——斜背了个手提电脑，戴着墨镜，光头上戴个鸭舌帽，大红的套头 T 恤，松松垮垮的绿花短裤，光脚上又是一双老大的草鞋式凉鞋，腿上的黑毛密密麻麻，特别扎眼。他说他已经离开原来的办公室，不再做公务员了。他和几个朋友合办了一家广告公司，他不干别的只管点钞票。他还亮胳膊给我看，说现在点钞票点得胳膊都粗多了。我说不错嘛，但要小心，钞票上细菌最多，可别让细菌整个儿把你吞噬了。

到我快毕业的时候，要完成自己的论文，更是忙得昏天黑地，什么也管不了。天道酬勤，我的论文做得很好——内容是关于克雷伯氏杆菌和产气荚膜杆菌的，不但在自己的导师那儿通过，还被选派到北京去参加一个全国性的病理学术会议。我的论文就是会上宣读的，掌声多多。他们特别佩服的是我的外语水平，因为我引用的资料许多都是原文。与会的还有一个新加坡学者，其实他也是一个猎头，是为新加坡的大医院来内地物色人才的，会后他就和我作了谈话，希望我还能够去新加坡深造和工作。我没有拒绝，但也没有立刻答应，只是收了他的名片。回到京西宾馆，我很兴奋，半夜了还睡不着觉，先是告诉了我父母会上的情况，后来想了想，就打了个电话给我的丈夫。我打电话回去，但听到的却是一个陌生女人呢喃的声音，只一声，然后是他的。我问那女人是谁，他说没有女人呵。我先是愣着，后来就笑出声来。我说那么你有本事就叫我一声老婆，大声点。他说不行，有事明天再谈。

明天谈？都这样子了，我们还有什么明天？我就挂了电话，也挂起了我和他之间的一切——其实我们之间的尘缘也早该有一个明确的了断了。我不后悔打这个电话，这个电话让我突然地醒悟：或许我真的应该答应那个猎头到新加坡去。

回到杭州，我就约他谈谈，就是在杭百的旋转餐厅，说我们分手的事情。他犹豫了一下子，大概知道没有什么好挽留的，就说好吧。我们第二天就去办了手续。我很尊敬我母亲，但我必须承认，我和她不是同一代人，我们的许多观念都是不一致的。我和丈夫的分离，其实他们比我更加地难过——用一句杭州老话说就是"锅子里不滚，汤罐里乱滚"。他们有一种我被抛弃的感觉，但是我没有。都什么时候了，谁抛弃谁呀？最后一天我要赴新加坡了，他来送我，但走到我家楼下，我就不让他上楼，我说你待这儿，我父亲看到你会把你从窗口扔下去的。

我到了新加坡，和新加坡的一家医院签了两年的合同，同时也得到了新加坡的绿卡。但是我高兴不起来，一是感情上还适应不过来，二是工作上也不觉得很如意——工资是挺高的，但我不在乎这个。本来我以为在新加坡这样的地方，医生和律师什么的会很吃香，很有发展前途。其实来了才知道，不是那么回事情。他们把我弄来，也有些太监讨老婆的意思——要是要过去了，用却是不用的。虽然我是病理学硕士，但人家不是很瞧得起中国的学位文凭——他们连新加坡本土毕业的硕士生、博士生也不是很瞧得起，只相信去美国、欧洲镀过金的。这时候我比较空闲，说实话也有些寂寞，就常到网上溜达。有一次我看到一个医学方面的求助信息，是美国匹兹堡来的，说的是急用一种维持时间长、耐药性低、副作

小人物史记 II

用小的抗厌氧菌药。美国本来应该有这个药,我估摸着得这病的是个孩子,我就去 E-mail,说我们国内有这样的药,是康恩贝集团新研制的"康多利"(替硝唑葡萄糖注射液)。过了一段时间,我收到了一个电子邮件,是对我的信息表示感谢的,说他们用了那药,孩子的病很快好了——果真是个孩子。几次通邮下来,我们就成了朋友,原来他还是个中国人,姓王,是在那儿攻读博士的。他说这次我可帮了他的大忙,他是专攻需氧菌和厌氧菌的,一个中国同学的孩子得了这方面的病,美国的此类药药性太凶,不敢用,如果没有我的帮助,他的脸丢尽了是个小事情,还会耽误孩子。接着他就问了我的情况,我就照实说了,他就建议我去,说他所在的大学的病理学研究在全美国,甚至是全世界也都是很有影响的。具体事宜他帮我联系,包括奖学金、住房在内的所有事情都由他包了。

我的心就动了,决定去。之前和我老爸老妈说了,他们都反对,特别是我妈妈,说网上认识的,看不见摸不着,太玄了——还要去留学,你的学问还不够大吗?在她看来,做女人的,有一个像样的家远比做学问、出国留学重要。没办法,老一代的人都这样。结果我就辞了新加坡的工作——为这我还付了一万多元的罚金,我和他们签的是两年的合约,还没到时间嘛。

就这样我到了美国,是他来接我的,弗吉尼亚的机场又小又旧,和我们的上海虹桥机场有天壤之别,这是我到美国的第一个吃惊。王博士人长得不咋的,但是用的车很漂亮。这人有点怪,见了面吧也不客套几句,说些别的,而是大谈他的专业,什么细菌在胆囊结石核心形成的作用和证据啦,他们研究小组正在采用的聚合酶链式反应(即 PCR,从分子生物学角度对胆囊结石 5 种需氧菌和 4 种厌氧菌脱氧核糖核酸进行研究)啦,等等,因为这不是我的专业,所以听得有些云里雾里。后来我才知道,这人不太会说话,一说话就将话题往他的专业里拉,也不管别人乐意不乐意,以致周围的人都有些烦他,怕和他说话。所以他说给我听也并不是真的和我探讨,而只是找个听众吧。这一天让我歇着,第二天他就邀请了附近的中国留学生开了个 Party,大家喝喝茶,聊聊天,算是欢迎我。会上他还笑眯眯地向我介绍了一个女人,高挑的个儿,人长得不错,穿着打扮也挺有品位。原来这是他的妻子,他们不久前刚离了婚——这是我到美国的第二个吃惊——原因好像是她嫌他太书生气,合不来,因为这女人是一个把自己定位定得很高的人。其实他们都已经在美国待了许多年,各方面都很美国化了。离婚上也是,王博士的妻子有一天回来,管自己整理行李箱,然后就对王博士说,从明天开始我不回这个家了,有什么事情,可以找我的律师。他们就算离了。在国内这方面要艰难得多,许多离婚的男女都要吵成斗鸡眼再走开。对女人来说要离开家也是很困难的事情——你的户口、工作、房子都是很死的,哪里能够如西方人那样的,提起一个包说,"从明天开始我不回这个家了"。当然我不觉得这有什么特别的好,但这样也会引发许多的社会问题,但是当你遇人不淑,彼此都已经看不惯了,还必须和他待在同一个屋檐下时,那实在是一件很折磨人的事情,在这样的地方你会觉得连空气都是稠的。

接下来就没有什么好说的了。我到了美国攻读博士,专业仍然是病理学。我前夫来过一次电话,说是他又找上一个女人,说了说她的具体情况,说他们准备结婚了,让我参谋参谋。我也就瞎七搭八地说了几句。最后我说,是原来那个还是另外又有了一个?——这下你们可以上下通用一条毛巾、一个盆了。他笑起来,说才不呢,但我们至少牙膏是不必分开来的。

王博士这边,开始几天,他放下手头的工作,开了车带我去大采购,带我去兜风,将附近的风景点都玩一遍,后来我读我的书,他做他的研究,但业余时间我们基本都在一起。我们的关系?我们没有什么关系,只是朋友,以后怎么样,处处看,再说吧。

说了那么多,好像不得要领。概括起来我想说的是,我们再也不要做传统的女人了。我们来到这个世界,可不是为家庭、为男人而来的,我们是为自己而来的,我们是我们自己的。如果现在还有女人将自己的一切都押宝似地押在男人身上,押在婚姻、家庭、孩子身上,那么真是太冒险、太傻气了。好像是波伏娃吧,她说过,女人不是生来就是一个女人的,而是成长为一个女人的——也就是说,女人们,只要你愿意,你可以像男人一样去尝试任何事情,你甚至可以成为你想成为的任何人……

拳击冠军

口述 余吉利 整理 麻生环

我小时候就很抗打的。父亲打我,我从来就不叫的,生扛。练拳击有点枯燥,打空气,打沙包,跟人对打,学了一年多才凑合能打

小时候我家住在霞飞坊,那时候还是叫霞飞路,很热闹的。那一块儿住的全是有钱人,没钱的住不进那些房子的。因为我父亲在一家比利时的房产公司做事,所以在那儿分到了一套房子,等于说是工作人员的公房,买是买不起的。平常看到的下层的人比较少,邻居都是报社老板啊、经理啊那些人。那时候我也不懂这些事,只顾玩,皮得不得了。

我父亲很喜欢我,他是个酒鬼,一下班就喝酒,没什么别的爱好,有时候就会抓着我叫我去给他买高粱酒。我父亲性格蛮直爽,朋友到家里来他就拿酒招待。我母亲也是个老实人,吃素,但是又不念佛。我父母是再婚之后生了我。

我是属于个子不高但身体结实型的。这个优点一直保持到现在,你看,我快80了一直也没什么病。

其实我小时候就很抗打的。我跟弟弟妹妹调皮的时候,父亲会用鸡毛掸子下面的藤条打我们,我弟弟就大声哭喊,邻居们有时候总会开玩笑说你们昨天又挨打了吧,我们都听到嚎叫了。我从来就不叫的,生扛,打麻木了。所以后来我打拳也很厉害,因为能挨。

十六七岁的时候有空我就在家练杠铃、练举重,那时候流行在体育馆练健美,要花钱的,我就不花那个钱,自己买了个杠铃在家练。黄晓阳是我邻居,住隔

悠悠岁月

壁弄堂的,他在楼上看到我在家练杠铃,就叫我出去练拳。我说我不认识啊,他就带我去青年会。我就把家里的杠铃捐献给体育馆,跟他们说平时他们就用这个杠铃,我去了就给我练。他是个性格很好的人,直爽,好打抱不平。他家庭条件很好,父亲是个牙医。他住我隔壁的汾晋坊,打交道的都是外国人,他从小就英语很好。我们打拳击他就经常来给我们讲解、翻译。刚开始都是跟外国人打,中外对抗赛。那时候外国人在青年会打拳是有钱拿的,我们中国人没有,门票啊、收入啊都要捐给国家买飞机和大炮,抗美援朝。

黄晓阳是领我进拳击大门的人,他把我介绍到青年会的。我也跟他一起练过健美,后来就不练了,因为健美练太好了对拳击有影响,肌肉练得太硬了,速度和反应就不快,动作太僵了。打篮球的人练拳击可以,举重的练拳击就不太行了,太死板了,反应不快。

练拳击有点枯燥的。那些外国拳手在练的时候我就在旁边看,他们打我也跟着打,打空气,打沙包,跟人对打,两只手一起练,学了一年多才凑合能打。刚开始一天也就练一个多小时,后来形成习惯了每天都练,也不在乎时间了,就是吃饭的时候回去吃饭。我母亲有时候看我鼻青脸肿,就问我是不是跟人打架了,我说没有,是走路不小心撞到电线杆了。不敢让家里人知道,因为他们舍不得我去练拳击,被人打。后来时间长了,打比赛经常被人看到,就瞒不住了,家里人也就知道了。我就跟父亲说打拳是为了挣钱。

练了一年多以后,我开始慢慢参加比赛。第一次比赛是跟个苏联人打,是青年会组织的比赛。那时候我才17岁,对手20来岁。打的时候我很紧张的,拼了命打,根本不让人透气,不给他还手的机会,结果那场比赛我赢了。

当时黄晓阳在旁边给我加油,一直鼓励我。他自己也练拳击的,但他是打着玩,不参加比赛的。因为他家庭条件好,又是独子,家里很宠他,不舍得看他被打得鼻青脸肿。我的第一场比赛打赢了之后,后面的比赛也都蛮顺利的,就一直打下去了。黄晓阳对我这个学生也很满意,我开玩笑跟他说,你这个老师现在没什么可教我的了。

我这个人最好的就是我打不过你,但是我能挨打,我顶得住,守得住,不会倒下去,经打。练拳击就是要顶得住

我印象比较深的比赛是跟一个叫查查李的葡萄牙人打。我们打拳都是右手在前,他是左手,跟我们是反的。当时我很不习惯,老是挨挨,始终打不赢他。后来他要回国了,又打了一场,他就像教练一样指导我打,他怎样打我,我该怎样还手打他。打完那场之后他就回国了,后来我们再也没见过面。后来我的左手也慢慢练出来了,也常用这招跟别人打,这就轮到别人不习惯了。

那时候有钱拿,打;没钱拿,也打。别人开联欢会叫我去打我也打。我经常在比赛中总结经验。打得多了以后就慢慢打出名了。赢得多,受的伤也多。打拳击,不可能是我打别人十拳别人一拳都打不到我,怎么都要挨几下。流血也是很平常的事,后来打多了就慢慢有了优势,但也不可能完全不受伤。我身上还是有很多伤疤的,几十年了,还是看得出来。

打拳嘛,还是要跟有水平的人打才有劲。我这个人就是这样,我打的时候拼命打不管不顾,但看到别人快被我打倒了我也不会趁机多打几拳把他打趴下。我想打赢就行了,没必要一定要把他打垮,打到别人在家里躺几天也没意思。有的拳手个性跟我不一样,他就是拼命打,把人打倒、打死为止。

1951年,"五四"青年节的时候,青年会组织上海市拳击赛。一组一组打下来,我们"中量级"的就剩下我和金锡荣了。当时黄晓阳说,你跟他打就对了。他最有名,你把他打败,你就出名了。金锡荣在他那个级别里面从来就没有输过的。

那场比赛是在当时陕西南路的卢湾区体育馆里打的,场子大,人也多,老有劲的。比赛之前,我装得老实得不得了,心里其实在想:这下严重了,如果打败他,我的名气就上去了。我在那边不说话,心里在想他的优点在哪里,弱点在哪里。金锡荣的板拳最厉害,我只能趁他打出去还没站稳的时候反击他。

比赛打到第三个回合的时候,我们打成了平手,要延时。当时我紧张得不得了,后来想,我能跟他打成平手了,已经赢了一小半了。金锡荣是有点急了。他一出拳,我就找着了一个空当,一拳把他打到跪在地上,就这样赢了。这场比赛之后,金锡荣到我家来看我,他说我从来没输过,输给你怎么搞的我也搞不懂。我说碰巧碰巧。后来我们就成了好朋友。

1952年,我父亲去世后不久,中国人民解放军军事学院体工队看中我,叫我去参军。当时的院长是刘伯承,里面的学员都是首长,打仗立功了,不打仗了就进来学习,军级师级团级干部都有。当年的解放军运动会,我就拿了冠军,后来就参加全国比赛,我代表八一队,代表解放军,拿了全国冠军,大家都知道了。

周士彬应该知道的吧,1946年,周士彬曾在上海举办的一次国际性拳击比赛中,接连击败葡萄牙和白俄罗斯的选手,最终又在决赛中胜出,赢得他第一个冠军头衔。从此被称为"南拳王",后来是上海体育学院的教授。

我刚刚开始学拳的时候,周士彬已经是上海青年会举办的七国拳击赛的冠军。很奇怪的是,我跟周士彬一直都没有交过手。虽然他是中重量级的,我是次中重量级的,但是碰在一起还是可以打打的。1953年全国运动会比赛之前,我作为解放军八一队的代表,跟当时的华北区代表中量级的张立德打过一次,我打赢了。后来运动大会上,周士彬跟张立德打的时候,是打输了的。

我们一起上下班,来来去去。我母亲说你看她是个大小姐,你怎么养得活她?我说不要紧,可以在思想上慢慢改造她

1951年我拿了上海市拳击冠军之后,有几个女孩子对我很好的。那时候上海有个大中华橡胶厂,他们大老板的女儿喜欢看我的比赛,我每次比赛她都和她弟弟一起来看。她是××学校的校花,长得很好看。后来我就通过同学介绍认识了她,有次我打电话给她,想约她出来,她说那你就来我家吧。我说好呀,就去了。××路134号,我到现在还记得。她家的房子大得不得了,花园洋房。她跟

悠悠岁月

她妈妈介绍我，说这就是我跟弟弟常说的余吉利。她妈妈就说我儿子女儿都说你打拳很厉害的，你不容易。

我母亲说："像这种有钱的小姐你不要跟人家走得太近，交朋友就可以了，但不要多想，她们花钱大手大脚的，你挣的钱还不够她一天花的。"所以我也就不再多想了。1952年我去当兵了，退伍回来后，有天在路上遇到她，那天我穿的是海军的白衣服，看到她就跟她打招呼，问她现在在做什么，她说她到香港去了。就是很简单地问了一句，连多余的客套话也没讲，当然也没问她在香港的地址。后来我们就一直没联系了。很巧的，我姓余，她也姓余。

我跟妻子是打篮球认识的。她是启秀女中的学生，广东潮州人，父亲是华侨。1956年我退伍回到上海当老师，通过朋友的朋友认识她，后来就介绍她到朝阳中学当体育老师。我们一起上下班，来来去去。我骑自行车，她坐三轮车。

我说你赚的钱都拿去坐三轮车了，不等于没赚钱吗？她说我上班就行了，赚不赚得到钱无所谓，家里不要我的钱，我爸爸有钱。我就陪她一起坐车。后来她有课就上课，没课就看我上课，等着我下课陪她坐车。我们就慢慢开始交往。

我母亲说："你看她也是个大小姐，你怎么养得活她？"我说："不要紧，可以在思想上慢慢改造她。"后来她也慢慢改掉了一些大小姐的毛病。我们谈朋友谈了一年就结婚了，第二年就生了大女儿。我们感情很好。人就是这样，喜欢就什么都可以，她叫我做什么我都愿意。她性格很开朗的，打篮球，很活泼。

1958年之后，上海就没有拳击比赛了，拳击是我的爱好，没有比赛打我就很不开心。当时我就想偷渡到香港去，香港那边几个打拳的都知道我是很厉害的，也想叫我去。我就想过去多打点拳，多挣点钱，也改善一下家里的经济条件。于是我就向学校的人事科请假，说是去合肥看妹妹。实际上我是想去香港。我就那么走了，去了广州。

我们一起去的有好几个人，约好到一个茶楼喝茶商谈去香港的事情。他们先去了，我在后面，正准备上去的时候，觉得有个人盯着我，我看到他身上有手枪，想着肯定是公安局的。我做贼心虚，所以没敢过去，就杀了回马枪回了杭州。

后来才知道，可能是因为我们在公园说话、打听蛇头被人听到了。回杭州的路上我得到消息，说一个也准备去香港的朋友在杭州被抓了，我很害怕。但后来派出所发现我一直没上班，也一直没回家，还是把我抓了。他们说："我们知道你要去香港，派了很多便衣跟着你，你要老老实实交代问题。"我说："我就是想去香港打拳多赚点钱，让家里好过点，我又不去美国，我是中国人。"他们就把我放出来了。

我回到学校，学校问我去哪了，我就老老实实说请假去香港了，结果被公安局请去审查了两个月。回来之后学校让我去找教育局，他们说像我这种情况不能再当老师了，让我回家去等通知。

结婚之后我就没让我老婆工作，我说我能养活她。因为那时我是退伍的连级干部，工资比较高，一个月有两百多块，人家大学出来的工资也才四五十块。后来（自然灾害）不行了，我就想去香港打拳多赚点钱，结果这个想法也不行，工作也丢了。我跟我老婆说总得想想办法。

我老婆是广东潮州人,她家的海外关系比较多。我那时候去香港是属于偷渡,没有向上面打报告的,我就建议她打报告去投奔她的阿姨,她有个阿姨在新加坡。报告打上去了还没批下来,公安局就来人征求我的意见,我说:"我老婆出去我有什么意见?一家人总是要吃饭的,我工作没了,她出去工作养活家里,那我就在家带孩子。"后来他们就把我带到派出所,见到上回抓我的那些人,他们就说:"叫你老老实实的,怎么这回又让你老婆出国了?"我就说:"我家里的人要吃饭,她是正当打报告出去工作的,批不批还是要看你们。"公安局的人没理会我,把我押送到安徽的白茅岭农场,我老婆也没去成新加坡。

我就这么熬过来了,你说拳击不能打了,老婆离了、孩子走了能不难受吗?我没死,活下来了,像傻子一样熬过来了

我在白茅岭农场,一待就是十几年。先是劳动教养3年,3年之后每年可以回家探亲一次,有的人探亲住半个月一个月的都没事。我母亲那时候还在世,老人家胆子小,怕我误了时又被延长劳教,所以每次住15天就要我回安徽。那时候我40来岁,其实对于被判劳教这件事还是很不服的,但为了母亲不担心,我还是老老实实待在那儿。每次我要走的时候我母亲都东拼西凑找来一些面粉和鸡蛋,给我做几个饼,让我在回去的路上吃饱,她自己从来都不吃的。

在遣送白茅岭的时候我就跟我老婆说:"我们离婚吧,不离婚你要倒霉的,反革命分子家属要跟着挨批受苦,你受不了的,以后三年满了,我要是出去了就去找你,没出去你就当我死了算了。"

她也没办法,带着两个孩子,还要生活啊。后来,她嫁人了,嫁了个有工作的,好养活孩子。我就这么熬过来了,你说拳击不能打了、老婆离了、孩子走了能不难受吗?没办法,只有不想它,在里面就混吧。有些同志在农场里面都死掉了,我没死,活下来了,像傻子一样熬过来了。

1979年上海来电报说我母亲过世了,农场批准我回上海奔丧。15天满了,我向公安局申请多住几天,我说这次是我母亲死了,以后我再回上海的机会就没有了。

实际上我是很想离开白茅岭的,那时候只判了三年劳教,结果那么多年还没放我回来。他们说放你回去又怎么样,没有单位肯要你的,要是有单位要你我们就放你出去。我就记着这句话了,所以我母亲过世时我回到上海就给青岛方面写信,说我愿意去那儿教拳,我是什么人报纸上可以查到,我不考虑工资,只要管食宿就行了。这样我就去了青岛。

后来上海精武会办拳击比赛,我带学生过来参加。白茅岭农场有个领导,也是公安局的,知道这个比赛,就来找我。当时我很害怕,怕他又把我抓回去。他说你别怕,我是来看比赛的,知道你也在就来看看你。我就放心了。他说既然你在做拳击教练,有工作了,那你完全可以回上海来的。我说我没有户口怎么回?他后来就帮我落实了户口,我就回到了上海。那是1979年。我后来就一直在中学做代课体育老师,一直到1997年。

现在中国不比以前，强大得不得了。体育方面也是。要是时光能倒流，要是我能参加奥运会，一定要再拿个冠军！

后来呢，我也一直没有结婚，我觉得一个人生活挺自由的。现在住的这个房子，是我小女儿的。小女儿因为我曾经是劳改犯，小时候一直恨我，不情愿跟我在一起，这么多年，我们也才见了两三次面。现在住在这里呢，是因为我退休之后也没有退休金，没人管我，我终究是她的父亲。

我去续我的社保，学校说找不到我任职的档案，为了这个事情也是搞了好久都没有落实。

我现在什么要求都没有，只想有个社保，之前我每个月生活费都是200块钱，最近几年才涨到300块多，你说两三百块在上海怎么活呢？我去市区跑社保的事情，跑了两趟就不敢跑了，一趟下来坐个公交车也要花五六块钱，我跑不起。

78岁生日的时候，当年我曹杨二中的一帮学生来看我。他们现在也都是60多岁了的人了。我半个多世纪没做过生日，要不是他们说，我早把生日忘了。我的这样一个情况他们也看不下去了，现在他们也经常来看我，很积极地帮我跑社保的事情。

现在经常有一些拳击比赛叫我去，说余老师你来，你来我们就高兴。你是老前辈。有的时候我想，老前辈有什么用呢？现在做教练我也做不动了。不过要是有人请我，我还是愿意去指导指导的。

现在中国不比以前，强大得不得了。体育方面也是。2008年奥运会快要开了，我们中国人，要么不参加，要参加总是要拿名次，要拿金牌的。拿不到第一拿第二，拿不到第二拿第三。现在中国是个强国，人家不敢欺负咱们。国家强了，人出去地位就高了。要是时光能倒流，要是我能参加奥运会，我一定要拿个冠军！

后　记

活在我们这个时代

《杭州日报》"倾听·人生"版创办于 2000 年,本书是其十年来所记载的小人物口述历史的精品结集。记得是 1999 年 9、10 月份,我和同事李玲芝去了一趟西安。那时《杭州日报》的专刊和副刊改版需要思路,我们要做日报、下午版两张报纸的专刊和副刊,加起来每周有二三十个版。那次考察结束时,我们在一个小旅馆里等回家的机票,闲着无事,就开始商量版面,想名称、想栏目。我们一口气想了四五个新版的计划,记在一张便签上,其中一个就是"倾听"。

当时,《北京青年报》安顿的口述实录文学正红。我们把安顿的书《绝对隐私》拿来看了一下。这本书里面全部是情感实录,喜欢看它的读者不少,想来原因有三个:第一,社会上对情感的看法正处于开放后的恐慌期,中国人禁锢了多年的男女情感得到了社会承认,许多人都面临着情感方面的困惑、诱惑或恐惧,而且男女情感也是人类永恒的话题,是大众的阅读热点。第二,这些事即使不是完全意义上的真实,也是现实的真实,它满足了我们每个人都有的窥视欲。第三,这种口述实录的形式在报纸上不多见,它像新闻,又像文学,是一种真实的故事,当它以第一人称出现时,给人一种非常亲切的感觉。

这种真实感和这种形式,我们很喜欢。但《杭州日报》是党报,办这样的版面,是否符合我们的报纸定位?北方人一般性格外向,善于口头表达;而南方人大多比较保守,不会轻易倾诉隐私,他们愿意敞开心扉吗?

我们分析了浙江人的特点:浙江人草根性强,遇事爱琢磨,喜欢个人奋斗,肯吃苦,做得多,说得少,但闯世界的本领是中国一流的。他们属于给点阳光就灿烂,有点水滴就发芽的类型。浙江人是有故事的,他们每个人都有自己的创业史、奋斗史。他们情感细腻,对生活有很强的感受能力。改革开放后,他们走南闯北,全世界只要有人住的地方,一定就有浙江人在做生意。他们的命运和时代紧紧联系在一起,只要肯讲,他们的故事一定会很好听。

我们最终决定,要办一个讲个人命运故事的版面。世界上没有一个人的人生是和别人的一模一样的,一千个人就会有一千种活法。每个人在看到别样的

后
记

人生时，一定会有所反思和对照。活得不如意的，看到有活得比自己更难的人，会有一种心理安慰；活得平淡的，会更珍惜自己的生活。每个生命都是一滴水，每滴水中都有太阳。

这个版面的名称是我取的。我不喜欢用"讲述"这样的名称，觉得"讲述"是一种和读者平等的姿态，而"倾听"是一种比读者更低的姿态。党报需要这种姿态。

我们给这个版面定了三条原则：第一，不写"高大全"式的英雄人物，只讲述老百姓自己的故事，可以是一个人一生的故事，也可以是一件影响人生的事。第二，必须是真实的故事，可以把真实姓名隐去，但事实一定要真。第三，以第一人称口述历史的方式记录，即采用口述实录体。

"倾听·人生"在办了半年之后，出了二十多期，受到了读者的广泛欢迎，评上了杭州市新闻系统的优秀栏目。关注它的读者越来越多，来说故事的人也越来越多。那些第一人称的讲述，真实直观。一个吸毒者的口述实录，比专家和医务工作者讲一百遍道理来得有用；一个慰安妇的口述实录，比教科书更触目惊心。那种亲身体验的细节，跨生命时间的长度，具有很强的历史感。更重要的是，每个讲述者的体验，都带着深深的时代烙印。

小人物也可以反映大时代，因为这是一个小人物可以有大作为的时代

在当今中国，个人的作用正得到越来越多的鼓励和认可，当一个农民或者许多个平民可以创造奇迹的时候，中国人的命运已有了极大的改观。他们的经历、他们的奋斗故事，就是中国社会经济发展的细节。他们的创业史，就是改革开放这面大旗下的地基。

普通老百姓的生活经历，有歌有忧、有喜有泪、有血有肉，关注他们，就是关注当代中国的最底层，他们的故事无不折射着时代的光点。"倾听·人生"的宗旨就是把目光放在小人物身上，希望通过小人物的命运和故事来反映时代的变化。比方说有一篇叫《大三线》的文章，什么叫"大三线"，很多年轻人都不知道。这是一段特殊的历史。20世纪六七十年代，国家因战备需要，将容易受到攻击的沿海沿边的重要工厂陆续内迁，按照"靠山、分散、隐蔽、进洞"的原则在西南、西北等战略纵深地区另建新厂。一个1949年参加工作的老技术工人在45年后回忆起当时的情景：妻别夫，子别母，大批建设者响应政府号召，从工作和生活环境相对优裕的大城市，远去人烟稀少、交通不便、施工困难、生活艰苦、物资匮乏之地，他们都是成分好、出身红、技术棒的专业人才。可是10年、20年、30年后，这些建设者及其家人的人生际遇又发生了怎样的转变，没有一份历史记录可以详细到个人的生活。一个从"大三线"回到杭州工作的普通技术工人的命运故事，反映的是一个时代的某一段历史。记得《大三线》刊登出来之后，有许多人打来电话，满怀感慨地讲述他们的家庭、亲戚朋友的有关"大三线"的故事，久久不能放下

话筒。

"倾听·人生"中曾经获得中国新闻奖副刊金奖的《二次插队》,讲的是一个当年的知青在回城三十多年后又下乡创业的故事。这名老三届初中生,当年响应号召到农村做知青,到大返城的时候,知青成了工人,十几年后,他又变成下岗工人,在经历了无数次的走投无路后,他开创了自己的事业。当再也不用为生计奔波,钱多得这辈子用不完的时候,他又回到当年插队的地方,萌发了报答乡亲的念头——他开展了第二次乡村创业。在那些上山下乡的知青中,很多人都像他一样——回到城里,顶父母的职,千难万难进了工厂,没想到在农村贡献了青春,回到厂里贡献了中年,临到最终白发上头时却下了岗。而一个敢于再次创业、懂得感恩的知青,他的故事引起了多少人的感慨!

要的是典型、真实、历史性和悦读性强的故事

中国有千千万万的小人物,并不是什么都能拿来做文章,在选择人物和题材时,我们注重了四性。

第一,选取人物的典型性。要么是事情典型,要么是经历典型,总之选取的人物一定得是在这个历史时期很有代表性的。比方说我们曾经选择了一个下岗的政工干部,写他下岗后怎么就业。政工人员,是颇具时代特色的。这样的同志从部队复员,转业到地方,在工厂里当政工干部,组织、人事、宣传、办公室,成了"万金油"干部,最先是动员别人下岗,做他们的政治思想工作,以为自己是不会下岗的,待轮到自己下岗,到人才招聘市场拿出自己的政工师证书,一把就被扔了出来。那个打击大啊!想想革命了一辈子,最终落到这样的下场,觉得特别受不了。但下岗的政工师最终调整了自己的心态,拿出自己的特长——能说会写,当了企业报的主编,当了老总的助手,最终还是得益于自己的政工经历。他的求职经历和下岗心态比一般人更复杂和可看。当我们以《政工师》为题写下这篇口述实录的文章时,一个老干部写了很长的信来,讲述他的儿子——一个有类似经历的政工干部下岗后,他这个抗战干部差一点就怀疑自己的革命信念的事。现在他看了这篇文章后,再也不在家骂娘了,他把这篇文章给他的儿子看,鼓励他不要怨天尤人,要大胆地闯。

第二,选取人物事件的真实性。这类栏目的生命力在于呈现原汁原味的人生故事。不仅讲述的事情要真实,而且语言表述也要符合讲述者的身份。在采写中要尽量隐去记录者的个人观点,绝对不用描述性的语言。如果编辑有话要说,可以加编者按。记录者对讲述者的人生故事的选择,就是我们的编辑立场,你选取什么样的材料,把故事的哪一面展示给读者看,就是你的编辑意图,不需要编辑更多的评论。一个人的人生之路,走对的、走错的,要真实地告诉读者,相信读者会有分辨能力的,他们会从中看出各种不同的经验教训,用不着我们在旁边喋喋不休当导师。读者远比我们聪明,任何时候都要相信这一点。

第三，把握好历史性。要关注大事件中的小人物命运，着眼于大历史、大事件背景，在其中选择有代表性的人物，要尽可能地把口述实录这样的栏目办得有历史感。比如我们选择的一个典型是钟点工。家政服务行业走过了将近十年的路，很艰难，但越走越好了，在提供社会服务、再就业等方面做出了很大的贡献。有许多下岗女工成了家政业的主力军。杭州最大的家政公司——三替公司的老总本人就是下岗女工。然而在选择典型时，我们没有选取这位老总，因为老总不具有代表性，几万个下岗女工中能有几个老总?! 绝大部分的人都没有这样的才能和机遇，再说她的事迹早已家喻户晓了。我们整整花了半年时间寻找，最终选择的这位讲述者也是从下岗工人变成钟点工的，从开始的偷偷摸摸怕见人，到后来为了做钟点工和要面子的老公离了婚，最后又因为当钟点工找到相爱的人。她做钟点工，遇到了各种各样的人：有拿着闹钟跟在后面，走一步都掐时间的；也有拎了保暖拖鞋让她一定要换上的。一个钟点工也许没有多大的新闻性，但她的命运是这个天翻地覆的改革时代中的小人物的命运，她反映了最真切的百姓生活，所以，《钟点工》这篇作品最终得到了中国新闻奖的肯定。

第四，挖掘文章的故事性。"倾听·人生"毕竟不是为个人树碑立传的版面，讲一个人的故事，目的在于对更多的人有所启发。人的一生，会有很多传奇，这是我们当记者、编辑的人坐在办公室里想不到的。我们的任务是找到这些故事，把它们细细地挖掘出来，尽最大可能展现它们的真实面貌。这些真实是活生生的，有血有肉、有笑有泪的，千万不能把它们剥皮抽筋变成抽象的道理。也用不着为那些事情加上很多大道理，要相信读者会从中读出他们所需要的人生意义的。

一个时代一定有耀眼的金星，当然应该记载；但支撑这个时代的一定是无数的小人物，关注他们，倾听他们，把他们刻进时代的华表，是活在我们这个时代，作为媒体人的责任。

这些故事背后的支撑者

一个能够理解百姓苦楚、能够倾听他人故事的编辑，对于这个栏目很重要。

中国人的命运，无不和时代、和许多的运动连在一起，一个没有阅历的编辑可能在理解这些运动、理解一个经历过多次社会变革的人生方面有所欠缺。讲述者把一段伤痛、一段悲情或者最难忘的经历托付与编辑，编辑要承受得起，理解得了，分辨得清。

一个栏目最终的质量是和编辑连在一起的。从副刊的角度来说，编辑的水准决定了版面的水准，有什么样的编辑就会有什么样的版面。即使有好的创意，没有好的编辑也不行，但如果有好的编辑，就可以创造出更好的版面，而且好的编辑会令创意更出色。

十年来,"倾听·人生"的编辑,前四年是戎国彭,后六年是莫小米。戎国彭是一个阅读面很广的资深记者,莫小米是全国知名的作家,他们两人都非常出色。

他们为这个版面竭尽全力,费尽心血:手机 24 小时开着,聆听每一次长久的讲述、倾诉甚至是哭诉。

十年如一日。

他们是热爱生命且富责任感的人。他们在一次次的聆听中成为心理治疗师,挽救过许多濒于崩溃的心灵,为民工、代课老师、下岗工人等等找生活、讨援助。

他们有敏锐而丰富的生活阅读能力,能在形形色色、五花八门的故事中寻找真实,在无数个漫长的生命历程中发掘精彩。

他们推心置腹地与每一位讲述者交流,讲述者得以袒露心怀,把一些从来没有告诉过父母、伴侣的故事说给我们听。

正因为有了他们尊重历史、珍惜信任的认真态度,才有了这个栏目长久的质量,才有了今天你所看到的从五百多个故事中精选出来的篇章。

这些文章,基本以报纸原作为主,我们在成书时对个别文章的篇名和内容做了必要的修改,以使其更加完整。

徐晓杭
2010 年 1 月 6 日

后记

附 录

《小人物史记Ⅰ》篇目

［四、绝对隐私］

［五、灰色地带］

附
录

图书在版编目(CIP)数据

小人物史记.2/赵晴主编. —杭州:浙江大学出版社,
2010.3(2010.8 重印)

ISBN 978-7-308-07420-9

Ⅰ.①小… Ⅱ.①赵… Ⅲ.①新闻报道—作品集—中
国—当代 Ⅳ.①I253

中国版本图书馆 CIP 数据核字 (2010) 第 037892 号

小人物史记 Ⅱ

赵 晴 主编

责任编辑	胡志远	
装帧设计	未 氓	
出版发行	浙江大学出版社	
	(杭州市天目山路 148 号 邮政编码 310007)	
	(网址:http://www.zjupress.com)	
排 版	杭州大漠照排印刷有限公司	
印 刷	杭州富春印务有限公司	
开 本	710mm×1000mm 1/16	
印 张	17.75	
字 数	390 千	
版 印 次	2010 年 3 月第 1 版 2010 年 8 月第 2 次印刷	
书 号	ISBN 978-7-308-07420-9	
定 价	36.00 元	